L'été de L'île de Grâce

ROMAN

Madeleine Ouellette-Michalska

L'été de
L'île de Grâce

ROMAN

ÉDITION DU CLUB QUÉBEC LOISIRS INC.
© Avec l'autorisation des Éditions Québec/Amérique
Dépôt légal — Bibliothèque nationale du Québec, 1994
ISBN 2-89430-099-9
(publié précédemment sous ISBN 2-89037-640-0)

À Chloée et Julien Michalski

Avec des remerciements aux docteurs
Jean-Marie Dionne et Sylvie Robitaille,
de même qu'à l'historienne Marianna O'Gallagher
et aux historiens Alain Bernier,
André Charbonneau, Gaston Deschênes, et
André Duval.

Le destin des âmes croise parfois celui des fleuves.
Denise DESAUTELS

[...] personne ne supporte d'être séparé de ses rêves.
Hector BIANCIOTTI

CHAPITRE 1

Debout face aux eaux immenses qu'on appelait à tort un fleuve, le docteur Milroy la regardait venir, suivie de leurs trois enfants. Agnès Frémont s'approcha de lui, souriante sous le chapeau à large bord qui dessinait un rond d'ombre sur son visage. Il l'étreignit, heureux de lui voir fermer les yeux sur l'hôpital, les bâtiments délabrés, le mystère entourant l'île à propos duquel lui-même savait peu de chose.

Il embrassa les enfants et dit, comme s'il n'y eût rien d'autre à dire : « C'est ici que débarquèrent des milliers d'Irlandais il y a quinze ans. »

Trop jeunes pour savoir qu'ils se trouvaient au siècle des épidémies, ceux-ci ne saisirent pas l'allusion à la violente épidémie de choléra de 1832 qui avait forcé les autorités du pays à ouvrir cette station de quarantaine devant préserver la population de la fièvre des navires. Cherchant à saisir ce qui avait pu se dérouler sur l'île, Agnès Frémont promena son regard sur la terre déserte où elle venait de débarquer, et scruta ensuite le fleuve. Elle-même pouvait difficilement se représenter l'événement. Elle n'était pas sur place lors du drame, et l'Histoire chargée de leur apprendre la somme des progrès et des fléaux qui marquent une époque n'était pas encore écrite.

Elle rabattit ses yeux sur les pans de glace qui flottaient entre les rochers fermant l'anse où ils se trouvaient. Tout près, des oiseaux de mer picoraient le rivage en deçà du cerne laissé par la marée. Et plus loin sur la gauche, une ou deux îles trouaient l'espace liquide étalé devant eux. Le fleuve couvrait tout de son miroitement glauque. Il lui donnait l'impression que l'île ne pouvait mener ailleurs qu'à d'autres îles aussi arides, à d'autres bords de terre abandonnés au rêve et à l'oubli.

L'aîné des fils cria pour savoir jusqu'où porterait sa voix. Son cri ricocha sur les vagues, puis revint vers eux en se frappant aux rochers. Dans ce lieu désert où rien n'arrêtait le son, le moindre mot et le moindre geste prenaient une importance démesurée. L'ordre des choses n'était plus celui du continent. Agnès Frémont – que le docteur Milroy n'appelait jamais autrement que Darling – comprit-elle que rien, dans sa vie, ne pourrait continuer d'exister comme avant ? Elle enleva son chapeau et le tira vers le fleuve dans un grand éclat de rire. La capeline dessina plusieurs cercles à la surface de l'eau, puis se mit à dériver et ne forma bientôt plus qu'un point minuscule rapidement effacé.

Quand le rire d'Agnès Frémont cessa, le silence se referma autour d'eux. Un parfum d'algue mêlé à une odeur de putrescence et de fermentation imprégnait l'air. Elle fronça les sourcils, paraissant réfléchir. S'agissait-il de l'odeur première du monde, quand la vie émerge des ferments marins et des remous sablonneux qui tapissent le fond des eaux, ou bien d'autre chose dont elle devait se méfier ?

Le docteur Milroy venait d'accepter le poste de directeur médical de la station de quarantaine de l'île : il choisit de se montrer rassurant. Évitant de prononcer le nom de l'ex-capitale où Darling et les enfants avaient toujours vécu, et où lui-même retournerait à la fin de la saison, il leva la main vers une direction vague et dit : « Un vent souffle de la terre ferme. » Puis il leur fit remonter le chemin du quai – l'expression était une pure image car aucun quai n'était encore construit –, et il prit ensuite par la droite jusqu'à la maison de fonction qu'il occupait.

Il poussa une porte à la moustiquaire trouée, et ils se trouvèrent dans une cuisine au plafond bas où une femme d'âge mûr pelait des pommes en chantant. Juste à l'entendre et à la regarder, Agnès Frémont sut qui avait posé des rideaux neufs aux fenêtres et décoré la pièce de deux géraniums rouges. Elle se sentit rassurée de savoir que cette femme, qui portait le nom inusité de Persévérance, veillerait sur James Milroy tout l'été.

Persévérance amena les enfants à l'extérieur, et le couple se mit à faire le tour des chambres. Ils avançaient sur les planchers craquants, et une odeur de poussière ancienne flottait autour d'eux. Pour dire quelque chose qui pût avoir prise sur l'inconnu, le docteur Milroy expliquait que l'île – qui avait déjà porté le nom d'île de Grâce –, faisait partie, avec une vingtaine d'autres îles, de l'archipel des Danaïdes. Cet archipel portait en fait un nom beaucoup plus simple, mais cela le réjouissait de voir Agnès Frémont s'étonner de retrouver vivante une légende dont trois mille ans la séparaient. Ce qu'elle avait pris pour de l'histoire ancienne était là, dans l'énorme bouche d'eau qui mâchait ses vagues au bord de rives paisibles où vivaient des gens que la maladie n'effrayait peut-être pas. Curieusement, les habitants de ces villages appartenaient à la même terre qu'elle, mais ils lui étaient plus étrangers que les filles de Danaïdos dont elle avait appris la légende pendant ses années d'études.

Une fois rendue à l'étage, elle s'approcha de la première fenêtre donnant sur les eaux dont elle entendait le ressac. Le front appuyé contre la vitre, elle voyait les masses salines se soulever et frapper leurs vagues au-dessus des rochers qui découpaient le rivage. Hypnotisée par ce mouvement, elle cherchait un lieu ferme où poser son regard, mais la mer paraissait glisser vers l'horizon fuyant – et l'horizon, ça aussi c'était un mot puisqu'il n'y avait pas de ligne d'horizon nettement repérable.

Cette île rendait tout autre lieu irréel. Agnès Frémont ne put s'empêcher de frémir : la distance qui les séparait de la ville paraissait s'être encore élargie. Elle interrogea James Milroy à propos du fleuve, mais c'était la mer qui occupait son esprit. Elle avait déjà suffisamment observé ces eaux, pressenti leur violence, pour renoncer aux lieux communs de la géographie.

Lui la voyait, debout devant la fenêtre, en train de lisser une mèche de ses cheveux. Elle paraissait se dire ce que lui-même s'était dit la veille face au Saint-Laurent : le temps coule depuis des siècles comme ce fleuve, entraînant avec lui tous ceux et celles qui en contemplent les bords. Elle et lui n'étaient pas irremplaçables comme ils l'avaient toujours cru, ils seraient un jour emportés par le courant du temps qui passe, et leurs enfants connaîtraient le même sort.

Le silence grandissait entre eux. L'immensité du fleuve, sa beauté, rendait les mots inutiles et les siècles dérisoires. Agnès Frémont détacha ses yeux de la fenêtre et les posa sur James Milroy. Il détourna son regard. La vérité de l'île l'effrayait lui aussi.

À l'heure du coucher, Agnès Frémont fit comme d'habitude. Elle accompagna les enfants dans leur chambre et leur raconta une histoire, dont elle modifiait chaque jour les épisodes, afin qu'ils ne fussent pas à court de rêves. Lui-même parti vers sa propre enfance, le docteur Milroy se tenait appuyé au chambranle de la porte, sensible à l'enchantement de la voix qui faisait errer la mémoire.

Un souffle tranquille monta bientôt des corps endormis. Agnès Frémont se tut et se pencha pour embrasser chacun d'eux. Mais à l'instant où ses lèvres touchaient le front de sa fille, elle eut comme un mouvement de recul. La peau enfantine était imprégnée de l'odeur imprécise, et tenace, qui flottait sur toute l'île. Elle se redressa, parut chercher à quoi ressemblait cette odeur, renifla finalement ses mains qu'elle écarta aussitôt.

— Combien de personnes ont été enterrées ici pendant l'épidémie de choléra ? demanda-t-elle, soudain saisie d'angoisse.

Il ne savait plus trop. Quatre ou cinq mille, ou peut-être davantage, les statistiques se contredisaient. Cette année-là, des milliers d'immigrants étaient débarqués à la station de quarantaine aménagée de toute urgence sur cette île, à une trentaine de milles de Québec, dont l'efficacité parut discutable. Les journaux avaient fait état d'irrégularités diverses, de certificats de santé décernés à des navires infestés.

Et voilà qu'un nouveau fléau frappait l'Irlande et poussait ses habitants à émigrer. Sur cette île, tout pouvait recommencer.

— J'ai oublié, dit-il. Je t'en prie, ne parlons pas de mort. Tu as toujours cru en la vie, il faut continuer.

Elle promit de ne plus s'inquiéter, mais elle restait soucieuse. Lorsqu'ils se retrouvèrent dans leur chambre, elle tira vite les rideaux pour freiner l'emprise de la nuit. Et pour ne pas sentir l'insupportable odeur qui s'infiltrait partout, elle se garda d'ouvrir la fenêtre.

La lampe allumée faisait reculer les ombres. Elle enleva sa robe et s'allongea sur le lit. Pour l'aider à glisser dans l'état de bien-être et d'abandon qui ouvrait leurs nuits d'amour, il la prit dans ses bras et l'imita dans sa façon de dire *Il était une fois*. Ensuite, il hésita. Qu'allait-il lui raconter?

Il la savait sensible à l'appellation des Danaïdes, et au nom de l'île de Grâce qu'il préférait, comme elle, à celui de la Grosse-Île. Il décida donc de reprendre à sa manière la légende ancienne. Au lieu de précipiter aux Enfers les cinquante filles de Danaïdos, et de les condamner à remplir sans fin un tonneau percé parce qu'elles avaient tué, le soir de leurs noces et sur les ordres de leur père, les cinquante époux nés d'un roi rival, il les combla d'un amour fou. Tout meurtre devenait impossible. «C'est ainsi, concluait-il en étreignant Darling, que leur bonheur dura un nombre incalculable de jours et de nuits. Comme l'eau du fleuve, leur amour traversait le temps sans jamais s'amoindrir ni perdre sa splendeur.»

Le lendemain, lorsqu'elle s'éveilla, lui était déjà debout. Elle reconnut le bruit des vagues qui avait bercé son sommeil, et courut à la fenêtre. C'était l'heure de la marée montante. La maison paraissait flotter, portée par le courant qui emportait aussi les champs environnants, les arbres, le ciel. Une traînée lumineuse jetait un pont entre la fenêtre où elle se trouvait et la courbure tremblante des eaux marquant l'extrémité du monde visible. L'île était moins coupée du reste de l'univers qu'elle ne l'avait d'abord cru. Comme cette fenêtre, elle ouvrait sur un monde vaste et excessif qui paraissait ne rien attendre des humains.

Rien n'existait plus que ces eaux frappées de lumière dont la beauté éclipsait tout ce qui pouvait être dit ou pensé à propos d'elles. Ce paysage sans contours ni frontières l'émerveillait, elle n'avait jamais rien vu d'aussi effroyablement grandiose. Mais peut-être ce matin-là était-il un matin exceptionnel, et en un sens trompeur, car elle n'avait encore rien vu, et ne verrait peut-être jamais rien de la véritable station de quarantaine où James Milroy travaillerait tout l'été. Ne voulant pas gâcher son plaisir, elle s'attacha aux bonheurs de l'instant. La conscience d'exister, l'odeur de café qui s'infiltrait dans la chambre tandis que quelques îles des Danaïdes trouaient la surface du fleuve, lui donnaient faim.

Elle s'habilla et alla souffler à l'oreille de James Milroy qui achevait de se raser : «Qu'est-ce que tu as raconté hier, après *Il était une fois* ?» Il commença à répéter la légende des Danaïdes, et elle eut ce rire clair, presque enfantin, qui lui venait chaque fois qu'ils s'amusaient à déjouer le sens des mots.

Ils rejoignirent les enfants à la cuisine où Persévérance les attendait avec du pain frais, une omelette aux fines herbes, et des biscuits à l'oseille au-dessus desquels trônait un papillon découpé dans de la pâte peinte en bleu. Le geste révélait, chez cette femme, plus de fantaisie que n'en laissaient deviner son langage et ses manières. Agnès Frémont se tourna vers elle et demanda :

— Il paraît que cette île et l'ensemble des îles environnantes portent le nom de Danaïdes. Le saviez-vous ?

Persévérance répondit que oui, ajoutant qu'elle préférait ce nom à tout autre, même si la plupart des gens n'appelaient jamais ces îles autrement que «l'archipel de Montmagny» ou «l'archipel de l'île aux Grues». Elle expliqua ainsi sa préférence. Sur cette île, de même que sur quelques autres, existait une race de papillons bleus, très rares, qui portaient le nom de Danaïdes. Elle avait toujours souhaité apercevoir un de ces papillons renommés pour apporter la chance, car semble-t-il qu'ils protégeaient, ou même empêchaient de mourir, ceux qui les apercevaient une seule fois dans leur vie.

La tentation d'immortalité fit sourire Agnès Frémont. Elle demanda à Persévérance si elle souhaitait entendre l'histoire des Danaïdes telle que la racontait le docteur Milroy. L'autre lui fit signe que oui. Elle répéta donc la version entendue la veille, et Persévérance approuva d'un grand balancement de la tête chaque péripétie de la légende remaniée.

Lorsque Agnès Frémont se tut, un frémissement d'air parut traverser la pièce ensoleillée. Les enfants pointaient un doigt émerveillé vers le papillon bleu, aux aîles tachetées de jaune, qui survolait la table. Le papillon des Danaïdes se dirigea vers la fenêtre décorée de géraniums rouges, et s'éleva ensuite jusqu'au plafond où il resta quelques instants. Puis, avec une étonnante précision, il vint se poser sur le papillon de pâte, un peu plus grand, que Persévérance avait piqué sur l'assiette de biscuits à l'oseille.

Lorsqu'il était arrivé sur l'île, une semaine plus tôt, le docteur Milroy s'était senti dépassé par l'ampleur des travaux à faire pour rendre cette station de quarantaine fonctionnelle ou simplement habitable. Le rivage était encombré d'épaves. Des déchets envahissaient les chemins détrempés et les abords des bâtiments ravagés par l'hiver. Plusieurs toitures avaient été arrachées par le vent, et la plupart des murs prenaient l'eau. Des carreaux manquaient aux fenêtres, et certains planchers devaient être refaits.

Le sentiment de désolation éprouvé fut encore plus grand lorsqu'il poussa la porte du lazaret, le seul hôpital qui existait alors sur l'île et continuerait de porter le nom de lazaret à travers les âges. Ce bâtiment infesté de rats, où régnait une odeur irrespirable, ne comptait que cent cinquante lits, chiffre dérisoire par rapport au nombre de malades attendus. Une famine frappait l'Irlande et obligeait ses habitants à s'exiler. Trois cents ans d'occupation avaient transformé les fermiers de ce pays, alors le plus pauvre et le plus peuplé d'Europe, en ouvriers agricoles confinés à un sol morcelé qui ne les nourrissait plus.

L'été précédent, quarante-trois mille Irlandais s'étaient présentés au port de Québec. Au début de la saison, des passagers correctement vêtus, et possédant quelques économies, étaient descendus des transatlantiques. Mais quand éclatèrent les grandes chaleurs de juillet, des vaisseaux couverts de charognards firent leur apparition dans le chenal des grands voiliers. Des malades et des miséreux commencèrent dès lors à hanter les quais et à envahir les rues de la ville. Il fallut la fermeture du fleuve par les glaces pour suspendre cette poussée migratoire qui se poursuivit plus au sud, sur les côtes de la Nouvelle-Angleterre, pendant une partie de l'hiver.

Ce dernier hiver, l'un des plus rigoureux du siècle, avait accentué là-bas les effets de la disette. Or, le docteur Milroy connaissait cette constance tragique de l'histoire médicale : une famine entraîne toujours des calamités diverses parmi lesquelles figurent au premier plan les grandes épidémies de fièvre. Quinze ans plus tôt – précisément l'année du choléra –, les mauvaises récoltes d'Irlande avaient entraîné un exode massif vers Québec qui avait vu doubler sa population en quelques mois. Car cette ville portuaire, dont le commerce avec Londres était florissant, devait absorber chaque été la masse d'immigrants que la métropole décidait de lui envoyer.

Pressé par le temps, le docteur Milroy avait dû mettre les bouchées doubles. Le jour, il se multipliait pour être partout à la fois. À l'hôpital dont il tentait de corriger l'exiguïté et le délabrement, à la buanderie où il faisait installer de nouvelles cuves, dans les bâtiments de service dont la restauration progressait trop lentement, à la morgue qu'il fallait agrandir, et même au cimetière où plusieurs fosses communes, érodées par les vents et les marées, devaient être recouvertes de terre. Tout ne s'arrêtait pas là. Le soir, il rédigeait des lettres destinées au gouverneur et au secrétaire de l'Immigration à qui il formulait ses exigences et exposait ses besoins. Car la station de quarantaine accusait des déficiences si graves qu'il craignait de ne pouvoir l'ouvrir dans les délais prévus.

Avant que n'apparaissent les premiers vaisseaux, il devait faire construire un deuxième hôpital, ériger deux autres baraquements d'accueil, finir de restaurer l'ensemble des bâtiments. Il lui fallait également recruter deux assistants médicaux, un apothicaire, un comptable et un traducteur, et il devait embaucher des infirmières, des brancardiers, des blanchisseuses, un cuisinier. Chaque jour il recevait dans une pièce de sa résidence, convertie en bureau, des journaliers qui venaient offrir leurs services pour des travaux d'entretien dont il n'avait pas une idée très nette. Car il mettait au point un rouage complexe dont il ne savait trop comment il fonctionnerait. Le mystère qui semblait planer sur l'immigration et l'arrivée des voiliers l'empêchait d'avoir une vision claire des risques à prendre et des responsabilités à assumer.

Une fois l'essentiel achevé, il avait fait porter un message à Agnès Frémont. Et c'est pourquoi le lendemain, elle avait pu débarquer sur l'île avec les enfants, sans que le gouverneur n'en ait été avisé. Ils n'étaient pas restés là-bas longtemps, mais de les avoir reçus dans sa maison devait aider par la suite le docteur Milroy à remplir ses nuits de leur souvenir. D'autant que plu-

MADELEINE OUELLETTE-MICHALSKA

sieurs de ces nuits seraient blanches, car souvent il se couchait trop tard ou était trop exténué pour trouver le sommeil. Il se reprochait alors de s'être lancé dans une entreprise insensée, tandis qu'à d'autres moments – habituellement les nuits où il dormait mieux – il accordait toute sa confiance au destin qui l'avait conduit là.

Trois semaines plus tôt, le destin s'était en effet brusquement manifesté au lendemain d'une fête que le général Bradford, commandant de la Citadelle, avait donnée à sa résidence d'été. Comme la plupart des Britanniques en poste, ou ces hommes d'affaires nés et établis dans la ville qui réussissaient à doubler ou tripler leur capital en moins d'une décennie, le général avait fait construire sa villa sur le fleuve, dans le chic quartier de Sillery.

L'habitation, faite pour y passer rapidement et non pour y finir ses jours, affichait le luxe un peu tapageur des fortunes rapidement construites. Elle avait une tourelle d'observation qui surplombait une terrasse fermée par une pergola, de larges baies d'où l'on pouvait voir glisser les voiliers de plaisance et les cargos fluviaux, un jardin à l'anglaise disposé autour d'une fontaine où s'ébrouait une nymphe penchée sur de faux nénuphars. Située à proximité de la châtellenie de Coulonge, et nommée modestement Royal Castle, elle surpassait les autres propriétés sur plus d'un point. En quelques années son jardin avait acquis une réputation internationale grâce au génie d'un jardinier écossais, comme c'était la mode d'en embaucher à l'époque, qui réussissait à tirer d'une terre ensevelie sous la neige pendant six longs mois des lauriers-roses, des hibiscus et des abricots, alors que les villas voisines devaient se satisfaire des cerises, des prunes et des géraniums tolérés par le climat.

Dans ses réceptions, le général cherchait avant tout à étonner. Ce jour-là, les invités furent détournés de l'entrée principale dès leur arrivée, et conduits vers une serre aménagée au bout d'un escalier en spirale qui débouchait sous un dôme dont la splendeur évoquait Saint-Pierre de Rome. Ils se trouvaient sous une coupole transparente prolongée par des jardins latéraux remplis de plantes exotiques ou familières dont le nom, inscrit en latin au bas de chaque espèce, était suivi de la double traduction anglaise et française. Les plantes tropicales les plus rares avaient été regroupées au centre, sous le dôme étincelant qui réalisait dans une sorte d'apothéose l'effet cherché par le concepteur de cet ambitieux projet – sans doute un professionnel, car ce travail n'était pas l'œuvre d'un amateur : représenter dans une harmonie parfaite, à l'aide d'une figure architecturale qui symbolisait le globe terrestre, la flore des cinq continents.

Tapi à l'ombre d'un palmier royal, le général Bradford recevait les compliments avec modestie. Car cette collection gigantesque, dont l'ampleur dépassait de beaucoup ce que l'on pouvait attendre d'une maison privée, suscitait des élans d'admiration. Lorsque vint son tour de s'exprimer, le docteur Milroy se tut plutôt que de mentir. En entrant dans la sphère, il avait remarqué que l'extravagante construction reposait sur des murets en pierre des champs de même couleur, de même taille et maçonnées de la même manière que les murs de la Citadelle, et il s'était dit que le chef-d'œuvre devait sans doute beaucoup aux ouvriers de la garnison. Mais Agnès Frémont, à qui il avait recommandé en quittant la maison : « Promets-moi de ne pas te quereller avec le général », proféra le plus aimablement du monde : « Mon général, vous avez là des collections qui feraient envie à n'importe quel palais d'Europe. »

Les invités défilaient entre les rangs de cactacées et de liliacées mexicaines remplissant l'extrémité du jardin, en forme de U très prononcé, qui les ramenait vers le centre. Car François Deslandes, inspecteur général des chemins à qui l'on avait confié le soin de diriger le défilé, avait réussi ce prodige : faire progresser chacun vers la section gauche de la serre sans pour autant cesser de prendre par la droite. Le début et la fin du cortège étaient sur le point de se rejoindre lorsque l'orchestre vint s'interposer entre les deux figures géométriques. L'évêque catholique et le *lord bishop* anglican faisaient leur entrée. Pour mettre fin aux querelles qui avaient opposé les deux Églises rivales depuis la Renaissance, et déchiré les habitants du pays depuis plus d'un siècle, ils avaient adopté une règle de conduite qui supprimait l'odieuse question des préséances. Ils se présentaient toujours à la même minute, et si possible dans la même voiture, aux fêtes et aux cérémonies commandées par leur fonction. Si donc un jour la calèche épiscopale marquée des armoiries romaines transportait les deux prélats à une réception liée au double pouvoir militaire et religieux qui triomphait dans cette ville, le jour suivant on était sûr de voir le pur-sang du *lord bishop* conduire la calèche anglicane vers le nouveau lieu de célébration. Ce compromis, auquel les autorités avaient dû consentir, en était un parmi d'autres. Ainsi, depuis la Conquête, la garnison britannique avait considérablement réduit ses effectifs : de deux militaires pour un civil, on était passé à un militaire pour dix-sept civils, ce qui manifestait un progrès certain dans l'avènement du bon-ententisme dénoncé par les ennemis du *statu quo*.

Le gouverneur entrait à son tour, acclamé par l'orchestre qui martelait *God save the Queen* avec cymbales et tambours comme dans les défilés de troupes sur l'esplanade. Préférant ignorer le sourire ironique d'Agnès Frémont, le docteur Milroy suivit les invités au pavillon d'hiver où le repas était servi. La table du banquet, formée d'une suite de tables rectangulaires dressées au milieu de la pièce garnie d'hibiscus et de lauriers-roses, comptait cent vingt-six couverts. Devant chacun, une carte indiquait le nom du convive qui y prendrait place, selon un ordre répondant à l'idée que le général se faisait de la hiérarchie sociale.

Le gouverneur se trouvait donc à la droite du général, et le correspondant du *Telegraph* délégué par Londres pour l'ouverture de la saison de navigation – et la remise du pommeau d'or au premier voilier à entrer dans le port de Québec – était à sa gauche. Ensuite venaient l'état-major, les grands banquiers, les grands propriétaires de chantiers navals et les grands gestionnaires de compagnies commerciales. Encadrés par des hauts fonctionnaires et des grands administrateurs, les deux évêques faisaient face au général, alors que les magistrats et les têtes d'affiche des professions libérales occupaient les extrémités de la table, juste avant les descendants d'anciens seigneurs, une dizaine de journalistes locaux et autant d'écrivains ayant commis une œuvre retentissante au cours de la dernière saison. Le général lisait peu, mais il était d'avis que dans une ville qui comptait, lui avait-on dit, autant d'écrivains que de fonctionnaires, mieux valait s'abstenir de contrarier l'engouement populaire qui magnifiait un si puéril passe-temps.

Le docteur Milroy avait pour voisin un député qui avait déjà travaillé comme médecin à l'hôpital de la Marine. Agnès Frémont était pour sa part assise à côté d'un jeune avocat sans cause qui signait de temps à autre un article dans *La Minerve* et rêvait d'écrire un roman à succès qui le rendrait célèbre. L'un et l'autre utilisaient assez maladroitement la panoplie de fourchettes et de couteaux mis à leur disposition par le maître d'hôtel, très à cheval sur le protocole, qui professait l'idée que seuls les Britanniques savaient comment dresser une table et comment manger. Au dessert de ce repas plantureux où l'hôte avait sacrifié son rosbif à l'anglaise et son pouding Yorkshire à la Francatelli pour un assortiment de potages, de pâtés, de cochonnets farcis, de ragoûts gras et de tartes sirupeuses qu'il croyait conformes au goût local, le docteur Milroy entendit le futur romancier aviser Agnès Frémont : « Si vous souhaitez une intrigue compliquée, de la romance, des meurtres passionnels, vous serez déçue. »

Ils s'étaient rendus au salon pour le café en traversant un couloir garni d'une demi-douzaine de têtes d'orignal que le général était censé avoir rapportées de ses excursions de chasse. Un groupe d'invités en profita pour s'agglutiner autour du journaliste londonien et le presser d'émettre des commentaires sur la ville. Il prit une longue respiration, embrassa du regard la villa du général qui lui rappelait sans doute des milliers d'autres villas aussi pompeuses construites par des militaires en poste dans l'une ou l'autre des colonies de l'Empire, et il se retrancha derrière un alibi irréfutable : il n'avait encore rien vu de la ville, sauf le parlement, la Citadelle, les remparts, et cette résidence fort originale. Quelqu'un le dissuadait de céder à la tentation, courante chez les touristes, de visiter la ville en un jour et de filer ensuite vers quelque ville américaine bruyante et surpeuplée qui lui donnerait une bien piètre idée du continent. On l'incitait plutôt à visiter les chutes Montmorency où le père de la reine Victoria avait vécu une idylle émouvante quelque vingt ans plus tôt.

Le général Bradford, qui ne vouait pas d'affection particulière à la famille royale et méprisait toute forme d'idolâtrie étrangère à sa personne, attira l'attention du journaliste sur la beauté du site découpé par la fenêtre panoramique du mur principal. Derrière eux, une falaise se cassait au-dessus du vide. Le correspondant du *Telegraph* essuya ses mains moites, plongea son regard dans les eaux glauques qui bordaient le précipice et aperçut une file de vaisseaux plats, mollement balancés par les vagues, qui touchaient presque le rocher servant d'assise à la villa. Le général lui expliqua que ces trains de bois de flottage, vastes radeaux formés de billots flottants qui tapissaient le fleuve jusqu'à l'île d'Orléans, attendaient les vaisseaux d'outre-mer qui viendraient en faire le chargement. Car dès la fonte des glaces, c'est-à-dire dans quelques semaines ou peut-être même dans quelques jours, on ne savait jamais au juste à quoi s'attendre avec ce climat, une masse de voiliers en provenance de la métropole cerneraient la ville sur trois côtés.

Soudain sensible à la beauté du paysage, le journaliste s'informait du fonctionnement des trains de bois de flottage, en vantait l'ingéniosité. Il voyait là une part de la forêt qui plaçait cette ville au troisième rang du continent pour le tonnage de ses navires, «tout de suite après New York et la Nouvelle-Orléans» lui rabâchait-on à tout moment comme si l'on eût pris plaisir à citer ces rivaux affranchis qu'il détestait. Des écailles lui tombaient des yeux. Il comprenait enfin pourquoi l'ouverture du fleuve, et tout ce rataplan avec fanfares, défilés et banderoles, était présentée partout comme l'événement de l'année.

Le shérif Bernard de Lanaudière, qui défendait avec une vigilance obstinée la logique déconcertante de l'Histoire, crut deviner ses pensées. Levant la main vers les eaux sombres, il rappela que ce fleuve était l'un des trois plus grands fleuves du continent ayant déjà coulé sous la garde des lois françaises qui avaient jadis contrôlé en Amérique un territoire aussi grand que l'Europe. Reconnaissant en lui quelque obscur descendant des Filles du Roi, ces catins repenties à qui la France avait imposé l'Amérique comme purgatoire, le général Bradford décida de couper court à tant d'emphase. Se tournant vers le mur opposé, il indiqua au journaliste la fenêtre d'angle d'où ils pouvaient voir une partie des fortifications. L'autre suivit la direction du doigt et parut tout à coup saisir le lien qui reliait la Citadelle aux eaux portuaires. Sans doute comprit-il du même coup pourquoi l'armée britannique gardait en permanence une garnison de quinze cents hommes sur ce rocher perdu qu'était le cap Diamant, dont le pittoresque ne justifiait pas de si redoutables convoitises, car il cessa de s'étonner de l'importance du système de défense d'une ville qui dépassait à peine 30 000 habitants.

Tout en les écoutant, le docteur Milroy détaillait la pièce où le général semblait exhiber le butin rapporté des villes où l'avait conduit sa carrière, à moins que l'ensemble n'eût été déniché chez un antiquaire de la rue de la Fabrique où aboutissaient d'importants fonds de faillite. Des canapés recouverts de cuir de Cordoue voisinaient avec des causeuses baroques, des fauteuils à médaillon, des chaises à décor de lyre et d'excentriques fauteuils Chippendale, sans compter les vagues influences chinoise et égyptienne qui marquaient un certain nombre de choses sans nom. L'assortiment hétéroclite était parsemé de tables et de guéridons chargés d'aiguières en vermeil, de chandeliers d'argent et de photos au fini sépia dont le caractère antique trouvait son écho dans les faux bustes néo-classiques suspendus à la triple arcade du mur principal.

Ce salon, qui ne comptait pas moins de curiosités que la serre, laissait néanmoins les invités libres de se déplacer. Le docteur Milroy finit par aller jouer une partie de poker avec son ami Bernard de Lanaudière, tandis qu'Agnès Frémont s'assit en retrait et laissa flotter son regard sur le velours des tentures, la soie des meubles, la finesse des broderies exposées sur des chevalets, paraissant se demander quelle main diligente gouvernait cet intérieur où elle n'avait toujours pas vu de femme. Une altercation violente vint suspendre cette tranquillité. La fille aînée du greffier de la cour reprochait à un banquier de faire instruire ses enfants outre-mer, procédé méprisant pour leurs institutions dont l'excellence parlait d'elle-même. L'enseignement des Jésuites et des Ursulines était imbattable, sou-

MADELEINE OUELLETTE-MICHALSKA

tenait-elle, et l'Hôtel-Dieu, où étaient traités chaque semaine des centaines de pauvres et d'orphelins, n'en avait pas moins été fondé par la duchesse d'Aiguillon, de son vrai nom Marie-Madeleine de Vignerot de Pontcourlay, épouse du marquis de Combalet et nièce du cardinal Richelieu autrefois ministre sous Louis XIII.

Cette ville assumait avec une touchante démesure le destin messianique qui avait fait d'elle le bastion de la civilisation française en Amérique du Nord. Mais les deux évêques se virent forcés de désavouer l'esprit partisan néfaste au bon-ententisme. Ils marquèrent leur désaccord en annonçant leur départ. Le général Bradford protesta mollement. Il attendait ce moment pour diriger ses invités vers le pavillon d'été où il produirait sa plus éclatante surprise.

On les faisait pénétrer dans une pièce au plafond haut, percé d'un puits de lumière, dont tout un mur était tapissé de livres recouverts de maroquin en trois couleurs. Le docteur Milroy s'approcha et vit que le beige distinguait les historiens, que le marron habillait les prosateurs, alors que le bourgogne honorait le penchant de collectionneur du maître de maison. Il en profita pour jeter un coup d'œil aux livres placés à sa hauteur, étonné de trouver des écrits de Carême et d'Escoffier chez un puritain. Parmi les traités culinaires, se trouvaient naturellement *The Modern Cook* de Francatelli et le *Cook's Oracle* de Kitchiner qui faisaient alors fureur en Amérique. Mais d'apercevoir le *Cuisinier parisien* du grand chef Albert et la *Physiologie du goût* de Brillat-Savarin le fit sourire. Depuis que la censure épurait les bibliothèques des patriotes, les livres de cuisine étaient devenus politiques au même titre que les discours de la Chambre, le prône dominical ou le jeu de cricket.

En fait, qu'est-ce qui n'était pas politique? se demandait le docteur Milroy tout en se déplaçant vers l'importante collection d'histoire naturelle, valant sans doute plusieurs milliers de dollars, dont aucune page n'avait été touchée. Car tous ces livres paraissaient fraîchement sortis de chez le libraire, y compris l'histoire militaire en trente volumes qui occupait la place d'honneur. Il ouvrit le dernier tome de cette vaste collection à l'instant où le gouverneur mettait le doigt sous le mot «artillerie». Leurs regards se croisèrent, et le dignitaire

27

baissa les yeux le premier. Ils étaient en train d'espionner le général pour qui une bibliothèque n'était manifestement pas un lieu de lecture. Pour dissiper son malaise, le docteur Milroy se prit d'intérêt pour les *Gulliver's Travels* de Swift placés juste au-dessus de sa tête. Un géant au pays des Lilliputiens, c'était le portrait tout craché du général planté au milieu de la pièce, étrangement nue, dont les tables et les fauteuils avaient été tassés contre les murs.

D'un geste théâtral, l'hôte fit tomber le carré de velours couvrant l'objet mystérieux qu'un ingénieux système de poulies faisait descendre du puits de lumière. Une volière colossale apparut, remplie de différentes espèces d'oiseaux dont les noms, présentés en trois langues comme dans la serre, figuraient sur des panneaux qu'apportaient des domestiques.

Tandis qu'Agnès Frémont poussait James Milroy du coude pour signifier que le pinson des prés ne pouvait s'appeler en même temps *Savannah Sparrow* et *Passerculus Sandwichensis*, le général commentait les caractéristiques des plus belles espèces d'oiseaux. Il établissait une distinction nette entre les oiseaux nidicoles et les oiseaux nidifuges, s'étendait longuement sur la phase de fécondation de l'œuf, puis sur le comportement social des oiseaux et leur sens inouï de la communication qu'il crut nécessaire d'illustrer. Pour imiter le chant du pinson vespéral dont il possédait un très beau spécimen, il lança deux sifflements admirables qui montèrent vers l'aigu, annonçant les trilles et les gazouillis du decrescendo qui aurait dû suivre, s'il ne s'était étouffé dans un balbutiement saliveux.

L'orchestre s'empressa de couvrir cette défaillance, et l'aide de camp du général ouvrit la contredanse suggérée par les violons. Plus tard, le docteur Milroy se rappellerait qu'une trentaine de couples avaient suivi le mouvement, mais que ni lui ni Agnès Frémont n'avaient bougé. Il avait alors vu le gouverneur s'approcher d'elle et dire, avec cet accent de gorge qui plaisait aux femmes : « M'accordez-vous cette danse ? Je vous réciterai Shakespeare et vous me raconterez Monsieur de La Fontaine. »

Il s'était demandé si le représentant de la reine faisait allusion à la fête qu'elle avait donnée quelques semaines plus tôt, le jour où leurs fils avaient su réciter par cœur deux fables de La

Fontaine et cinq tables de multiplication. Rongé par la jalousie, il se disait : «Cet animal-là sait tout!» Et il les regardait danser, redoutant presque les figures qui les faisaient se rapprocher.

Agnès Frémont était aussi peu royaliste que lui, mais elle dansait avec l'homme le plus influent de la ville, bête de race chez qui la séduction allumait une lueur juvénile dans le regard. Le docteur Milroy la voyait détailler les rides de son partenaire, et il la connaissait assez pour savoir qu'elle ne méditait pas sur la vanité d'un honneur que le temps transformerait en poussière. Le dignitaire qu'elle dévisageait était comme n'importe quel homme, et il savait à quoi pensaient les hommes en de telles circonstances.

Il était sûr d'avoir vu Agnès Frémont rougir avant que le gouverneur ne lui demande : «À quoi pensez-vous?» Une figure de danse les avait séparés, mais lorsqu'ils s'étaient retrouvés face à face, le gouverneur avait répété sa question, et Agnès Frémont avait répondu cette chose incroyable : «Au temps.» Il croyait avoir ensuite entendu le gouverneur s'excuser de devoir rentrer au château, mais peut-être avait-il imaginé tout ça puisqu'il se trouvait placé trop loin d'eux pour vraiment les entendre.

Finalement, le dignitaire était venu vers lui et avait dit nonchalamment :

— J'ai reçu ce matin une lettre de lady Lorne. Elle me prie de vous offrir ses salutations.

Le docteur Milroy avait craint de rougir. Une fois le gouverneur parti, il s'était mis à parler de choses et d'autres avec Agnès Frémont, mais la phrase insidieuse le hantait. Car cette petite phrase du gouverneur – suite à laquelle Darling avait paru se mordre les lèvres –, c'était tout, rigoureusement tout ce que l'animal lui avait dit à cette fête extravagante qui avait éclipsé toutes celles données à la fin de cet interminable hiver dont on disait qu'il annonçait un été chaud.

Le docteur Milroy ne pardonnait pas au gouverneur d'avoir prononcé cette seule phrase, alors qu'il avait déjà décidé à quoi le médecin devrait consacrer les sept prochains mois de sa vie.

La réception s'était poursuivie tard dans la nuit. Une fois chez lui, le docteur Milroy n'avait pu s'endormir. Il s'était finalement levé sur la pointe des pieds pour ne pas éveiller Darling, avait enfilé des vêtements chauds et était descendu à la cuisine pour se préparer un café. Les premières lueurs de l'aube commençaient à blanchir la fenêtre. Le tic-tac de l'horloge était le seul bruit qui le distrayait du contentement éprouvé à sentir un reste de silence nocturne s'immiscer dans la journée commençante.

Il sirotait son café, heureux d'être debout avant le lever du soleil. Mais cette sensation finit par s'émousser, et il chercha à s'occuper. Il alla arroser les fougères du salon, puis souleva le carré de tissu recouvrant la cage des canaris endormis qu'il observa avec attendrissement pendant quelques minutes avant d'ouvrir le journal et de remplir quelques cases des mots croisés. Toute cette agitation eut pour effet de l'éveiller davantage. Considérant qu'il était inutile de s'entêter à vouloir dormir alors que tout en lui s'y opposait, il décida de se rendre travailler plus tôt que d'habitude.

En sortant, il se rappela que c'était le premier mai. Au lieu de prendre la direction de l'hôpital de la Marine, il ordonna au cocher de filer vers le port. Ravi d'être tombé sur un client qui allait du bon côté, et pressentant que celui-ci voulait vérifier si le pont de glace, qui emprisonnait encore le fleuve la veille, avait finalement cédé, celui-ci mit son cheval au trot. En peu de temps, ils étaient au bord des eaux vitrifiées dont la lumière matinale faisait ressortir l'éclat. Cela s'était rarement vu dans les annales de la ville. À la fin de novembre, la glace s'était fixée en une seule nuit, au moment de l'étale, et elle n'avait pas bougé ensuite, les couches subséquentes étant venues épaissir le fond qui persistait toujours.

Ce pont de glace, sorte de grand parc public sur lequel étaient taillés des chemins qui permettaient la circulation des voitures, s'effondrait habituellement à la mi-avril. Or, il tenait toujours, et les autorités ne savaient plus comment s'en débarrasser. Mesurant exactement un mille de large dans cette partie rétrécie des eaux que surplombait le cap Diamant, il atteignait cette année-là la longueur stupéfiante de dix lieues marines. Fort heureusement, l'ex-capitale – à qui l'isolement géographique et un passé de résistance politique avaient enseigné quelques ruses opportunes – disposait de stratégies pour couper court à cette occupation des glaces qui risquait d'épuiser son moral et de ruiner son commerce. Le premier mai, si la voie fluviale n'était pas dégagée, on procédait à ce que la tradition appelait «l'ouverture du pont». Un mélange de techniques militaires et de rites carnavalesques venait rompre la légendaire et redoutable clef du pont qui fermait l'extrémité du chenal des grands voiliers depuis les quais de la ville jusqu'à l'île d'Orléans – ancienne île de Bacchus dont le nom hantait les esprits les jours de fête.

Mis à part quelques tailleurs de glace qui grugeaient prudemment les bords du vaste parc d'amusement qui n'amusait plus personne, le fleuve glacé que regardait le docteur Milroy était complètement désert. Afin de prévenir les accidents qui ne manquaient jamais de se produire au moment des dégels, on avait supprimé les passerelles y donnant accès. Les patinoires et les glissoires étaient vides, les bars et les restaurants avaient disparu, et la piste de courses de chevaux était fermée. Les familles bourgeoises ne quittaient plus la ville *intra-muros*, transformée peu à peu en forteresse par la garnison, pour descendre errer en pleine nature. Et les chômeurs n'accouraient plus du fond des ruelles débouchant sur le port pour venir jouer aux cartes, manger des éperlans frits et consommer de l'alcool de contrebande tout en applaudissant les compétitions sportives et les jeux d'adresse produits dans cette zone franche qui échappait aux rigueurs justicières de la terre ferme.

Chacun boudait le pont de glace pour la même raison. Ce premier mai 1847, tous n'avaient plus qu'un seul désir et qu'un seul sujet de conversation : ce pont devait disparaître. La ville souhaitait retrouver les eaux battantes de son fleuve, l'ouverture sur le monde dont elle avait besoin.

Les cérémonies d'ouverture du pont parurent commencer alors que le docteur Milroy arpentait le quai des Indes, tout en ruminant ce qui l'avait réjoui ou exaspéré à la soirée du commandant de la Citadelle. Il prêtait une oreille distraite à la rumeur qui montait derrière lui, lorsqu'il sentit tout à coup celle-ci s'amplifier. Une ovation délirante retentissait le long des quais où la foule s'était massée. Il se demandait par quel miracle tant de gens étaient parvenus à se rassembler aussi vite, lorsqu'il comprit que l'on passait à l'étape marquante du rituel.

Des hommes se dirigeaient vers le pont étincelant qui paraissait attendre l'intervention radicale devant abolir son emprise, et ils plantaient un mai de chaque côté des passerelles replacées. Après ce geste qui indiquait la reprise du contrôle de l'homme sur les forces de la nature, une compagnie de miliciens se rendait tailler une ouverture symbolique dans l'épaisseur des glaces que le printemps n'avait pas réussi à dissoudre. Car la tentation d'utiliser des explosifs pour faire éclater l'étau qui enserrait la voie fluviale était bannie du rituel. Le docteur Milroy les regardait avancer en direction du soleil, et bientôt il put voir une ligne bleutée courir au ras du fleuve, qui parut déstabiliser les bancs de glace et les pousser en aval de la ville. Le trait acéré se prolongeait jusqu'à des distances où le regard ne pouvait plus suivre, mais tous imaginaient aisément le lieu d'où surgiraient les voiliers qui sillonneraient bientôt cette vertigineuse et intarissable voie d'eau qui les reliait à l'Europe.

Rempli de cette joie, mêlée d'un sentiment de délivrance, qui marquait la réouverture du fleuve, le docteur Milroy oubliait l'heure. Comme les autres, il se mettait à espérer la venue du premier transatlantique, les journées chaudes et les rues bondées, les cris et les rumeurs qui communiqueraient à la ville un appétit de frénésie pressé de se satisfaire. Dans quelques semaines, ou peut-être même dans quelques jours, le fleuve cesserait d'être cet étang figé que les oiseaux délaissaient. Il prendrait la couleur de l'été, sa transparence, et tout ce qui s'y refléterait ranimerait les rêves de passion et d'illusions entretenus pendant la saison froide, ces départs différés qui donnaient tout de même la sensation du voyage, l'écho du monde et de ses plaisirs.

Dans la basse-ville où les affaires périclitaient depuis six mois, des drapeaux avaient été hissés aux mâts des édifices, et des branchages avaient été accrochés aux réverbères. Les aubergistes et les cabaretiers s'affairaient à rafraîchir leurs enseignes pour attirer la clientèle qui débarquerait des vaisseaux. Des guirlandes de papier flottaient aux balcons des maisons suspendues à la falaise, où des familles s'enorgueillissaient de pouvoir suivre le spectacle aux premières loges, jetant de temps à autre un regard dédaigneux sur les ruelles malodorantes, placées en contrebas, où couraient des poules et des porcs que le spectacle attirait. Du plus humble au plus fier, chacun souhaitait la reprise des activités portuaires, le retour de la vie trépidante, ces nuits turbulentes où l'on s'abandonnerait à des excès que le petit matin épongerait dans ses brumes avant que le soleil ne cuise les quais envahis par des odeurs de poisson, de cordages, et de bois trempé.

L'ouverture de la saison de navigation marquait une coupure radicale avec l'hiver. Elle était une sorte d'appel au bonheur que la fête comblait déjà. Car la fête ouvrait une brèche dans le morne déroulement des jours : elle proposait d'autres ambiances, d'autres lieux où faire triompher l'indulgent théâtre du rêve. Cette agitation saisonnière, nourrie d'amusements et de scandales qui éclateraient un jour ou l'autre, relançait la volupté des excès, une joie de vivre qui s'affirmait déjà. Des hommes et des femmes dansaient dans la rue au son des violons et des harmonicas qui venaient d'apparaître. D'autres chantaient ou battaient la mesure, emportés par le vent de folie qui déferlait sur la ville.

Porté par l'assaut de jubilation qui le poussait vers l'avant, le docteur Milroy rêvait de chaleur, d'insouciance, de longues promenades sur les champs de Mars, lorsqu'une décharge de canons le fit sursauter. Cette détonation s'inscrivait dans les festivités qui dureraient jusqu'au lendemain, mais il sentit pourtant un frisson le secouer. Étonné d'être envahi par ce qui pouvait ressembler à de la peur, il mit cette faiblesse au compte d'une nuit blanche, et revint sur ses pas en se frayant difficilement un chemin dans la foule. Étourdi par la musique, les appels des vendeurs à la criée, les cris rythmant les chants et les danses, il put malgré tout regagner sa voiture. Une fois assis, il s'épongea le front et consulta sa montre. Pour la première fois de sa vie, il serait en retard au travail.

Il demanda au cocher de prendre au plus court. Mais il se sentit à peine tranquillisé lorsqu'il vit apparaître la pointe de terre, resserrée dans la boucle formée par la rivière Saint-Charles, où avait été édifié l'hôpital de la Marine. Cet établissement, où étaient traités les marins et les immigrants souffrant de maladies infectieuses qui pouvaient compromettre la santé publique, avait attiré plusieurs spécialistes prestigieux qui rêvaient d'en faire une école de médecine. Une fois là-bas, au lieu de se précipiter à l'intérieur, il resta un long moment à observer la façade de l'édifice, comme si la nécessité de vérifier un détail le poussait à enfreindre davantage la règle de ponctualité. L'architecture du bâtiment, considérée par certains comme l'une des plus réussie du siècle, et dont le maître d'œuvre avait emprunté au temple des Muses d'Ilissus, situé non loin d'Athènes, l'idée des quatre colonnes ioniques supportant un fronton rigoureux, faisait l'orgueil des médecins.

Ce matin-là pourtant, un équilibre aussi parfait n'inspirait pas au docteur Milroy la fierté éprouvée sept ans plus tôt, lorsqu'il avait franchi pour la première fois le seuil de cet hôpital, invité à y venir diriger les départements de chirurgie et de fièvres infectieuses. Ce qui le rejoignait surtout, c'étaient les odeurs insalubres qu'exhalaient, depuis la fonte des neiges, les terrains marécageux entourant l'hôpital.

À l'instant où il traversait le hall d'entrée, on vint lui remettre une lettre, scellée par un cachet de cire, qu'il retourna dans tous les sens avant de l'ouvrir. Lorsque enfin il se décida à rompre le cachet, il comprit que cette note allait changer le cours de sa vie. Le gouverneur le nommait directeur médical de la station de quarantaine de la Grosse-Île. Il tourna les yeux vers la rivière Saint-Charles, important affluent du fleuve, qui leur apportait chaque année de nombreux cas de choléra, de dysenterie, et tout ce que l'on couvrait alors du vague nom de « fièvre des navires », comme pour tenter de deviner ce que lui réservait la prochaine saison de navigation. Puis, chassant les pensées malsaines que lui suggérait sa fatigue, il gravit l'escalier conduisant à son bureau.

Il connaissait bien peu cette station de quarantaine autour de laquelle avaient circulé des rumeurs et des insinuations pendant la grande épidémie de choléra de 1832. Retardant davantage son entrée à la salle d'opération, il examinait l'atlas où il croyait pouvoir repérer l'île. Comme elle n'y figurait pas, il se rendit à la bibliothèque consulter des cartes géographiques où elle n'apparaissait pas non plus. C'est seulement en examinant à la loupe une carte maritime de grande échelle qu'il l'aperçut finalement, située à une trentaine de milles en aval de Québec. Elle avait la grosseur exacte d'une tête d'épingle.

L'île mystérieuse était entourée d'une vingtaine d'autres îles toutes aussi menues et méconnues pour la plupart, à l'exception de deux ou trois d'entre elles, réserves d'oiseaux migrateurs, qui lui étaient déjà familières. Selon les géographes, ce regroupement d'îles portait différents noms. Une carte ancienne, tracée à l'encre de Chine, le désignait par le nom fabuleux d'archipel des Danaïdes.

Séduit par ces mots, le docteur Milroy s'abandonna pendant quelques instants aux évocations suggérées par le mythe, essayant d'établir un lien entre la légende des Danaïdes et l'île solitaire dont peu de gens connaissaient l'existence. Tout demeurant vague dans son esprit, il décida de consulter un dictionnaire de mythes anciens qui l'aiderait à clarifier sa pensée, et lui donnerait peut-être la clef de l'énigme.

La page où aurait dû figurer le nom des Danaïdes avait été arrachée, ne laissant apparaître dans la marge de reliure qu'une frange éraillée sur laquelle il promenait un doigt distrait. Renonçant à poursuivre sa recherche, il referma le livre. Puis il relut la lettre qu'il venait de recevoir, et il en voulut au gouverneur, qui se trouvait comme lui chez le commandant de la Citadelle la veille, de ne pas lui avoir soufflé mot de cette nomination.

CHAPITRE 2

Au lendemain des cérémonies d'ouverture du pont de glace, les banquises qui emprisonnaient le fleuve s'effondrèrent. Dès l'aube, elles commencèrent à se fendiller, puis elles craquèrent et s'ouvrirent, emportées par le courant qui les poussait en aval de la ville.

Une foule surexcitée envahit aussitôt la terrasse Durham et se mit à fixer le lointain, en direction du chenal des grands voiliers, dans l'espoir de voir apparaître le premier vaisseau venu d'Europe. Un soleil aveuglant couvrait les eaux nouvelles où s'effaçait l'empreinte de l'hiver. À tout moment, quelqu'un croyait voir des voiles percer la buée mauve qui recouvrait le fleuve, s'attribuant le mérite d'une découverte que rien ne venait confirmer par la suite. Du temps passait, et la fatigue amoindrissait la vigilance. On se relayait alors pour observer ce qui allait surgir à l'horizon, car personne ne doutait de la présence du vaisseau, engagé dans l'estuaire, qui se montrerait bientôt. Simplement, on attendait un signe qui confirmerait sa bienheureuse apparition.

Un coup de canon éclatait du haut de la Citadelle. Le voilier était maintenant là, parfaitement visible, et plus personne ne doutait de sa venue. Il approchait d'un mouvement calme et régulier, et cette lenteur ajoutait à sa gloire. C'était le premier vaisseau à triompher des glaces, le premier à réussir la traversée des mers et à échapper en bout de course à la passe étroite de l'estuaire où les voiliers restaient parfois immobilisés plusieurs jours. On acclamait de tous côtés le bâtiment victorieux attendu depuis des semaines. Ce vaisseau venait de lieux situés de l'autre côté de l'Atlantique, que l'on avait coutume d'appeler « les vieux pays », ou simplement « de l'autre bord ». Mais ce jour-là, les deux expressions ne sous-entendaient ni nostalgie ni amertume.

L'événement ramenait le Saint-Laurent à sa véritable vocation : relier au monde les habitants du cap Diamant, tous ces hommes et ces femmes dont plusieurs se trouvaient là, qui naissaient et mouraient dans un point ou l'autre de la ville sans trop savoir que la beauté avait occupé une place importante dans leur vie. Cette ville, à qui le paysage avait appris tous les excès, était née pour la fête. La foule s'abandonnait donc sans retenue à la jubilation qui mettait fin à son hibernation. Des cris et des rires retentissaient, et l'écho frappait la clameur montante aux rochers des deux rives où des enfants agitaient des drapeaux, remuaient des clochettes, lançaient dans l'air des barques miniatures fabriquées avec du papier journal.

Bientôt, la moitié de la ville se trouva rassemblée sur la terrasse Durham et les plaines d'Abraham, massée dans les escaliers qui conduisaient aux remparts, agrippée aux points d'observation qui permettaient de voir le fleuve depuis Lévis et les contreforts des Laurentides jusqu'aux confins de l'horizon. Profitant de l'humeur complaisante des soldats qui fermaient les yeux sur le chahut général, la foule finissait même par envahir le jardin des Gouverneurs et occuper les murs des fortifications. Trop heureux de voir un vaisseau battre pavillon britannique dans le ciel outrancier dont ils avaient contemplé tout l'hiver la désolante vacuité, les soldats de la garnison relâchaient leur garde. Ce voilier, qui paraissait se diriger en ligne droite vers le bastion du Roi qui dominait les fortifications, mettrait un terme à leur isolement.

Des voix qui auraient aimé entonner l'hymne national, s'il s'en fût trouvé un, chantaient *Il était un petit navire*, *À Saint-Malo beau port de mer*, et tous les refrains connus célébrant les périls de la mer que le voilier héroïque avait affrontés. Les acclamations s'élevaient, aussi nourries au bas de la falaise qu'au sommet du promontoire, car la ville habituellement départagée entre la haute-ville et la basse-ville, n'en formait plus qu'une seule. Pendant ce bref temps de l'année où se trouvaient abolies les barrières entre le proche et le lointain, l'imaginaire et le réel, les deux parties antagonistes se trouvaient subitement raccordées, capables de vivre au même rythme, de partager la même fièvre.

L'avancée du bâtiment qui venait délester le fleuve d'une importante cargaison de bois était noble et majestueuse. Seuls le gouverneur et le commandant Bradford savaient que la cale du navire, remplie de munitions destinées à la Citadelle, leur apportait aussi de quoi remplir la poudrière dissimulée sous le plancher de la terrasse où s'ébahissait la foule. Car neuf ans plus tôt, l'un de leurs gouverneurs – quatre ou cinq s'étaient succédé depuis – avait eu l'idée de raser les murs du château Saint-Louis ravagé par les flammes, et de construire sur les anciennes fondations une terrasse qui garderait sous terre l'un des plus glorieux vestiges de l'ancien régime.

Les cérémonies devant marquer l'arrivée du premier voilier s'ouvraient dans un tintamarre de fanfares et de discours qui faisaient pâlir les réjouissances ayant entouré l'ouverture du fleuve la veille. Avec toute la pompe exigée par les circonstances, on octroyait le pommeau d'or au *Brutus*, propriété de la toute puissante compagnie navale Pollock and Gilmour de Londres qui avait déjà remporté cet honneur à deux reprises. Les autorités encensaient le maître de vaisseau qui avait remonté le fleuve à peine dégagé de ses glaces, ils célébraient par des phrases ronflantes la promesse d'opulence et de bonheur contenue dans le réveil des eaux. Car ce vaisseau serait suivi d'une multitude d'autres qui viendraient faire le chargement des milliers de trains de bois, assemblés par le labeur des travailleurs au cours de l'hiver, dont certains se trouvaient dans la rade étalée à leurs pieds. Une ère de prospérité et de progrès s'ouvrait donc, qui apporterait à chacun non seulement l'aisance et les joies saines liées au travail, mais aussi le privilège de participer au développement du pays, du continent, et en quelque sorte de l'humanité entière.

Les envolées oratoires se succédaient, incitant les orateurs à se surpasser, car plusieurs journalistes s'étaient déplacés pour couvrir l'événement. Et tandis que s'accumulaient les discours et les proclamations ponctués par les salves des canons et le battement des fanfares, la forêt couchée du Nouveau Monde qui pavait le fleuve, depuis les Grands Lacs jusqu'à l'île d'Orléans, se transformait en or sonnant dont le soleil accentuait l'éclat. Les affirmations glorieuses montaient vers les remparts et se répandaient sur la terrasse bondée longeant la ville en liesse qui, en ce milieu du XIXe siècle, ignorait qu'elle jouirait du privilège ingrat d'être la seule ville nord-américaine à entrer dans le XXe siècle avec ses fortifications.

Enivrée par des alcools de provenances diverses sur lesquels l'interdit était momentanément levé, la foule applaudissait. Il s'agissait de célébrer ce qui se donnait à voir comme l'événement du siècle, dont personne ne s'étonnait qu'il se répétât une fois l'an. Néanmoins, trop de grandeur épuise. Peu à peu, le sacré devenait profane. Une atmosphère de foire gagnait les rangs, envahissait les parcs et les rues que n'atteignaient plus l'ordre, la discipline, tout ce qui avait contraint la vie lente et recluse de l'hiver.

Rue Saint-Louis, où parvenaient de faibles échos de la fête, l'enthousiasme du docteur Milroy était tempéré par une vive appréhension. La famine qui frappait l'Irlande s'était accrue, et quelques mois plus tôt le Parlement américain avait édicté des lois d'immigration sévères et une rigoureuse réglementation du transport des passagers en provenance d'outre-mer, afin de réduire l'arrivée d'immigrants malades et démunis sur la côte atlantique. Ces mesures entraîneraient inévitablement une recrudescence de l'immigration par le Saint-Laurent. L'été précédent, tous les lits de l'hôpital de la Marine s'étaient remplis, et ce n'était probablement rien à comparer avec ce qui l'attendait à la Grosse-Île.

Debout devant la fenêtre qui donnait sur le jardin, il imaginait les voiliers en train de remonter le fleuve. Il les voyait massés devant la station de quarantaine dont il aurait la responsabilité médicale, et il avait soudain peur.

— Tu crains le choléra ? demandait Agnès Frémont.

Il répondait évasivement : « Ça et autre chose », avant d'ajouter, un peu amer :

— Je suis un Écossais, un bon serviteur de l'Empire. J'aurais du sang latin qu'on ne m'aurait jamais confié ce poste.

Malgré l'expérience acquise à l'hôpital de la Marine dans le traitement des fièvres, le docteur Milroy regrettait d'avoir accepté ce poste. Il connaissait, par le témoignage d'étrangers reçus à l'hôpital, les conditions sordides faites aux immigrants qui traversaient l'Atlantique sur les vaisseaux marchands affectés au commerce du bois avec l'ex-capitale. Au départ des îles Britanniques, bon nombre d'armateurs amortissaient leurs frais en remplissant les cales de leurs navires, souvent

40

dépourvues d'aération et d'équipement sanitaire, de passagers avides de fuir la misère. Avec la disette qui sévissait en Irlande, les conditions de transport des passagers deviendraient encore plus sordides. Et la tentation serait forte, pour le gouvernement impérial, de diriger les indésirables d'Irlande, terre de famine et de révolution, vers la jeune colonie encore peu peuplée qui résistait déjà depuis trop longtemps à son infiltration.

Il attendait depuis vingt-quatre heures la goélette qui devait le conduire à la station de quarantaine de la Grosse-Île, et cette attente usait son courage. Agnès Frémont le voyait fixer le ciel, ou bien un point éloigné du jardin, et elle ne savait comment l'aider. Elle se demandait s'il regrettait déjà le confort de sa maison, la sécurité de l'hôpital, ces réceptions et ces dîners qui s'étaient succédé à un rythme effréné au cours des dernières semaines. Mais il n'était pas mondain, et il n'avait encore rien quitté. En réalité, elle craignait pour lui autre chose qu'elle n'aurait su exprimer de façon claire.

Pour la première fois de sa vie, elle redoutait les fièvres des navires, épidémies sporadiques qui affectaient parfois la ville, assez légères pour la plupart, à l'exception de la grande épidémie de choléra de 1832 dont son père, également médecin, avait toujours parlé avec beaucoup de discrétion. Mais voilà que le front soucieux de James Milroy et le calme plat qui s'était abattu sur les enfants rendaient sensible un danger qui figurait auparavant sur la liste des calamités publiques au même titre que les incendies à répétition, les invasions de sauterelles ou les éboulis du cap Diamant.

Une voiture armoriée venait de s'arrêter devant la porte. Le docteur Milroy étreignit Agnès Frémont comme s'ils ne devaient plus se revoir, puis il embrassa les enfants et fila vers le portique. Elle se souviendrait qu'il s'était retourné sur le seuil et avait eu ces mots rassurants : «Ayez confiance. L'été sera vite passé.»

Le premier voilier apparut à la mi-mai, au bout du fleuve étincelant couvert du soleil de midi. Le vent était faible. Le docteur Milroy mit un certain temps à distinguer les voiles qui glissaient sous le ciel clair, à peine détachées des eaux qui en absorbaient le relief.

Le vaisseau longea lentement l'île de la Sottise, qui délimitait plus au sud le Passage de la quarantaine, comme s'il dût continuer vers Québec. Puis il obliqua finalement vers la droite, et mit le cap en direction de la station de quarantaine. Le docteur Milroy alla aussitôt donner ses instructions à l'infirmière responsable des soins hospitaliers. Puis il prit sa trousse médicale, chaussa ses bottes, enfila sa vareuse et se rendit dans l'anse de débarquement. Le capitaine Clark, commandant militaire de l'île, qui jouait également le rôle d'officier de quarantaine, s'y trouvait déjà. Il avait donné l'ordre d'appareiller des chaloupes de sauvetage, et s'était assuré que les trois canons placés au sommet de la colline qui surplombait le fleuve étaient prêts à intervenir en cas de besoin.

Debout face aux eaux calmes, les deux hommes attendaient en silence le vaisseau qui avançait vers la zone de mouillage où s'effectuerait l'inspection sanitaire. Un pavillon blanc avait été hissé au mât principal du navire pour indiquer que des malades se trouvaient à bord. Malgré les conditions défavorables qui entouraient l'exode des Irlandais, le docteur Milroy risquait des prévisions heureuses. Il souhaitait que la température reste clémente, qu'on lui épargne une trop grande affluence de passagers avant que tout le personnel ne soit en place et que la construction du nouvel hôpital ne soit terminée. Sans être superstitieux, il misait sur l'efficacité d'un premier contrôle qui leur porterait chance le reste de l'été. Mais en dépit des précautions prises pour exorciser son angoisse et du soin apporté pour préparer l'accueil, il sentit son cœur battre à grands coups lorsqu'il vit le voilier se diriger vers les bouées blanches délimitant les eaux où s'effectuerait le débarquement.

Le bâtiment s'était immobilisé. Priant le ciel pour que tout se passe bien – car il priait depuis son arrivée sur l'île –, il monta avec le capitaine Clark dans la chaloupe qui les conduirait vers le *Syria*. Là-bas, ils trouvèrent un maître de vaisseau peu empressé de se soumettre aux règlements de la quarantaine, à qui ils durent rappeler que l'île était placée sous commandement militaire et que l'inspection des bateaux se faisait sous la juridiction de l'autorité impériale. Celui-ci reçut l'information avec arrogance. Mais, avisé qu'il ne pourrait entrer au port de Québec sans détenir le certificat de santé que le directeur médical de l'île avait pouvoir de lui délivrer, il consentit à répondre aux questions qui permettraient de rédiger le rapport réglementaire.

Il dévoila avec une relative facilité le nom du port d'origine, les lieux d'escale et le nombre de jours passés en mer, mais il commença à hésiter lorsque vint le temps d'avouer si lui-même, des passagers ou des membres de l'équipage étaient montés à bord d'un autre vaisseau pendant le voyage, ou avaient reçu des voyageurs provenant d'un autre navire ou d'un autre port. Son hésitation s'accrut lorsqu'on lui demanda de déclarer le nombre de ses passagers qu'il fixa à cent cinquante, et qu'il disait être en bonne santé à part un malheureux qui venait de se casser une jambe, cinq à six voyageurs qui souffraient de ballonnements, et trois femmes qui se plaignaient de migraine depuis quelques jours. Mais à sa connaissance, et selon ce que pouvait confirmer le médecin de bord, personne n'était atteint de peste et personne n'avait succombé à la fièvre des navires pendant le voyage.

Pour hâter la signature qui devait boucler le rapport, il sortit une cruche de rhum à laquelle trois gobelets étaient attachés et proposa de faire monter les malades sur le pont, alléguant qu'un peu d'air frais ne pouvait pas leur faire de mal. Le docteur Milroy demanda à être conduit auprès d'eux. Le commandant hésita, puis alluma un fanal qui éclairait faiblement le passage conduisant à la cale du navire dont l'odeur insoutenable venait à eux. Entassés le long du vaisseau sur deux rangées de bancs superposés faits de planches grossièrement découpées en cases, des femmes et des hommes hébétés tenaient dans leurs bras un baluchon, quelques objets, un enfant enroulé dans de vieux vêtements. Par terre, des corps croupissaient dans leurs vomissures et leurs excréments. Plusieurs ne bougeaient plus et n'avaient probablement pas bougé depuis des jours. La maladie les avait précipités dans ce lieu du navire infesté de vermine, où ils ne pouvaient plus tomber mais où il était encore possible de déchoir. Sous la lueur imprécise du fanal, le docteur Milroy aperçut un corps à demi nu qui avait le visage tourné contre terre. Il se pencha pour le retourner. Des seins flasques s'arrachèrent au plancher gluant, et le corps bascula de côté. Un rai de lumière traversait les yeux entrouverts de la gisante, disait son absence, la douleur qui avait précédé sa mort.

Continuant d'avancer, il approcha tous les corps qui avaient cette immobilité, ce regard ou un autre plus terrible encore, et il en compta huit. Ensuite, il alla chasser le rat qui grugeait le chiffon qu'une fillette portait à sa bouche, et commença l'examen des autres passagers. Le tiers d'entre eux, dont le chiffre s'élevait à 240 et non à 150 comme on le lui avait déclaré, étaient atteints de fièvre. Un grand nombre souffraient de coliques violentes et d'évanouissements. Plusieurs, chez qui il notait une accélération du rythme cardiaque et dont la langue était blanche et desséchée, se trouvaient dans un état de prostration profonde. Enfermés dans une cale encombrée de déchets où n'entraient ni lumière ni aération, et d'où montaient des plaintes qui traduisaient l'intensité du mal plutôt que l'espoir d'être entendu, ces passagers n'avaient visiblement reçu aucun soin. Le docteur Milroy, qui se trouvait là depuis seulement une demi-heure, se sentait sur le point de suffoquer. Indigné, il demanda à voir le médecin de bord qui se présenta avec une barbe de plusieurs jours, couvert d'un tablier blanc comme en portaient les bouchers. Cet homme, qui ignorait si le tibia s'articule avec le fémur ou la mâchoire, avait une tête de bagnard. Considérant qu'il était inutile de l'interroger, le docteur Milroy le renvoya et rédigea un rapport qui le plongea dans un profond abattement.

Pendant ce temps, le capitaine Clark enquêtait sur les réserves d'eau et de nourriture nettement insuffisantes. Il vint ensuite rejoindre le docteur Milroy, et ils prirent la décision de s'occuper des malades avant de procéder au débarquement des bien portants. Aidés des brancardiers, ils les firent descendre avec précaution dans la file de chaloupes qui les conduiraient sur l'île. Une fois là-bas, ceux-ci montaient par groupes de dix dans des charrettes qui prenaient la direction de l'hôpital, mais la première voiture s'était à peine mise en marche qu'une canonnade s'ouvrit au sommet de la colline. Partageant la croyance de l'époque, le capitaine Clark avait donné ordre à ses artilleurs de tirer plusieurs coups de canon pour chasser l'odeur pestilentielle apportée par les immigrants. Se croyant victimes d'une nouvelle trahison de l'Histoire, et craignant d'être exterminés sur une terre où ils retrouvaient des soldats portant l'uniforme anglais, plusieurs tentèrent de s'échapper des charrettes. Appelé à intervenir, le docteur Milroy eut bien du mal à les convaincre qu'ils se trouvaient en lieu sûr et ne couraient aucun risque.

En entrant à l'hôpital, les malades devaient céder tout ce qu'ils transportaient : leur alliance, leur argent, des haillons, une couverture, une lettre portant l'adresse d'un parent déjà installé en Amérique. Le tout, placé dans un sac sur lequel était inscrit leur nom, prenait le chemin du hangar de désinfection avant d'être acheminé au bureau administratif pour y être consigné. On lavait ensuite les malades au savon de campagne avant de leur faire endosser une chemise de nuit propre, puis on leur donnait un grand verre d'eau dans lequel on avait fait dissoudre un purgatif doux et un peu d'opium. Ce traitement, apparemment contradictoire, reflétait l'indécision du docteur Milroy face au diagnostic à poser devant la maladie que lui apportait ce premier voilier. Il écartait d'emblée le choléra dont les symptômes lui étaient familiers, de même que la variole et la dysenterie. Mais ces petites taches orange irrégulières et hémorragiques qui marquaient le corps de plusieurs malades, à l'exception du visage, de la paume des mains et de la plante des pieds, lui étaient moins connues. Elles se distinguaient des taches rosées couvrant l'abdomen et le thorax des malades atteints de typhoïde dont chaque voilier lui apportait quelques cas. Et elles ne pouvaient non plus être associées aux manifestations habituelles des maladies éruptives courantes.

Il était seul à assumer les conséquences du diagnostic qu'il devrait poser. Regrettant de ne pouvoir consacrer plus de temps à l'examen des malades, il quitta le lazaret pour se rendre au baraquement, situé à l'autre extrémité de l'île, où avaient été acheminés les passagers en santé tenus de faire la quarantaine prescrite à tous ceux qui descendaient d'un navire infesté. Lorsqu'il traversa le poste de garde qui séparait le quartier des malades et le quartier des immigrants en observation, un coup de canon le fit sursauter. S'il n'avait pas une très grande foi en cette mesure sanitaire qui lui paraissait surtout propre à effrayer les malades et à effaroucher les oiseaux, il y voyait néanmoins un signe d'efficacité militaire pouvant compenser les déficiences administratives et hospitalières de l'île dont l'ouverture avait été retardée par la fonte tardive des glaces.

Là-bas, les nouveaux venus venaient aussi de subir une désinfection générale. Affaiblis par le voyage, inquiets d'avoir dû se départir de leurs effets personnels, tout particulièrement du peu d'argent épargné pour cette longue et décevante traversée, ils demandaient à voir le commandant du *Syria* qu'ils accusaient de les avoir trompés. On leur avait promis une terre, des maisons, un pays, or ils se trouvaient exilés, peut-être même prisonniers, sur une île déserte où ils ne voyaient ni terre, ni maison, ni pays qui pût leur appartenir – pas même un bout de jardin, car ils n'avaient vu que des terrains vagues le long du chemin conduisant au baraquement occupé.

Le docteur Milroy dut leur expliquer que cette île faisait partie de leur nouveau pays, celui-là même dont ils avaient longé les côtes pendant plusieurs jours, et que dans quelques semaines – il n'osait dire quarante jours – un bateau à vapeur les conduirait vers une ville proche si leur état de santé restait satisfaisant. Une échéance aussi lointaine eut pour effet de les décourager, ils voulaient tout de suite ce dont ils avaient rêvé pendant des années. Ils ne s'étaient pas séparés des leurs et n'avaient pas renoncé à tout pour aboutir sur une île perdue où ils devraient encore patienter, espérer ce qui se dérobait toujours. Pour rendre la chose plus claire, un homme leva la main vers le fleuve et affirma qu'il n'y a pas de pays sans paysage, alors que de l'endroit où ils se trouvaient ils n'apercevaient que la mer, quelques îles sauvages, mais aucune terre habitée. Il hésita ensuite, consulta les autres du regard et raffermit sa voix avant d'ajouter que le groupe refusait de rester là à regarder la mer couler ses eaux dans une direction qui n'allait nulle part.

Leur infirmière avait vu le jour sur une terre de roche du Bas Saint-Laurent. Comme la plupart de ses compatriotes, à l'exception de ceux qui étaient en affaires ou gravitaient autour du palais du gouverneur et des hauts lieux administratifs, elle ne parlait pas anglais. Mais elle connaissait la peur du lendemain, et elle savait lire le désespoir. On lui avait dit qu'ils étaient catholiques. Alors, elle eut cette idée rassurante. Elle pointa du doigt le crucifix suspendu au mur et indiqua, par un geste de dévotion, qu'ils devaient compter sur le secours de la prière. Puis elle inclina la tête, bâilla, fit avec son index un demi-tour sur l'horloge et leur montra un bol de gruau d'orge dans lequel elle versa ostensiblement quelques gouttes de brandy. Comprenant que leur sort relevait de la complexité du destin plutôt que d'intentions malveillantes, la majorité d'entre eux s'apaisèrent. Certains maugréèrent encore quelques phrases de protestation, mais la plupart consentirent à manger, déjà somnolents, heureux de dormir dans des draps blancs.

Le docteur Milroy ne put se dégager de son travail qu'à l'aube du jour suivant. Il fila aussitôt à sa résidence, inquiet pour sa famille qu'il se reprochait d'avoir invitée sur l'île avec trop d'insouciance. Malgré l'heure matinale, Agnès Frémont l'attendait sur le seuil. Dès qu'il l'aperçut, il l'avisa :

— Darling, il faut vite quitter l'île avec les enfants. Ce premier vaisseau présente des signes d'épidémie. Vous ne pouvez courir le risque d'être atteints.

Elle répondit que les enfants partiraient, mais qu'elle-même resterait auprès de lui parce qu'elle ne pouvait le laisser seul. Il protesta, la supplia d'être raisonnable et d'éviter de courir des risques inutiles : elle se devait d'abord à ses enfants. Après un long silence, elle revint sur sa décision. Elle quitterait elle aussi par la goélette de neuf heures, si le soleil arrivait à dissiper la brume qui leur masquait la vue du fleuve.

Bientôt la brume commença à tomber par larges pans, et quelques îles proches apparurent dans le brouillard aminci qui dénudait la colline et sa batterie de canons en train de bombarder les miasmes pestilentiels redoutés. La goélette finit par apparaître. Le docteur Milroy vit approcher ses fils, les cheveux ébouriffés, avec ce profil droit qui devait ressembler au sien lorsqu'il avait leur âge et croyait le monde semblable à ses rêves. Sa fille, qui ressemblait à Darling dont elle avait le rire et la voix, les suivait avec gravité.

Il alla les reconduire jusqu'au rivage, mais se retint de les embrasser, car peut-être était-il déjà contaminé. Il regarda Darling une dernière fois, ses yeux verts pailletés d'or que la lumière attisait. Les adieux avaient toujours éveillé en lui un certain embarras. Il répéta : «Vous m'écrirez.» Puis il voulut ajouter quelque chose, mais ne put trouver les mots.

La goélette repartit aussitôt. Lorsqu'il la vit s'éloigner en direction de la côte, rapetisser, puis se fondre avec la ligne des eaux, il eut comme un geste de désarroi. Maintenant, il était seul. Et son été commençait.

Trois jours plus tard, un voilier arborant un pavillon jaune déchirait la brume matinale qui recouvrait le fleuve. Il venait de l'ex-capitale où les autorités du port l'avaient obligé à revenir à la station de quarantaine pour y subir l'inspection réglementaire. Car dérogeant à la loi, le capitaine avait décidé d'atteindre directement Québec, afin de pouvoir se reposer pendant quelques jours avant de reprendre la mer avec le chargement de bois attendu à Liverpool.

Le capitaine Clark eut à peine le temps de lui poser la première des quinze questions servant à établir le rapport d'inspection, qu'il se répandit en récriminations. Avec la brume, il risquait de défoncer son vaisseau sur cette terre de roches où pas un navigateur sensé ne s'aventurerait à moins d'y être forcé, car son métier consistait à transporter des marchandises et non des passagers, une bande de miséreux encombrés de femmes et d'enfants qui l'assommaient de bruit et réclamaient à tout bout de champ de la nourriture lorsqu'ils ne tombaient pas malades comme des rats. Coupant court aux protestations, le docteur Milroy déclara qu'il allait commencer l'examen des passagers, mais l'autre se plaça en travers de son chemin et l'avisa que personne ne visitait son vaisseau sans son consentement. Il venait d'ouvrir un couteau à cran d'arrêt, lorsqu'il reconnut soudain l'uniforme de l'officier de quarantaine qui accompagnait le médecin. Il escamota l'arme aussitôt, et s'effaça discrètement.

Dans une cale aussi sordide que celle déjà visitée, ils trouvèrent six enfants morts depuis plusieurs jours, quatre vieillards en train d'agoniser et soixante-dix malades atteints de fièvre. Les chaloupes chargées de les transporter sur l'île gagnèrent le rivage en se frayant un chemin à travers les bancs de brume qui empêchaient de voir à plus de quelques pieds de distance. Le débarquement s'effectua difficilement. Les brancardiers procédaient avec lenteur et désordre. Des cris et des plaintes remplissaient l'anse bourbeuse où s'enlisaient les corps fantomatiques, apportés par la mer, pour qui la terre d'accueil avait le visage de l'horreur et de la désolation.

Une fois les malades placés au lazaret, le docteur Milroy constata avec stupeur que tous les lits étaient occupés. Et les baraquements de quarantaine étaient à demi remplis, lorsqu'ils terminèrent l'hébergement des passagers. Ils n'étaient qu'en début de saison, où caseraient-ils ces nouveaux immigrants que les voiliers continueraient de leur apporter ? À cette angoisse s'ajoutait un constat médical inquiétant. Chez la plupart des fiévreux en état de prostration, apparaissaient en une seule poussée des petites taches orange souvent sanguinolentes – déjà observées chez les passagers du premier vaisseau – qui confirmaient sa crainte d'une épidémie sévère. Il aurait eu besoin de communiquer avec le Bureau de santé, de consulter ses collègues, à tout le moins ses livres de médecine. Mais il était sans ressources médicales, seul et débordé. Il devait faire accélérer la construction de l'hôpital commencé, et convertir en hôpital l'un des deux baraquements réservés aux passagers en observation. Il lui fallait aussi rencontrer l'apothicaire, inspecter l'entrepôt et les cuisines. Et surtout, afin d'éviter l'horreur de débarquements comme ceux qu'il venait de vivre, il devait obtenir du gouverneur la construction d'un quai qui permettrait aux vaisseaux d'approcher le rivage.

Un coup de canon retentit à l'instant où il quittait l'entrepôt. Ce coup isolé ne paraissait pas destiné à purifier l'air. Il se tourna vers le fleuve et fouilla du regard les longs pans de brume qui commençaient à s'effilocher. Il crut discerner au loin le profil d'un voilier. Mais il se demandait si un nouveau vaisseau glissait à la surface des eaux, ou si sa peur lui suggérait cette vision qu'il aurait voulu repousser.

Il n'avait pas rêvé. Le capitaine Clark était derrière lui avec ses soldats. De la tour d'observation, il avait compté huit bâtiments en ligne, et l'un de ses canons avait tiré à blanc pour stopper le voilier de tête qui ne paraissait pas vouloir s'arrêter à la station de quarantaine. Lui-même obéissait à la consigne : un premier coup de canon servait d'avertissement, un second visait les voiles du bâtiment réfractaire au règlement, un troisième pouvait même aller jusqu'à le couler. Cette mesure terrifiait les immigrants qui appréhendaient une intervention punitive, l'éclatement de conflits armés dont ils devraient faire les frais. Et elle était tout aussi redoutée par les capitaines de vaisseau pour qui les jours d'immobilisation en mer étaient des jours perdus pour le commerce ou le plaisir, des jours de désœuvrement où ils ne pouvaient compter sur les tavernes et les maisons closes pour tromper leur ennui.

Le docteur Milroy courut donner des instructions pour cet accueil précipité qu'il craignait de ne pouvoir effectuer convenablement, et il ramena avec lui une équipe de brancardiers que l'épaisseur des brumes effrayait. Comme la visibilité dépassait à peine une longueur de chaloupe, l'un d'eux suggéra d'attendre que le temps s'éclaircisse, un jour de plus ou de moins sur ces voiliers ne devant pas changer grand-chose à l'état des passagers qui s'y trouvaient déjà depuis plusieurs semaines. Le docteur Milroy lui demanda ce qu'il choisirait de faire si ses propres enfants se trouvaient sur l'un de ces vaisseaux. L'homme baissa la tête, embarrassé. Il aimait le fleuve des rivages de pêche, non ces masses d'eaux sournoises qui l'obligeaient à risquer sa vie. Mais puisqu'il y avait là-bas des enfants qui méritaient le même traitement que les siens, il monta avec les autres dans les chaloupes qu'un écran de brume séparait des vaisseaux étrangers.

Là-bas, un capitaine à la barbe fine et à la voix chantante s'excusait d'avoir aperçu sur le tard les bouées blanches délimitant la zone d'inspection. «J'avais bien besoin de vous voir», dit-il au docteur Milroy à qui il se plaignit de n'entendre plus que d'une oreille. Cette indisposition réduisait le bonheur qu'il éprouvait la nuit lorsque, faisant petites voiles tandis que la majeure partie de l'équipage dormait, il entendait le vent souffler sa musique enchanteresse tout autour de lui. Cette musique, qui comportait selon lui des harmoniques et des variantes incalculables, l'avait plus d'une fois sauvé de l'ennui ou même du désespoir – car elle ouvrait sur l'infini du monde, donnant sa juste mesure aux tracas et aux malheurs quotidiens. Le directeur médical regardait ce poète, dont la capacité d'imagination l'aurait à un autre moment retenu, et il se disait qu'il avait probablement devant lui le plus sensible et le plus intelligent des maîtres de vaisseau qu'il lui serait donné de connaître au cours de l'été. Prenant garde de trop s'émouvoir, il lui promit de s'occuper de son oreille dès qu'il aurait examiné les passagers. Et tandis que le capitaine Clark procédait à l'inspection du bâtiment, il descendit seul dans la cale où il trouva, baignant dans la même noirceur, la même puanteur et le même bouillon de saleté que sur les précédents vaisseaux, un nombre équivalent de morts et de fiévreux. Mais cette fois, la mort et la déchéance avaient été adoucies par les fleurs d'aubépine sauvage et les aiguilles de pin que l'équipage avait reçu l'ordre de cueillir dès son entrée dans le fleuve, afin d'embellir l'environnement des corps éprouvés.

Une autre différence sautait aux yeux. Sur ce voilier nommé *Penelope*, les rats étaient rares. Depuis qu'on lui imposait le transport d'Irlandais dont les *landlords* anglais souhaitaient se débarrasser, ce commandant avait pris l'habitude de prendre une généreuse provision d'arsenic et de gros lard pour exterminer la vermine. Mais sa prévoyance ne s'arrêtait pas là. Il apportait aussi quelques médicaments de base pour ses passagers : de la teinture de lavande contre le choléra, de l'essence de térébenthine contre les refroidissements, de l'huile de ricin et du sel d'Epsom contre le mal de mer. Et, sublime délicatesse, il ajoutait aussi un peu d'ergot de seigle pour soulager les vertiges des femmes enceintes qui supportaient mal la traversée.

Le docteur Milroy dut malheureusement oublier vite les fleurs d'aubépine, la teinture de lavande, et la musique nocturne qui enchantait le commandant du *Penelope* à qui il retira, avant de quitter le vaisseau, le bouchon de cire qui lui obstruait l'oreille droite. Il avait encore sept voiliers à inspecter, et l'accueil n'y serait peut-être pas aussi aimable.

Avant de s'ajuster aux exigences de la navigation qui favorisait alors l'exode des Irlandais, le capitaine du vaisseau suivant avait déjà, comme plusieurs maîtres d'équipage qui devaient se présenter par la suite, pratiqué le transport d'esclaves. Il commença donc par s'opposer vigoureusement à l'inspection du bâtiment. Mais lorsqu'il apprit que l'île était sous l'autorité impériale et qu'un capitaine fautif pouvait se voir imposer des amendes colossales ou même encourir la peine de mort, il finit par se résigner. Après tout, ce n'était pas lui qui avait empoisonné ces abrutis qui rotaient, vomissaient et rendaient tout ce qu'un corps peut rendre d'infect et de dégoûtant. Il espérait seulement que les formalités ne traînent pas en longueur, et qu'on ne le garde pas trop longtemps à l'ancre.

Il régnait là, de même que sur les six autres vaisseaux que le directeur médical visiterait ensuite, une atmosphère de déchéance et de morbidité qui invitait la maladie et la mort à se partager ce que la vermine n'avait pas encore touché. Aucun confort et aucune norme de sécurité ne palliaient les effets débilitants du voyage qui durait entre huit et douze semaines. Partout, la nourriture était insuffisante, et les réserves d'eau étaient contaminées par le manque d'hygiène et l'absence d'installation sanitaire. Partout, il trouvait des passagers entassés pêle-mêle sans égard à leur sexe, à leur âge ou à leur condition physique, car l'avilissante proximité à laquelle ils étaient soumis effaçait ces distinctions. Devant lui, une famille se tenait accrochée à un malade qui venait de succomber. Le docteur Milroy s'approcha, ferma les yeux glacés, et redressa la tête qui avait basculé dans un temps étranger à ces misères. À voir ces masses humaines croupir dans leurs déjections et glisser vers le désespoir qui abolissait d'avance son travail, il se sentait pris d'une rage froide. Il aurait voulu voir se dresser des corps clamant vengeance. Il aurait aimé entendre des voix exigeant souvenir et rachat de l'ignominie imposée par ceux qui les avaient lancés à la mer pour les faire échouer sur cette île oubliée qui prolongeait leur cauchemar.

Cherchant son souffle dans l'immonde odeur qui lui donnait le vertige, le docteur Milroy termina son inspection. Puis il monta rédiger son rapport sur le pont, tout en se demandant où il caserait tous ces immigrants qui étaient en train de remonter le fleuve et débarqueraient un peu plus tard. Comme piètre consolation, il pouvait tout au plus se dire : chacun remonte le fleuve comme on remonte le cours d'une vie, parce qu'il faut suivre le courant qui avance, parce qu'il faut aller quelque part. Des mouches volaient autour de lui. Il pensait aux jeux cruels de son enfance – les mouches enfermées dans un vieil encrier, les poissons plongés dans l'aquarium vide –, et il se disait que la chance de survie de ces passagers devait être à peu près égale à celle des bêtes torturées.

Partagé entre la compassion et la révolte, il passait à un autre vaisseau où il trouvait d'autres malades tapis dans un fond de cale, la mort dépouillée des apprêts qui tempèrent sa violence et masquent son autorité. Cette mort qui refusait le secours médical, la blancheur des draps, les rituels agoniques qui l'exorcisent ou la dissimulent, le docteur Milroy en avait peur. Et il se voyait forcé d'admettre que sa profession, les connaissances acquises l'immunisaient de moins en moins contre la peur. Il n'aurait d'ailleurs pas su dire ce qui l'effrayait le plus : le mal lui-même, ou son irradiation dans la chaleur humide qui rapprochait les corps complices d'une même tension horrifiée.

Face à la maladie, il se sentait démuni comme il ne l'avait encore jamais été. Ce délire, ces taches hémorragiques qui marquaient les corps brûlants de fièvre n'étaient qu'une représentation nouvelle de la mort, la forme de l'épidémie qui venait de faire irruption dans l'île. Malgré ses efforts et ceux du capitaine Clark, l'épidémie de typhus qu'ils tentaient de contenir – il ne pouvait désormais plus refuser de s'avouer qu'il s'agissait du typhus – se répandrait ailleurs, envahirait les principales villes du pays. En une seule journée, ils avaient dénombré plus de quatre cents malades à hospitaliser et trois mille passagers à mettre en quarantaine. Or, le lazaret était déjà rempli, et le baraquement transformé en hôpital pouvait accueillir tout au plus la moitié des fiévreux. L'autre moitié resterait à bord, et ils attendraient au lendemain pour décider du sort des bien portants.

La nuit tombait lorsqu'ils terminèrent l'inspection du dernier voilier. Les chaloupes s'ouvraient un passage dans l'épaisseur de brume qui couvrait les eaux noires, acheminant vers un rivage indiscernable des passagers qui quittaient la mer pour entrer dans un monde qui leur paraissait sans fond et sans bords. Les feux allumés sur l'île pour guider les embarcations n'étaient visibles qu'à une faible distance. Pour atteindre la terre ferme avant que les eaux se retirent, on avait dû augmenter le nombre de passagers dans chaque embarcation et accélérer les manœuvres de déplacement. Mais le reflux de la marée descendante découvrait le fond rocheux des basses eaux, obligeant les brancardiers à retirer les malades des chaloupes et à les transporter un à un jusqu'au rivage.

Sur l'île effacée par la brume, on cherchait à rejoindre les charrettes qui faisaient le convoiement des fiévreux vers les abris improvisés que l'on venait d'ouvrir. Celles-ci trouvaient leur chemin en s'éclairant de torches dont la lueur se refermait sur leur passage. Les clochettes attachées aux attelages égrenaient leurs sons aigres dans la nuit sans ombre où la pensée se défaisait, rongée par l'angoisse, usée par trop d'efforts. Les canons s'étaient tus. L'air était immobile, et le fleuve étouffait le bruit de ses vagues. Aucun oiseau, aucun insecte ne volait. Tout paraissait figé dans les pans de brume dormante qui enrobait les voyageurs perdus dans la nuit aveugle qui dissimulait leur entrée en Amérique.

Au petit matin, après une nuit passée à dispenser des soins et à convertir en abri tout ce qui portait le nom de bâtiment, le docteur Milroy apprit qu'une chaloupe n'était pas rentrée. On répétait autour de lui : « C'était inévitable. » Mais lui se tournait vers le fleuve et pensait aux corps dont la nuit s'était emparé.

Ce fleuve participait d'une infortune qui dépassait sa capacité d'intervention. Malgré sa fatigue, il écrivit au gouverneur et au secrétaire de l'Immigration – pour qui la fièvre des navires restait une abstraction – que la présence d'une épidémie de typhus ne faisait plus aucun doute, qu'il lui fallait de toute urgence cinq nouveaux hôpitaux, autant de baraquements pour la quarantaine des passagers en santé, deux adjoints, un médecin-inspecteur, pas moins de dix infirmières et autant de brancardiers. Il réclamait également un supplément de nourriture et de médicaments, des possibilités d'approvisionnement plus rapides, des subsides permettant d'embaucher le personnel requis dans les différents services – la buanderie était débordée, les gens des cuisines ne suffisaient plus à la tâche, le nombre de bateliers était insuffisant. Il ajouta que l'affluence des vaisseaux, qui ne pourrait que s'accroître pendant l'été, créait une situation alarmante qui exigeait une prompte résolution. Puis il termina sa lettre par une formule de politesse et regagna sa résidence, harassé, évitant de penser aux décisions qu'il devrait prendre le lendemain.

Chez lui, il trouva Persévérance en train de surveiller la table dans une maison ensommeillée. Lorsqu'il eut bu et mangé, sa fatigue tomba d'un coup. Il se tourna vers la fenêtre où se trouvaient les pots de géranium, quelques bouquets d'herbes médicinales fraîchement cueillis qui dégageaient un léger parfum de feuillage. Au-delà, c'était l'horreur. Derrière la vitre s'étendait l'île sans passé ni avenir qui ne retenait du passage du temps que son odeur, une odeur de pourriture humaine que l'humidité décuplait.

Un haut-le-cœur lui fit quitter la table. Aussitôt entré dans sa chambre, il s'écroula sur le lit encore imprégné du parfum d'Agnès Frémont. Replié en boule, il suivait l'image qui se formait en lui. Il marchait avec Darling dans la lumière chaude de l'été, et elle indiquait de la main un lit de feuilles où s'étendre. Il s'allongeait sur le sol, heureux de toucher enfin un lieu sans boue, sans douleur et sans cris, où il pourrait se reposer.

Il crut faire encore un ou deux rêves avant qu'on ne le tire de son sommeil. Malgré l'acharnement de Persévérance à défendre la tranquillité du docteur Milroy, le capitaine Clark s'était introduit dans la chambre pour aviser le directeur médical que trente vaisseaux venaient d'être aperçus à l'entrée du Passage de la quarantaine. Lui-même n'avait pas fermé l'œil. Sa double fonction d'officier de quarantaine et de commandant militaire de l'île l'obligeait à se partager entre le fleuve et la terre ferme. Il répéta la nouvelle terrifiante, et le docteur Milroy se frotta les yeux. Une barre d'acier lui serrait le front. Il se retourna, fouilla le matelas pour trouver le lit de feuilles disparu, et laissa retomber sa tête sur l'oreiller.

Le capitaine Clark répéta pour la troisième fois que trente voiliers atteindraient bientôt la Grosse-Île. Le docteur Milroy s'apppuya sur un coude, se demandant s'il avait bien entendu : non pas huit vaisseaux d'affilée comme la dernière fois, mais trente. Le cauchemar recommençait, en plus terrible. Trente voiliers d'un coup, c'était plus que ce que la plus extravagante prévision ne leur eût jamais permis d'entrevoir. Au bas mot, cela représentait huit à neuf mille personnes, deux fois plus de gens qu'il n'en fallait à l'une des municipalités riveraines pour acquérir le statut de cité. Où caseraient-ils tous ces immigrants, alors que tous les lits disponibles étaient occupés ? Sans abris, comment pourraient-ils accueillir ceux et celles qui débarqueraient là-bas, déçus de ne pas trouver l'Amérique qui roule sur l'or, l'Amérique où triomphent la liberté et tous les bonheurs espérés ?

Il fallait exorciser sa peur, se donner l'illusion de maîtriser l'atroce situation qu'il devrait affronter. Pour conjurer le sort, le docteur Milroy risqua une ou deux propositions dictées par un souci d'efficacité qui connaissait ses limites. Et le capitaine Clark fit quelques suggestions auxquelles le directeur médical donna son accord. Lorsque les premiers voiliers entrèrent dans la zone d'ancrage, entourés de charognards, les deux hommes surent ce qui les attendait. Dans l'espoir que les autorités de la station de quarantaine se satisferaient des apparences et leur donneraient l'autorisation de poursuivre vers Québec, des capitaines avaient fait nettoyer les ponts et effectuer une désinfection sommaire des lieux les plus visibles. Mais la densité des émanations qui montaient des cales était telle que même l'odorat le plus insensible n'eût pu s'empêcher de déceler que la maladie et la mort dévastaient ces navires.

En dressant le rapport d'inspection des vaisseaux, c'était à peu près impossible de savoir combien de personnes étaient disparues pendant la traversée. Dans les meilleurs cas, les dépouilles avaient été jetées à la mer avec quelques rituels funéraires qui honoraient la dignité des victimes. Mais le docteur Milroy avait déjà vu, parmi les épaves apportées par la marée haute, de faux noyés sur lesquels il reconnaissait, dans les yeux révulsés et la position recroquevillée, l'angoisse terrifiante de la fièvre des navires. À l'approche de la station de quarantaine, des maîtres de navire payaient des membres de l'équipage pour débarrasser le vaisseau des morts qui compromettaient leur chance d'obtenir une décharge rapide des autorités. D'autres les y laissaient, gagnés par cette indifférence que donnent parfois l'appât du gain, une misère extrême, le spectacle quotidien de la mort.

La loi sur le transport des immigrants, votée quelques années plus tôt par le gouvernement impérial, favorisait les abus. Annulant les normes d'hygiène et d'approvisionnement fixées par des lois antérieures, elle se limitait à l'essentiel : les capitaines devaient se munir de chaloupes de sauvetage et de médicaments, prévoir pour chaque passager une ration de trois pintes d'eau par jour et de sept livres de nourriture par semaine. Accorder plus eût entraîné une hausse du prix des billets. Or, il fallait peupler rapidement cette colonie d'outre-mer, appelée à compenser la perte des territoires américains où l'Europe voulait émigrer, en offrant des billets au plus bas tarif. Mais le docteur Milroy et le capitaine Clark constataient chaque jour que ces dispositions minimales étaient violées. Il n'était pas rare de trouver un vaisseau sans eau, sans chaloupes et sans médicaments, parfois même sans nourriture. Des passagers à qui un courtier maritime avait offert l'Amérique en échange de quelques shillings, promis des vêtements, des provisions de bouche et même de l'argent comptant à la sortie du navire, se présentaient pieds nus, affamés, déçus de ne pas trouver les avantages attendus.

Sur chacun de ces voiliers, où l'on prenait deux ou trois fois plus de passagers que le vaisseau ne pouvait en transporter, et dont les noms – *Penelope, Odessa, Achilles, Naparima, Lady Campbell, Coromandel, Virginia* – évoquaient un mythe antique ou un personnage de roman-feuilleton, ils comptaient vingt ou trente morts, et quatre ou cinq fois plus de malades. Face à cette affluence, ils durent demander aux soldats de prêter main forte au personnel hospitalier. Mais, craignant de succomber au mal mystérieux dont ils redoutaient la traîtrise et la puanteur, ceux-ci le firent de mauvaise grâce. Car rien ne paraissait plus opposé au prestige militaire dont on leur avait fait miroiter la splendeur que ces corps fiévreux, baignant dans leurs immondices, sur lesquels s'acharnaient les rats. Et rien n'était plus contraire à l'enseignement reçu que ce combat livré à un ennemi invisible qui prenait les traits de la déchéance et de l'insanité. À ce travail abrutissant qui leur faisait sentir leur impuissance et leur vulnérabilité, ils auraient préféré une attaque armée en règle qui les eût couverts de gloire, ou anéantis sur-le-champ – cette mort-là méritait le respect.

La rumeur se répandit bientôt que le corps d'un soldat flottait à la surface de l'eau, non loin d'une embarcation échouée sur les récifs de l'île de la Sottise. Une enquête sommaire révéla que cinq militaires avaient pris la fuite, pendant la nuit, dans l'une des chaloupes réservées au convoiement des malades. Pour sauver l'honneur de l'armée et éviter que l'incident ne se reproduise, on n'exigea plus des soldats qu'ils participent aux soins hospitaliers, et l'on fit débarquer le lendemain à la station de quarantaine, les adjoints, les brancardiers et les infirmières que le docteur Milroy réclamait depuis plusieurs jours.

Avec l'arrivée massive des derniers vaisseaux, la loi sur la quarantaine, qui obligeait à faire descendre sur l'île tous les passagers d'un voilier contaminé pour les soumettre à une réclusion, dont la longueur avait été considérablement abrégée, ne pouvait être observée. Le docteur Milroy avait vite compris que cette loi relevait d'une utopie administrative qui ne pouvait fonctionner qu'en l'absence d'épidémies. Ses nuits se passaient à tenter de multiplier les abris. Le deuxième hôpital, tout juste achevé, était complètement rempli. Les baraquements conçus pour recevoir huit cents immigrants en contenaient déjà plus de trois mille. De son côté le capitaine Clark faisait dresser des appentis le long des bâtiments existants, et il s'occupait de transformer en lieux d'hébergement une remise à outils, un hangar, les deux chapelles catholique et anglicane. Mais cela ne suffisait toujours pas à absorber la masse d'exilés que la mer leur apportait.

Au lendemain de ces transformations, le soleil avait à peine commencé à rougir l'horizon que deux familles anglicanes, suffisamment restaurées pour s'étonner de s'éveiller dans une chapelle catholique, demandèrent à être déplacées. Conduites à la chapelle anglicane, elle exigèrent d'être isolées des catholiques qui s'y trouvaient, alléguant que l'on ne pouvait placer des gens qui s'adressent directement à Dieu et ne s'agenouillent jamais avec des gens qui confessent leurs péchés, vénèrent le pape et se prosternent à tout moment. On délogea donc les infortunés papistes, qui occupaient l'avant de la chapelle, pour les y placer. Et cette distinction, suffisamment nette, parut apaiser les susceptibilités.

Une fois cela réglé, le docteur Milroy dut trancher un autre litige. Lorsqu'il rencontra ses deux adjoints pour discuter du partage des tâches et des mesures d'urgence à prendre concernant les soins à fournir aux passagers des voiliers en attente, il se heurta aux divergences de vues du corps médical face au phénomène épidémiologique. Leur attitude reflétait les positions qui s'étaient affichées dans les revues médicales, et avaient nourri la polémique des journaux lors de l'épidémie de choléra.

Le docteur Prévost, qui avait déjà travaillé sous ses ordres à l'hôpital de la Marine et croyait comme lui que les maladies infectieuses étaient contagieuses, prônait l'isolement des malades, une alimentation saine et des règles d'hygiène corporelle très strictes. À l'opposé, le docteur Byrnes, qui avait dirigé pendant quelques mois la station de quarantaine provisoire de Pointe-Lévy, et ne jurait que par le Bureau de santé de New York où l'on défendait ce que le jargon médical appelait « le principe de non-contagiosité », était partisan de la théorie de l'air ambiant. Selon cette théorie largement admise par nombre de sommités médicales européennes et nord-américaines, les fièvres des navires, comme beaucoup d'autres maladies, étaient dues à l'impureté de l'air. Le docteur Byrnes recommandait donc d'assainir l'air de la station de quarantaine par l'émission massive de soufre et de fumée de charbon de bois. Il recommandait aussi l'instauration de courants d'air dans les hôpitaux et sur les vaisseaux afin de favoriser la volatilisation des miasmes délétères qui s'y trouvaient. Et pour accroître la lutte contre l'insalubrité, il conseillait d'importer d'Angleterre les fluides désinfectants de Condy – autour desquels était menée une publicité tapageuse – qu'il estimait supérieurs à l'ammoniaque et au chlorure de chaux utilisés sur l'île.

Il ne manquait plus à cette discussion qu'une troisième voix, celle qui considérait les grandes épidémies comme inévitables, sous prétexte qu'elles avaient ravagé le monde depuis toujours malgré ce que des esprits éclairés et des médecins dévoués avaient fait pour les enrayer. Si le docteur Milroy refusait de croire que tel désinfectant ou tel traitement de choc pût garantir une immunité absolue contre les fièvres pestilentielles, il rejetait tout autant l'idée qu'on ne pouvait en freiner la propagation et en amoindrir les effets. Optant pour un compromis, il confia au docteur Byrnes la supervision des navires où sa théorie des courants d'air risquait de causer moins de dégâts, et il lui promit d'intervenir pour que la batterie de canons de l'île participe davantage au travail d'assainissement. Il garda près de lui le docteur Prévost qui assumerait la direction des abris et l'assisterait dans les hôpitaux. Et enfin, puisque les soldats n'approcheraient plus les malades – et ne livreraient pas sur l'île les combats héroïques pour lesquels ils avaient été préparés –, il obtiendrait du capitaine Clark leur participation à certains travaux urgents.

De nouveaux abris devaient être construits pour loger les passagers des vaisseaux en attente qui stagnaient au milieu du fleuve. Un puits d'eau potable réservé à la consommation devait être également creusé, et des sentiers devaient être ouverts pour faciliter les déplacements entre les différents secteurs de l'île. Enfin, moins spectaculaire mais tout aussi important, il fallait nettoyer le rivage chaque jour, entretenir les abords des hôpitaux et des baraquements où l'accumulation de déchets prenait des proportions alarmantes.

CHAPITRE 3

Peu après l'arrivée des trente voiliers, le docteur Milroy revint au lazaret avec le docteur Prévost dans l'espoir de trouver des guérisons qui libéreraient des lits pour les malades qui lui seraient amenés du fleuve. Neuf fiévreux avaient succombé pendant la nuit, mais seulement quatre patients paraissaient en état de supporter le déplacement vers le baraquement des convalescents.

La situation n'était guère plus réjouissante au deuxième hôpital. Dans certains lits occupés par deux personnes, l'une se penchait sur celle qui ne bougeait plus, paraissant attendre un mot, un signe niant l'anéantissement redouté. Ou bien l'on s'en détournait, après avoir saisi le regard éteint qui ne voyait plus rien de la désintégration des corps. Tous luttaient contre le mal ou s'y résignaient. Devant lui, un spasme secouait les bras et les pieds dressés dans un mouvement convulsif qui emportait le cri rebelle. Mais d'autres malades étaient plongés dans un affaissement qui laissait pressentir l'extrême défaillance, celle dont on ne se relève pas.

Partout où ils allaient, lui et son assistant voyaient le même mal et entendaient la même rumeur : des invocations à un dieu sourd, des gémissements traduisant l'intensité de douleurs insupportables. Le docteur Milroy fixait les lits en désordre, et il se frottait les yeux comme pour chasser la vision de trop de souffrance. Ils manquaient d'infirmières, les réserves d'opium étaient épuisées et l'approvisionnement en brandy diminuait. Ils ne pouvaient répondre à tous ces appels demandant un changement de position, la venue d'un proche, quelque chose à boire. Les supplications affaiblies se perdaient dans la confusion des voix qui alternaient sans vraiment se répondre, long murmure en forme de prière ou de protestation qui retournait au silence sans espoir d'être entendu.

Près d'eux, un enfant pleurait. Le docteur Milroy se pencha pour l'examiner, posa longuement sa main sur le front brûlant.

« Alors ? » demandait le docteur Prévost qui devinait les pensées du directeur médical, puisqu'il en avait d'aussi sombres.

— Alors, répondit le docteur Milroy, la souffrance est bien la dernière énigme que la science saura résoudre.

Au total, une trentaine de lits pouvaient être libérés. L'ampleur de l'épidémie les obligeait à modifier leurs plans : désormais, ils ne dirigeraient vers les hôpitaux que les cas de fièvre les plus graves. Les malades moins atteints seraient placés dans les baraquements de convalescents, alors que ces derniers seraient déplacés vers les abris rudimentaires remplis d'immigrants en quarantaine pour lesquels des appentis venaient d'être dressés. Et d'ici à ce que de nouveaux hôpitaux soient construits, ils continueraient d'isoler le plus possible les grands fiévreux des autres malades, afin de réduire les risques de contamination. Mais le docteur Prévost fit un calcul approximatif des malades qui leur seraient envoyés par le docteur Byrnes, et leur décision devint incertaine. Pour accroître l'espace hospitalier, ils devaient instaurer un système de lits superposés contraire à l'isolement préconisé.

Le lendemain, des ouvriers clouèrent des planches grossières au-dessus des lits existants entre lesquels on ne laissa que la distance permettant d'approcher les malades et de leur dispenser des soins. Le tout fut recouvert de paillasses et de draps, et l'on y hissa des fiévreux qui avaient été transportés dans l'odeur de poudre et le bruit des canons dont le tir s'interrompait à peine depuis que le docteur Byrnes était débarqué sur l'île. Le docteur Milroy eût préféré plus de silence pour ses patients et pour lui-même, mais il acceptait un certain nombre de compromis paraissant favoriser l'efficacité globale de la station de quarantaine. Au dire du capitaine Clark, ce vacarme avait le mérite d'étouffer les plaintes des malades et d'entretenir un climat martial propice au moral des soldats en train d'excaver le flanc est du plateau principal, où l'on venait de découvrir un filet d'eau laissant croire à la présence d'une nappe d'eau souterraine.

Une fois l'inspection des navires terminée, il ne leur restait plus que deux lits vacants. Ils avaient accueilli plus de six cents malades, mais ils ne savaient toujours pas où placer les douze mille passagers apportés par la dernière avalanche de voiliers. Les baraquements et les appentis étaient remplis, les chapelles étaient bondées, des entrepôts et des hangars avaient été convertis en dortoir, et la résidence des infirmières avait même été réquisitionnée. Aucun des bâtiments commencés ne serait prêt avant plusieurs jours. Que pouvaient-ils faire sinon dresser des tentes du côté ouest, pour héberger les immigrants tenus de faire une quarantaine désormais réduite à quinze jours, même si le vent et les écarts de température minaient le confort et la sécurité de ces abris.

L'île était devenue un véritable chantier de construction. Le bruit des conversations, la fureur des canonnades, le vacarme des scies et des marteaux avaient un effet étourdissant. Les insectes vrombissaient, attirés par la sueur, les exhalaisons putrides qui se déplaçaient par vagues, poussées par le vent, ou peut-être simplement par la puissance des émanations qui donnaient à l'air une certaine vibration, une densité à peine chargée de relents médicamenteux tant l'odeur de putréfaction l'emportait sur toute autre odeur.

Un matin, le docteur Milroy et le docteur Prévost se rendirent explorer la partie du rivage où se trouvaient les deux hôtels de première et de deuxième classe restés en plan, qu'une administration antérieure avait projeté d'édifier pour la clientèle huppée qui viendrait un jour y faire la quarantaine. Mais la fièvre des navires ayant une prédilection pour les pauvres, peu de riches avaient fait escale là-bas, si bien que ces vestiges affichaient un rêve de grandeur que personne ne s'était plus soucié d'interrompre ou de poursuivre. Quelques pans de murs tenaient encore au fond de maçonnerie, plus ou moins intact, enseveli sous les mauvaises herbes. S'ils les complétaient et les recouvraient d'un toit, sept à huit cents immigrants pourraient loger là-bas. Exaltés par leur découverte, ils en firent plusieurs fois le tour avant de se rendre rencontrer le capitaine Clark pour obtenir que le travail soit fait le plus tôt possible.

Le docteur Byrnes les avait devancés. Il menaçait le commandant militaire de l'île de donner sa démission sur-le-champ, si celui-ci ne s'occupait pas de faire nettoyer immédiatement les charniers flottants dont il devait faire l'inspection ce jour-là. Il pratiquait la médecine depuis quatorze ans, mais il n'avait encore jamais respiré une telle puanteur, ni travaillé dans un tel désordre et un tel amoncellement de cadavres. Pressé de tous côtés, le capitaine Clark annonçait des changements qu'il savait ne pouvoir effectuer. Arrivait-il à surmonter une difficulté, qu'il devait aussitôt affronter un nouveau défi, traverser une nouvelle épreuve. Ainsi, il venait d'apprendre que ses hommes refusaient de convoyer les cinq cents morts trouvés sur les derniers vaisseaux, et il ne pouvait laisser là ce foyer de pestilence, même si chacun savait qu'un nombre égal, ou peut-être même supérieur, avaient été jetés dans le Passage des grands voiliers. Sans trop savoir à quoi il s'engageait, il promit de mettre sur pied un système de désinfection des navires qui réduirait les risques de contamination et faciliterait le travail d'inspection. Dorénavant, deux hommes de peine resteraient en permanence sur chaque vaisseau à la seule fin d'y faire régner l'ordre et l'hygiène. Il s'occuperait aussi de placer une commande des fluides de Condy que le docteur Byrnes réclamait depuis longtemps, et il ferait augmenter les livraisons d'ammoniaque, de chlorure de chaux et de charbon de bois dont on disait manquer.

L'annonce de ces dispositions parut calmer l'adjoint maritime du directeur médical, qui laissa la parole au docteur Milroy venu exposer son projet concernant l'utilisation des hôtels inachevés. Il fut convenu que des menuisiers seraient dépêchés là-bas dans les plus brefs délais. Mais lorsque vint le temps de déterminer à qui iraient ces nouveaux lits qui seraient attribués dans quelques semaines, on décida que seuls les détenteurs de billets de première classe auraient accès à ces bâtiments surélevés, donnant sur la mer, dont le site était exceptionnel. En réalité, la plupart des voiliers, construits pour le transport de marchandises lourdes, ne répondaient pas aux exigences d'une telle classification. Mais par d'habiles subterfuges qui avaient pour effet de maintenir un écart constant entre l'offre et la demande, certains capitaines doublaient ou triplaient le prix des billets de traversée selon le confort promis, cédant après coup le meilleur et le pire des cales offertes en fonction des sommes perçues. Le docteur Byrnes, que des origines bourgeoises inclinaient aux distinctions de classes, défendait mordicus le principe d'équité. Le directeur médical, dont le père avait été maître d'école, eût souhaité négliger ces distinctions au profit de différences impliquant la nature et la gravité de la maladie que semblaient affecter l'âge – les vieillards et les enfants étaient particulièrement touchés – et une certaine prédisposition aux infections. Mais promouvoir ces arguments, à l'instant où l'épidémie se révélait dans toute son abjection, eût été défendre une cause perdue. Là encore, il dut sacrifier à son véritable objectif : céder dans les détails pour encourager une meilleure coordination de leurs efforts.

Et puisqu'ils en étaient à parler de prévention et de catégories, le docteur Milroy saisit l'occasion pour demander au capitaine Clark de faire réviser les normes de distribution de nourriture aux immigrants. Ces normes, édictées par l'armée, prescrivaient une pleine ration de soldat aux hommes, une demi-ration aux femmes, une ration coupée au tiers pour les enfants de plus de sept ans, et au quart pour ceux qui n'avaient pas encore atteint cet âge. Il fit valoir que cette répartition servait davantage une certaine philosophie, les besoins militaires tels qu'ils s'étaient manifestés au cours de l'Histoire, plutôt que les exigences réelles du corps humain. Des femmes étaient aussi corpulentes que beaucoup d'hommes, et plusieurs d'entre elles étaient enceintes ou allaitaient. Par ailleurs, des enfants en pleine croissance ne pouvaient manger trois ou quatre fois moins que leur père – tout aussi inactif qu'eux –, sans en subir des conséquences graves pour leur développement.

Le capitaine Clark l'écouta avec sympathie. Sa femme était enceinte d'un premier enfant qu'il espérait immuniser dès la naissance – et si possible avant – contre toute faiblesse, toute maladie et tout avatar réservés au commun des mortels. Ce qui aurait peut-être essuyé un refus en d'autres circonstances fut accordé : dorénavant les enfants de plus de sept ans recevraient une demi-ration, et des rations égales seraient distribuées aux hommes et aux femmes.

Dans la zone d'ancrage, les capitaines de vaisseau s'impatientaient. Toujours encombrés de leurs passagers, et forcés d'attendre la décharge provisoire permettant d'atteindre

Québec où on leur remettrait une décharge définitive, certains d'entre eux s'efforçaient de favoriser le débarquement des immigrants, persuadés qu'il y allait de leur intérêt.

L'équipage prêtait main forte d'assez bonne grâce aux bien portants qui devaient quitter le navire. Mais une résistance opiniâtre s'élevait face aux morts qui détenaient, selon une croyance populaire, le pouvoir d'attirer des calamités sur toute personne qui leur avait fait du mal ou s'était opposée à leur volonté. Des marins consentirent à aligner des cadavres en pleine lumière sur le pont du navire, mais ils refusèrent de s'exposer davantage. D'autres utilisèrent des crochets d'abordage et des grappins d'embarcation pour tirer des cales les corps inertes qui s'y trouvaient. Mais certains se mirent à la besogne seulement après que des maîtres de vaisseau eurent promis de verser l'équivalent d'un dollar pour chaque mort qui serait retiré des cales et transporté sur l'île maudite où flottait un drapeau qui imposait obéissance et respect.

Ces détails, et d'autres aussi sordides, furent communiqués au docteur Milroy quelques jours plus tard par deux passagers en quarantaine qui, au lendemain d'une nuit de délire bruyant où un policier avait dû intervenir, avouèrent leur culpabilité face à la maladie. L'un avait vu mourir sa femme sans l'assister dans son agonie, ni la couvrir de la couverture apportée qu'il souhaitait conserver. L'autre s'était éloigné de ses deux enfants dévorés par la fièvre, et il ne s'était plus soucié ensuite de vérifier leur état et de leur porter secours. Le directeur médical les entendait confesser leur remords, et il voyait un frisson les secouer qui ressemblait moins au frisson indicateur de maladie qu'à celui qui gagne un corps repris d'une peur ancienne dont il croyait s'être guéri. S'interdisant de juger les deux hommes terrifiés par leur lâcheté, il leur versa quelques cuillerées du sirop calmant que Persévérance avait préparé la veille, et dit : «Restez tranquilles, vous avez fait ce que vous pouviez faire. La mort fait peur. On n'a pas toujours le courage de s'en approcher.»

Rassurés par cette indulgence, l'un des deux leva la main vers les terrains vagues qui entouraient le baraquement où ils se trouvaient et s'inquiéta : «Tout ça, c'est vraiment l'Amérique?» Allait-il lui dire qu'il y avait plusieurs Amériques, et que cette terre en était une parmi d'autres ? Choisissant le plus simple, il fit signe que oui. Alors, la main incrédule pointa la ligne fuyante des eaux, et l'homme demanda :

— Mais alors, l'Amérique, c'est partout et nulle part ?

— L'Amérique, répondit le docteur Milroy, c'est partout où l'on décide de recommencer sa vie.

Abasourdi, l'homme avala une deuxième cuillerée de sirop, puis il laissa tomber sa tête sur l'oreiller et s'endormit presque aussitôt. Son compagnon ronflait déjà. Le docteur Milroy les regarda dormir un instant puis il sortit, presque étonné de la réponse apportée. Il savait depuis longtemps que l'Amérique est avant tout le continent du rêve, espace imaginaire dont les frontières fuient dès l'instant où l'on croit les toucher. Son Amérique à lui, comme celle de tous ces nouveaux arrivants, n'avait été que le désir obstinément entretenu de croire en des lendemains différents, uniques, et par le fait même meilleurs.

L'île était désormais aussi peuplée qu'une ville. Elle paraissait encore plus détachée du reste du monde depuis que l'épidémie l'avait rejointe. L'arrivée de la dernière vague d'immigrants sur cette terre minuscule comprimée par le fleuve et la forêt créait un encombrement qui prenait parfois figure de chaos.

À l'heure des repas, des charrettes munies de clochettes s'enfonçaient dans le fouillis de pistes et de chemins conduisant aux baraquements et aux abris où les attendaient des gens, aigris par le jeûne du voyage, qui prenaient d'assaut les marmites de ragoût, les sacs de pains et les cruches d'eau qu'on leur apportait. Dans cette bousculade, la nourriture se répandait parfois sur le sol avant d'être distribuée, et des vapeurs de chou et de gros lard flottaient dans l'air, mêlées à l'odeur de sueur rance qui se dégageait des vêtements longtemps portés. Le moindre déplacement et la moindre activité étaient source de désordres indescriptibles. Il fallait sans cesse imaginer des stratégies pour freiner trop de turbulence et de précipitation, mais tout ne pouvait être contrôlé.

Ainsi, en l'absence de dispositif sanitaire, plusieurs immigrants se voyaient forcés de courir vers les buissons pour donner libre cours aux fonctions naturelles du corps. Et à la tombée du jour, certains se précipitaient vers le fleuve pour y laver leurs vêtements ou prendre un bain. Malgré la double surveillance des militaires et des policiers chargés de maintenir l'ordre, la vision de corps nus ou à demi habillés que la fuite rendait grotesques était chose courante après le coucher du soleil. Puis la nuit venait, et une rumeur faite de chuchotements, de pleurs et de rires étouffés, formait une sorte de théâtre sonore que l'ombre s'arrachait. Ensuite tout s'enfonçait dans les ténèbres, et l'île s'apaisait jusqu'à l'aube. Mais ce n'était qu'un calme apparent, car l'obscurité favorisait le partage de secrets, d'avidités soutenues par une précaire solidarité. Il se trouvait toujours quelqu'un pour tromper la vigilance des gardes, et effectuer des mouvements clandestins aux abords des tentes d'immigrants en quarantaine regroupées dans ce que l'on appelait le Camp de santé.

Même si tout déplacement était interdit après le coucher du soleil, les entrepôts de nourriture et de médicaments éveillaient des convoitises, les barques amarrées dans l'anse de débarquement étaient régulièrement visitées, et les hôpitaux exerçaient une grande attraction malgré le risque de contamination qu'ils représentaient. Toute personne qui séjournait sur l'île recevait un passeport qui devait être présenté chaque fois qu'elle franchissait le poste de garde séparant le secteur des fièvres du secteur des immigrants en santé. Mais l'affluence des voiliers rendait difficile le contrôle des allées et venues de part et d'autre de la guérite construite sur l'étroit chemin découpé entre des quartiers de roches et des buissons dissimulateurs que l'on dut finir par raser.

Parfois, en quittant son travail, le docteur Milroy apercevait des gens qui tentaient de s'introduire dans les hôpitaux pour y visiter un parent ou un ami dont ils avaient été séparés lors de l'inspection du navire. Ce soir-là, son attention fut attirée par un homme au visage triste, qui le salua avec naturel, à qui il demanda les raisons de son déplacement. L'autre baissa les yeux, cherchant à dissimuler les objets qu'il tenait enroulés dans un linge, puis avoua souhaiter s'entretenir avec une commerçante qui était censée être hospitalisée. Il voulait ravoir l'un des deux anneaux d'or qu'il lui avait cédés en échange des billets de traversée qui lui avaient permis de prendre la mer avec sa femme. Sa voix se cassait. Il ne put rien ajouter d'autre, rejoint par la souffrance dont il avait été distrait.

Le docteur Milroy savait distinguer les douleurs feintes des douleurs vives encore marquées par le choc. Il vit les yeux de l'homme se détourner de lui avec cette détermination implacable qu'il saisissait parfois sur le visage des mourants. Le linge entrouvert laissait voir une bouteille de brandy, une boîte de Corn Beef et un pot de confitures de groseilles, provisions sans doute soustraites aux entrepôts, devant faire l'objet du troc qui aurait pu mettre le voyageur en possession de l'anneau perdu. Avec de pauvres gestes, l'homme laissa tomber le baluchon défait et dessina la forme d'une croix sur le sol. Deux jours plus tôt, il était passé le long du cimetière et y avait aperçu le nom de sa femme sur la liste des enterrements du matin. Le docteur Milroy eut soudain peur de le voir s'écrouler devant lui. Il le pria de l'attendre tandis qu'il irait consulter les registres.

Aucune femme du nom cité n'avait apparemment été hospitalisée. Mais il se pouvait que cette commerçante soit arrivée par l'un des rares vaisseaux qui s'étaient présentés directement au port de Québec juste avant l'ouverture de la station de quarantaine.

— Reprenez tout ça, dit le docteur Milroy aussitôt de retour. Vous partirez demain pour Québec sur la goélette de 9 heures. Là-bas, descendez dans la basse-ville et explorez la rue Champlain. C'est là que s'installent beaucoup d'aubergistes et de commerçantes irlandaises.

Comme il s'interrogeait rarement sur les motifs de décisions dictées par l'urgence ou la compassion, le docteur Milroy ne s'inquiéta pas d'avoir enfreint la loi sur la quarantaine, ou même d'avoir été complice d'un délit. Lorsqu'il se retrouva seul, il entendit un cri de douleur retentir au loin et il se demanda jusqu'où lui-même pourrait désespérer s'il venait à perdre Darling ou l'un de ses enfants. Les ténèbres s'étaient épaissies. L'espace d'un moment, il fut si désorienté qu'il vacilla. Mettant au compte de trop de nuits blanches la buée froide qui couvrait ses tempes, il se dirigea vers le fleuve comme il le faisait parfois la nuit pour méditer, ou simplement pour oublier le tumulte de l'île.

Il marchait au bord des eaux sombres, et une odeur de pourriture, tempérée par la fraîcheur de la nuit, le rejoignait. Cette mise à distance le reposait de l'univers de souffrance et de corruption massé derrière lui. L'image de l'homme éprouvé, qui le hantait encore, s'effaça bientôt au profit d'une autre plus heureuse. Rue Saint-Louis, dans la grande maison victorienne, Darling et les enfants dormaient. Elle avait un bras relevé au-dessus de la tête, et eux étaient allongés dans le sommeil de l'enfance, ignorants du temps qui passe, de son inéluctable corrosion. Cette vision lui faisait éprouver la nostalgie des tendresses familiales, la jouissance de l'amour dont l'absence le privait, absence lancinante pour laquelle il n'y avait pas de remède, sinon dans l'attente, la poursuite de cette promenade à laquelle il aurait dû mettre fin.

Il s'arrêta un moment pour scruter les franges d'eau nauséabonde qui refluaient entre les rochers. Puis il recommença à marcher, finit par atteindre une plage de sable où il crut voir son ombre reculer derrière les langues d'écume qui léchaient le rivage. Comme les vagues, les jours succédaient aux jours, poussés par le temps qui les précipitait dans un gouffre dont la mort s'emparait. Et le fleuve continuait de mêler vie et mort en une coulée que rien n'arrêtait, ni l'île de Grâce ni aucune île peuplant la voie fluviale, et un peu plus loin océanique, qui unissait le Nouveau Monde et l'Ancien.

Tout ça, se disait le docteur Milroy, c'étaient des mots, un murmure couvrant le bruissement de la gigantesque bouche d'eau où s'engloutissaient arrivée et départ, errance et exode, origine et déclin. On donnait toujours l'Amérique comme destination, mais tous habitaient finalement le même monde. Cette île où il se déplaçait, minuscule tête d'épingle à la surface du tissu marin, lui faisait toucher chaque jour des lieux où se croisaient les bords de ce qui n'a ni commencement ni fin. Chaque jour toucher des corps frappés de fièvre, livrés à ce qui fermente et pourrit au cœur de la matière vivante – et cette pourriture était en lui et dans tout ce qui l'entourait.

Il se retourna, cherchant à poser son regard sur quelque chose qui pût échapper à ce pouvoir d'anéantissement. L'île de Grâce, son île, était derrière lui, couverte d'une buée fauve qui en effaçait le relief. Il eut tout à coup peur du fleuve. Rejoint par l'ombre de ce qui le poursuivait depuis l'arrivée du premier voilier, il chercha aussitôt un sentier de traverse qui le ramènerait rapidement vers le chemin principal. Ce qui venait de faire irruption en lui était moins la crainte de la mort que le constat de son effroyable présence.

Il marchait, et autour de lui les buissons et les rochers s'effaçaient comme disparaissent les toits et les jardins derrière la vitre d'un train en marche. Il avait l'impression que la terre glissait sous ses pieds. Tout paraissait se dissoudre, s'enfoncer dans l'ombre de ce qui n'existerait bientôt plus. Craignant que la réalité ne se dérobe tout à fait, il fit l'effort de se concentrer sur le bruit, à peine audible, qui paraissait venir de l'une des anses où les chaloupes étaient amarrées.

Il entendit un bref effleurement des eaux, puis un silence diffus couvrit le miroitement glauque du fleuve. Une chaloupe venait probablement de quitter l'anse, et le garde chargé de surveiller cette partie du rivage devait être en train de somnoler. Tout le jour, des allées et venues incessantes faisaient de ce secteur grouillant d'activités un lieu d'énervement et de conflits, mais la nuit y distillait un calme trouble qui décourageait tout effort. Décidé à oublier ce qu'il croyait avoir entendu, le docteur Milroy tourna le dos au fleuve et prit un raccourci qui le conduirait assez vite à sa résidence. À peine avait-il fait quelques pas, qu'il sentit quelqu'un se déplacer non loin de lui.

Aucun hangar ni aucune habitation ne se trouvaient de ce côté, mais un battement de porte, suivi d'un grincement métallique, résonna à ses oreilles. Il suivit la direction du bruit et se trouva près de la glacière souterraine, couverte d'un toit incliné, que la noirceur aplatissait. Après avoir failli trébucher sur l'abattant de la trappe que le vent soulevait, il s'allongea contre terre, ouvrit la glacière et plongea une main vers les blocs de glace entourant les réserves de viande, de fromage et de poisson qui y avaient été placées. Une respiration contenue montait jusqu'à lui, en même temps que filtrait une sorte de raclement des parois de la glacière. Il attendit quelques minutes et vit quelqu'un s'élancer hors de la trappe avec une meule de cheddar, trois chapelets de saucisses et deux gros jambons.

Le docteur Milroy aurait souhaité ne pas avoir à sévir. Mais comme pour lui faciliter la tâche, l'homme alourdi du butin qui lui avait fait rater sa fuite se mit à proférer des injures. C'était un passager des derniers voiliers. Pendant la remontée du Saint-Laurent, quand d'autres soudoyaient le capitaine pour débarquer dans l'un des villages côtiers, lui retournait ses poches vides en maudissant le sort qui l'obligeait à se rendre sur « l'île de la mort. » En entendant ces mots qui stigmatisaient l'île de la quarantaine, le docteur Milroy se sentit frémir. La crudité du langage dénonçait l'absurde folie qu'il s'était donné pour tâche : accueillir les immigrants de la mer, et lutter avec eux contre le destin fangeux qui les guettait.

Il se vit forcé de poursuivre son enquête, moins par probité que pour donner un sens à ce qui en paraissait dépourvu. L'épidémie était un non-sens, et c'était ce non-sens qu'on lui demandait d'administrer. L'homme, dont le visage ne rendait plus aucune expression, lui avoua qu'une chaloupe venait de quitter l'anse. L'île de la Sottise serait la première escale, on attendrait ensuite la marée haute pour poursuivre vers la côte. Le docteur Milroy lui fit signe de se taire : le reste était superflu. Dans la course vers la Terre promise, l'île de la quarantaine était l'enfer que l'on souhaitait éviter, l'enclave à fuir si l'on avait eu le malheur d'y échouer.

Avec une rigueur proche de la sévérité, il dit à l'homme : « Allez dormir. » Puis il reprit son chemin, sachant que dans quelques heures, après s'être contenté de demander au capitaine Clark une surveillance accrue de la glacière et des chaloupes, il retournerait à ses malades. Et tout continuerait.

Le lendemain matin, une voiture vint le prendre pour le déposer à la Maison des missionnaires où logeaient les prêtres catholiques et les ministres protestants. Ils souhaitaient le rencontrer, car leurs déambulations nocturnes les avaient mis en présence de comportements, jugés contraires à la morale, dont ils souhaitaient l'entretenir.

Selon eux, l'île était en train de sombrer dans le plus total avilissement, et cette dépravation, qui n'était pas sans rappeler Sodome et Gomorrhe, attirerait sur la station de quarantaine les châtiments du ciel déjà visibles dans la recrudescence de l'épidémie. Chaque jour, des immigrants quittaient le Camp de santé et se précipitaient vers les buissons avoisinants pour se livrer à des familiarités répréhensibles. Seule la peur de l'herbe à puce, sur laquelle plusieurs d'entre eux s'étaient allongés et qui souffraient depuis d'irruptions inguérissables, maintenait certains dans le droit chemin. Les lieux du culte n'étaient même pas épargnés. Dans les chapelles, on osait des attouchements que les couples légitimes se permettent à peine dans leur chambre.

Plusieurs d'entre eux avaient fait vœu de chasteté. Le docteur Milroy les écoutait, se demandant d'où ils tenaient ces informations sur les privautés que s'accordent les couples légitimes. Il se demandait aussi combien d'entre eux auraient été là, si le devoir eût été le seul mobile qui eût décidé de leur existence. Le règlement de la quarantaine déconseillait ces rapprochements nocturnes, source probable de contamination, mais ils ne pouvaient poster un policier devant chaque tente pour interdire ce qui contribuait peut-être, paradoxalement, à la santé des immigrants. Alors qu'on attendait de lui une intervention rigoureuse, il répondit avec une scandaleuse insouciance :

— Vous savez, ces familiarités et ces attouchements dont vous m'entretenez, bien peu de gens en sont morts mais beaucoup en sont nés.

Le froid qui suivit ces paroles indiqua qu'il était sur la mauvaise voie. Il tenta de racheter son insolence en affirmant que la sagesse ne consistait pas à rechercher ou à fuir le plaisir, mais à vivre conformément à sa nature. Il s'entendit parler et trouva qu'il imitait mal les Jésuites. Essayant de s'en tenir à des considérations pratiques, il rappela que pour certains immigrants les deux chapelles tenaient effectivement lieu de chambre. Et il ne put s'empêcher d'ajouter qu'il ne suffisait pas de célébrer les beautés de la vertu pour voir chacun la pratiquer.

Ses arguments portèrent peu. Les religieux réprouvaient une jouissance non liée au désir de procréation, et ils considéraient qu'en temps d'épreuve il fallait se contenter de plaisirs innocents tels que l'amitié, le compagnonnage, l'assistance mutuelle. Les catholiques menant le débat, on était sur le point d'ouvrir une discussion sur la précarité du plaisir, son extension, sa finalité, lorsque les ministres protestants, qui considéraient toute rhétorique inutile et toute démonstration philosophique ennuyeuse, tirèrent du côté de l'utilitarisme pratique la nécessité de choisir entre la régulation du plaisir ou sa suppression. Selon eux, la réalité était simple : ces immigrants sans ressources, ou même sans métier, n'étaient pas en état de fonder un foyer. Mais puisque la quarantaine favorisait trop de promiscuité, il fallait ou bien interdire ces rencontres ou bien marier ceux et celles qui s'étaient compromis.

Les prêtres catholiques se déclarèrent aussitôt en faveur du mariage. Ce ralliement des deux Églises obligeait le docteur Milroy à prendre parti, même s'il ne savait trop comment considérer ce problème – l'un des multiples et insolubles problèmes qu'il devait résoudre chaque jour. Dans son for intérieur il croyait qu'entre le jour de sa naissance et celui de sa mort – dont ni l'un ni l'autre ne relevaient du libre arbitre –, un individu pouvait en toute légitimité décider d'un certain nombre de ses plaisirs. Mais avec l'épidémie, les vérités les plus claires devenaient obscures. Comme il n'était pas sûr que sa position pût être défendue, il leur promit sa collaboration pour le dénombrement des candidats au mariage. Et avant de prendre congé, il les pria de fixer la date d'une cérémonie collective qui légaliserait les alliances déjà conclues.

De là, il se rendit au cimetière qu'il n'avait pas visité depuis quelques jours. Le fossoyeur y creusait des tranchées sans enthousiasme ni dégoût, et des oiseaux de proie tournaient autour du sol excavé où les morts du lendemain seraient déposés en rangs, puis recouverts d'une couche de terre mêlée de chaux vive. Une bénédiction collective les accompagnerait dans leur dernière demeure, et la date de leur mort, portée aux registres des hôpitaux, serait, avec leur nom et leur date d'arrivée qui s'y trouvaient déjà, la seule trace visible de leur passage en Amérique. De leurs peines et de leurs plaisirs, de leurs projets et de leurs rêves, il ne resterait que cette terre muette exhalant une odeur de pourriture humaine.

Le cimetière, situé derrière le lazaret, se trouvait à l'extrémité est de l'île. La mer battait ses vagues non loin, mais ce n'était ni son odeur ni celle des boisés proches qui l'emportait.

Seules triomphaient les émanations putrides, mûries par la chaleur, suspendues dans l'air lourd. Le docteur Milroy regarda une dernière fois le fossoyeur piocher la terre caillouteuse devant accueillir les morts qu'il lui enverrait, et pour chasser la tristesse qui le gagnait il s'efforça de penser à quelque mesure d'assainissement supplémentaire. C'est dans cet état d'esprit qu'il prit la résolution de consulter le docteur Byrnes. Celui-ci, qui abhorrait l'air vicié, réprouverait un site d'enfouissement aussi superficiel et émettrait sans doute quelque proposition utile visant à restreindre cette source de propagation de miasmes pestilentiels.

Quelques jours plus tard, le docteur Milroy arpentait de nouveau le rivage. C'était presque déjà la nuit. Il faisait sombre, et le dernier croissant de lune venait d'apparaître au-dessus de la pointe est de l'île à laquelle le marcheur tournait le dos. Le docteur Prévost l'avait accompagné jusqu'au tournant du chemin principal, et avait poursuivi vers l'ouest en direction de la baie du Choléra où il se rendait chaque soir. Lui était alors descendu vers le sud, vers le souffle marin qui venait à lui, poussé par le vent, ou peut-être simplement par le désir qu'il en avait. La nuit, lorsqu'il ne pouvait dormir, il marchait ainsi pendant des heures, fuyant l'horreur, les lamentations, la fièvre omniprésente. Mais il ne pouvait s'évader longtemps. Venait toujours un moment où la fatigue l'obligeait à revenir sur ses pas. Il regrettait alors de ne pouvoir marcher encore, de ne pouvoir se rendre au-delà du dernier chemin de terre qui traversait l'île de part en part, au-delà du fleuve dont il entendait le ronflement.

Ces promenades l'apaisaient. Il ajustait son pas au mouvement des vagues, et il se sentait moins possédé par la violence ou la pitié, moins rivé à la nécessité de prolonger ce qui ne pouvait l'être. Tout passait : le temps, la peine, la douleur – et ces eaux puissantes qui coulaient ainsi depuis toujours lui rappelaient qu'il n'était pas immortel. Mais l'été meurtrier n'abolissait jamais complètement en lui le désir de vivre qui persistait malgré tout. Peut-être était-ce pour cela qu'il marchait si longtemps : continuer d'avancer l'empêchait de glisser trop tôt dans la bouche dévorante des Danaïdes où tout paraissait s'engouffrer.

Il fixa le fleuve une dernière fois, lança quelques pierres dans l'eau, puis repartit sur le sentier étroit qui contournait les talus et les rochers fermant l'anse où il s'était aventuré. Il avançait en direction du quai dont la construction enfin commencée rendrait les débarquements plus faciles, lorsqu'il vit tout à coup des ombres se déplacer furtivement. Un couple s'enfonçait dans les hautes herbes qui bordaient le rivage. Il le suivit au-delà du cran rocheux où il le vit s'arrêter.

Il s'approcha comme un rôdeur, prêtant l'oreille à la double respiration qui cherchait à se dérober. Deux corps emmêlés glissaient dans le mouvement impétueux qui les inclinait vers le sol, les lançait dans une sorte de danse exacerbée qui les soulevait, les faisait tourner sur eux-mêmes à plusieurs reprises, puis les ramenait face à face, déployés dans la beauté grave et somptueuse du désir. Et alors, dans le désordre des vêtements, dans l'enfouissement des bouches au creux des chairs, commençait une sorte de dévoration passionnée qui se transformait en un gémissement sourd. Chacun posait sa main sur la bouche de l'autre pour étouffer le cri qui pouvait les trahir. Ils ne se savaient pas observés par un témoin qui leur enviait leur béatitude, et détenait le pouvoir de suspendre ou d'interdire leur plaisir.

Les corps s'étaient immobilisés, vaincus par l'excès de désir, ce bonheur qui les rendait extrêmement calmes, couverts de la clarté lunaire qui donnait aux visages, tout particulièrement au regard, un aspect fragile, presque enfantin. Le docteur Milroy les voyait se tasser dans un coin d'ombre, comme pour se protéger du regard qui pesait sur eux. Mais ils continuaient de s'aimer et de puiser dans cet amour le courage d'échapper à la réalité violente qui pouvait les atteindre ou les avait peut-être déjà atteints à leur insu.

L'homme – avait-il vingt ans ? – refermait ses bras sur le corps étroit de la femme, corps adolescent dont les longs cheveux blonds formaient une tache claire sur le sol, et le médecin en voulait au destin de les avoir conduits là, sur cette île, sur ce cran rocheux auquel ils s'accrochaient. La scène commençait à se figer, les gestes ne se formant plus qu'au ralenti, au cœur d'une intimité qui cherchait à se préserver. Soudain gêné, le docteur Milroy détourna son regard et retourna au chemin solitaire où son ombre commença à vaciller. Un bref instant, il leva le bras comme pour lancer des signaux dans le vide. Puis il regagna sa résidence, et son ombre le suivit, tantôt distincte, tantôt confondue à ses pas.

Persévérance l'attendait avec un blanc-manger, une infusion, des remontrances : rentrer si tard lui ferait perdre son énergie et le conduirait tout droit à la maladie. Elle le fit asseoir, l'obligea à prendre deux cuillerées d'un sirop amer qu'elle avait fabriqué avec de la noix de muscade et des racines de plantes. L'odeur de ce qu'elle appelait sa «cuisine d'herbes» imprégnait la cuisine, la longue table de bois verdie par les fibres végétales. Chaque jour, elle préparait des liqueurs médicinales et des sirops dont elle remplissait trois ou quatre cruches destinées à l'apothicaire qui se disait heureux de disposer de substituts permettant d'allonger les remèdes classiques dont les réserves baissaient toujours trop vite.

Certains soirs, lorsque le docteur Milroy revenait à sa résidence prendre le repas gardé au chaud qu'il n'avait pas toujours envie de toucher, le parfum de cette cuisine d'herbes venait à lui comme un réconfort. Dans sa fatigue, il ne savait discerner s'il était surtout sensible à l'ingéniosité passionnée qui présidait à ces préparations, ou s'il appréciait le maintien de l'illusion médicale qu'elles lui permettaient d'entretenir. D'avoir traversé deux épidémies le rendait modeste : il doutait de plus en plus souvent du pouvoir de la médecine et des remèdes brevetés. Parfois, il pensait à ses ambitions de jeune praticien, aux querelles partisanes soutenues par certains collègues, et il éprouvait, face à tant d'orgueil, moins de tolérance que de désenchantement. Ces prétentions, qui pouvaient en temps normal abuser les médecins et leurs patients, ne trompaient jamais le corps lui-même. L'épidémie avait au moins ça de bon : elle lui rappelait que le corps restait le meilleur guide de la médecine.

Après avoir bu, il se sentit mieux sans perdre le sentiment d'avoir vieilli. Cette évidence, de plus en plus fréquemment ressentie, venait à lui comme un signal auquel il ne pouvait rester sourd. La calvitie plus prononcée que lui renvoyait son miroir chaque matin l'inquiétait moins que la perte d'un certain enthousiasme, le manque de confiance en l'avenir. Chez lui, l'exubérance de Darling et la vitalité des enfants lui étaient un appui et une promesse d'immortalité. Mais sans amour, il n'était plus qu'un homme seul, un médecin vieillissant pour qui la mort – ses préliminaires, sa chute abrupte, et cela était encore plus frappant sur l'île – constituait la réalité la plus immédiate et la plus sûre.

— Vous reprenez de l'infusion ? insistait Persévérance qui sentait une ombre passer devant ses yeux.

Il se frotta les paupières comme pour chasser un mauvais rêve, découvrant tout à coup celle qui se tenait à ses côtés avec ses yeux cerclés de rides, son front inquiet. Près de lui se trouvait une femme sans homme qui l'aimait d'un amour impartagé. Mais cet attachement s'ignorait, et aurait-il pu se reconnaître qu'il n'aurait rien exigé d'autre que ce gavage rassurant.

Le docteur Milroy sourit, et tendit sa tasse. Il n'était pas vraiment seul. Elle veillait sur lui.

Le jour du mariage collectif était arrivé. Il faisait chaud. Des oiseaux s'ébrouaient dans le ciel, et le vent, qui soufflait du bon côté, répandait des odeurs de cèdre et de pimbina sur le chemin où avançait le cortège.

À neuf heures précises, cinquante couples habillés de vêtements rafraîchis la veille dans l'eau du fleuve, se promettaient un amour éternel dans l'une et l'autre des deux chapelles libérées de leurs lits. Les portiques avaient été décorés de feuillages, et des bouquets de fleurs ornaient l'intérieur des lieux de prière qui avaient momentanément retrouvé leur fonction.

Des bijoutiers de Québec avaient offert des alliances à tous ces couples venus des vaisseaux dont l'union prenait une dimension historique. À part une blanchisseuse qui avait survécu à l'épidémie de choléra, et était revenue travailler sur l'île où elle s'était amourachée d'un brancardier, ils étaient tous jeunes. Le docteur Milroy reconnut sans peine le jeune couple de la nuit. Il entendit leur nom : Sarah Browne, seize ans, corps mince et longue chevelure blonde, épousait John O'Brien, ouvrier de ferme comptant deux ans de plus, à qui la cérémonie donnait des airs de prince de sang.

Même si le nombre de catholiques l'emportait sur celui des protestants, un tirage au sort avait favorisé ces derniers qui échangèrent leurs vœux les premiers et se dirigèrent ensuite, dans le même ordre de préséance, vers l'immense table recouverte d'un drap blanc où Persévérance avait disposé des plats. Le repas se composait de pâtés aux herbes, de tartes aux fraises, de thé des bois et de liqueur d'anis. Au fur et à mesure que progressait la cérémonie, la chaleur augmentait, mais le parfum des fleurs qui décoraient la table l'emportait malgré tout sur les effluves, moins délectables, qui commençaient à s'introduire dans le cercle des jeunes mariés.

La fête était réussie. Une lumière blonde éclairait l'île, et le fleuve paraissait couvert de diamants. Sarah Browne se hissait de temps à autre sur la pointe des pieds pour chuchoter des mots tendres à l'oreille de John O'Brien, imitée par d'autres jeunes femmes – tout aussi ardentes et désirées –, qui souhaitaient immortaliser l'instant dans un geste parfait.

Portés par la joie de vivre que leur insufflait l'amour, les couples se mirent à chanter et à danser. Les rires fusaient, l'obscur champ du malheur s'était rétréci. La passion corrigeait les imperfections du destin : l'été promettait à tous une longue saison pour le rêve et l'oubli.

Mais bientôt un son grêle commença à trouer la musique. Le banquet était à peine terminé qu'on vit une charrette remonter le chemin principal avec une charge de morts qui imposa silence au groupe. Tous les visages se tournèrent de ce côté, et le bruit des voix resta suspendu dans l'air, précédé du mince éclat de rire de Sarah Browne que le vent dispersait.

Quelques jours s'étaient à peine écoulés qu'une ligne de nouveaux voiliers apparut un matin à l'horizon, à l'heure où le soleil commençait à enflammer le fleuve. Regrettant l'absence de mémoire qui l'eût aidé à assumer une vision non corrompue par l'idée de répétition, le docteur Milroy fixait le cortège aquatique, redoutant l'instant où la beauté calme de l'image se transformerait en cauchemar.

Les vaisseaux avançaient lentement, comme tirés de l'au-delà des mers par un fil invisible qui risquait de se rompre. Leurs voiles frôlaient le ciel sous la lumière diffuse qui adoucissait la réalité sur le point de s'imposer, et l'on aurait pu s'imaginer voir venir un vol de mouettes. Mais le docteur Milroy aurait souhaité voir surgir un paysage de rocs et de falaises qui l'eût protégé du vertige des eaux, de l'attente insoutenable qu'elles faisaient peser sur lui.

Lorsqu'il vit le voilier de tête se détacher de la file des vaisseaux pour se diriger vers la zone de mouillage, il sentit son cœur battre à grands coups, tant il se savait captif du fleuve et de sa corruption. Dans quelques minutes des voyageurs viendraient grossir le nombre de ceux et celles qui cherchaient une terre d'accueil semblable à leurs rêves, alors qu'ils deviendraient des exilés anonymes à qui l'on distribuerait des abris, des rations d'eau et de nourriture à peine suffisantes pour combler leurs besoins vitaux. Cette pensée le remplissait d'épouvante. Il aurait voulu freiner le mouvement des vaisseaux, car il ne savait où loger ces immigrants.

L'amas de tentes et d'appentis massé derrière lui paraissait une fourmilière. Il était devenu complice d'un scandale : cette île n'enrayait ni la déchéance ni la mort, elle en retardait tout au plus l'échéance. «Je vous préviens, disait le capitaine Clark soudain placé dans son champ de vision, que l'odeur qui se dégage de ces voiliers n'annonce rien de bon.» L'ampleur du fléau se reconnaissait à son odeur. Les émanations mortifères refluaient vers le rivage, mêlées à la pourriture des fonds où s'enlisaient les chaloupes à marée basse, et tout cela fusionnait en une seule et même puanteur qui se rapprochait d'eux.

La patrouille de reconnaissance expédiée vers le fleuve avait dénombré trente-deux voiliers. Une telle avalanche, au bas mot treize mille passagers, détruirait l'équilibre précaire qu'ils avaient tenté d'instaurer. Ils seraient à nouveau forcés de modifier la loi sur la quarantaine qui avait déjà réduit à vingt jours, puis à douze, la période d'observation. Le système de quarantaine avait jusque-là obéi à une sorte de mouvement rotatif qui ne laissait jamais de lits vacants. Les malades étaient placés dans les hôpitaux qu'ils quittaient un peu plus tard pour les baraquements de convalescents afin de donner leur place à des plus malades qu'eux. Et le reste des immigrants étaient casés dans des abris, ou renvoyés à la mer s'ils ne paraissaient pas trop atteints. Comme l'île ne pouvait être agrandie, ils devraient désormais se contenter de ne faire descendre que les malades. Les autres passagers seraient désinfectés sur les navires, et feraient là-bas leur réclusion sous surveillance médicale.

Puisque les services d'accueil et d'entretien fonctionneraient désormais sur terre et sur mer, il fallait embaucher davantage de médecins, d'infirmières, de brancardiers, de cuisiniers et de blanchisseuses. Des renforts insuffisants furent expédiés par l'ex-capitale vers les navires assiégés par les charognards. Immobilisés dans le Passage de la quarantaine qui formait une sorte de croissant de lune autour de la partie orientale de l'île, les voiliers exhalaient une odeur de putréfaction qui se répandait par vagues sur le rivage avant de prendre d'assaut la zone habitée. Une double puanteur triomphait donc : celle de l'île elle-même, chaud remugle de sanie et de détritus qui attirait des essaims de mouches et d'insectes ; celle des vaisseaux, plus concentrée, montant des cales où croupissaient les malades et les morts.

C'est dans cette puanteur que le docteur Milroy s'efforça de récupérer des lits. Il se rendit d'abord dans les deux hôtels de première et de deuxième classe où se trouvaient plusieurs passagers du précédent débarquement, et il donna congé à tous ceux qui ne présentaient pas des signes évidents de maladie. Il fit ensuite le tour des hôpitaux dans l'espoir de trouver des guérisons qui libéreraient des places, mais des vides se faisaient aussi dans l'autre sens car on enlevait les morts à mesure afin de réduire les risques de contagion et de permettre une occupation maximale des pavillons hospitaliers. Pendant ce temps le docteur Prévost visitait les baraquements de convalescents regroupés au Camp de santé, et dirigeait vers les tentes tous ceux qui paraissaient rétablis. En resserrant chacune des mailles du système, on ne put malgré tout caser que mille nouveaux malades.

Et puisque les passagers en santé resteraient désormais sur les vaisseaux, il fallait promptement libérer les voiliers des dépouilles funèbres qu'ils transportaient. Des hommes de peine furent payés pour les exhumer des cales, les apporter au cimetière et les jeter dans les fosses communes tapissées de chaux vive. Mais la mort dont on croyait s'être débarrassée refit vite surface. Quelques jours plus tard, les mêmes hommes étaient rappelés pour exterminer les rats qui visitaient les cadavres. Effrayé par ce nouveau désastre, le docteur Milroy importa plusieurs tonnes de terre du continent et les fit épandre sur les sites d'enfouissement, afin de sceller les miasmes mortifères qui continuaient de se multiplier.

Séparer les vivants et les morts, isoler les malades et les bien portants restaient pour lui une préoccupation de chaque instant. Mais les vaisseaux restaient des nids de contagion, bien que l'on s'occupât de brûler les effets personnels des victimes et de désinfecter la place qu'ils avaient occupée. Aucune mesure d'assainissement n'apportait les résultats escomptés. Le vinaigre utilisé pour la toilette des passagers paraissait sans effet. Les bougies désinfectantes de Persévérance, fabriquées à partir d'un mélange de salpêtre et de sciure de bois de pin, dégageaient un arôme ténu anéanti par les exhalaisons putrides de l'été. Et le charbon de bois que le docteur Byrnes faisait brûler jour et nuit sur le pont des navires pour assainir l'air, se dégradait en poussière de cendres qui ajoutait aux déchets. Malgré le régime de courants d'air, l'emploi accru de désinfectants, et les séances d'aération quotidienne que celui-ci imposait aux occupants des voiliers pour les arracher à l'influence délétère de la maladie, l'épidémie battait son plein. Les chaloupes funéraires refluaient de plus en plus nombreuses vers l'île, obligeant à excaver davantage le cimetière d'où s'échappait une odeur de charnier.

Ce n'était guère mieux dans les hôpitaux, où de plus en plus de travailleurs et de travailleuses succombaient aux fièvres. Comme l'on manquait de personnel, on n'enleva bientôt plus les morts que deux fois par jour, et ensuite une seule. Seules des considérations humanitaires – et peut-être tout autant la soumission au gouvernement impérial – empêchaient que l'on ne renvoie les nouveaux arrivants à la mer, comme le faisaient fréquemment les villes américaines de la côte atlantique pour se préserver de l'invasion. Le docteur Milroy et ses adjoints durent bientôt se rendre à l'évidence : malgré leurs efforts, le territoire des morts gagnait progressivement sur celui des vivants.

Ils allèrent consulter le capitaine Clark qui, contrairement à son habitude, émit rapidement son avis : l'ouverture d'une autre île s'imposait. Il partit explorer les îles voisines avec ses hommes et fixa son choix sur l'île de la Sottise – île proche masquée par les voiliers –, qu'il décrivit au retour comme une île habitable où les vaisseaux pourraient aborder, malgré les récifs qui la bordaient sur deux côtés. L'heureuse nouvelle fut aussitôt communiquée aux capitaines des voiliers qui en firent part à leurs passagers, mais cette poignée de terre nue ne tenta personne. Ceux-ci répondirent qu'ils n'avaient pas traversé l'océan et vu mourir plusieurs des leurs pour aller s'enterrer vivants sur une île déserte qui n'avait en rien l'apparence d'une terre libre. L'île sombre et sauvage leur rappelait les horreurs colportées par les récits de captivité. On les avait trompés : ils refusaient de quitter ces vaisseaux qui pouvaient les conduire là où ils devaient aller.

Les trente soldats dépêchés par Québec pour assurer le transfert des passagers, et faire régner l'ordre sur l'île providentielle appelée à devenir le prolongement de la station de quarantaine, surent abattre les résistances. Mais ils échouèrent à dresser les tentes d'hébergement sur le sol rocheux dans lequel ils ne purent enfoncer une seule cheville de bois. La mort dans l'âme, le docteur Milroy et le capitaine Clark durent renoncer à leur projet. Ils revinrent à la Grosse-Île sous une pluie battante, avec trente bouches de plus à nourrir, se demandant par quel miracle ils pourraient désengorger l'île de la quarantaine et contenir l'épidémie qui menaçait de gagner l'intérieur du pays.

Ils en discutèrent une partie de la nuit avec le docteur Prévost et le docteur Byrnes autour de la table où Persévérance avait déposé un pot de café d'orge, pâle substitut du café de

Colombie dont elle n'avait plus un grain. Dans les moments de silence, ils entendaient l'orage fouetter le toit. Un vent déchaîné soufflait ses rafales sur les carreaux des fenêtres, et des trombes d'eau s'abattaient contre la porte. À ce vacarme s'ajoutait le grondement des vagues, leur roulement contre les rochers. La mer et sa force obstinée était là, anéantissant les illusoires et encourageantes suggestions qu'ils s'efforçaient de formuler. À l'aube ils trouveraient des appentis écroulés, des toits crevés, et tout serait encore une fois à recommencer. Avec cette épidémie, tout était toujours à recommencer.

Un frisson secoua le docteur Milroy. Il le mit au compte de l'humidité et versa une deuxième tasse de café à ses collègues, gardant pour lui le fond d'orge accumulé au fond du pot. Ses joues s'étaient creusées de cernes, il avait la pâleur des passagers longtemps confinés aux cales des navires. Se retenant de somnoler, il posa ses yeux sur les deux géraniums rouges qui éclairaient la grisaille de la nuit. Puis il marcha lentement vers la fenêtre, tira le rideau derrière lequel tout paraissait se liquéfier. Une fange ravineuse recouvrait le jardin. La terre ferme cédait, paraissant retourner à la matière bourbeuse qui l'avait formée. Il aurait pu se croire au milieu du fleuve, en dérive avec l'île que l'orage emportait.

Une image le réconfortait pourtant. Darling marchait en direction du fleuve avec les enfants qui avançaient d'un pas lent et mesuré. C'était l'image du dernier soir, juste avant leur retour à Québec. Il se tut afin de préserver cette vision. Mais le capitaine Clark se leva, titubant presque, et dit avec cynisme que Cliff Island restait leur seul espoir.

— Pourquoi, répondit le docteur Prévost, remplacez-vous le nom si juste de l'île de la Sottise par la banale appellation de Cliff Island?

L'orage fléchissait. Le docteur Milroy alluma un fanal, prit sa vareuse, chaussa ses bottes et précéda ses collègues vers la sortie où un étang s'était formé. Il partit avec eux sur le chemin détrempé, évitant de regarder la mer dont le battement féroce persistait. À un moment pourtant, il se tourna du côté des vaisseaux enfoncés dans l'obscurité et il imagina les gens entassés dans les cales humides, qui n'avaient même pas la consolation de voir fuir l'orage, et son visage exprima autant de douleur que de fatigue. Une boue sirupeuse dévalait les pentes des chemins où couraient des filets d'eau rose les jours de petite pluie. Le sol clapotait sous leurs pas. L'île, imbibée des eaux du fleuve qui gagnaient sur elle, sentait la mort et les os pourris.

Ils se séparèrent au croisement du chemin du quai. Le docteur Byrnes retourna sur les voiliers avec le jeune collègue fraîchement diplômé qui lui servait d'assistant. Le docteur Prévost fila avec le capitaine Clark en direction du Camp de santé pour évaluer les dégâts causés par l'orage. Accompagné d'un interne qui avait perdu plusieurs illusions depuis son arrivée là-bas, le docteur Milroy se dirigea pour sa part vers les hôpitaux. En poussant la porte du premier hôpital, il fut atterré par ce qu'il vit. Des infirmières étaient tombées sur place et se trouvaient allongées parmi les patients. Leur résidence, sacrifiée au secteur hospitalier dès les premières semaines de l'épidémie, n'avait pas été remplacée. L'omission témoignait du peu d'égards accordé à une profession sans laquelle aucun établissement hospitalier, même en ville, n'aurait pu fonctionner.

Évitant de se disculper, le docteur Milroy se reprocha de n'avoir pas suffisamment insisté auprès des autorités pour obtenir qu'une autre résidence soit construite. Ces vides qui se faisaient chez le personnel, à l'instant où il avait besoin de renfort, ajoutaient à son cauchemar. Dans ce service comme dans tous les autres, la peur du typhus causait presque autant de départs que la maladie. Des infirmières quittaient leur emploi au lendemain d'une seule journée de travail, effrayées par l'atmosphère des hôpitaux, le travail surhumain que l'on exigeait d'elles. Des hommes d'entretien profitaient du désordre des débarquements pour retraverser le fleuve clandestinement. Des blanchisseuses arrivaient sur l'île le matin et repartaient le jour même, horrifiées par le linge qui leur arrivait par pleines charrettes, dans des sacs juteux dont le contenu était sans mystère.

Dans tous les hôpitaux où il entra, les médicaments manquaient et les lits ne semblaient pas avoir été changés depuis plusieurs jours. Des détritus flottaient dans les mares d'eau accumulées sur les planchers, et l'humidité donnait à la puanteur des salles une odeur de fermentation qui aurait pu le faire vomir s'il n'y avait été habitué. C'était partout le même désordre, la même désolation. Il devait de surcroît rassurer les malades que le vacarme de la mer effrayait. L'exode entier était placé sous le signe du désordre, du manque, de l'excès.

C'est donc sans illusion qu'il se rendit à l'aube vers les hôtels et les baraquements où l'eau avait fait des ravages. La promiscuité qui régnait partout violait les principes d'hygiène qu'il avait toujours défendus. Rien ne se passait comme il l'eût souhaité. Lorsqu'il eut fini sa tournée, il compara le taux de guérison au taux de mortalité et constata, pour la première fois, que les guérisons accusaient un déficit. Une sueur glacée mouilla son front. L'épidémie entrait dans une phase qu'il eût voulu retarder.

Mais c'est après avoir vu le cimetière qu'il comprit jusqu'où leurs efforts étaient vains. La terre qu'il avait fait épandre avait été délavée par l'orage, et plusieurs fosses étaient dénudées. En voyant les corps découverts, il ferma les yeux pour fuir l'horrible vision qui le hanterait toute la nuit. Il était là-bas lorsqu'on vint lui apprendre les dommages causés du côté des tentes. Tout à coup, il éprouva une si grande fatigue qu'il dut aller dormir.

Le lendemain, le fleuve s'était calmé.

Sous le brouillard qui s'évaporait doucement, le docteur Milroy vit réapparaître le rivage envahi par les mouettes et les goélands. Et avec lui réapparaissaient les voiliers en attente que le mauvais temps avait masqués.

L'île retrouvait sa matérialité. Elle sortait de la buée grise laissée par la pluie. Un vent d'est asséchait les marais du littoral dont la fange nauséeuse collait aux pieds. Les sentiers ravinés conduisaient comme à l'accoutumée au chemin principal, aux bâtiments administratifs et aux quartiers hospitaliers où la routine se réinstallait. Les odeurs retrouvaient leur densité, une puissance de corruption que le soleil tiédissait.

Et les rumeurs – un mélange de cris, de plaintes et de protestations – recommençaient à se mêler au grincement des charrettes, au tapage des marteaux et au vacarme des canons qui se faisaient de nouveau entendre aux quarts d'heure.

CHAPITRE

Dans le flot d'activités qui se déroulaient là-bas, il s'en trouva bientôt une qui prit une importance inattendue. Dès qu'elle avait terminé sa besogne, Persévérance préparait chaque jour, en quantités de plus en plus grandes, des sirops destinés aux malades.

C'était devenu un rituel. À l'heure dite, elle disposait sur la table de travail qui longeait la fenêtre de la cuisine les ustensiles et les récipients devant servir au traitement des plantes médicinales cueillies la veille ou le matin même. Bientôt, tout était prêt. Avec une précision méticuleuse, elle commençait alors à couper, mélanger, étuver, faire bouillir les fleurs, les feuilles ou les racines dont elle voulait extraire l'essence curative ou reconstituante. En réalité, il s'agissait moins d'un travail que d'une fête. Elle trouvait là un espace où ruminer ses rêves et approfondir le sens des choses. Les transformations mystérieuses qui s'effectuaient dans les marmites fumantes lui apportaient une joie sans bornes.

Comme les malades aimaient ces préparations, le docteur Milroy crut utile de recruter deux aides pour seconder Persévérance quelques heures en fin de journée. Berthe et Angélique avaient à peine vingt ans. Dès le premier soir, elle les charma avec des récits dans lesquels les deux jeunes femmes se reconnurent malgré la différence d'âge. La variété des épisodes et la vivacité du ton retenaient leur attention, les laissant avides d'en savoir davantage. Le soleil déclinait, finissait par céder à la pénombre qui envahissait la cuisine, mais elles ne voyaient pas les heures passer. L'alchimie des plantes et la magie des mots devenaient une seule et même chose. Tout cela participait du même prodige : la langue et les doigts créaient quelque chose qui possédait le pouvoir de se précipiter dans des formes ou des textures nouvelles.

Un soir où le docteur Milroy passa à l'improviste à sa résidence, il entendit Persévérance et fut frappé par ses talents de conteuse. Sa façon d'établir les faits, de ménager des relances et des chutes à l'intérieur du récit avait quelque chose d'envoûtant. Il ne décela pour sa part rien de magique dans cet art de raconter, mais il reconnut là un don de persuasion qui l'avait également séduit chez Agnès Frémont. Ces ruses de l'imaginaire, qui invitaient à l'optimisme et à la détente, transformaient le monde en une fiction sympathique à laquelle le réel se voyait ensuite forcé de ressembler. Il pensa alors que la station de quarantaine pourrait profiter de cette puissance d'imagination trahissant une générosité de cœur non moins grande. Il attendit qu'elle finisse de vanter les mérites de l'ail des bois dans la purification de l'organisme et la régulation de la pression artérielle. Puis il s'approcha d'elle, et demanda :

— Craindriez-vous d'aller au Camp de santé et de leur apprendre un peu de ce que vous savez ?

Tout d'abord, elle détourna les yeux, gênée d'apprendre qu'il l'écoutait à son insu. Puis elle se sentit flattée de la confiance qu'il lui accordait. Comme elle avait déjà souvent dit au docteur Milroy qu'elle ne craignait aucun germe ou animalcule réputé pour corrompre l'air et causer la maladie, elle haussa les épaules et répondit ce qu'elle avait l'habitude de répondre chaque fois qu'on la mettait en garde contre les dangers de contamination :

— Vous savez bien que personne ne part jamais avant son heure.

Le jour suivant, c'est donc en compagnie du docteur Milroy qu'elle prit le chemin du Camp de santé où des immigrants achevaient leur convalescence. En passant devant la guérite de contrôle, elle salua le garde avec fierté. C'était le premier déplacement qu'elle effectuait en si bonne compagnie depuis son arrivée sur l'île.

Ils furent bientôt à la hauteur des tentes où régnait déjà une certaine animation, car la chaleur rendait ces abris intolérables dès le lever du soleil. Le docteur Milroy la présenta au groupe en des mots qu'elle devina plutôt qu'elle ne comprit. Elle ne parlait pas anglais, ni cette autre langue – ni française ni anglaise – qu'ils utilisaient entre eux. Et elle ne savait pas grand-chose des Irlandais, sinon que la plupart d'entre eux, pauvres et catholiques, détestaient l'Angleterre et les soldats anglais.

Son tour était venu de parler. Elle hésita un instant, puis elle redressa la tête et annonça d'un mouvement de la main le début de la séance qu'elle allait entreprendre. En réalité, elle n'avait aucune idée de ce qu'elle pourrait faire. Mais elle avait toujours cru que les gens, prompts à se quereller pour des détails, étaient habituellement d'accord sur l'essentiel – et parlaient à peu près tous le même langage puisqu'ils partageaient les mêmes rêves, les mêmes misères, les mêmes faiblesses. Pour gagner du temps, elle commença par réciter avec eux en latin les prières apprises pendant ses brèves années d'étude. Mais lorsque tomba le dernier *Amen*, le docteur Milroy n'était plus là. Effrayée de ne plus pouvoir compter sur lui – ni sur le latin qui permettait d'explorer des terrains d'entente sûrs –, elle regarda désespérément autour d'elle. Personne ne pouvait l'aider. Elle était seule et devait se débrouiller pour se faire comprendre et leur imposer son autorité.

Elle hésita de nouveau, puis une évidence s'imposa à elle. Ces gens sans famille, sans occupation, étaient démoralisés pour la plupart. Pour augmenter en eux l'énergie vitale qui leur permettrait de se rétablir complètement, il fallait les faire bouger. Après avoir dit : «Commençons», elle risqua quelques exercices maladroits destinés à favoriser la circulation du sang. Puis, avec un peu plus d'assurance, elle décrivit un grand cercle avec le bras droit, un autre avec le bras gauche, et lança ensuite ses mains devant elle comme pour saisir l'air imprégné des vapeurs de sel qui montaient du fleuve dont ils voyaient le miroitement. Elle leur fit reprendre ces gestes à plusieurs reprises, exigeant qu'ils répètent après elle, d'abord lentement, puis un peu plus vite, les quelques mots utilisés.

Elle disait : «Maintenant, les pieds» tout en pointant leurs pieds du doigt, et eux l'imitaient, prêts à effectuer cette sorte de saut vers l'avant, puis vers l'arrière, et finalement de côté qui exigeait un meilleur équilibre et plus de concentration. Tous ces mouvements créaient un rythme dont la cadence arrachait une poussière orange à la terre qui paraissait s'éveiller, participer à la danse des trois longues rangées d'immigrants sortis des tentes pour profiter d'une distraction qui diminuait leur angoisse et allégeait leur ennui. Ils oubliaient l'île où on les avait forcés à descendre, entourés de soldats, séparés de leurs malades et de leurs morts. Persévérance se laissait porter par le rythme qui s'accélérait. Elle pivotait sur elle-même à plusieurs reprises, levait les bras au-dessus de sa tête, puis les laissait retomber dans un long balancement qui assouplissait ses épaules. Ensuite elle bombait le torse, empruntant cette pose à la danse dont elle avait été témoin autrefois lors d'un mariage, assise, enviant les femmes aux reins parfaitement cambrés qui tournoyaient au milieu de la pièce, lascives et fières, capables d'envoûter le plus endurci des célibataires.

En cet instant, elle n'enviait plus personne et ne souhaitait devenir personne d'autre. Ils étaient là, autour d'elle, et le vent dispersait dans l'air chaud l'odeur de sueur exhalée par ces gens qui portaient jour et nuit les mêmes vêtements. Loin d'en être incommodée, elle y voyait au contraire un signe de bonne santé, la preuve que leurs corps se débarrassaient de leurs humeurs débiles et corrompues.

Finalement, après plusieurs figures exécutées dans toutes sortes de variantes, après plusieurs trépidations, balancements et rotations qui avaient tous pour but de redonner au corps sa souplesse et sa vitalité, elle décida de passer à autre chose. Les mains largement ouvertes, elle toucha le sol pour en capter la force énergisante, cet influx vital qui irradiait dans l'herbe, les plantes, le corps lui-même, tout ce qui vivait et croissait dans l'univers. Pour leur communiquer clairement cette idée, elle respira profondément la feuille arrachée à l'arbuste rachitique qui se trouvait derrière elle. Puis elle croisa les bras sous ses seins lourds, paraissant attendre une réaction qui ne venait pas.

Grisée par la facilité avec laquelle elle leur avait jusque-là dispensé son enseignement récréatif, elle ne comprit pas pour-

quoi son succès parut s'amoindrir lorsqu'elle prononça le mot
« a-mé-lan-chier » en détachant distinctement chacun des sons
qui le composaient. Elle répéta le mot en touchant les maigres
tiges de l'arbuste qu'elle venait d'amputer de l'une de ses
feuilles, et leur résistance parut grandir. Peut-être avaient-ils
appris des menuisiers ou des charretiers l'expression injurieuse,
plus ou moins semblable, qu'elle-même avait prononcée une
seule fois dans sa vie lors d'une dispute avec une voisine qui
lui avait fait perdre toute dignité. Comme elle disposait de peu
de mots pour se faire comprendre, elle crut prudent de
renoncer à les entretenir de l'influx vital de l'univers que
dégageait une simple feuille d'amélanchier.

Quelques silènes, subitement apparus dans son champ de
vision, vinrent lui prêter secours. Personne des siens ne se
trouvait là pour les affliger du vulgaire nom de « pétard », elle
pouvait donc leur prêter l'allure d'une cloche qu'elle ferait
sonner. Le visage imprégné d'une gravité qui ne laissait planer
aucun doute sur la noblesse de ses intentions, elle alla détacher
une de ces étranges fleurs veinées qu'elle garda un instant
entre le pouce et l'index, avant de la placer à la hauteur de son
front et de lui donner un élan auquel participaient sa tête et ses
épaules. Ils la regardaient, se demandant quelle magie allait
sourdre de ses doigts, quelle proposition ingénieuse les
arracherait pendant quelques minutes encore à la dure réalité
de l'île où un soleil implacable enflammait les broussailles qui
les séparaient du quartier de roches délimitant la zone où
avaient été dressées les tentes.

Le buste rejeté en arrière, Persévérance regarda le ciel dont
la couleur prolongeait celle du fleuve immense qui paraissait
régir leur vie, et elle se mit à chanter le *ding dang dong* des
cloches qu'ils reprirent en plus fort. Leurs voix se gonflaient et
faisaient onduler au bord des eaux infinies le refrain qu'ils
venaient d'apprendre. Persévérance levait les bras de plus en
plus haut, et Frère Jacques sonnait les matines de plus en plus
fort, et *ding dang dong* encore, tout recommençait dans une
bruyante confusion. Finalement elle dut extirper du mélange
où résonnaient des finales à l'anglaise, des sons isolés qu'elle
leur fit répéter distinctement, puis de façon plus souple et liée.
Peu à peu, les syllabes finissaient par s'ajuster aux bouches

remplies de radiations solaires qui leur insufflaient une bienfaisante vigueur, et cette gaieté un peu folle qu'ils n'avaient pas ressentie depuis longtemps. Sans livres et sans cahiers, ils apprenaient la langue de cette femme étonnante qui, par son entrain et son allant, les aidait à tirer de leur corps épuisé une nouvelle façon de voir le monde, une nouvelle manière de fuir le désespoir.

Persévérance n'avait plus à s'interroger sur la suite de ses audaces. Elle enchaînait la ligne mélodique de leur chant au battement de cloches donné par le mouvements des bras et des mains qui dénouaient des spirales de lumière autour des visages épanouis. L'odeur de transpiration accumulée dans les plis des vêtements affleurait davantage à la surface des tissus, et c'était une bonne odeur, la trace de l'effort imprimée dans le droit fil des laines et des linges enrobant les sons qui se répandaient dans l'air. Les voix fléchissaient, attaquaient cet autre refrain qu'elle leur apprenait avec des gestes destinés à en illustrer le sens. Un oiseau passait. Elle montrait du doigt ce qu'il allait devenir une fois transformé en souffle et en syllabes – *Alouette, je te plumerai la tête, ah!* et bien autre chose encore qu'elle n'aurait su exprimer dans sa langue, ni surtout dans la leur. Il s'agissait de choses tirées de réalités obscures qui contenaient toute la beauté et la douleur du monde, et elle tentait de leur en faire rendre l'accent par ces chants et ces cris de joie précédant les sanglots qu'ils étoufferaient plus tard au fond des tentes, abris précaires que le moindre vent ou la plus indiscrète rumeur pouvait anéantir.

De temps en temps ils regardaient le fleuve comme si quelqu'un ou quelque chose pouvait surgir de là-bas, et venir tout à coup les informer de leur avenir. Ces eaux immenses faisaient oublier les bords de toute chose, les bords du temps, le poids des années. Et Persévérance qui ne connaissait que son village, terre de roches quittée pour venir sur l'île en traversant ce fleuve qui lui avait paru vaste et agité comme un océan, avait tout à coup l'impression que ces gens vivaient là, dans ce campement, une sorte de rêve à demi réalisé. L'Amérique restait pour eux une terre inatteignable, mais en même temps tout leur avenir paraissait contenu dans la solidité de leur corps et la fermeté de leur désir.

Ils étaient maintenant rendus à *je te plumerai les pieds*, incapables de former le son *ié*, trop aplati, trop mouillé pour leur bouche habituée à rendre des sons secs, sons de gorge frôlant à peine les lèvres, qui faisaient dire aux blanchisseuses de l'île : « Ils cassent le français, et ils le casseront aussi longtemps qu'ils n'utiliseront que la moitié de la bouche pour parler. » Persévérance refusait ces préjugés. Ces syllabes péniblement articulées, dépourvues de la musicalité et de la légèreté exigées par sa langue maternelle, lui paraissaient sublimes. Elles ajoutaient à la félicité de l'air, redonnaient à ces visages anonymes une dignité qui effaçait l'exil, la longue attente à laquelle la quarantaine les condamnait. Venus de l'autre bout du monde, ils dansaient et chantaient comme s'ils avaient vécu là depuis toujours.

L'air devenait une musique scandée par le battement de leurs mains et de leurs pieds. L'écho des voix lui revenait, et Persévérance se disait qu'il fallait à tout prix sauver ces voix et ces gestes. Elle aurait voulu leur dire que tout ce qui vivait en eux et autour d'eux devait être préservé, que c'était l'unique façon de repousser la mort qui n'attendait qu'un signe de faiblesse pour saisir sa proie. Peut-être la comprenaient-ils, car ils y mettaient encore plus d'entrain et d'ardeur. Elle les regardait et il lui semblait que ces corps en mouvement dégageaient une force capable de défier le temps, le fleuve qui paraissait fuir sous leurs yeux. Mais l'heure avançait, et elle devait s'acquitter de sa besogne. Il était temps d'aller préparer le repas du docteur Milroy, puis de s'occuper de la cuisson des plantes et de la préparation des bougies désinfectantes attendues par l'apothicaire et le docteur Byrnes.

Heureuse de ménager ses ressources pédagogiques pour les jours à venir, elle cessa de bouger et leur dit qu'elle allait les quitter en montrant du doigt le chemin qu'elle allait prendre. Mais auparavant elle les pria de décliner leurs noms, étonnée d'en comprendre plusieurs, de leur trouver même des résonances familières. En retour, ils lui demandaient le sien qu'ils estropiaient comme elle pouvait s'y attendre. Dans son entourage, il n'y avait eu que sa mère, affublée du prénom extravagant de Désirée, pour le prononcer correctement et en comprendre véritablement le sens. Eux fronçaient les sourcils pour tenter de saisir d'où venait un nom aussi rare. Elle tendit alors les bras, et les ramena vers son cœur avant de les relancer devant elle à deux reprises, essayant d'exprimer par là ce qui dure et recommence indéfiniment.

Elle ne sut pas s'ils l'avaient comprise, mais à la façon dont ils l'entourèrent en répétant « lady Rans », elle eut la certitude qu'ils seraient tous là le lendemain.

Distraite par l'exploit qu'elle venait d'accomplir, elle prépara rapidement une fricassée de porc et une salade de pissenlits. Contrairement à son habitude, le docteur Milroy vint manger tôt. En la voyant, il eut la certitude que tout s'était déroulé parfaitement au Camp de santé.

À peine attablé, il se tourna vers la fenêtre et eut ce battement de cils, trahissant une émotion secrète, que Persévérance connaissait bien. Il toussa et dit sans la regarder :

— Sans vous, cette île serait un enfer. Vous m'aidez à tenir. Vous m'aidez à continuer de croire en l'impossible.

Persévérance se sentit rougir. Il lui était plus facile de s'adresser à deux cents Irlandais que de parler à un seul homme. C'était la première fois que le docteur Milroy lui adressait la parole aussi directement. Jusque-là, leurs échanges avaient surtout porté sur la température, les repas, un problème de la station de quarantaine. Elle consulta à l'improviste le miroir suspendu au-dessus du lavabo, et il lui sembla que ses rides s'étaient estompées. Sa peau lui parut également plus fine, et sa taille moins épaisse sous le tablier de grosse toile. Elle ne pouvait néanmoins céder aux compliments d'un homme dont elle connaissait l'épouse, une femme élégante qui avait l'âge d'être sa fille. Se reprochant sa coquetterie, elle quitta le miroir et alla faire bouillir de l'eau pour le thé, à la fois réjouie et effrayée par ce qu'elle venait d'entendre.

Naturellement, elle pensait à l'amour. Mais l'amour restait pour elle une féerie incompatible avec le métier de nourricière et d'accoucheuse qu'il lui avait été donné d'observer dans son foyer d'origine et les maisons où elle avait servi. Elle n'avait jamais envisagé le sexe, et tout ce qui s'y rapporte, autrement que sous la forme d'une servitude dépourvue d'attrait. Elle ne croyait d'ailleurs pas que l'amour pût exister ailleurs que dans les rêves ou les romans – ce qui dans son esprit ne faisait qu'un –, ni qu'une vie ordinaire comme la sienne pût permettre de bien grandes extases ou de bien grands transports. Ces jeux intimes, ces sentiments délicats qu'elle avait cru déceler chez le docteur Milroy et son épouse étaient réservés aux gens qui menaient un grand train de vie.

Le docteur Milroy l'observait tout en mangeant. Avait-il deviné ses pensées ? Il s'éclaircit la voix et demanda à brûle-pourpoint :

— N'avez-vous jamais pensé à vous marier ?

Elle rougit de nouveau, effrayée d'avoir à confesser que personne ne l'avait jamais demandée en mariage. Elle put malgré tout se ressaisir avant d'ébaucher un geste du revers de la main, appuyé d'un « Ah, vous savez », qui décourageait toute insistance. Il lui parlait d'un choix possible, alors qu'elle avait tout simplement suivi son destin. Le rôle de mère d'abord joué auprès de ses frères et sœurs, puis ensuite chez des étrangers, avait développé chez elle des traits de caractères peu recherchés par les hommes. Mais à côté de ces évidences, filtrait pourtant un soupçon. Elle n'était pas sûre que le train-train des corvées domestiques, exigé par une vie familiale, eût permis ces explorations médicinales qui lui apportaient ses plus fortes assurances et ses plus grands bonheurs.

Après le départ du médecin, elle retourna consulter le miroir, jugeant avec sévérité ses cheveux poivre et sel, son front ridé, la peau rugueuse de ses joues. Elle n'avait d'indulgence que pour ses yeux vifs et pétillants, dont on lui avait toujours dit qu'ils voyaient clair, entendant par là qu'elle savait détecter chez les autres des talents cachés, des intentions secrètes ou un sentiment indigne appelant des précautions. Mais cette clairvoyance, considérée comme un don, ne lui avait jamais apporté de reconnaissance ou d'éloges. Elle se remémorait donc avec émotion les mots du docteur Milroy concernant son travail au Camp de santé, et même l'embarrassante question à laquelle elle n'avait pu répondre. Ces mots la touchaient d'autant plus qu'ils avaient été prononcés par le directeur médical de l'île, homme de grande autorité qui, à peine osait-elle se l'avouer, partageait la même table et le même toit qu'elle.

Absorbée dans sa rêverie, elle n'eut pas conscience de desservir. Elle ne vit pas la lumière pâlir, et n'entendit pas entrer Berthe et Angélique qui se mirent aussitôt à hacher les racines de valériane devant former, avec la noix de muscade et les pépins de pommes déjà broyés, la base du nouveau sirop qu'elle venait d'inventer. Lorsqu'elle les aperçut, elle se mit à raconter des faits vécus et des histoires probables qu'elle donna pour véridiques, faisant défiler sous leurs yeux une série de personnages dont l'extravagance étonnait.

Utilisant la charnière commode « aussi longtemps que le monde est monde, on n'a pas fini de s'étonner », elle évoquait des scènes de la grande épidémie de choléra de 1832, brossait un tableau saisissant de l'incendie de Québec qui faisait rage le jour où elle traitait les fièvres puerpérales d'une voisine avec des infusions d'aspérule, ce muguet des bois à l'odeur de vanille dont l'action s'était révélée prodigieuse. Ses histoires s'enchaînaient les unes aux autres, allongées de péripéties qu'annonçait un léger mouvement de la main, ou ce « Ah, vous savez » qui laissait planer un moment d'incertitude dans l'esprit de Berthe et d'Angélique, filles simples qui connaissaient surtout le langage des nécessités quotidiennes.

Ces détours, qui paraissaient éloigner Persévérance de son sujet de prédilection, étaient en fait une ruse pour y revenir. Tout en surveillant les marmites, elle s'étendait longuement sur son apprentissage des herbes de santé, racontait comment elle avait appris à les reconnaître, à les faire sécher et à les conserver pendant des mois dans des flacons scellés à la cire d'abeille que n'altéraient ni le froid ni la chaleur. Au fur et à mesure que la cuisson du sirop avançait, elle devenait de plus en plus éloquente et plongeait de plus en plus profondément au cœur de son sujet. Berthe et Angélique essuyaient leur front couvert de la buée chaude désormais indissociable du fond sonore sur lequel s'effectuaient les transformations magiques qui ne cessaient de les étonner. Travailler à ces préparations leur ouvrait les portes d'un univers d'audace et de fantaisie dont la subtilité les émerveillait. Et d'entendre exprimer par cette femme ce que leur vie simple ne leur avait pas permis d'éprouver ou de dire leur apportait une sorte de contentement enfantin qui leur arrachait de petits cris.

Persévérance y trouvait elle-même son compte : elle perfectionnait un art de raconter qui raccourcissait les heures et ennoblissait son travail. Ces constructions mentales ajoutaient du poids à sa vie, lui donnant l'impression d'atteindre l'accomplissement rêvé. Lorsque le sifflement des marmites indiquait que la préparation était prête, elle goûtait le sirop et le clarifiait une dernière fois avant de le filtrer avec la passoire, tapissée d'un linge à mailles fines, qui le débarrassait de ses impuretés. Puis elle s'occupait des autres préparations, transvasait les derniers mélanges, roulait une dernière chandelle désinfectante dans le bran de scie mêlé de salpêtre.

Ses mains laborieuses cherchaient à s'occuper, mais ses gestes et ses mots ralentissaient. Berthe et Angélique lui soutiraient quelques phrases de plus, et elle s'emmêlait un peu plus dans ses histoires. Finalement elle bâillait et se retirait dans sa chambre, leur laissant le soin de laver les marmites avant de quitter la pièce.

En rentrant, le docteur Milroy trouvait le sirop qu'elle lui avait laissé dans un verre à liqueur. Il le buvait lentement, prenant plaisir à s'attarder dans la cuisine remplie de vapeurs tièdes et de parfums acidulés qui lui faisaient oublier les effluves pestilentiels qui régnaient au dehors. Une fois le verre vide, il regardait l'heure et allait dormir.

Persévérance dormait aussi. Et tandis qu'elle dormait, les mots d'appréciation du docteur Milroy passaient et repassaient dans sa tête, de plus en plus clairs, de plus en plus réjouissants.

Le lendemain, lorsque Persévérance retourna au Camp de santé, elle se sentit plus sûre d'elle-même. Le docteur Milroy lui avait écrit sur un bout de papier quatre phrases clefs devant faciliter son travail auprès des immigrants. Selon la situation, elle pourrait dire, même si sa prononciation restait plus ou moins française : *You understand ? – Repeat after me – This is very well – Come with me.*

Le nombre des participants avait presque doublé. Des femmes et des hommes étaient alignés sur cinq rangées, et le nom de « lady Rans » circulait parmi eux à l'instant où elle les rejoignit. Indulgente envers les syllabes escamotées de son prénom, elle exigea cependant qu'on l'appelle désormais « Madame ». Car de se trouver face à eux, investie d'une responsabilité qui ne comportait aucune tâche précise mais l'obligeait sans cesse à se surpasser, la remplissait d'une fierté rigoureuse. Elle récita avec eux un *Ave Maria*, puis lança un *Repeat after me* avant de leur faire exécuter les mêmes mouvements que la veille, prenant soin cependant d'en inverser l'ordre. Elle commença donc cette fois par les pieds, pour finir par la tête et les bras qu'elle fit osciller vers l'avant et l'arrière, puis vers la gauche et la droite dans un mouvement de pendule bien frappé. À des gens inquiets dont la principale occupation était de compter les jours qui les séparaient de l'instant où ils pourraient quitter l'île, elle savait qu'elle ne pouvait rien proposer d'autre que la repossession de leur corps.

Déjà, après quelques exercices, ils paraissaient revigorés. La pestilence, pourtant croissante avec la chaleur, paraissait diminuer lorsqu'elle les voyait se pencher avec elle pour puiser à même les vertus régénératrices de la terre l'énergie dont ils avaient besoin. Car elle se représentait toujours la terre comme le lui avait suggéré, dans son enfance, une illustration fixée au mur du bureau de poste de son village : cinq continents de différentes couleurs baignaient dans un amas de sels, d'eau et de fluides revitalisants dont les humains pouvaient profiter. Et elle les voyait, eux, reliés à la force terrestre qui faisait éclore les fleurs et conduire les plantes à maturité. Ceci l'amenait à vouloir dépasser ces exercices corporels pour leur offrir un délassement qui pût rendre sensible les liens qui unissaient la vie du corps et celle de la nature entière. Mais ne sachant comment leur communiquer cette évidence, elle hésitait, les deux mains placées sur les hanches, attendant que vienne une pensée qui pût la guider.

Ils l'imitaient, ignorant qu'elle n'avait pas la moindre idée de ce qu'elle leur ferait faire ensuite. Mais tandis qu'elle hésitait, les mots flatteurs du docteur Milroy repassèrent dans son esprit, et elle annonça sur-le-champ une «leçon de botanique». Le mot lui venait cette fois du docteur Prévost qui, lorsqu'il venait renouveler ses provisions de sirops, prenait le temps de causer avec elle de ses recettes favorites, de l'action de telle essence florale pouvant entraîner la chute de la fièvre, ou encore de la supériorité de telle plante sur telle autre dans le rétablissement des fonctions vitales du corps.

Ouvrant le pas, et désirant asseoir définitivement son autorité, elle dit *Come with me*, tout en faisant signe au groupe de la suivre. Après avoir coupé de biais, elle prit par un sentier conduisant aux bouquets d'orties aperçus derrière la guérite de contrôle, à propos desquels elle s'était demandé s'ils avaient poussé là par hasard ou si une main punitive, avide de renforcer le système de sécurité, les y avait placés. Une fois rendue, elle se pencha et saisit délicatement une tige du bout des doigts, évitant de toucher les poils hérissés des feuilles. Feignant d'ignorer le murmure admiratif qui suivit son geste, elle énuméra les mérites de la plante redoutée qui, en plus d'être efficace contre les fièvres typhoïdes et le choléra, pouvait arrêter les saignements et les hémorragies, les crachements et les écoulements de toutes sortes. Répétant à plusieurs reprises les mots «typhoïde» et «choléra» – les seuls mots qu'ils retiendraient peut-être et sans doute les seuls qu'ils comprenaient –, elle ajouta que cette plante pouvait aussi combattre les crises d'apoplexie, les rhumatismes, l'acné, l'urticaire et même la chute des cheveux.

S'il lui était aisé de mimer l'action prodigieuse de l'ortie sur la santé et la beauté, elle se sentit par contre embarrassée lorsque vint le temps de décrire son influence sur la virilité masculine et la régularisation des règles de la femme. Risquant un coup d'audace, elle emprunta une phrase du docteur Prévost – qui la tenait lui-même d'un grand poète latin dont elle avait oublié le nom : «Si un homme n'aime plus les femmes, il faut le fouetter sous la ceinture avec un bouquet d'orties.»

L'avaient-ils comprise? Certains la regardaient, incrédules, et d'autres fronçaient les sourcils. Après cette fracassante entrée en matière, elle pouvait se permettre de citer les propriétés thérapeutiques des plantes les plus humbles, ou même les plus méprisées, sans craindre le ridicule ou le scepticisme. Ainsi, la touffe de chardons qui venait de s'accrocher à sa jupe pouvait devenir, une fois infusée, un remède efficace contre la fièvre et les empoisonnements. Et ces tiges de moutarde, accusées d'infester les champs, pouvaient servir à préparer d'excellents cataplasmes contre la toux, les inflammations des bronches ou des amygdales. Plus loin, une touffe de sauge sauvage, son herbe préférée, méritait que l'on vante son efficacité dans de nombreux cas de fièvre, d'affaiblissement général et de troubles intestinaux. Tout en donnant sa leçon, elle avançait en ouvrant les herbes d'une main large qui donnait à son allure une dignité renforcée par l'hommage rendu aux pissenlits bordant le sentier où ils se trouvaient. Cette plante modeste dont les fleurs sécrétaient un suc qui faisait disparaître les taches de rousseur, et dont les feuilles pouvaient être mangées en salade avec des croûtons à l'ail et des petits lardons passés à la poêle, devenait soudain un plat de roi, un rêve d'opulence et de beauté porté par la légion d'astres qui éclairaient le ciel.

Malgré la décharge des canons qui couvrait la voix de Persévérance aux quarts d'heure, l'odeur de soufre altérait à peine le fin poudroiement de pollen qui flottait dans l'air. Que la baie du Choléra, où avaient été enterrés les milliers de morts de la dernière grande épidémie, se trouvât non loin d'eux ne la gênait pas. La vie et la mort représentaient, à ses yeux, les deux côtés d'une seule et même chose : la santé du corps ou son absence, son triomphe ou son échec. Autour de la conteuse, s'élaborait petit à petit une sorte de méditation construite sur des idées simples illustrées par des gestes persuasifs. La santé, le sommeil, la nourriture devenaient les alliés des bontés de la nature dont le groupe rendait grâce à Dieu tout en se signant. Car c'est toujours vers Lui que tout aboutissait : les imprécations et les remerciements, les reproches et les louanges, les supplications et les blasphèmes.

Ils la suivaient, moins avides de percer le secret des plantes que d'assister à ce théâtre de gestes et de mots qui rendait l'île un peu plus proche du Nouveau Monde dont il leur tardait de franchir le seuil. L'île devenait un lieu béni des dieux, un jardin où poussaient des fleurs et des fruits dont l'arôme circulait dans l'air chaud soudain rafraîchi par une atmosphère d'aube. Et la langue française elle-même, cette langue trop chantante pour leur palais sec, trop encombrée de terminaisons capricieuses, devenait une musique qui formait, avec le bruit des vagues, le crissement des cigales et les trilles des oiseaux, une symphonie grandiose.

En bonne pédagogue, Persévérance réservait pour la fin l'élément le plus spectaculaire de sa leçon. Jouissant d'avance de l'intérêt qu'elle allait susciter, elle s'essuya les lèvres du revers de la main et entama l'histoire du Vinaigre des quatre voleurs, vieille histoire entendue dans son enfance à laquelle l'épidémie donnait un regain de popularité. Des marins la faisaient circuler dans l'espoir de trouver quelqu'un qui pût leur fabriquer une pinte du mélange miraculeux qui avait la réputation de préserver des fièvres. Il y a longtemps, disait-elle, lorsque la grande peste ravageait l'Europe, quatre voleurs français s'enrichirent en détroussant chaque jour des cadavres et des mourants, mais aucun d'entre eux n'attrapa la maladie, ce qui étonnait tout le monde. Une nuit, ils furent pris sur le fait et reçurent des magistrats appelés à les juger la promesse qu'ils auraient la vie sauve s'ils livraient leur secret. Ils avouèrent alors se protéger de la contamination en se frictionnant le corps matin et soir avec un vinaigre fort dans lequel avaient macéré du thym, de la sauge, de la marjolaine, du romarin et plusieurs gousses d'ail.

La composition exacte du produit, dont les ingrédients changeaient selon les versions qui lui avaient été rapportées, amena Persévérance à marquer une pause. Elle laissa courir les quatre voleurs à leur guise et donna la recette, estimée supérieure, qu'elle-même avait mise au point après un certain nombre d'essais. Au vinaigre blanc additionné de deux doigts de brandy, elle ajoutait pour sa part quatre fleurs d'ortie, une poignée de reines-des-prés, une cinquantaine de clous de girofle, quatre gousses d'ail, une généreuse poignée de sauge et cinq cubes de camphre finement hachés. Ce mélange, désormais appelé le vinaigre des quatre gousses d'ail, était ensuite placé dans un placard où il fermentait pendant quinze jours avant d'être utilisé.

La recette fut si populaire qu'ils se ruèrent sur ses bouquets de sauge, et lui arrachèrent la promesse de leur apporter le lendemain un peu de ce vinaigre prodigieux. Elle eut tout à coup peur. Ses mots l'avaient conduite au-delà de ce qu'il était possible de faire, et aucune de ses quatre phrases clefs ne pouvait servir à rétablir l'ordre. Frappant des mains pour forcer leur attention, elle confessa que le docteur Milroy doutait de la valeur médicinale de ce vinaigre. Puis elle ajouta, en s'aidant de gestes appropriés : «Ces quatre voleurs en mettaient plus parce qu'ils se sentaient coupables. À mon avis, il suffit d'y tremper le doigt et de frotter légèrement les tempes et les poignets pour s'assurer une protection suffisante.»

Ils s'apaisèrent, mais elle termina sa leçon de botanique dans l'inquiétude. Pour remplir sa promesse, elle devrait couper d'eau bénite l'unique gallon de vinaigre des quatre gousses d'ail qu'elle possédait. En son for intérieur, elle réprouvait cette injustice. Sa cuisine d'herbes exigeait des heures et des heures de travail, alors qu'un prêtre de la Maison des missionnaires pouvait transformer de l'eau naturelle en eau bénite en moins de temps qu'il n'en fallait pour égrener une touffe d'anis ou peler une gousse d'ail.

L'incident l'obligea à prendre la résolution d'espacer ces leçons de botanique qui donnaient des tentations auxquelles l'île ne permettait pas de succomber. À l'avenir, elle s'en tiendrait à quelques principes élémentaires, un art culinaire simplifié dont la réalisation, différée, ne compromettrait pas les maigres ressources d'une terre où, en temps normal, seulement dix à douze familles eussent pu subsister. Comme le pissenlit abondait sur l'île, elle y reviendrait, vanterait la saveur de ses boutons de fleurs confits dans du vinaigre à l'aneth ou au cerfeuil. Mais voilà, cette extravagance culinaire risquait de les effrayer – qu'ils fussent catholiques comme elle ne garantissait pas leur adhésion à cette exquise gourmandise. Elle se ravisa donc, trouvant plus sage de proposer la préparation d'omelettes aux feuilles de pissenlit, quelques potages à l'oseille, des tartes aux épinards et des biscuits à l'anis. Après tout, ces plats alléchants qu'ils ne pourraient consommer, mais dont elle leur donnerait la recette, les nourriraient de quelque manière. Elle l'avait maintes fois observé, et l'expérience du vinaigre des quatre gousses d'ail le confirmait éloquemment : les mots pouvaient non seulement remplacer les choses absentes, mais aussi dégager certaines de leurs propriétés.

Lorsqu'elle retrouva son groupe d'immigrants, leur nombre avait encore augmenté. Et tous voulaient connaître les bienfaits de son fameux vinaigre des quatre gousses d'ail.

Honteuse d'avoir dû recourir au procédé frauduleux qui lui avait permis d'apporter trois cruches pleines, elle en remplit plusieurs bols qu'elle fit circuler parmi eux, les invitant à se frictionner les tempes et les poignets. Sans émettre de commentaires, elle leur fit ensuite exécuter dans un certain désordre, et plus rapidement que les jours précédents, des mouvements d'étirement et de flexion devant assouplir leur corps. Puis elle ordonna *Come with me!* et les conduisit vers un escarpement rocheux dont les bords, étagés en terrasses, permettaient d'observer le paysage étalé sous leurs yeux.

Vue d'en bas, l'île paraissait comprimée par le fleuve, étouffée par le surpeuplement. Mais de là-haut, elle ouvrait sur l'infini. Persévérance attira leur attention sur les îles environnantes dont la pointe arrondie surnageait, et osa leur communiquer sa vision du monde. Elle avançait l'hypothèse que la terre, plissée et trouée en surface, était probablement d'une seule pièce en dessous des eaux – ce qui signifiait que l'île de la quarantaine formait, avec la vingtaine d'îles de l'archipel des Danaïdes, une seule masse rocheuse. Cette portion de terre, disait-elle en levant une main généreuse sur l'ensemble de l'île, était voisine de toute autre portion de terre visible ou invisible de l'univers. Élargissant davantage la main, elle expliquait que la multitude de plateaux, de vallées, de plaines, de fleuves, de collines et d'archipels répandus à travers le monde formaient un seul et même monde. Rejetant le point de vue étroit qui réduisait l'univers aux seuls lieux connus, elle ajoutait que tout paraissait se perdre au loin mais qu'en réalité tout se trouvait finalement proche puisque le proche et le lointain formaient une seule et même chose, un seul et même espace qui paraissait infiniment grand ou infiniment petit selon le lieu d'observation choisi.

L'émotion les avait gagnés. Ils fixaient le fleuve jusqu'à la limite de l'espace visible, espérant voir surgir les paysages qui hantaient leur mémoire. Ils l'avaient suffisamment comprise pour sentir que la terre laissée derrière eux, et qui les habitait toujours, s'était soudain rapprochée. Persévérance faisait un geste pour indiquer qu'elle revenait à eux, car poursuivre sa réflexion sur un sujet aussi difficile l'aurait amenée à commettre des erreurs ou à débiter des insanités. Elle baissa les yeux, fronça les sourcils sur une préoccupation tenue secrète, et proposa finalement :

— Maintenant c'est à votre tour de parler. Vous ne connaissez pas beaucoup la langue, mais avec dix mots on peut faire une histoire. Vous allez me raconter la vôtre.

Ils se consultèrent du regard comme pour établir un code de préséance dans l'usage de la parole, et fixer les règles de la narration. L'assentiment général parut désigner un homme assez âgé qui se trouvait dans la première rangée, non loin de Persévérance de qui il pourrait être entendu malgré la pauvreté de son vocabulaire et l'agencement fautif de ses verbes. Il tendit une main en direction du fleuve, et la hissa vers l'infini pour indiquer le passage à un autre temps et à un autre lieu. Puis il toussa pour s'éclaircir la voix, et chercha des yeux la touffe d'herbe la plus éclatante qu'il put apercevoir. La main ouverte, il expliquait que là-bas, loin derrière ces eaux, se trouvait une île verdoyante, la plus belle qui pût exister, à propos de laquelle revenait souvent le mot *Erin* que tous connaissaient mais que Persévérance entendait pour la première fois. Avec de grands gestes, il traçait les contours des paysages abandonnés, et ses voisins le corrigeaient, ajoutant tantôt une rivière, tantôt une colline, des vergers, des pâturages, un clocher dominant une vallée dont chaque parcelle de terre nourrissait un arbre, un fruit, une racine entretenant la nostalgie de ce qui avait été le centre de leur vie.

Puis un autre homme, qui paraissait avoir à peu près le même âge, commença à évoquer une île plus grande encore, située non loin d'*Erin*, d'où partaient des vaisseaux remplis de soldats. Suivaient un certain nombre de manœuvres, des sauts et des mouvements violents suggérant des guerres, des tueries, le saccage de maisons et de récoltes, toutes ces horreurs dont Persévérance avait entendu parler ou qu'elle-même avait lues dans des livres ou des journaux. Elle l'écoutait – en réalité elle le regardait surtout, car il utilisait bien peu de mots français –, regrettant que les malheurs, les batailles, les fusils pussent faire oublier le travail apporté à entretenir et à protéger la vie. Tandis que l'homme s'indignait, elle s'attristait de penser qu'*Erin*, l'île la plus verte et la plus belle du monde, soit devenue une île d'injustice et d'amertume. Et elle regrettait tout autant que l'île où ils se trouvaient soit devenue cette terre ravagée, terre ensemencée de morts qui ne voyaient plus la beauté du fleuve.

Une décharge de canon couvrait le ciel, et le vent déplaçait de leur côté les vapeurs de soufre qui faisaient tousser l'homme. Heureux de la coïncidence opportune qui conférait à son récit un caractère encore plus tragique, il s'essuyait les yeux – et les autres faisaient de même –, puis il recommençait à mimer le carnage de la guerre, le cliquetis des armes et une agitation meurtrière qui cédait de temps à autre la place à une immobilité vigilante prête à relancer l'assaut. Une femme couvrit tout à coup ce tapage d'un cri strident. La main levée, elle comptait sur ses doigts ce qui paraissait être le nombre d'enfants, de frères, de proches parents que la bravoure avait tués. Prenant son temps, elle mesurait avec exactitude un rectangle de terre à l'intérieur duquel elle dessinait une croix. Des femmes venaient déposer quelques fleurs sur le sol ainsi délimité. Puis l'une d'elles commençait à moduler un chant grave et lancinant que d'autres voix venaient appuyer, au grand soulagement de Persévérance, car cette voix fragile, sur le point de se casser, était à la fois proche du plus grand espoir et de la plus implacable détresse.

Hommes et femmes, ils chantaient tous, outragés et recueillis. Ils pleuraient d'innombrables peines qu'ils n'auraient peut-être pas su nommer dans leur propre langue, mais dont le poids paraissait avoir pesé en eux depuis la naissance. Si Persévérance n'avait été responsable du groupe, elle aurait aussi pleuré sur son *Erin* à elle : ses blessures et ses douleurs cachées, ses deuils, ses jours et ses nuits de femme solitaire. Elle aurait pleuré sur le savoir des livres qui lui avait été refusé, l'amour qu'elle attendait encore sans y croire, le visage d'enfants qu'elle n'avait pas, celui de l'homme qu'elle n'avait jamais rencontré et ne rencontrerait probablement jamais. Se gardant d'intervenir, elle les observait, les enviant presque de verser des larmes sur des épreuves visibles, des drames exemplaires qui passeraient à l'Histoire.

Eux continuaient de dénoncer l'ennemi venu de la mer, les trahisons, les sévices, la famine – le fleuve probablement aussi –, et elle revivait son enfance éveillée par le frémissement des sons qui passaient de l'aigu au grave. Ce chant exprimait une douleur unanime où transperçait l'exil. Les voix finirent par s'étouffer dans une sorte de sanglot contenu où s'avouait la coupure, l'âpre réalité en train de s'accomplir. Ils fixaient un point du sol, une couleur verdoyante à jamais fixée dans la mémoire, qui resterait introuvable. Persévérance voyait des mains calleuses s'élever en direction du fleuve, et le mot *Erin*, autour duquel s'ordonnaient les évocations commémoratives, refaisait surface et recommençait à appuyer leurs mots.

Indiquant la file de vaisseaux en attente, les voiles rabattues sous le ciel clair, ils racontaient dans des phrases incompréhensibles, dont les intonations lui devenaient familières, l'épreuve de la traversée. *Erin* se dépeuplait, et eux se voyaient interdire la poursuite du voyage à cause de la fièvre des navires qui les avait suivis depuis l'Europe, depuis le fond des temps peut-être, ces éternelles disettes, la peste noire et toutes ces autres pestes venues des vieux continents dont les miasmes envahissaient l'Amérique au moment où ils venaient s'y établir. Et voilà qu'ils se tenaient à l'entrée du Nouveau Monde dont l'île paraissait coupée, même si Persévérance et le docteur Milroy affirmaient le contraire. Car en eux renaissait toujours un doute, l'idée que ces eaux les séparaient d'*Erin* sans leur offrir le continent cherché.

Persévérance trouvait qu'ils parlaient de mieux en mieux. Leur palais s'arrondissait, et dans leur bouche devenue plus souple les sons se faisaient plus charnus. En dépit des incohérences et des hésitations, le nombre de mots connus dans la langue nouvelle augmentait chaque jour. Néanmoins, malgré sa fascination pour la musique des phrases et la beauté des images suggérées, elle était bouleversée par ce qu'ils venaient de raconter. N'eût été sa confiance en la nature et son amour des herbes, elle aurait pu croire que le monde était devenu trop petit pour ses habitants, trop usé et trop déchiré par la guerre pour subsister. Elle dut ramener ses yeux sur les bouquets de sauge que le vent faisait onduler non loin d'elle pour chasser ces pensées, et arriver à se dire : peu importe que le monde soit malade ou dégénéré, aussi longtemps qu'une herbe de santé arrivera à naître et s'épanouir, les humains pourront en faire autant.

— Vous continuerez de raconter votre histoire demain, coupa-t-elle. Nous allons chanter ensemble *À la claire fontaine*, et ce sera tout pour aujourd'hui.

Des tâtonnements grammaticaux et des discordances phonétiques mirent tout d'abord du sable entre leurs dents, puis un filet d'eau douce remplit leurs bouches. L'eau de la fontaine les abreuvait. Ils souriaient comme s'ils avaient retrouvé le pays perdu, ses ruisseaux cristallins, ses collines et ses vallées. Tout en regardant le fleuve, ils répétaient une dernière fois *Il y a longtemps que je t'aime, jamais je ne t'oublierai*.

Ils venaient de former un cercle autour d'elle. Alors, elle vit l'île se fondre avec l'*Erin* disparue. Et elle sut qu'on l'aimait.

De nouveaux voiliers venaient d'apparaître à l'extrémité du fleuve. Le docteur Milroy et le capitaine Clark les voyaient ouvrir la ligne calme des eaux où se réfléchissait un ciel sans nuage, et ils se sentaient saisis de la même peur : d'autres immigrants allaient débarquer sur l'île, d'autres malades et d'autres morts allaient les envahir.

L'épidémie ne leur laissait aucun répit. Dès qu'ils croyaient avoir réussi à caser les passagers des derniers vaisseaux, une nouvelle vague de voiliers remontait le Passage de la quarantaine et leur imposait l'inhumaine réalité qu'ils auraient voulu fuir. Cet envahissement perpétuel, l'éternel battement des vagues sous le soleil dur autour duquel tournait la terre abandonnée leur étaient devenus insupportables. Quoi qu'ils fassent, ils savaient déjà qu'aucune mesure d'urgence ne pourrait tenir. Autrefois, on avait fait miroiter les avantages de leurs métiers respectifs sous le couvert d'une profession prestigieuse appelée aux plus hauts accomplissements. Or, tous deux n'avaient plus qu'une profession et qu'un métier : désengorger cette passoire qui se remplissait à mesure selon la poussée des vents et des marées. Car l'île de la quarantaine était devenue une passoire qui retenait les morts, filtrait les malades et renvoyait au fleuve le reste des passagers que les grandes villes du pays devaient absorber.

En deux semaines, ils auraient reçu 28 000 immigrants. C'était la population de l'ex-capitale quelques années plus tôt, mais Québec avait mis deux siècles et demi à se construire.

À court d'idées, le docteur Milroy convoqua une réunion d'urgence à sa résidence dans l'espoir qu'on pût l'aider à résoudre le problème insoluble qui se posait à lui. Grâce aux tarifs de faveur consentis par les armateurs britanniques à la population affamée que le gouvernement impérial souhaitait éloigner de son territoire, le prix d'un billet de traversée pour Québec coûtait trois à quatre fois moins cher qu'un billet pour New York ou Philadelphie, villes où d'importants droits d'entrée étaient en outre perçus auprès des immigrants. Refusant d'être le lieu d'asile où échoueraient les malades et les indigents expédiés par l'ex-métropole dont elles s'étaient affranchies, les villes américaines de la côte atlantique imposaient de lourdes pénalités aux maîtres de vaisseau qui prenaient le risque de transporter des malades, et elles rejetaient de plus en plus souvent à la mer les immigrants que la famine poussait à s'exiler. Mais l'attraction de ces villes était si forte que, quelques mois ou quelques années plus tard, bon nombre de ceux qui n'avaient pu pénétrer là-bas par voie d'eau, traversaient à pied, et de façon clandestine, la frontière du riche territoire où n'avaient plus cours les lois anglaises.

Au cours des dernières décennies, les deux tiers de ceux qui s'étaient pressés au port de Québec avaient ensuite filé vers le Sud. Mais comme le Saint-Laurent restait le seuil du Nouveau Monde que l'on pouvait franchir sans trop de frais ni de rigueur administrative, l'afflux migratoire continuait. Pendant cet été de 1847, Québec accueillerait plus d'immigrants que New York et Boston réunies. Mais le docteur Milroy l'ignorait à l'instant où il tenait cette réunion. Huit heures venaient de sonner à l'horloge. En les voyant entrer à une heure si matinale, Persévérance comprit que la situation s'était aggravée. Elle leur prépara du café, enleva de la table le pot de géranium qu'elle remplaça par une bouteille de rhum et du café. Et tout en poursuivant sa besogne, elle s'efforça de ne rien perdre de leurs propos.

Puisqu'il était en contact continuel avec les vaisseaux dont il assumait la responsabilité médicale, le docteur Byrnes fut invité à prendre la parole le premier. Il parla sans entrain et n'émit aucune théorie. Amaigri, le teint pâle, il disait côtoyer chaque jour l'horreur, et il avouait refuser de se donner délibérément la mort uniquement parce qu'il avait la certitude que le typhus avait aussi envahi l'enfer. Le docteur Prévost paraissait préoccupé. Il avança quelques suggestions, déclara qu'il fallait exiger du gouverneur l'ouverture immédiate de deux ou trois autres stations de quarantaine afin de libérer le Saint-Laurent. Le capitaine Clark, qui occupait un détachement de soldats à creuser un nouveau puits et à dresser des tentes sur la lisière de terre vacante entre le chemin du quai et le quartier administratif, énuméra pour sa part quelques-unes des mesures prises pour prévenir les abus d'alcool et les excès de découragement auxquels tendaient ses hommes. Puis, retenant l'idée du docteur Prévost, et comme s'il avait oublié l'échec de l'île de la Sottise, il proposa d'explorer deux ou trois îles proches qui pourraient éventuellement devenir des postes de contrôle supplémentaires.

Le docteur Milroy était découragé. Examiner la réalité sous tous ses angles conduisait à une impasse. Il réclamait constamment du personnel, des hôpitaux, des abris, des médicaments et de la nourriture auprès des autorités, mais les vaisseaux continuaient d'arriver et les ressources restaient insuffisantes. Le mythe des Danaïdes, qui obligeait ses victimes à remplir d'eau un tonneau percé, s'était inversé. L'île était la passoire qu'ils s'épuisaient à vider, et que les vaisseaux ne cessaient de remplir. C'était inévitable : trop de passagers aboutissaient là-bas parce que trop de choses et trop de vaisseaux les y poussaient. Mais remonter la chaîne des causalités conduisait le docteur Milroy à cette triste évidence : l'île de la quarantaine était l'un des derniers chaînons de la chaîne, et c'était cela qu'on lui demandait d'administrer, rien d'autre.

Il résuma brièvement la situation. Voilà. Les voiliers étaient porteurs de germes qui se communiquaient d'une personne à l'autre – ou encore corrompaient l'air, comme le croyaient certains. Ils ne pouvaient donc rester à l'ancre indéfiniment, ni filer vers Québec où on les obligerait à revenir vers l'île pour y subir un premier filtrage. Mais la Grosse-Île ne remplissait plus ce rôle parce que l'application des règles de quarantaine y était devenue impossible : l'île ne pouvait absorber le quart ou même le dixième de tous ceux qui auraient dû y faire leur réclusion. À l'avenir, la station de quarantaine se limiterait donc à l'essentiel. Elle ne recevrait plus que les grands malades – et encore fallait-il trouver des lits pour ces malades, ce dont le docteur Prévost et ses assistants se chargeraient.

Ceux-ci feraient le tour des appentis le jour même et donneraient congé à tous ceux dont la convalescence pouvait être abrégée. Et d'ici à ce que s'ouvrent d'autres postes de quarantaine, le Camp de santé serait réservé aux fiévreux. Pour le reste, ils demanderaient aux autorités, qui feignaient toujours d'ignorer la gravité de la situation, d'acheminer directement vers l'intérieur du pays les passagers chez qui ne serait décelé aucun symptôme de fièvre.

Persévérance s'immobilisa soudain au milieu d'un geste. Le docteur Milroy la vit pâlir. Il alla lui-même ramasser le couteau qu'elle venait d'échapper.

— Le Camp de santé doit aller aux malades, dit-il. Croyez-moi, on ne peut faire autrement.

Elle s'écartait de lui, soudain méfiante. Transformer le Camp de santé en hôpital, c'était lui enlever ses immigrants, ses leçons de botanique et ses exercices de plein air. Plus personne ne l'appellerait par son nom, et elle n'aurait plus personne à qui parler de la grandeur de l'univers, de l'énergie vitale contenue dans le moindre pétale, la moindre tige ou la moindre racine. Comme si cette décision faisait basculer ses plus inébranlables certitudes, elle promena un regard triste sur les paniers remplis de genévrier, les récipients étalés sur la table, les ciseaux placés sur la planche à découper. Tout cela ne suffirait peut-être plus à remplir ses journées.

Sans même regarder ses pots de géranium, elle avança vers la fenêtre dont elle souleva le rideau. Puis elle enfonça les mains dans les poches de son tablier, et ses yeux se posèrent durement sur la bouteille de vinaigre des quatre gousses d'ail auquel le docteur Milroy avait toujours refusé de toucher.

— Ce soir, dit-il avec humilité, j'aurais besoin de me frictionner avec ce vinaigre, si par hasard il vous en restait assez.

Elle recevait toujours comme un compliment la reconnaissance des bienfaits de sa cuisine d'herbes, mais cette capitulation la toucha plus que toute autre. Ces derniers mots du docteur Milroy allèrent rejoindre l'aveu qu'il lui avait fait quelques jours plus tôt, et tout cela forma dans son esprit une seule et même phrase, l'unique déclaration d'amour jamais entendue. Ne disposant de sa vie que pour la prêter aux autres, elle n'imaginait l'amour, et tout ce qui s'en rapprochait, que sous la forme d'une mise en attente silencieuse et dévouée. Sans aller jusqu'à s'avouer qu'elle avait de l'attachement pour lui, ni surtout présumer que ce sentiment pût être réciproque, elle était au moins sûre de ceci : il était le seul homme qui lui avait déjà parlé d'autre chose que du train-train domestique. Et, pour cette raison, le seul qui pût la faire rougir.

Eux quittaient la cuisine pour retourner à leur travail. Lorsqu'ils se séparèrent à l'intersection du chemin du quai, le docteur Milroy se dirigea vers les hôpitaux, le docteur Prévost fila vers l'ouest, et le docteur Byrnes descendit vers le rivage. Marchant plus lentement que les autres, ce dernier regarda la file de vaisseaux immobilisés entre l'île de la Sottise et l'île à Deux Têtes, et s'arrêta tout à coup. Il se retourna, prit le temps de regarder l'amas de baraquements et d'appentis qui enserraient le quartier administratif. Des cris et des plaintes le rejoignaient. L'enfer était partout. Tous les chemins menaient à la corruption et à la mort.

Une nausée remplit sa gorge, tant il lui semblait que son existence prenait la forme de la pourriture qui l'entourait. Un coup de canon le fit sursauter. Il trébucha sur une pierre. En se relevant, il ne se soucia pas d'essuyer ses mains poussiéreuses ou de vérifier si quelqu'un l'avait vu.

Les deux bateaux à vapeur expédiés par le gouverneur pour transporter les immigrants en santé vers Québec, Montréal ou Toronto, directement à partir des vaisseaux, venaient d'entrer dans la zone de mouillage.

Un médecin visiteur et un officier de marine en descendirent, parés d'un raffinement urbain dont l'île avait oublié l'art. Leur voix ferme, la sûreté de leurs gestes indiquaient leur audace et leur détermination. Ils décelèrent tant de fatigue chez le docteur Byrnes, et un tel relâchement de la discipline chez le capitaine Clark et le détachement militaire venu prêter main forte, qu'ils se sentirent forcés de redoubler d'élégance pour affirmer la primauté de la civilisation en temps d'épreuve.

Aussitôt arrivés sur le premier vaisseau, ils déroulèrent solennellement le texte de loi édicté sous le règne de Sa Majesté le roi, peu après la funeste épidémie de choléra qui avait ravagé le pays, et en lirent le titre : « *Acte pour obliger les bâtiments et vaisseaux venant des places infectées de la Peste, ou d'aucune Fièvre ou maladie Pestilentielle, de faire leur Quarantaine, et pour empêcher la communication d'icelles en cette Province.* » Ils levèrent ensuite les yeux du document, attendant qu'on leur présente le maître de vaisseau à qui ils poseraient les quinze questions nécessaires à la rédaction du rapport qu'ils devraient dresser. Lorsqu'ils entendirent que celui-ci avait été foudroyé par les fièvres une semaine plus tôt, ils se contentèrent d'interroger le vague suppléant qui répondit avec terreur aux questions posées.

Cette aisance hautaine ne les quitta pas aussi longtemps qu'ils s'en tinrent aux formalités administratives. Mais lorsqu'on leur ouvrit le passage vers la cale où ils se virent forcés de descendre, une telle puanteur leur monta au visage qu'ils eurent un mouvement de répulsion. Le pire les attendait. Le spectacle des corps fouillés par les rats, et dont ils n'auraient su dire de prime abord s'ils étaient morts ou vivants, leur communiqua la peur de l'épidémie qui jusque-là n'avait représenté pour eux qu'une lointaine menace dont ils s'étaient assez peu soucié. Pressés de retourner au grand air, ils abrégèrent l'inspection et ordonnèrent à tous ceux qui pouvaient marcher de se rendre sur le pont.

Lorsqu'ils virent la horde crasseuse trébucher sous le soleil avec ses baluchons mal ficelés, ils se sentirent gagnés par une colère sourde. Ils étaient tentés d'appliquer sur-le-champ l'article de loi qui ordonnait de désinfecter les passagers et de faire aérer, ou même brûler les bagages susceptibles de répandre la maladie. Mais après s'être consultés à voix basse, ils reconnurent que c'était peine perdue : c'est tout le vaisseau et ses occupants qui auraient dus être brûlés. Car une telle concentration de pestilence ne pouvait être détruite par le plus renommé des fluides ou le plus corrosif des désinfectants. Forcés de composer avec l'insupportable réalité, ils s'en remirent à la raison pratique. Ce dont ils étaient témoins était le prix à payer pour maintenir l'expansion du commerce maritime favorisée par les autorités qui les avaient délégués là-bas. Soutenus par cette logique froide, ils firent monter à bord du *Queen Mary* tous ceux et celles qui pouvaient s'y rendre seuls ou avec l'aide des brancardiers. Et ils procédèrent de la même façon sur les autres voiliers, renonçant aux raffinements mondains et aux redondances martiales qui leur avaient jusque-là permis de transmuer la peur en spectacle et la misère en grandeur.

En réalité, après avoir passé deux ou trois mois sur l'un de ces vaisseaux, bien peu de passagers répondaient à la dénomination de «personne en santé» figurant sur les formulaires administratifs. Mais à l'instant où la station de quarantaine était bondée et où les hôpitaux des grandes villes regorgeaient de malades, était considérée en santé une personne qui pouvait plus ou moins se tenir sur ses jambes, et ne semblait pas souffrir de l'une ou l'autre des fièvres malignes dont on craignait la propagation. En assez peu de temps, on remplit donc les deux vapeurs sur lesquels un orchestre de trois musiciens tentait de donner des allures de navigation de plaisance à cet éprouvant déplacement. Et les vaisseaux chargés à plein bord prirent aussitôt le large, escortés par une nuée de charognards.

Resté là-bas, le docteur Byrnes faisait pour sa part le tri des malades qui iraient à la Grosse-Île, en commençant par ceux qu'il espérait sauver. Traînant les pieds sur le plancher gluant des cales, il allait d'abord vers ceux et celles dont la peau affichait les macules roses ou les taches violacées caractéristiques de la première phase du typhus. Puis il se dirigeait vers ceux qui avaient atteint le stade de délire aigu, entrecoupé de torpeur, qui rendait insensible à tout environnement.

Respectant l'éthique qui guidait toujours ses gestes, il observait les règles de prévention minimale afin de protéger les jeunes médecins qu'il était chargé d'initier. Mais il entendait à peine le tir des canons auquel il avait déjà accordé beaucoup d'importance, et il ne se souciait plus de faire brûler du charbon de bois sur le pont, ou d'allumer les bougies désinfectantes de Persévérance autrement que pour s'éclairer pendant la nuit. Il disait qu'à force de côtoyer la mort vingt-quatre heures par jour, il ne courait plus grand risque d'attraper ce qui l'habitait déjà.

Dans sa cuisine, Persévérance suivait avec anxiété les allées et venues des bateaux à vapeur qui s'approchaient des voiliers. À un moment, alors qu'elle était en train d'effeuiller des bouquets de sauge, le bruit d'une corne de brume la toucha au cœur.

Elle courut aussitôt sur la véranda pour tenter d'apercevoir l'extrémité du chemin principal d'où paraissait monter une rumeur croissante. Ne voyant rien, elle quitta la maison pour aller vérifier ce qui se passait là-bas. Mais à peine avait-elle fait quelques pas, que la rumeur, qui semblait se déplacer, se trouva tout à coup derrière elle. Elle se retourna. Précédés par deux officiers de la garde, et encadrés par des soldats, les immigrants du Camp de santé avançaient dans sa direction en une longue file dont elle ne voyait pas la fin.

En l'apercevant, ceux qui tenaient à la main quelques fleurs sauvages ou quelques brins d'herbes médicinales se précipitèrent vers elle, malgré l'interdiction de tout contact physique avec le personnel en dehors des soins médicaux. Les soldats tentèrent de leur imposer silence, et de refermer les rangs brisés par la poussée d'élans et d'acclamations destinées à une femme que son état distinguait à peine des autres travailleuses de l'île. Mais chacun voulait la toucher, lui parler une dernière fois, recevoir un dernier conseil.

Pour mettre fin au désordre, les officiers décidèrent d'intégrer au cortège cette femme dont ni l'allure ni le statut social ne justifiaient une telle considération. Silencieuse et grave, Persévérance alla se placer derrière la garde, et le groupe se mit à défiler correctement. Mais au tournant de la descente qui conduisait au fleuve, le désordre reprit. Se tournant vers les hôpitaux et les baraquements où se trouvaient des parents et des amis qu'ils n'avaient pu voir pendant leur séjour sur l'île, et ne reverraient peut-être jamais, plusieurs commencèrent à sangloter. Ils craignaient soudain de quitter cette terre isolée qu'ils avaient toujours souhaité fuir. Tournant sur eux-mêmes, ils hésitaient à poursuivre le chemin qui les conduisait vers la mer, espace marqué de souvenirs et d'appréhension qui leur paraissait tout à coup redoutable.

Les officiers avaient d'autant plus de mal à rétablir le cortège que les chemins étaient encombrés. Des convois chargés de malades s'étaient agglutinés à l'angle du chemin de traverse où se croisaient également des attelages chargés de provisions et des charrettes remplies de morts retirés des vaisseaux. Cette cohue plongea Persévérance dans une profonde angoisse. La mort connue jusque-là – une usure lente ou un brusque départ dû à l'âge, à un accident, à des relevailles difficiles – n'avait pas ce caractère brutal : elle attirait des condoléances, commandait des veillées funèbres où l'on vantait les mérites du disparu désormais couvert d'une auréole de sainteté. Arrachant chacun à sa routine, elle faisait planer sur le village un état de grâce, souvent proche de la joie, qui tenait lieu de purification. À l'opposé, ce convoiement de gens entassés dans des voitures couvertes de mouches sur lesquels personne ne pouvait mettre de nom, enlevait à l'événement son caractère sacré. Sans la famille en deuil, sans le cercueil capitonné de satin, le son des cloches et l'éclat des cérémonies qui transfiguraient la mort jusqu'à la rendre enviable, celle-ci n'affichait plus que son horreur.

Persévérance n'était d'ailleurs pas seule à saisir le tableau. Le cortège d'immigrants s'était immobilisé et fixait les

charrettes indigentes avec stupeur, chacun en dénonçant secrètement l'atrocité, chacun pleurant sa mort à travers celle, odieuse-
ment inacceptable, qui défilait sous ses yeux. Craignant un
nouveau désordre, les soldats donnèrent l'ordre de resserrer les
rangs et de presser le pas. Persévérance bougea la première,
moins par obéissance que pour fuir l'abominable vision. Les
autres la suivirent, étouffant les lamentations inutiles qui
ajoutaient à la tristesse du départ.

Rendus au rivage, ils tournèrent le dos aux bateaux à
vapeur qui les attendaient et regardèrent une dernière fois l'île
qu'ils allaient quitter. Puis leur regard fouilla le fleuve jusque
dans ses replis les plus lointains comme pour en deviner les
présages. Après quoi, paraissant s'accoutumer à l'idée d'exil,
aux ruptures répétées de l'existence, ils se resserrèrent les uns
contre les autres de façon presque enfantine, et leur peur parut
diminuer. Ensuite, on revint aux attitudes familières, aux
préoccupations de l'instant. On commença à se disputer les
meilleures places au nom de motifs, plus ou moins valables,
qui dégénéraient en reproches et en revendications. Une
voiture vint tout à coup s'immobiliser près du débarcadère,
suspendant le désaccord.

Le docteur Milroy, deux aumôniers et le capitaine Clark en
descendaient, soucieux de donner à l'événement une solennité
qui en corrigerait les imperfections. Chacun d'eux prit la parole,
tentant de ranimer la foi en un avenir que l'on évitait de
nommer avec trop de précision. Le docteur Milroy savait pour
sa part que le tiers ou peut-être même la moitié d'entre eux,
déjà contaminés, tomberaient malades dans les quelques jours
ou les quelques semaines qui suivraient.

Les immigrants étaient redevenus solidaires. L'homme
d'âge mûr qui s'était prononcé le premier dans les séances de
plein air de Persévérance adressa au docteur Milroy des
remerciements chargés d'emphase. Et la femme qui avait
chanté la douleur de l'exil entama un refrain que tous reprirent
avec émotion. Persévérance, qui revoyait comme en une seule
image les instants passés avec eux, ses leçons où elle-même
avait appris ce qu'elle n'aurait jamais cru possible d'apprendre,
essuyait ses larmes dans les pans de son tablier. Avant de
monter dans les chaloupes que l'on approchait, ceux et celles

qui se trouvaient aux premiers rangs lui offrirent leurs bouquets ramollis par le soleil. Elle reconnaissait les épervières orangées, les salicaires mauves, les fins asters, les mille-trous couleur de beurre, et aussi quelques tiges d'herbe à chats dont elle n'avait pas eu le temps de leur parler. Pour réparer l'omission, elle pointa du doigt deux tiges d'herbe à chats qu'elle remua dans l'air en répétant à deux reprises «herbe à chats».

Croyant entendre une formule d'adieu, le groupe répéta «Erbacha!» en levant les bras une dernière fois. Puis la bousculade reprit. Les femmes ajustèrent leurs fichus et coururent vers les chaloupes où les hommes les rejoignirent en se disputant les premières places. Tout cela dura un temps infini que Persévérance aurait souhaité voir écourter par le sifflement d'une corne de brume, le tir des canons, un bruit marquant comme la cloche autrefois agitée par le chef de gare de son village qui faisait s'ébranler les wagons du train dans un fracas d'enfer.

Elle fixa le fleuve aussi longtemps qu'elle put, mais l'image commençait à se défaire. Tout glissait dans un brouhaha étourdissant qui lui donnait le mal de mer. Un cri la tira de son engourdissement. Sur le rivage, un homme échappé de la file étreignait un corps de femme, ramené des vaisseaux, qu'un batelier venait de déposer sur le sable. Il appelait la femme par son nom, mais celle-ci restait absente, les yeux ouverts sur ce que l'homme ne pouvait voir. Bientôt la voix s'assourdit, et Persévérance finit par ne plus entendre qu'une lointaine clameur de départ, et cette rumeur sourde montant du fleuve qui poussait ses rognures d'écume sur le sable. Elle avait l'impression que l'île avançait vers les eaux et risquait de s'y engloutir.

Elle recula, vit les deux vapeurs se remplir de passagers dont elle ne distinguait pas le visage. L'île dérivait sous l'horizon recourbé. Tout retournait au fleuve une fois de plus.

Avec une extrême attention, elle se fraya un chemin à travers les charrettes et remonta le chemin qui l'avait conduite là. Dans son esprit confus demeuraient des mots, des gestes qui la reliaient encore à ceux et à celles qui partaient pour la ville, aussi incertains de leur sort qu'elle-même l'était de ces villes qu'elle aurait voulu pouvoir se représenter afin de ne pas les perdre de vue complètement.

CHAPITRE 5

Le docteur Milroy avait longtemps cru qu'il était plus facile de traiter les grandes maladies que les défaillances chroniques du corps, ces misères dues à l'usure ou au vieillissement dont le principal remède restait la patience et le repos. L'épidémie de typhus lui rappelait que les défis médicaux ne supprimaient, dans l'exercice de son métier, ni la lassitude ni le sentiment d'inutilité.

Des voiliers affluaient toujours dans le Passage de la quarantaine, alors que les hôpitaux, les baraques et les tentes débordaient dans tous les sens du mot. C'était partout un amas de lits gagnés par le désordre, partout un amoncellement de corps qui criaient leur mal et pleuraient leur détresse avant de s'enfoncer dans un abattement résigné qui insensibilisait la conscience déjà altérée par la maladie. Lorsqu'on avait fini de pleurer sur soi et sur ses malheurs, le silence apportait l'oubli. L'œil braqué sur le vide, l'on glissait dans une sorte d'absence qui effaçait la réalité sordide. Et la médecine ne pouvait se rendre là où le regard froid, égaré, était déjà rendu.

Un protocole, peut-être le seul qui tenait encore, faisait désormais partie de la routine quotidienne. Le matin, dès que les morts étaient enlevés des salles, de nouveaux malades venaient occuper les paillasses, à peine refroidies, que le personnel n'avait plus le temps de désinfecter. Car malgré tout ce qu'il avait tenté pour favoriser l'hygiène et la réclusion des malades, le docteur Milroy se voyait forcé d'admettre qu'il régnait là une promiscuité aussi dégradante que sur les vaisseaux. Le manque d'espace, l'angoisse provoquée par la séparation des familles jetait souvent sur une même couche deux ou trois fiévreux qui roulaient au creux de la paillasse imprégnée des vomissures et des excréments de ceux qui les avaient précédés. Et le système de lits superposés qu'ils avaient dû instaurer, pour multiplier le nombre de places, était un pur désastre.

En plus de ces carences qui rendaient les soins inadéquats, le docteur Milroy faisait face à une autre difficulté. Les fièvres infectieuses restaient une énigme que la médecine n'avait toujours pas résolue. Depuis le début du siècle, chaque vague épidémique avait suscité, de part et d'autre de l'Atlantique, une masse de rapports et de recommandations qui tenaient souvent plus de la fabulation scientifique et du parti pris idéologique que des réalités objectives. Ces positions, exprimées sur la place publique ou dans des écrits spécialisés qui généraient des querelles et des affrontements au sein du corps médical et des milieux politiques, dissimulaient une radicale impuissance : aucune des théories émises et des interventions proposées n'apportait l'efficacité promise. Malgré les hypothèses avancées sur la nature et la propagation des épidémies, les fièvres pestilentielles continuaient de faire des ravages. Et elles représentaient, tant chez les savants que dans la population, la figure la plus odieuse de la mort et l'expression la plus terrifiante de la maladie.

En plein milieu du XIXe siècle, le docteur Milroy se sentait aussi démuni que l'avaient été les médecins européens, cinq siècles plus tôt, lorsque la peste noire avait déferlé là-bas et décimé le quart de la population. La médecine avait fait de grands progrès, et les conditions de vie s'étaient améliorées, mais les traitements proposés au cours de l'épidémie de typhus visaient les symptômes plutôt que le mal lui-même. Et encore, ces symptômes prêtaient souvent à confusion.

La veille, il avait été appelé auprès d'un patient que ni l'infirmière, ni l'aumônier, ni le policier appelé en dernière instance, n'avaient réussi à calmer. Au dossier il lut le mot *Insanité*, diagnostic que le jeune médecin de service avait également inscrit pour une dizaine de malades. L'incompétence médicale lui parut flagrante. L'état de torpeur qui, dans certaines phases de la maladie, plongeait les patients dans une sorte d'hébétude animale, pouvait de prime abord faire croire à la perte de la raison. Et l'exaltation mentale et nerveuse, qui s'ensuivait dans beaucoup de cas, pouvait également suggérer l'irruption de la folie ou quelque autre défaillance psychique grave. Mais souvent, lorsqu'il se trouvait en présence de patients chez qui les forces destructives du corps – ou peut-être simplement la capacité de dégradation de la matière – paraissaient à l'œuvre, c'était sa propre folie et sa propre attirance de la mort que le docteur Milroy s'efforçait de rejoindre à travers eux.

Il se pencha donc sur l'homme, comme il aurait souhaité que l'on se penchât sur lui dans un moment pareil, et il lui demanda : « Dites-moi où vous avez mal. » L'homme le regarda, et la douleur contenue dans son regard était si violente que le docteur Milroy se sentit incapable de la rattacher à un dysfonctionnement quelconque du corps. Il attendait que l'autre parle, mais le malade se tenait ramassé en boule sur le lit détrempé qui dégageait une odeur insupportable. Surmontant sa répugnance, le docteur Milroy lui souleva la tête et lui fit boire un peu de brandy à la petite cuiller. Puis il lui posa la question qui déliait parfois les mutismes les plus obstinés :

— Où êtes-vous né ? J'aimerais savoir où vous êtes né. Je connais peut-être l'endroit, j'ai déjà voyagé là-bas.

Là-bas, c'était l'Irlande. Mais il aurait dit la même chose à quelqu'un qui venait d'ailleurs, tant il savait que pour tous, y compris pour lui-même, le lieu d'origine est ce lieu de la mémoire qui reste à jamais le seul lieu sûr. Il vit couler un filet de salive sur le menton du malade qui s'était redressé et tâtait sa paillasse, paraissant chercher où il se trouvait. Faisant l'effort de rassembler ses forces, il articula avec peine le nom du village où ses parents étaient nés, où lui-même avait grandi, travaillé, avant de s'embarquer sur le vaisseau qui lui avait fait traverser la mer. Une fois ces quelques phrases achevées, il laissa retomber sa main et parut renoncer aux images incertaines que lui suggérait sa mémoire. Mais un faible mouvement des doigts semblait vouloir indiquer autre chose qui ne passait pas les lèvres.

Lorsque le malade s'entendit demander le nom de ses enfants, son regard commença à s'égarer. Pour l'empêcher de retomber dans le délire, le docteur Milroy lui secoua l'épaule et insista pour savoir où se trouvaient ses enfants. L'homme se signa d'une croix dont il escamota la fin. Puis il se recroquevilla dans un mouvement convulsif, et marmonna quelques bribes d'un dialecte qu'il parut tirer du fond de son corps affaibli dont le médecin se demandait s'il allait survivre ou s'il rendait là ses derniers sursauts. Le docteur Milroy n'allait pas se contenter d'entendre ses dernières volontés et de les porter au registre de l'hôpital pour que quelqu'un se charge plus tard de les faire exécuter. Il répéta sa question et secoua l'homme de nouveau pour l'arracher à la nuit d'ombre dans laquelle il le voyait s'enfoncer. Le moribond retrouva un souffle de voix et dit que ses deux enfants étaient morts des fièvres pendant la traversée, et qu'il ignorait où était sa femme dont il avait été séparé en quittant le navire.

Le docteur Milroy lui promit de tout faire pour retrouver celle-ci. Puis il redonna du brandy au malade qui parut s'assoupir, et il se dirigea vers d'autres lits où l'attendaient des souffrances aussi intolérables et des épreuves aussi tragiques. Il pouvait bien peu de chose contre cette douleur unanime qui remplissait l'hôpital, l'île entière dont il entendait la rumeur accablante derrière les fenêtres couvertes de mouches. Malgré son désir de préserver les familles et de réunir celles que le contrôle sanitaire avait séparées, il savait que plusieurs d'entre elles ne se reconstitueraient que beaucoup plus tard, ou peut-être même jamais. Les mécanismes de contrôle imposés par la loi sur la quarantaine, la nécessité de caser rapidement ces masses d'arrivants pour qui le Saint-Laurent était la porte d'entrée de l'Amérique entière, rendaient difficile la conduite d'investigations menées par les services de l'immigration et les sociétés humanitaires qui s'occupaient de l'accueil des immigrants.

En quittant l'hôpital, il croisa le jeune médecin qui avait rendu le diagnostic discriminant. Il dut se contenir car il sentait monter en lui une colère sourde. Se contentant de lui remettre le dossier, il l'avisa :

— À l'avenir, n'abusez pas du diagnostic d'insanité. Continuez de pratiquer la médecine, vivez et souffrez un peu vous-même, et vous verrez qu'en vous la folie n'est jamais loin.

Le docteur Milroy se trouvait au tournant du chemin du quai lorsqu'il vit venir à lui le capitaine Clark. Cent voiliers avaient été repérés sur le fleuve à une heure de la station de quarantaine, et lui-même les avait vus, alignés sur plus de trois milles marins, dégageant une aura de puanteur qui trahissait l'état sanitaire des bâtiments.

Les grandes chaleurs étaient à peine commencées, et c'était déjà l'avalanche. Vingt mille personnes devaient occuper ces vaisseaux, et ils manquaient de lits pour leurs malades. Les deux hôpitaux qu'il comptait ouvrir bientôt et la rallonge qui serait faite du côté des appentis permettraient tout au plus d'abriter mille personnes. Où placerait-il les fiévreux qui arriveraient par pleins convois dont plusieurs attendraient en file pendant des heures, ou même des jours, avant qu'on ne leur trouve un abri ? Pour exorciser sa peur, il demanda au capitaine Clark s'il avait fait explorer les îles vierges tel que promis. Mais il connaissait d'avance la réponse : aucune d'elles n'était habitable et aucune n'offrait de mouillage suffisant aux vaisseaux qui devraient y accoster.

Évitant de se regarder, les deux hommes fixaient le fleuve dont ils ne verraient plus le calme miroitement lorsque les cent voiliers seraient arrivés. Le docteur Milroy sentait néanmoins que le capitaine Clark voulait l'entretenir d'autre chose que de l'inhospitalité des îles vierges et du nouvel afflux d'immigrants. Sachant que celui-ci abordait rarement un sujet de plein front, il lui demanda ce qui le préoccupait.

— Je suis passé du côté des bateaux, avoua-t-il d'une voix blanche. Le docteur Byrnes a eu une attaque foudroyante. Il vient de succomber aux fièvres.

Un frisson glacé parcourut le docteur Milroy. Cette mort ouvrait une brèche : ils n'étaient désormais plus que cinq médecins sur l'île. Plusieurs infirmières avaient été emportées par le typhus, mais c'était le premier médecin à être touché. L'épidémie entrait dans une nouvelle phase : elle ne distinguait plus les malades de ceux qui diagnostiquaient la maladie.

Maîtrisant son émotion, il répondit que cette mort rapide qui avait laissé au docteur Byrnes toute sa raison, et l'intégrité du corps, convenait davantage à leur collègue qu'une affection prolongée qui eût miné sa patience et blessé son orgueil. Mais il se souvenait des paroles que celui-ci avait prononcées lors de leur dernière rencontre, et il se reprochait de n'avoir pas été assez sensible à la fatigue de son adjoint. Il regrettait aussi de n'avoir pas su apprécier suffisamment les mérites de cet homme loyal et méticuleux qui lui avait plus d'une fois tapé sur les nerfs.

Peut-être le capitaine Clark se sentait-il également coupable. Il protesta :

— Byrnes avait mon âge. C'est beaucoup trop jeune pour partir.

Byrnes avait trente-quatre ans. Le docteur Milroy répondit que la mort frappait le plus souvent trop tôt ou trop tard, que son heure était rarement la bonne. Il l'avait souvent vue emporter des gens qui la fuyaient, et en rejeter d'autres qui ne demandaient qu'à la suivre.

Comme le capitaine Clark ne pouvait le renseigner sur les dernières volontés du docteur Byrnes, il prit sur lui de demander au Bureau de santé de Québec d'aviser la famille du disparu qui habitait à l'intérieur des remparts. Mais cela le distrayait à peine du regret de n'avoir pas suffisamment aimé l'homme qu'il ne reverrait plus.

Les cent voiliers étaient arrivés. Leurs voiles blanches formaient une sorte de gigantesque nuée d'oiseaux dont les ailes rasaient le ciel. Mais au fur et à mesure qu'ils pénétraient dans le Passage de la quarantaine et se frayaient un chemin vers les bouées blanches délimitant l'aire d'inspection, une chaude odeur de pourriture imprégnait l'air déjà chargé du remugle de corruption et de sanie exhalée par les baraquements hospitaliers. Et cette odeur ne ferait que s'accroître par la suite, car le débarquement des malades durerait plusieurs jours.

Les premiers convois se dirigèrent tout d'abord vers l'est de l'île où étaient regroupés les principaux services hospitaliers. Puis ils prirent ensuite la direction opposée, car des tentes avaient été dressées le long des hôtels et tout autour de l'ancien Camp de santé qui s'étendait maintenant jusqu'à la forêt. Mais transporter tant de grands malades par chaloupe jusqu'au rivage prenait trop de temps et exigeait trop d'efforts. On demanda donc aux maîtres de vaisseau de contourner l'île et d'aller s'échouer dans la baie du Choléra où, grâce à la déclinaison naturelle du terrain, les malades pourraient être descendus directement sur le sable, à partir des voiliers inclinés.

Mais alors, un autre cauchemar commença. Il fallait extraire les fiévreux des vaisseaux et les pousser vers les charrettes qui les conduisaient à l'intérieur de l'île, cernant de plus en plus le secteur administratif qui sentait l'étau de la pestilence se refermer sur lui. Au désarroi des immigrants qui brûlaient au soleil par temps sec, et s'enlisaient dans la boue les jours de pluie, s'ajoutait l'inexpérience des brancardiers embauchés parmi les chômeurs venus demander du travail. Le bruit des voix, les grincements d'essieux et le tintement des clochettes fixées aux attelages formaient un fond sonore sur lequel se détachaient les plaintes des malades et le tir des canons qui ajoutaient au vacarme. Tout ce trafic s'effectuait dans le tumulte et l'affolement. Même si les militaires tentaient d'imposer un certain ordre, l'effet de masse avait quelque chose de stupéfiant. Là où cinq malades auraient pu prendre place, on en tassait dix ou même vingt à même le sol. Car il n'y avait plus de lits disponibles.

Parfois, en fin d'après-midi, le temps se couvrait brusquement. Le vent se levait et poussait vers la baie la puanteur accumulée autour des voiliers en attente. Une déchirure balafrait le ciel, et les nuages chargés des vapeurs du fleuve déversaient sur l'île leur trop-plein d'humidité. Puis l'orage éclatait.

La foudre frappait le flanc des rochers et roulait son vacarme entre les tentes. Délogés, les malades fuyaient vers la forêt, et ces figures terrifiées paraissaient autant de formes hallucinées de la maladie, autant d'incarnations du fléau apporté par la mer dont la clameur les rejoignait. Ils dévalaient les pentes ravinées qui glissaient sous leurs pas, et des îlots de boue trouvaient les pistes et les chemins, agrandissant la mare du malheur. L'île devenait un cloaque dont les franges bourbeuses refluaient vers les chemins et les abris dévastés.

Ces jours-là, le docteur Milroy se couchait tard et dormait peu. Après quelques heures de sommeil, il se levait, buvait le café que Persévérance lui gardait au chaud, et sortait. L'air était allégé. La lumière ne heurtait pas encore le regard. L'île paraissait purifiée, dégagée de ses tensions. Il pouvait croire que tout s'était transformé. Mais bientôt le vent du Sud recommençait à souffler, laissant présager plusieurs jours d'extrême chaleur. Et au midi, les chemins éclatés sous le roulement des voitures avaient déjà repris leur texture de craie. Le docteur Milroy évitait de regarder le fleuve dont les eaux d'abordage étaient encombrées de voiliers.

Certains jours, il pouvait à peine supporter ce désordre. Une chaleur écrasante s'était abattue sur l'île, et les immigrants affluaient au même rythme que les marées. Rien ne pouvait être planifié, coordonné, administré. Le raz-de-marée des grands voiliers rendait toute mesure sanitaire déficiente et toute loi inutile. Et depuis que la zone d'abordage avait été déplacée vers l'ouest, où se reformaient les files de vaisseaux en attente, l'horizon s'était bouché. La station de quarantaine, désormais cernée de tous côtés, paraissait plus que jamais coupée du monde. Plus que jamais repliée sur sa détresse et sa peur.

Un après-midi où le docteur Milroy avait dû s'absenter de la baie du Choléra pendant plusieurs heures, il eut un choc lorsqu'il y revint. Sur le rivage, des cadavres cuisaient au soleil, un rictus déformant les lèvres qui s'étaient refermées sur un cri. Face à cette vision, il eut le sentiment que les principes humanitaires déjà professés appartenaient à une époque si lointaine de sa vie qu'il en perdrait bientôt le souvenir. Ne se souciant pas d'éviter les risques inutiles, il se pencha sur chacun des corps et ferma les yeux aveugles qui le fixaient.

Un peu comme le docteur Byrnes, il finissait par se dire : la mort est à ce point présente ici que, où que j'aille et quoi que je fasse, je suis sûr de la rencontrer. Il lui arrivait même de croire que c'est dans ces instants d'audace qu'il la sentait reculer, déroutée par ce qui pouvait le mieux la confondre : l'oubli de ce qu'elle représentait.

Un matin, le capitaine Clark vint l'aviser que deux de ses hommes souffraient de fièvre. Ils se rendirent aussitôt au campement occupé par l'armée. L'autre souleva la moustiquaire fermant l'entrée de la tente où il avait fait transporter ses malades, et le docteur Milroy reconnut les symptômes au premier coup d'œil.

Il notait chez les deux un frisson intense, une langue blanche et desséchée, de même qu'une forte céphalée accompagnée de vomissements. Le premier paraissait jovial et de constitution robuste. Le second, plutôt maigre, gardait un silence obstiné, et la frayeur qui déformait son visage annonçait un mal plus prononcé. En examinant ce dernier, le médecin aperçut à la base du cou une série de petites taches rosées, à peine visibles, déjà observées chez des marins et des militaires traités à l'hôpital de la Marine, que certains de ses collègues appelaient le «collier de Vénus des coureurs de filles». Le typhus se doublait, dans ce cas, d'une roséole syphilitique. Il prescrivit aux deux malades beaucoup d'eau, un purgatif doux, et une diète à base de gruau d'avoine et d'arrow-root. Il n'avait malheureusement plus de calmants ni de brandy pour alléger leur mal, une partie du dernier envoi paraissant avoir été détournée des entrepôts par les soldats eux-mêmes. Chargés de surveiller les convois de provisions, ceux-ci s'en appropriaient parfois une part en soudoyant les charretiers qui trouvaient là un juste dédommagement des risques encourus à travailler sur l'île des pestiférés.

Avant de quitter la tente, le docteur Milroy recommanda au capitaine Clark d'informer ses hommes des précautions à prendre lors d'aventures occasionnelles, et il lui suggéra de proposer un examen médical à tous ceux qui travaillaient sur l'île. Lorsque le commandant militaire comprit ce que l'examen visait, il pâlit comme s'il dût être la première victime. Puis, oubliant que le directeur médical était d'origine écossaise, il demanda s'il s'agissait du mal écossais.

— Certains l'appellent aussi le «mal indien», répondit le docteur Milroy. D'autres parlent du «mal de la Baie Saint-Paul», ou du «mal de la Baie». C'est la même chose, les maladies honteuses viennent toujours d'ailleurs.

Il avait déjà lu sur le sujet. Ou bien l'on accusait les Indiennes d'avoir contaminé les coureurs de bois de l'âge d'or colonial, ou bien l'on imputait l'origine de la maladie à un régiment écossais qui avait séjourné à la Baie Saint-Paul au siècle précédent – village dont le nom semblait par la suite avoir été confondu avec celui de La Malbaie qui stigmatisait les égarements de la chair. Selon cette dernière version, le gouverneur de l'époque avait semble-t-il chargé un chirurgien d'infanterie d'enrayer le fléau. Extorquant au besoin les aveux du confessionnal, le médecin avait passé au peigne fin chaque paroisse située sur une voie d'eau – car pour cette épidémie, on reconnaissait l'influence du fleuve et de ses affluents dans la transmission du mal –, afin d'identifier les personnes infectées à qui il avait distribué conseils, remontrances et médicaments. Un rapport, réjouissant pour la capitale, avait clôturé ce travail : la Baie Saint-Paul venait en tête avec trois cents cas de maladies honteuses, mais Québec n'en comptait que six, soit un de moins que Saint-Ferréol et cinq de plus que Berthier ou L'Ange-Gardien.

Le capitaine Clark se souciait moins de l'origine de la maladie que de ses effets. Il se voyait déjà impuissant, couvert de chancres répugnants, et il en voulait à ce maigrelet qui n'avait jamais rien su faire que des bêtises, de l'exposer, et d'exposer l'ensemble de ses soldats à une contamination odieuse. Après avoir entendu le diagnostic, il chercha à se protéger en se couvrant le nez de son mouchoir, car la puanteur dégagée par ce corps atteint du mal odieux dépassait tout ce que les pestiférés lui avaient fait sentir jusque-là. Il était sûr que cette puanteur allait vicier l'air, gagner ses organes qu'il sentait menacés de lésions graves, étranglés déjà par un collier de Vénus semblable à celui que le docteur Milroy venait de lui faire observer. Affolé, il suggéra au médecin d'isoler le malade et de lui administrer une saignée.

Celui-ci répondit que les saignées étaient contre-indiquées, malgré ce que prônaient certains de ses collègues. Et il le rassura : les germes de cette maladie, qui se détruisaient à l'air, se transmettaient rarement autrement que par contact intime.

Le docteur Milroy s'était arrêté au milieu du chemin conduisant au cimetière, étourdi par la violence du soleil et le mouvement des vagues qu'il entendait battre au bas des rochers. L'image du docteur Byrnes traversa son esprit. Il fit une courte prière pour honorer la mémoire du disparu, et pensa à la lettre qu'il devait adresser au gouverneur pour demander un remplaçant. Il demanderait également six médecins auxiliaires, des subsides permettant d'embaucher plus de personnel qualifié, et il exigerait que le nombre des policiers soit porté à dix, car l'encombrement de la station de quarantaine favorisait le désordre et les délits.

Il avait voulu l'île salubre et épanouie. Or, elle était devenue un nid d'infection que la chaleur mûrissait, un mouroir où le bruit des canons couvrait les cris et les plaintes qui montaient des zones hospitalières où filtraient, dans les quelques moments de silence que ce tragique été ménageait encore, le tapage des cigales et les vrombissements d'insectes. La situation empirait de jour en jour. Plus du tiers des malades succombaient, et les médecins en étaient réduits à rendre des diagnostics hâtifs dont ils ne pouvaient assumer la continuité. Même avec l'aide des prêtres et des bénévoles – des gens venus du continent, des patients ayant recouvré la santé –, beaucoup de fiévreux étaient laissés à eux-mêmes pendant de longues heures, incapables de se nourrir, suppliant qu'on leur apporte à boire.

Trois ministres du culte assistaient les agonisants jour et nuit, et deux fossoyeurs creusaient sans arrêt des fosses communes dans les parties retranchées du cimetière, car ils commençaient aussi à manquer de place pour leurs morts. Depuis l'arrivée des cent voiliers, des enterrements précipités, suivis d'une bénédiction commune qui abolissait toute distinction d'âge ou de statut social, se déroulaient chaque jour sur la pointe est de l'île. Pour ces itinérants, tout ce qui avait compté au cours de l'existence, tout ce qui avait auparavant permis d'établir et d'affirmer leur identité était nivelé par le raz-de-marée pestilentiel qui rendait les uns et les autres égaux, dépossédés de leurs misères et de leurs bonheurs, dépouillés de ce qui avait fait leur honte ou leur gloire.

Le docteur Milroy se retourna et vit des silhouettes fuir vers les boisés de l'île. Atteints de délire ou remplis de la plus ferme lucidité, des fiévreux couraient là-bas pour trouver le pur silence, peut-être aussi le chemin de l'*Erin* perdue, et celui du Nouveau Monde introuvable qui hantait la mémoire aussi obstinément que les paysages laissés derrière soi. Chaque jour, des malades disparaissaient ainsi dans les feuillus d'érables et les fourrés résineux où ils s'endormaient de leur dernier sommeil. Au petit matin, un homme de peine les ramassait et les portait jusqu'aux charrettes laissées à l'entrée des pistes carrossables. Dans peu de temps, leur nombre aurait à ce point augmenté que l'on finirait par les enterrer sur place, là où ils se seraient écroulés, en marche vers les régions boréales de la terre qui aurait brusquement glissé sous leurs pieds.

Rempli d'une grande désolation, le docteur Milroy se trouva bientôt face au cimetière. Une semaine plus tôt, il avait importé plusieurs tonnes de terre du continent pour les faire épandre là-bas, mais les marées avaient presque déjà tout emporté. Les vagues poussaient vers le fleuve les corps enrobés de vase qui s'échappaient des fosses découvertes. Les Danaïdes travaillaient sous ses yeux, servant la mort qui possédait le pouvoir de naître et de renaître indéfiniment. Le lendemain, d'autres corps viendraient occuper les vides laissés par les disparus, et le cycle infernal recommencerait. L'île de Grâce, autrefois balayée par les vents marins qui polissaient ses rochers et arrondissaient ses galets sans paraître y laisser l'empreinte du temps, était devenue l'île de la putréfaction. L'île des fièvres qui l'avaient prise en otage, et exigeaient chaque jour leur tribut.

Le docteur Milroy voyait les formes gluantes gagner le fleuve qui les arrachait au sol friable auquel elles n'avaient pas eu le temps d'appartenir, et il se sentait gagné par une énorme tristesse. Ce cimetière rejetait ses morts. Il devrait demander au capitaine Clark de le fermer et d'en ouvrir un autre à l'ouest, près de la baie du Choléra, où un terrain d'alluvions paraissait offrir un site d'enfouissement plus profond. Mais ce déplacement n'offrirait pas que des avantages. Il permettrait de convoyer rapidement les cadavres tirés des vaisseaux, mais il obligerait par contre les charrettes à traverser l'île avec les morts venant des baraquements et des hôpitaux.

Un grincement d'essieux le fit se retourner. Il s'écarta. Une charrette chargée de corps empilés – enlacés presque, les bras, les épaules et les ventres se touchaient – se précipitait vers le cimetière. Des yeux éteints fixaient l'espace de terre et de ciel à jamais confondus qui s'effaçait derrière eux. Sous le soleil qui brouillait les formes et désagrégeait les odeurs, le docteur Milroy aperçut un front lisse renversé dans la lumière du midi, une longue chevelure blonde dont la beauté le troubla. Et tandis qu'il essayait de mettre un nom sur ce visage dont la grâce enfantine s'était alourdie d'une rigueur prématurée, il vit la longue chevelure onduler au bord de la voiture en marche, et un frisson glacé le saisit. Il venait de reconnaître la jeune Sarah Browne, immobilisée dans sa course vers le bonheur, dont il avait recommandé le mariage avec John O'Brien.

Il regarda disparaître la charge anonyme. Et l'image de cette chevelure blonde, qui éclipsait le malheur, l'empêcha de sombrer dans un trop grand désarroi.

Il revint à sa résidence tard dans la nuit et toucha au repas que Persévérance lui servit, uniquement par crainte d'entendre ses remontrances. Le parfum des bouquets d'herbes suspendus aux poutres de la cuisine épurait l'air insalubre qui entrait par les fenêtres ouvertes. Mais il entendait les cris assourdis qui montaient des bâtiments hospitaliers, les supplications pour demander de l'eau, des médicaments, une couverture, et cette rumeur continue lui coupait l'appétit.

Dans l'état de fatigue et d'usure où il se trouvait, il lui semblait qu'il ne possédait plus qu'une partie de sa vie. Son enthousiasme du début, auquel le surmenage des dernières semaines avait donné le coup de grâce, s'était converti en un désir acharné d'imposer aux malades une volonté d'exister que lui-même n'avait plus. On lui répétait de tous côtés qu'il devait ménager ses forces. Le docteur Prévost, qui le secondait avec encore plus d'ardeur depuis que le débarquement des passagers s'effectuait dans la baie du Choléra, lui avait encore dit la veille : « Vous en faites trop. Il faudrait savoir s'arrêter, sinon vous y serez forcé. » Mais alors, lui regardait le rivage où clapotaient les épaves qui heurtaient la coque des vaisseaux inclinés d'où l'on tirerait à l'aube le même poids de cadavres que la veille, le même nombre de malades désespérés d'apercevoir la terre sauvage et marécageuse trouvée en bout de course, et il se demandait si tout ce cauchemar n'était pas une illusion de l'esprit.

L'arrivée des cent derniers voiliers, la hausse de la mortalité lui donnaient l'impression que l'île s'enlisait dans une dégradation pour laquelle le savoir et les techniques apprises n'étaient d'aucun secours. Dans l'après-midi, il avait confié au docteur Prévost : « Seules la patience et la sagesse paraissent encore servir. » L'autre s'était tourné vers l'île aux Réaux et avait eu cette réponse énigmatique : « Vous oubliez l'amour. »

Persévérance devinait-elle ses pensées ? Elle rôdait autour de la table tout en lui reprochant de trop travailler, de mal se nourrir, de négliger ses heures de sommeil. Elle insistait pour qu'il reprenne du potage, mélange d'ortie et de plantain épaissi de pommes de terres dans lequel elle avait jeté une poignée de feuilles de pissenlit, herbe à tout faire dont elle lui vantait l'effet tonifiant et purificateur. Mais il se pouvait que sa prédilection pour le pissenlit obéît à des motifs plus obscurs. En préparant ce plat, elle s'était souvenue de la phrase qu'un vendeur ambulant avait un jour prononcée auprès d'une maîtresse de maison qui ne pêchait pas par excès de vertu : « Le pissenlit est une plante magique. Une personne qui s'en frotte tout le corps réussit à se faire aimer de qui elle veut. »

La séduction de Persévérance se limitait aux soins offerts. Elle encourageait le docteur Milroy à terminer son repas, mais il disait qu'il achèverait ce potage et ne prendrait rien de plus. Une buée grise couvrait les objets placés devant lui, et une sorte de vide le remplissait. Il entendait le grincement des charrettes en route vers le cimetière où elles allaient décharger leurs cargaisons de morts, et il lui semblait que tout convergeait irrémédiablement vers cette fin, à jamais et depuis le début. Enfant, il croyait la vie éternelle et le monde infini, mais il avait perdu foi au royaume entrevu dans l'épure somptueuse des rêves. Il savait maintenant que la vie était un instant fragile voué à l'anéantissement, un jour de labeur conduisant à la perte de projets amoureusement entretenus.

Un nœud se formait dans sa gorge. Il avait froid. Quelque chose de plus impitoyable que l'épuisement s'emparait de lui. Une frayeur sourde, qui pouvait être le signal de ce qu'il n'osait envisager, lui laissait à peine l'énergie suffisante pour accomplir l'interminable besogne nourricière : avaler ces quelques cuillerées de soupe, l'infusion aromatisée de brandy dont les vapeurs brûlantes le réchauffaient à peine.

Bientôt, il n'entendait plus rien. La cuisine entière flottait dans le brouillard qui s'avançait vers lui. Sa pensée vacillait. Il ne lui restait plus aucun souvenir de sa journée, si ce n'est une impression de touffeur, une levée d'air âcre et poussiéreux qui plaquait des sueurs froides dans son dos et sur son front.

Le lendemain, tout aurait pu se passer comme d'habitude. Un peu avant l'aurore, les oiseaux commencèrent à chanter, signal qu'il était temps de se lever. Le docteur Milroy ouvrit les yeux, regarda la fenêtre à peine blanchie par la lumière et s'arracha au matelas brûlant. Il se leva courbaturé, alourdi d'une torpeur qui lui rappelait un état éprouvé au cours d'une lointaine maladie, mais il se dit qu'après avoir bu un café, un vrai café de Colombie récemment expédié de l'ex-capitale, il se sentirait mieux.

Lorsqu'il commença à s'habiller, sa vue se brouilla. Il attendit que passe le vertige, puis alla respirer un peu d'air à la fenêtre. Le malaise parut se dissiper, mais à peine avait-il fait quelques pas qu'il dut s'agripper aux meubles pour ne pas chanceler. Se sentant partir, il tenta de se raccrocher à une pensée ou à un bruit qui pût raviver sa conscience, mais aucune pensée ne le retint, et aucun bruit ne l'absorba sinon celui de sa respiration devenue difficile. Écrasé par une insurmontable fatigue, il se laissa tomber sur le lit et souhaita se rendormir.

À sept heures, Persévérance qui s'inquiétait depuis longtemps de n'avoir rien entendu filtrer à travers la cloison, alla frapper à la porte de la chambre. Ne recevant pas de réponse, elle ouvrit. Éveillé par ce geste, ou par un cauchemar qui paraissait avoir laissé des traces sur son visage, il eut un faible sourire en l'apercevant.

— Je pense qu'aujourd'hui je ferai un peu de paresse, dit-il d'une voix pâteuse qu'elle ne lui connaissait pas.

Refusant de se laisser abuser par cet humour, elle tira les rideaux et s'approcha du lit. En voyant son visage bouffi, ses yeux fiévreux et larmoyants, elle le sut atteint du mal des navires. Et à son regard, un regard qu'elle ne lui avait jamais vu et qu'offraient parfois certains convalescents avant une rechute, elle comprit que lui aussi savait. Mais ni l'un ni l'autre ne parla de maladie.

Elle le fit boire abondamment, puis elle rafraîchit le lit et mit la pièce en ordre. Ses gestes, d'ordinaire si posés, devenaient fébriles et hésitants. Préoccupée par les responsabilités qu'elle devrait prendre si personne des hôpitaux ou de l'armée ne se montrait, elle levait de temps à autre la main comme pour repousser l'inévitable, puis elle disposait autrement les choses autour du malade afin de lui assurer plus de confort. Mais cette agitation ne dissipait pas son angoisse, ni la désorientation dans laquelle elle se sentait plongée. Considérant qu'elle avait déjà trop cédé à son affolement intérieur, elle récita quelques prières qui la ramenèrent à la précision méticuleuse qui guidait d'habitude son travail. Elle essuya le front du malade une dernière fois avec une serviette mouillée, et déposa une clochette sur sa table de chevet. Lorsqu'elle crut avoir fait tout ce qu'il convenait de faire, elle jeta un regard circulaire autour du lit et alla refermer les rideaux à demi. Puis elle courut à la cuisine préparer un gruau d'avoine, parfumé de rhum, qu'il toucha à peine.

Le docteur Prévost se présenta trois heures plus tard. Ce délai parut extrêmement long à Persévérance qui n'avait personne avec qui partager son inquiétude ou à qui demander conseil. L'oreille collée à la cloison qui séparait la cuisine de la chambre, elle entendit clairement le diagnostic : « C'est bien le typhus. Il faut retourner à Québec et vous faire traiter là-bas. » Mais lui répondait qu'il refusait ce traitement d'exception : il resterait avec ses malades et se ferait soigner sur l'île comme tout le monde.

Affolée, elle se précipita dans la chambre afin d'unir ses efforts à ceux du docteur Prévost pour inciter le docteur Milroy à partir. Face à son entêtement, elle n'hésita pas à recourir à la menace insidieuse :

— Vous savez ce qui est arrivé au docteur Byrnes.

— En temps d'épidémie, rétorquait-il, vous connaissez la répartition des tâches : un quart de la population tombe malade, un autre quart meurt, la moitié restante prend soin des premiers et enterre les seconds. Je peux être de tous les métiers.

Une si habile sortie fit sourire Persévérance. Elle renonça à poursuivre ses exhortations, ce qui signifiait qu'elle donnait son accord. À travers les brumes de la fièvre, le docteur Milroy voyait ses yeux fidèles, son front buté, et il savait qu'elle aussi avait depuis longtemps décidé qu'elle pouvait être de tous les métiers. Cette complicité renforça sa résolution de demeurer sur l'île, et d'avoir crâné ravivait la satisfaction enfantine autrefois ressentie un automne où il avait la fièvre et s'empressait d'ouvrir la fenêtre pour regarder bouger les nuages ou chasser les mouches endormies derrière la vitre. Instinctivement il tourna la tête vers la fenêtre assiégée par les moustiques, mais il était trop épuisé pour répéter ces jeux. Il bâilla et se tourna de côté pour dormir.

Dans l'après-midi, lorsqu'il reçut la visite du capitaine Clark, il lui parla du nouveau cimetière à aménager dans la baie du Choléra, et des pressions à exercer auprès du gouverneur pour obtenir que d'autres stations de quarantaine soient ouvertes. Au début de l'entretien il réussit à simuler une certaine assurance, mais bientôt il voulut ajouter autre chose et sa voix se perdit dans un bredouillement saliveux qui laissa l'autre atterré. Bien qu'il fût commandant de l'île, le capitaine Clark n'avait en fait jamais rien décidé qui n'eût d'abord été pensé, prévu par le docteur Milroy. Il occupait ce poste plus ou moins par défaut, sa nomination ayant surtout visé à écarter un officier que l'on avait voulu destituer. Et comme il n'était pas dévoré par de hautes ambitions, il rêvait déjà du jour où il prendrait sa retraite, délivré des rigueurs militaires auxquelles l'avait condamné sa famille.

Il se crut perdu lorsqu'il vit le docteur Milroy fermer les yeux. Des pressentiments sinistres l'accablaient, il craignait autant d'avoir à diriger l'île que de tomber malade du typhus. Partagé entre l'attachement qu'il portait au directeur médical et la peur que lui inspirait cette maladie, il quitta la chambre assez vite. Lorsqu'il traversa la cuisine, Persévérance suggéra : « Quelqu'un pensera à aviser Madame ? » Il acquiesça d'un signe de tête tout en se dirigeant vers la porte, puis il revint sur ses pas. Paraissant faire l'effort de surmonter sa gêne, il demanda :

— Connaissez-vous un remède efficace contre le « mal de la Baie Saint-Paul » ?

Elle lui promit de s'en occuper dès qu'elle aurait le temps. D'ici là, il devait porter jour et nuit le sachet de camphre qu'elle lui remettait avec une bouteille de vinaigre des quatre gousses d'ail. Elle le regarda sortir et murmura une courte invocation pour conjurer le mal de la Baie Saint-Paul, nouvelle épidémie qui paraissait en train de se manifester. Et, sans doute pour donner l'exemple, elle attacha un sachet de camphre au scapulaire qui pendait à son cou. Ensuite elle remplit un seau d'eau dans lequel elle jeta une poignée de chlorure de chaux, et alla le placer près de la porte d'entrée avec une serviette, comme elle l'avait vu faire à l'hôpital. Une fois ces mesures sanitaires assurées, elle s'assit, posa ses mains sur ses genoux et réfléchit longuement, se demandant quelle herbe de santé pourrait guérir le docteur Milroy.

Malgré tout ce qu'on lui avait raconté sur la fièvre des navires et sa résistance aux traitements, elle fit défiler dans son esprit les plantes réputées pour exercer une influence salutaire sur les fièvres malignes, et elle fixa finalement son choix sur la fleur de tournesol. Cette plante robuste, sans cesse tournée vers le soleil dont elle suivait la course au fil des heures, contenait les réserves d'énergie dont avait besoin son malade. Elle préleva aussitôt trois belles fleurs du panier de tournesols cueillies la veille, et en détacha les pétales pour les infuser. Aux quatre heures, elle lui ferait boire également des infusions d'herbe à dindes dont l'efficacité contre la fièvre et la débilité était reconnue. Et afin de remédier à la suppression d'urine et à la constipation dont souffraient toujours à un moment ou l'autre ceux qui attrapaient cette maladie, elle renforcerait ce traitement reconstituant et purificateur avec des décoctions de saule et des tisanes de racines de chiendent.

Lorsqu'il s'éveilla, le docteur Milroy but chacune des infusions préparées, mais son orgueil lui fit refuser les ridicules chaussons de laine tapissés de tranches d'oignon cru qu'elle souhaitait lui voir enfiler afin de provoquer une sudation capable de faire tomber sa fièvre. Et parmi tout ce qu'elle suggérait de pommades et de décoctions pour soulager son mal, il n'accepta qu'un usage accru du vinaigre des quatre gousses d'ail, compromis honorable entre la pharmacologie médicale et ce qu'elle appelait selon l'heure – c'est-à-dire selon qu'elle se croyait capable d'intervenir ou se sentait dépassée par les événements – la «pharmacie du soleil» ou la «pharmacie du bon Dieu». Sans accorder de fondement scientifique à ces pratiques, il leur reconnaissait une certaine efficacité qui tenait peut-être surtout à la foi qui leur était prêtée, ce qui n'était finalement pas très différent de la médecine. Car tout au long de sa carrière, il avait pu observer qu'un traitement dispensé à un malade non animé par la volonté de guérir était voué à l'échec, et que des soins dépourvus de considération pour la personne atteinte s'avéraient bien souvent inutiles.

La voyant se morfondre à côté du lit, remplie d'un besoin d'agir contrarié, il dit en guise d'excuse :

— Je n'ai jamais beaucoup aimé être dorloté.

Feignant de n'avoir rien entendu, elle le souleva, glissa un drap frais sous son dos brûlant et retapa ses oreillers. À l'instant où il faillit perdre l'équilibre, elle l'entendit dire, à propos de ses étourdissements, qu'à l'avenir il faudrait cacher le scotch. Cet humour exprimait aux yeux de Persévérance une façon courageuse de lutter contre la fièvre, mais lui-même se sentait bien différent. Il n'affrontait plus la maladie du dehors, mais du dedans. Il se voyait affligé des mêmes maux de tête, des mêmes courbatures et des mêmes douleurs que ses malades, et il était tout aussi obsédé par la peur de souffrir. La même terreur le remplissait, une terreur accrue par la pénombre qui remplissait la chambre où Persévérance avait tiré les rideaux, avant de quitter la pièce, pour le reposer de la lumière que ses yeux ne supportaient plus.

Lorsqu'il s'éveilla, le heurt de marmites et le tintement d'ustensiles qui filtraient à travers la cloison le rassurèrent. La présence de Persévérance lui apportait l'assurance d'un monde immuable que le temps n'altérait pas. Enfant, ces réalités quotidiennes l'avaient éveillé à la patiente et paisible concentration d'une femme qui possédait l'art de toujours revenir aux choses essentielles. Le travail maternel l'empêchait de perdre de vue les nécessités premières du corps. Il lui apprenait à raccourcir la distance qui tend toujours à se recréer entre soi et soi.

Il dormait la plupart du temps, mais dans ses moments de veille il prêtait l'oreille aux bruits familiers qui l'entouraient. Tout semblait lointain, suspendu, et en même temps tout était là : les bonheurs de l'enfance, les premiers chagrins, les rumeurs de la cour, le chant assourdi des oiseaux. Tout ce qui avait autrefois mobilisé son désir affleurait un instant à la conscience, puis s'engloutissait dans cette partie de lui-même qu'il ne rejoignait plus. Il geignait et se retournait. Des petites choses de la vie recommençaient à défiler devant lui dans les moindres détails : le goût d'une sucrerie, la couleur d'un vieux jouet, une musique de fête, une atmosphère de brouillard. Redevenaient également présentes les étapes marquantes de son existence : ses études à Edimbourg, son arrivée à Québec, l'entrée à l'hôpital de la Marine et sa rencontre avec Agnès Frémont. L'image de son départ pour l'île apparaissait aussi, mais ensuite tout devenait brumeux. Il cessait de se souvenir.

Pour oublier la peur soudain revenue, il se concentrait sur les bruits de la cuisine tout en se répétant que quelqu'un veillait sur lui. Malgré tout, une sueur froide le glaçait. Il craignait que sa vie s'achève brusquement dans cette maison, et de penser qu'il pouvait mourir sans avoir embrassé Darling et les enfants lui arrachait des larmes. Il pleurait comme autrefois lorsqu'il se savait exposé à un trop grand danger, et sa douleur explosait dans ses muscles endoloris, ses organes, ses glandes enflammées. Bientôt, sa peau se couvrirait de taches qui afficheraient l'évolution du mal. D'avoir été aimé, gavé, ne protégeait de rien. Malgré les efforts de Persévérance pour le guérir, et ces rumeurs de cuisine qui lui apportaient l'illusion d'une sécurité, la mort faisait quand même son chemin jusqu'à lui.

Lorsqu'il étudiait en médecine, il respirait l'odeur de la mort sur les cadavres de la salle de dissection, étonné de ne ressentir aucune répulsion. Cette mort qui atteignait les autres ne le menaçait pas : il était dans la force de l'âge, il pouvait fuir son emprise, ruiner son autorité. Mais alors, tandis que la fièvre le brûlait et que des vertiges anéantissaient sa capacité de réagir à autre chose qu'à la douleur, il la sentait rôder dans la chambre. Et il ne savait plus si l'effroi ressenti était dû à la crainte de la mort, ou à l'attrait qu'il en avait.

Sa vue se brouillait. Un malaise lui serrait la poitrine, et un spasme le secouait de part en part. Il avait l'impression que quelque chose, en lui, allait céder pour toujours. Décidé à laisser le mal suivre son cours, il ne faisait l'effort de s'accrocher à rien. Un hoquet remplissait sa bouche. Il s'engouffrait dans un trou noir. Il disparaissait avec l'homme usé qui, depuis quelques jours déjà, le regardait capituler.

Chaque jour, le docteur Prévost et le capitaine Clark venaient visiter le malade dont l'état ne cessait de les inquiéter. Un calme trompeur laissait parfois espérer une amélioration réelle, mais les symptômes aigus réapparaissaient. Des moments de délire et d'agitation succédaient à des instants de prostration où le corps semblait renoncer à combattre la maladie. Les yeux du docteur Milroy se fermaient alors, et sa respiration s'effaçait. Il devenait l'ombre de lui-même, la trace de ce qu'il avait été.

Ce sont ces instants que Persévérance redoutait le plus. Elle commençait à douter de lui et à se dire qu'il avait dû renoncer à vivre quelque part en lui-même, car elle n'avait encore jamais vu de maladie aussi opiniâtre. Le vinaigre appliqué sur la nuque et les tempes n'enrayait pas la fièvre persistante. Les infusions de reines-des-prés, qui exerçaient d'habitude une influence heureuse sur les fièvres malignes, ne dégageaient aucune de leurs propriétés habituelles. De même, ses tisanes d'herbe à dindes et ses décoctions de chiendent, connues pour leur action purificatrice, restaient sans effet. Et les intestins du malade résistaient aux macérations de pruneaux et de graines de lin qui auraient dû les stimuler.

Une nuit, alors qu'il dormait les pieds découverts, elle allait s'empresser de rabattre la couverture, lorsqu'elle se ravisa.

C'était le temps ou jamais d'appliquer un traitement radical pouvant entraîner une baisse de température. Elle se précipita à la cuisine et tapissa le fond d'une casserole de feuilles d'herbe à dindes qu'elle laissa ramollir dans de l'eau chaude pendant quelques minutes. Puis elle essora les feuilles et les déposa sur des linges qu'elle vint enrober délicatement autour des pieds nus. Confiante, elle alla s'asseoir dans la berceuse placée près du lit, et pria le ciel pour que son intervention fasse effet. Afin d'observer les transformations qui ne manqueraient pas de se produire, elle était décidée à veiller le malade toute la nuit. Mais il était si calme que bientôt elle s'endormit, les bras immobilisés sur les accoudoirs de la chaise, un filet de salive mouillant les lèvres qui avaient suspendu toute prière.

Un ronflement profond soulevait sa poitrine couverte du tablier de grosse toile. Mais elle suspendit bientôt ce ronflement, comme si elle venait d'atteindre un repos plus léger. Ses yeux cillaient sous l'effet d'une lumière intense venue du fleuve dont les vagues remplissaient la chambre. Car elle partait explorer le rivage avec le docteur Milroy, maintenant guéri. La mer était d'un bleu parfait. L'île, qu'ils étaient seuls à occuper, dégageait un parfum suave qui effaçait toute autre odeur. Elle voyait des fleurs partout – même sur la plage –, et leur beauté l'enivrait. Le docteur Milroy l'entretenait d'autres îles déjà visitées et d'autres fleuves déjà parcourus, insistant sur l'immensité du Saint-Laurent au milieu duquel ils se trouvaient, prêts pour le départ, laissant tout derrière eux. Le temps ne les atteignait plus. Transportée dans un monde dont elle pouvait sans cesse repousser les frontières, elle se mettait à danser. Elle avait perdu cette gravité pensive qui alourdissait ses mouvements et lui avait toujours donné plus que son âge.

Un picotement du cou et des bras lui faisait bouger la tête. Elle ouvrait les yeux, étonnée de voir à quel point les images s'étaient modifiées. Elle toucha ses cheveux, la peau rude de ses joues pour s'assurer qu'elle était bien restée la même. La lumière dorée du rêve avait fait place à un pâle rougeoiement du ciel qui atteignait à peine la mi-hauteur de la fenêtre. Le jour se levait. Son malade dormait toujours. Elle alla doucement se pencher sur lui et constata que sa respiration était plus calme, qu'il avait le visage moins bouffi et les paupières moins enflammées. Tous ces indices indiquaient que la fièvre avait baissé. Elle souleva donc l'extrémité des couvertures pour enlever le sinapisme d'herbe à dindes, maintenant noirci, qu'elle crut responsable du miracle. Elle était heureuse, sa promenade au grand air lui avait ouvert l'appétit. Elle décida d'aller déjeuner.

Le docteur Milroy s'éveilla presque aussitôt. Il avait l'esprit confus, et ses articulations étaient engourdies. Il jeta un coup d'œil à la fenêtre pour tenter de savoir à quel moment du jour ou de la nuit il se trouvait. Une lumière pâle s'échappait des rideaux entrouverts : il venait donc de traverser une autre nuit. Craignant de se rendormir et de sombrer de nouveau dans ses cauchemars, il alluma. Sa chambre était restée la même, mais il avait l'impression de voir différemment ce qui l'entourait. Il palpait ses bras et ses cuisses comme pour reconnaître tout à fait son corps. Il regardait la paume intacte de ses mains, les taches jaunâtres qui recouvraient ses jambes et ses bras, et il en déduisait qu'il avait sans doute atteint la deuxième phase de la maladie. C'était comme s'il sentait tout pour la première fois : la lumière vive, les battements assourdis de son cœur, les bruits de la cuisine qui ne l'avaient pas rejoint depuis plusieurs jours. Une grande émotion l'envahissait, peut-être était-ce de la pitié, ou simplement la conscience de l'extrême solitude qu'éprouvent toujours les grands malades. Pour abréger cette solitude, il agita vivement la clochette suspendue à la tête du lit.

Persévérance accourut et, sans dire un mot, elle lui tamponna le visage avec une serviette humide et le fit boire abondamment. Ses gestes, à la fois rapides et précautionneux, traduisaient une longue expérience de l'entretien des corps qu'elle s'empressait de satisfaire. Elle retourna le malade pour changer ses draps, étonnée qu'un corps d'adulte pût être si léger. Le docteur Milroy avait en effet beaucoup maigri. Effrayée des ravages causés par la maladie, et soucieuse de ménager leur pudeur à tous les deux, elle dit simplement : «Vous grelottez», et se hâta de le couvrir.

Il la regardait de ses yeux vitreux, et elle se demandait s'il comprenait à quel point elle souhaitait sa guérison. Mais déjà, il vacillait, paraissant retourner là où elle ne voulait pas qu'il aille, dans cette nuit d'ombre où il n'y a plus ni pensée ni conscience. Pour lui insuffler un peu d'énergie, elle lui souleva la tête et lui fit avaler quelques cuillerées de gruau, agissant prudemment comme si elle se tenait penchée au-dessus du vide et craignait de tomber. Mais lui continuait de fixer un point invisible, et elle essayait de saisir ce que ces yeux, qui regardaient bien au-delà de la chambre, tentaient de voir. Peut-être essayait-il d'apercevoir le fleuve, l'écume des vagues sur les rochers. La pénombre qui remplissait la chambre rendait la réalité incertaine. Après toutes ces nuits de veille, elle se demandait d'ailleurs si elle-même entendait les vagues, ou si elle ne se remémorait pas plutôt l'image et les bruits formés autour des premiers bateaux à vapeur qui emportaient les immigrants à Montréal.

Il gémissait. Craignant qu'il ne s'enfonce à nouveau dans l'insupportable absence où rien ne bouge, exige, demande, elle l'appela par son nom et le supplia de lui répondre. Mais il ferma les yeux et s'agrippa au lit, comme pour freiner la descente en abîme déjà commencée. Sa nuit le reprenait. Un long tremblement secouait son corps qui retombait violemment sur le matelas. Tandis qu'elle désespérait de pouvoir l'aider, il poussa un cri atroce. Ensuite, il se calma. La douleur se faisait plus légère. Il la regardait, paraissant la reconnaître. Alors elle ne perdit pas un instant. Elle saisit la lettre placée sur le dessus de la pile accumulée sur la table de chevet — c'était la dernière lettre de Madame qui en expédiait une chaque jour depuis qu'elle le savait alité –, et demanda :

— Voulez-vous lire la dernière lettre de Madame ?

Ne recevant pas de réponse, et sachant que c'était la seule chose qui pouvait le sauver, elle s'éclaircit la voix et enchaîna avec solennité : « Voici ce que Madame a écrit. » Sa voix fléchit légèrement en prononçant le mot « Madame », tant ce mot évoquait pour elle un monde de délicatesse et de beauté inaccessibles. Le front plissé, elle s'efforçait de déchiffrer les lettres minuscules ressemblant bien peu à celles, rondes et épaisses, qu'elle avait appris à tracer à l'école. Incapable de saisir chacune des nuances exprimées dans cette lettre, elle comprenait néanmoins l'amour contenu dans les phrases joliment tournées dont elle faisait le tour. Lorsqu'elle eut terminé sa lecture, elle replia les feuillets et les glissa entre les doigts du docteur Milroy. Son visage paraissait impassible, mais elle vit ses mains trembler et son teint s'éclaircir. Secrètement, elle se surprit à envier cette femme dont tout la séparait.

Deux heures plus tard, il sonnait encore. En la voyant entrer dans la chambre, il lui fit un signe de la main qu'elle ne comprit pas. Elle vint toucher son front et vit que sa fièvre avait encore baissé. Il souffrait toujours d'absences et de demi-assoupissements après le moindre effort, mais son état s'était amélioré. Ses yeux étaient moins rouges, et il entendait clairement ce qu'elle lui disait. Il refit le même signe timide et vague qu'elle ne comprit pas davantage. Tandis qu'elle lui touchait doucement l'épaule comme chaque fois qu'il était temps de changer les draps, il serra les dents, contrarié. À peine avait-elle fini de lisser le tissu frais d'un grand mouvement circulaire, qu'elle sentit venir l'ondée qui l'obligeait à tout recommencer.

Il bredouillait des excuses. Mais pour elle, qu'il ait retrouvé sa fierté d'homme constituait une preuve infaillible de guérison.

— C'est fini, dit-elle jubilante. Vous voilà revenu à la santé !

Elle répéta sa phrase tout en tournant sur elle-même. Puis elle alla ouvrir les rideaux, vaporisa un peu d'eau de saule dans la pièce, et déroula le long dessus-de-lit crocheté qui n'avait pas servi depuis la visite de Madame. Elle replaça ensuite rapidement ce qui avait servi à la toilette du malade, et fila à la cuisine préparer le bouillon de poule au vin rouge qu'elle souhaitait lui servir depuis longtemps. Tout en travaillant, elle se demandait si cette guérison était due à la volonté du docteur Milroy, ou au traitement d'herbe à dindes qu'elle lui avait administré. Elle eût tout donné pour être débarrassée de ce doute, mais elle refusait de confesser l'intervention tenue secrète.

Dès que la préparation eut lâché ses premiers bouillons, elle partit cueillir un bouquet de fleurs, déçue de trouver une si maigre récolte après la luxuriance du rêve encore présent à sa mémoire. Une fois de retour, elle se rendit porter au malade le bouillon marquant le début de la cure de revitalisation qu'elle s'apprêtait à lui faire suivre. Elle agita la clochette pour le tirer de la somnolence dans laquelle il était retombé. Il ouvrit les yeux, vit le plateau déposé devant lui, le bouquet de fleurs tout près. Il bâilla, s'étonnant d'entendre un canon tonner au loin, alors que ce n'était pas la guerre. Pour le ramener à la seule réalité qui comptait, elle dit avec fermeté :

— Maintenant, il faut refaire vos forces. Il faut manger. L'île a besoin de vous.

Comme s'il eût retrouvé soudain la conscience du temps, il demanda l'heure. Après quoi, il jeta un regard circulaire autour de la chambre et il avala quelques cuillerées de bouillon. Un bien-être mêlé de fatigue, qu'il n'avait pas éprouvé depuis longtemps, le remplissait. Mais, très vite, il parut épuisé. Il déposa la tasse de bouillon sans l'avoir complètement vidée. Craignant qu'il ne renonce à se nourrir, Persévérance répétait son exhortation, changeant cette fois l'ordre des mots, risquant même une tournure de phrase plus personnelle :

— On a besoin de vous. Il faut manger. Il faut vous fortifier.

Sans autre transition, elle annonça qu'elle allait tapisser son matelas avec des feuilles de fougère pour hâter sa convalescence, la fougère ayant la propriété, expliquait-elle, de communiquer sa vitalité par simple contact avec le corps. Le docteur Milroy eut un mouvement d'impatience. Pour éviter son refus, elle lui promit ce qu'elle appelait son « fortifiant des grands jours ». Il se radoucit, sachant qu'elle allait infuser une poignée de sauge dans du vin bouillant qu'elle aromatiserait ensuite de gingembre et de miel. Sans trop savoir pourquoi, elle avait toujours cru que ce vin était, avec le pouding à la vapeur très épicé et le ragoût de boulettes d'agneau qu'elle lui servait parfois, ce qui lui rappelait le plus la cuisine ancestrale dont il était privé.

Le docteur Milroy n'avait pas complètement recouvré ses forces lorsqu'il décida de retourner à ses malades. En sortant, il eut un vertige et dut se couvrir le front de ses mains pour se protéger de la violence du soleil. Adossé au mur de la maison, il prit le temps de s'habituer à la lumière crue du dehors, au vent du nord-ouest qui déplaçait les odeurs vers le fleuve où tout se fondait en une coulée lumineuse qui épuisait le regard.

Bientôt, il put discerner le chemin qu'il devait prendre. Il commença à le suivre, avançant avec précaution, comme incertain de ses pas. Mais peu à peu sa démarche se fit plus assurée, et il goûta cette joie incomparable d'aller là où il avait décidé d'aller. Malgré un reste de fatigue, il ressentait comme une libération de pouvoir s'éloigner de sa résidence où l'avait trop longtemps retenu la maladie. Des vapeurs d'urine et des relents de vomissures saturaient l'air, mais il était heureux de replonger dans l'air chargé de fermentations dont la densité s'était accrue pendant les jours de réclusion où tout lui était parvenu à distance. Maintenant qu'il était guéri, il pouvait respirer la force de putréfaction dont il venait de triompher avec l'aide de Persévérance qui ignorait probablement ses mérites.

Marchant d'un bon pas, il entendait les rumeurs du rivage venir à lui, et il se sentait comme enivré par la présence du fleuve, le chemin caillouteux qui le portait. L'île lui redevenait familière, présente comme s'il n'en avait pas été séparé. Il dut pourtant assez rapidement freiner son allure. Bientôt ses jambes ne le portaient plus, et les vertiges l'avaient repris. Forcé d'accepter la voiture qu'il avait d'abord refusée, il y vit un avantage : il pourrait ainsi économiser ses efforts et avoir une meilleure vue d'ensemble de la station de quarantaine.

D'aller plus vite l'informa plus tôt des réalités de l'île. Le quartier des tentes, qui s'était beaucoup agrandi, empiétait de plus en plus sur le secteur administratif, paraissant même s'enfoncer dans la forêt. Le fond sonore de la station de quarantaine, ce mélange de cris, de plaintes et de lamentations, s'était amplifié. Et le trafic s'était accru sur les chemins ravinés par des orages récents dont il avait à peine eu connaissance. Un grand désordre et une grande animation régnaient partout, mais il n'y avait là rien d'inhabituel. Avant sa maladie, il avait aussi vu des immigrants emportés par le délire, ou simplement avides de trouver un coin tranquille où s'allonger, chercher une échappée vers le fleuve ou les clairières ombragées qui reposaient du soleil. Il sursauta pourtant lorsqu'il vit une femme en chemise d'hôpital courir vers la voiture en criant : « Si vous rencontrez Dieu sur votre chemin, dites-lui que j'ai trois mots à lui dire. »

Aucun policier n'était en vue et la garde paraissait absente, mais des coups de canon étaient tirés régulièrement. Le capitaine Clark apparut bientôt au détour du chemin principal. Après avoir recommandé au docteur Milroy de ménager ses forces, il lui apprit les dernières nouvelles, mais son regard fuyant laissait entendre qu'il lui cachait le pire. Selon son habitude, il emprunta de longs détours, parla de rames éparpillées sur la grève, de chaloupes défoncées, et de quelques autres catastrophes mineures, avant de se risquer à lui apprendre qu'en son absence deux médecins étaient morts du typhus, de même qu'un ministre anglican, un prêtre catholique, un policier, et trois soldats dont le jeune maigrelet souffrant de syphilis. Pour compléter la liste de leurs malheurs, il ajouta que peu de temps après l'arrivée des cent voiliers, le docteur Prévost et lui s'étaient vus forcés d'accepter les détenus de la prison de Québec mis à leur disposition comme travailleurs bénévoles.

Indigné, le docteur Milroy commença par émettre un blâme. Comment pouvait-on enfreindre l'éthique professionnelle à ce point? L'autre fit valoir que les grands criminels n'allaient pas nécessairement en prison, que plusieurs de ces prisonniers avaient été condamnés pour des motifs assez bénins : un bout de saucisson chapardé au marché, une ivresse nocturne ayant troublé la paix publique, le retard à payer le loyer de quelque arrière-boutique d'un faubourg équivalant à la moitié du salaire. Il rappela enfin au directeur médical que c'était toujours l'épidémie sur l'île, que les infirmières n'étaient plus assez nombreuses pour assurer les services essentiels et que, dans ces conditions, des gens de bonne volonté pouvaient faire manger les malades, les laver, changer leurs lits.

C'était la loi du simple bon sens. Ils se trouvaient à un moment de l'Histoire où tout ce qui fondait le cours régulier des choses, les anciens statuts et les anciennes conventions, était ébranlé. Le docteur Milroy s'ouvrit d'autant plus à la tolérance que le commandant militaire le mettait face à une réalité accablante. L'île comptait déjà plus de cinq mille malades, et même si des vapeurs transportaient jour et nuit les passagers en santé vers l'intérieur du pays, la mer ne cessait de leur envoyer d'autres immigrants. Dégrisé, le docteur

Milroy se tourna vers les eaux couvertes de voiliers, qu'un esprit myope ou distrait avait appelées un fleuve, et il frémit. L'amas de vaisseaux qu'il avait aperçus dans la zone d'inspection, en quittant sa résidence, paraissait avoir grossi.

La situation monstrueuse, qu'il avait perdue de vue pendant ses deux semaines de réclusion, refaisait surface. Du coup, sa fatigue revint, et son angoisse. Un sentiment d'impuissance l'accablait. Personne ne faisait ce qui devait être fait, pour la simple raison que l'épidémie avait pris une dimension telle que bien peu de choses pouvaient effectivement être faites.

— Vous avez sans doute pris la bonne décision, dit-il finalement au capitaine Clark qui attendait d'être rassuré.

Lorsqu'il pénétra dans le premier hôpital, il réussit à rester maître de lui malgré l'émotion qui nouait sa gorge. La salle commune était remplie de lits superposés, la plupart sans draps, entre lesquels il était presque impossible de circuler. Ils étaient loin des huit mètres cubes d'air que des sommités médicales européennes avaient proposés, lors d'un congrès tenu dans l'ex-capitale au cours du précédent hiver, comme la quantité d'air minimale requise pour la santé de chaque individu.

Une odeur immonde venait à lui. Craignant de ne pouvoir poursuivre sa visite, il s'appuya au chambranle de la porte et attendit que se dissipe la buée grise qui couvrait ses yeux. Cette fois encore, il put rester debout. Lorsqu'il sentit sa vue s'éclaircir, il s'efforça de se durcir jusqu'à l'indifférence et regarda droit devant lui. Quelques infirmières se déplaçaient dans la salle, essayant d'être partout à la fois, moins visibles que les nouveaux venus à qui l'uniforme blanc et les souliers neufs remis à la sortie de prison donnaient un air de respectabilité. Ils parlaient haut, mais paraissaient s'acquitter convenablement de leur tâche. Lorsqu'on leur souffla qui venait d'entrer, ils baissèrent aussitôt la voix. Le directeur médical devrait contresigner le rapport, émis par le commandant militaire de l'île, qui déciderait de leur libération définitive.

Le docteur Milroy leur expliqua brièvement ce qu'il attendait d'eux, puis il commença à défiler entre les lits, réprimant à peine un tremblement chaque fois qu'un rat, surgi d'un amas d'ordures, risquait de le faire trébucher. Des tasses et des bassines traînaient par terre avec des linges et des chiffons. Il régnait là une telle insalubrité qu'aucune guérison ne paraissait possible. Comment avaient-ils pu en arriver là? L'état des hôpitaux s'était-il détérioré à ce point, ou avait-il embelli par le souvenir une situation, à peine moins sordide, qui existait déjà avant sa maladie? Pour éviter de céder au découragement, il ordonna que le plancher soit balayé, lavé à grande eau, et que les lits soient immédiatement changés. Une infirmière souligna qu'ils ne pourraient changer qu'un lit sur quatre, car les hôpitaux manquaient de draps. Lui cachant que dans celui-ci des malades s'étaient enfuis en emportant les leurs, elle se contenta d'ajouter qu'ils pouvaient de moins en moins compter sur la buanderie. Trois jours plus tôt, la moitié des blanchisseuses avaient quitté l'île, effrayées d'avoir vu deux de leurs compagnes s'écrouler près du lavoir à quelques heures d'intervalle.

Au fond de la salle, les détenus discutaient bruyamment de la façon dont ils se répartiraient la corvée. Repérant celui qui lui semblait le plus obstiné de tous, un homme trapu aux sourcils épais et aux traits affirmés, le docteur Milroy lui confia la direction des travaux. Puis il donna à l'infirmière en chef les pleins pouvoirs sur l'attribution de toute autre tâche jugée nécessaire. Ensuite, autant pour ménager ses forces que pour s'épargner une nouvelle déception, il quitta l'hôpital sans consulter les dossiers médicaux comme il avait l'habitude de le faire lors de ses visites.

Dans l'unité voisine, la même désolation s'offrit à lui depuis le seuil, et il en fut ainsi dans chacun des hôpitaux où il entra. Il trouvait partout la même odeur insupportable, le même inconcevable désordre, les mêmes yeux implorants ou égarés qui s'attachaient à lui ou l'ignoraient totalement. Partout, il apercevait des corps défaits, épuisés d'avoir parcouru le cycle de délire, d'agitation et de prostration qui les avait fait se recroqueviller sur eux-mêmes ou s'allonger en travers du lit. Et partout il voyait des visages couleur de cendre, sur le point de s'effacer sans personne pour pleurer leur disparition. Tout cela lui avait déjà été coutumier, mais alors il le recevait comme un choc. Il devait se réhabituer à la brutalité de la maladie, à son évolution sournoise, aux drames vécus par ces masses de gens que l'appartenance à la race humaine aurait dû préserver de trop d'avilissement.

Au dernier hôpital, il croisa le directeur de la Maison des missionnaires qui s'étonna de le voir debout, puis lui demanda quand il pourrait passer voir ses prêtres malades. Le docteur Milroy connaissait les risques encourus par ces bénévoles, souvent oublieux de toute précaution, qui allaient offrir aux malades et aux mourants, aussi bien sur les bateaux que dans les tentes et les baraquements, les secours de la religion, et les soins hospitaliers élémentaires que le personnel n'arrivait plus à dispenser. Il se rendit tout de suite là-bas. Deux professeurs du grand séminaire, dont l'un s'était dévoué lors de l'épidémie de choléra, appliquaient à l'épidémie de typhus la question métaphysique embarrassante : « Est-ce que cela est ou existe ? »

Le docteur Milroy s'étonna qu'une situation aussi tragique pût susciter une si brillante rhétorique. Les deux prêtres souffraient de dysenterie, infection la plus répandue sur l'île après le typhus, mais leur tempérament optimiste incitait à poser un diagnostic favorable. Dans le lit voisin, un révérend secoué de frissons se plaignait de céphalée frontale et de douleurs musculaires, symptômes classiques du mal épidémique. Alors qu'un autre, déjà parvenu au stade du délire, récitait des versets sacrés ponctués de languides *To be or not to be*. Tous ces mots, qui visaient à transcender une réalité infâme, résonnaient étrangement dans la pièce confinée où deux autres prêtres, également frappés par les fièvres, murmuraient des invocations.

Le docteur Milroy admira ces hommes d'entretenir de si nobles préoccupations, alors que toute vie intellectuelle l'avait déserté pendant sa maladie. Il se voyait en cela assez semblable à ses collègues, d'honnêtes fabricants d'ordonnances, passablement incultes sur le reste, que des épouses éclairées traînaient au concert ou au théâtre pour raffermir le statut social dont leur métier permettait de gravir les échelons. Une image condamnait néanmoins la sévérité de ce jugement. Il se souvenait d'avoir vu le docteur Prévost et le docteur Byrnes débarquer sur l'île avec une pleine valise de livres. Le premier avait lu les grands classiques des deux langues, sans compter la pléiade d'auteurs grecs et latins bûchés au cours classique. Le second citait parfois le nom d'écrivains réputés qui lui étaient totalement étrangers. Et l'un et l'autre ne comprenaient pas que le poker pût être le loisir qui lui manquait le plus sur l'île.

Afin d'épargner les autres prêtres, le docteur Milroy demanda au directeur de la Maison des missionnaires d'isoler ses malades à qui il prescrivit une diète, un peu d'élixir parégorique et un programme de soins journaliers. Ensuite il rentra chez lui, exténué, se demandant s'il aurait la force de retourner dans les hôpitaux le lendemain.

Persévérance l'attendait, l'œil anxieux. Dès qu'elle le vit entrer, elle lui enleva son sarrau, l'obligea à prendre un bain chaud et à gagner sa chambre où elle lui servit son repas en condamnant tous ces excès qui le conduiraient inévitablement à une rechute. Inquiète, et aussi vexée, de voir qu'il l'écoutait à peine, elle décida de mettre la Vierge à contribution. À peine avait-il avalé sa dernière bouchée qu'elle lui passait au cou une cordelette, identique à la sienne, à laquelle étaient attachés un sachet de camphre et un scapulaire bleu. Incapable d'accepter trop de compromissions, il crut sauver son honneur en feignant de somnoler.

Le lendemain, le docteur Milroy descendit vers le rivage où il ne s'était pas rendu depuis longtemps. Le vent brassait la puanteur encore imprécise du matin, l'enveloppait d'une fine vapeur enrichie par la multitude d'odeurs contenues dans les débris flottant à la surface de l'eau. À travers des relents de marécage et de pierre mouillée, la marée poussait vers le docteur Milroy le bouillonnement pestilentiel accumulé derrière les bouées blanches de la zone d'inspection.

Plusieurs voiliers étaient à l'ancre, et d'autre vaisseaux se profilaient à l'horizon. Même si les autorités impériales venaient de faire ouvrir deux autres stations de quarantaine sur la côte atlantique pour décongestionner le Saint-Laurent – et apaiser le mécontentement croissant de la population –, le flot d'immigrants continuait d'augmenter. Pour un vaisseau d'Écosse ou d'Allemagne répondant aux normes sanitaires, il en arrivait trois d'Angleterre et sept d'Irlande qui arboraient le pavillon blanc, chargés à plein bord, puant la vermine et la chair infestée. Juillet commençait. Un soleil implacable transformait la moindre miette de nourriture et la plus petite infection cutanée en îlot de pourriture auquel s'abreuvaient les moustiques qui avaient suivi les navires depuis le golfe.

Une douzaine de vaisseaux venaient d'avancer, attendant le signal de l'armée pour aller décharger leur cargaison humaine dans la baie du Choléra. Le docteur Milroy se rendit là-bas. Des cadavres couverts de mouches, qui paraissaient avoir été retirés des navires depuis plusieurs heures, traînaient sur la plage. Une poussière grise tournoyait sur leurs visages exposés à la lumière du fleuve qui continuait de rouler ses vagues sous la courbe tremblante du ciel. Ces voyageurs ne souffraient plus. Ils avaient franchi l'ultime frontière, cet instant où le corps bute de tout son poids sur l'impossible limite, puis se relâche et tombe en lui-même comme dans un gouffre. Si visibles et en même temps si effacés, ces corps abandonnés dénonçaient le rêve illusoire qui les avait conduits là : la recherche de quelque pur bonheur, la quête de quelque grandiose territoire dont il ne restait que ces quelques grains de sable effleurant les fronts nus sur lesquels s'acharneraient bientôt les rats.

Le docteur Milroy se disait que s'il avait pressenti, lorsqu'il étudiait la médecine, devoir un jour contempler ce spectacle, cela eût pu suffire à le détourner de sa profession. Cette mort atroce, qu'il devait sans cesse affronter, élargissait l'aire de la douleur, son indescriptible dénuement. Ainsi privée des détours du vieillissement, du réconfort du deuil et des rituels funéraires, elle était un pur non-sens. Ou quelque chose de plus insoutenable encore qu'il ne savait nommer, mais dont la voiture qui approchait lui renvoyait l'image.

Le convoyeur immobilisa sa charrette et s'essuya le front sur sa manche. Il cracha, but à même le flacon tiré de sa poche, puis compta dix cadavres avec le bâton qui lui servait d'aide-mémoire, et les jeta dans des sacs tapissés de chaux vive qu'il ne se donna pas la peine de nouer. Il empila ensuite les sacs sur la charrette qui repartit vers le cimetière sans que le cheval n'ait reçu l'ordre d'avancer. Hypnotisé par l'horreur, le docteur Milroy regardait s'éloigner la voiture et pensait, par constraste, aux propos entendus la veille à la Maison des missionnaires. L'image de la façade somptueuse de l'hôpital de la Marine lui traversa aussi l'esprit, et il se demanda si la culture, et tout ce qu'elle générait de discours et de beauté, n'était pas une vaine supercherie, une stratégie visant à distraire de la mort. Les constructions mentales et architecturales dont s'enorgueillissent les civilisations n'étaient d'aucun secours pour ces cadavres aux bouches tordues qui séchaient au soleil. Un seul de ces visages pouvait anéantir les plus hautes considérations philosophiques, la plus flamboyante statue.

Persévérance, qui fréquentait peu les morts de l'île, disait parfois au docteur Milroy : « Ce que vous avez vu là-bas n'est que leur corps de chair, le corps prêté à l'âme qui survit à tous ces malheurs. Leur corps de lumière est toujours vivant. Il vivra plus longtemps que le cimetière, plus longtemps que l'île ou même le continent. » C'était une vérité estimable. Mais cette vérité ne le consolait de rien. Il pensait toujours que ces hommes, ces femmes et ces enfants emportés par la mort auraient pu vivre vingt, trente ou quarante ans de plus.

Quelque chose de blanc flottait à la surface de l'eau. Il crut d'abord que c'était un mouchoir, mais l'objet se rapprocha et il aperçut une enveloppe comme en portaient parfois sur eux les immigrants pour indiquer à qui confier, s'ils venaient à disparaître, leurs enfants, une alliance, les quelques objets transportés. Sous l'encre détrempée, il put lire : *Send to Quebec, care of Dr. Byrnes.* Le destinataire n'était plus là pour recevoir le message. Le docteur Milroy regarda le long fleuve paisible et trompeur qui contenait sans doute d'autres lettres semblables, et il ressentit la perte de tout ce qui ne se rendait pas à destination.

Sa main pressa la lettre comme pour l'empêcher de s'échapper. Au toucher, il devinait l'épaisseur d'une mèche de cheveux, et ce contact lui rappela la lettre reçue la veille, dans laquelle Darling lui envoyait des pétales de roses, et ce post-scriptum naïf où les enfants avaient écrit en guise de poème : *L'été fleurit, la joie remplit nos cœurs heureux de te savoir guéri.* Il regarda une dernière fois les rives fangeuses de la baie du Choléra, et il aurait voulu voir les eaux se couvrir d'une multitude de messages aussi tendres qui les auraient purifiées, empêchées de dévaler trop vite le cours du temps. Il pressa encore une fois la lettre entre ses doigts, car il venait de saisir l'unique vérité qui pût le fortifier : l'idée difficile, et de prime abord inacceptable, qu'il pût y avoir une coexistence possible de la joie et de la souffrance, de la tendresse et de l'horreur.

Un peu plus tard, il se fit déposer à l'entrée des baraquements neufs qu'il n'avait pas encore visités, et dont il put à peine supporter l'inconfort et l'insalubrité. Loger des malades dans des abris semblables ne pouvait qu'empirer leur état. Ce constat fait à maintes reprises, mais auquel sa maladie récente donnait l'aspect d'une découverte stupéfiante, ravivait l'angoisse ressentie dès qu'il se surmenait ou jetait un regard neuf sur ses patients. Il avait sous les yeux un monde de stupeur et de putréfaction qui éliminait le poison par éruptions, écoulements, tensions et relâchements spasmodiques, ces mille et une façons d'évacuer la douleur, de l'affaiblir en se ménageant des répits, une immobilité définitive ou momentanée. Ces corps en train de se vider de leur mucus, de leurs fèces, de leur urine – toute cette décharge excrémentielle produite par la matière agissante – exhibaient la violence d'un mal contre lequel il pouvait bien peu. Ces larmes qui coulaient, ces déchets qui s'échappaient par les lésions et les orifices du corps constituaient autant de canaux par où passait le souffrance. Autant d'activités affirmant la présence de la mort et son effroyable pouvoir de corruption.

Immobilisé devant les lits étroits où s'exposaient les ravages humiliants de la maladie, il se demandait : qui a dit qu'il est bon d'être malade et de goûter ses propres immondices ? Tant de choses se disaient et s'écrivaient à propos de la maladie, alors que si peu de gens avaient le courage de s'en approcher, d'éprouver cette terreur, qui se transforme parfois en attirance, de franchir un passage pour lequel il n'y a pas de retour. Il le savait pour l'avoir ressenti lui-même : le mouvement de recul face à la mort n'était parfois qu'une manière de prendre son élan vers elle, une façon de laisser sa répugnance se muer en attrait.

Chaque fois qu'il entrait dans un bâtiment hospitalier, des yeux attristés se tournaient vers lui, lui faisant éprouver son impuissance à guérir les corps infestés qui criaient leur mal, la multitude de petites morts accumulées qui avaient fait pressentir la dure et longue mort dont elles étaient l'ébauche et le prélude. Il voyait sur ces corps épuisés des signes d'absence rendant insensible à l'entassement qui se poursuivrait au-delà du dernier refuge et du dernier convoiement. D'assister à cet anéantissement, de voir des corps s'arc-bouter et des mains se crisper avant le dernier râle qui tardait parfois à venir, lui rappelait que lui-même était mortel, prêté à la vie qui lui avait été rendue pour quelque temps encore. Voilà à quoi se résumait trop souvent son travail : être le complice de souffrances inutiles, être le témoin de la mort qui passait.

— Vous voilà loin de l'hôpital de la Marine, dit le docteur Prévost qui venait d'entrer et s'excusait presque de lui imposer ce spectacle.

Négligeant l'allusion, le docteur Milroy répéta ce que Persévérance avait dit la veille, parmi quelques vérités élémentaires dont elle sous-estimait la valeur : « En temps d'épidémie, tout va très vite. La mort ne met pas de gants blancs. »

Il fit quelques pas de plus et s'arrêta soudain. Près du lit où l'infirmière aidait une malade à s'asseoir, il entendit un léger bruit métallique contre le plancher. La malade se pencha aussitôt pour repérer l'objet qui fuyait, et une série d'anneaux en or et en argent apparurent sur le drap. À l'inscription, craignant qu'on ne lui rende jamais sa fortune, elle avait dissimulé dans ses replis intimes dix alliances attachées à une corde qui venait de se rompre. Après avoir désinfecté l'anneau tombé, l'infirmière le remit au docteur Milroy qui put lire le nom gravé en caractères gothiques : *Sarah Brennan*. C'était l'anneau cherché par l'homme en deuil qu'il avait vu rôder un soir autour des hôpitaux, et à qui il avait suggéré de se rendre à Québec pour essayer de trouver la commerçante qui avait offert au couple deux billets de traversée en échange de leurs alliances.

— Vous vous sentez bien ? demandait le docteur Prévost subitement inquiet de la pâleur du directeur médical.

Le docteur Milroy répondit que cet été le rendrait fou. Puis il discuta avec son assistant des problèmes qu'ils devaient résoudre : les nouveaux baraquements à ériger, les annexes à greffer sur le lazaret qu'ils n'avaient cessé d'allonger, les appentis dont il fallait hâter le parachèvement afin de caser les malades des vaisseaux qui attendaient encore un abri. C'était l'embourbement continuel. La partie habitable de l'île, que l'on rognait de tous côtés pour y enfouir des morts ou y édifier des bâtiments d'accueil, s'amenuisait de jour en jour.

La veille, il avait eu un rêve étrange. Il était un enfant abandonné au milieu du fleuve, et il attendait désespérément que quelqu'un lui tende la main à partir du rivage pour l'empêcher de se noyer. Mais personne n'arrivait à le voir ou à l'entendre, à part d'énormes oiseaux dont les ailes s'allongeaient de tentacules au fur et à mesure qu'ils s'approchaient de lui. Touché par l'un de ces oiseaux, il s'était mis à crier, et son cri l'avait éveillé. Il avait aussitôt allumé la lampe. Mais dans sa frayeur il lui semblait que les oiseaux, de plus en plus nombreux, s'appesantissaient sur lui comme du plomb.

Dans chaque bâtiment où il entrait, le docteur Milroy constatait que le nombre de prisonniers, mis à leur disposition par l'ex-capitale pour le reste de la saison, dépassait celui des infirmières. La responsable des soins infirmiers leur avait dispensé quelques notions de psychologie hospitalière, et leur avait appris à changer un lit et à nourrir les malades. Après avoir travaillé avec eux pendant quelques semaines, elle disait les voir obéir aux mêmes motifs que les employés réguliers qu'elle répartissait en trois groupes : il y avait, selon elle, ceux qui travaillaient par amour, ceux qui travaillaient par conviction, et ceux qui le faisaient pour le profit.

Ce dernier groupe, qui représentait le quart ou le tiers des ex-détenus, parut bientôt éclipser les deux autres. Sans que les ordonnances médicales n'aient été modifiées, les réserves d'opium, de brandy et d'élixir parégorique se mirent à baisser brusquement. Une enquête conduite par le capitaine Clark mit à jour un trafic dont profitaient quelques malades, des militaires et des prisonniers. L'âme dirigeante de ce commerce qui avait ses assises à la morgue derrière un amas de civières bancales que personne ne se souciait de déplacer, purgeait une peine de cinq ans pour recel avant son arrivée à la station de quarantaine. Il fut renvoyé sous les verrous avec ses complices, et dix coups de canon marquèrent leur départ.

Par la suite, les analgésiques furent gardés sous clef. La garde redoubla de vigilance, et tout parut rentrer dans l'ordre. Mais l'apothicaire, un étudiant en médecine qui vouait un culte aux remèdes anciens, se plaignit bientôt de s'être fait voler sa collection de produits pharmaceutiques à laquelle il tenait comme à la prunelle de ses yeux. Tous ses échantillons, étiquetés en lettres gothiques comme dans les grands musées et dont il croyait que certains remontaient à l'ancien régime, étaient gardés dans une armoire dont lui seul avait la clef. La porte de la pharmacie n'avait pas été forcée et la serrure de l'armoire était restée intacte, ce qui indiquait un véritable talent de cambrioleur. Par de subtiles manœuvres, on lui avait pris trois cuillères à café d'*or potable*, un pot d'*onguent de corail anodin*, une demi-fiole de *quintessence d'absinthe* et cinq milligrames d'*élixir thériacal*. Il déplorait également la perte d'une fiole de *lilium de Paracelse* – cordial actif qui avait autrefois joui d'une grande popularité –, d'un tube de *poudre spécifique d'hypécacuanha* utilisée jadis pour soulager les coliques, les douleurs néphrétiques et les hémorragies, de même qu'un certain nombre d'analgésiques désormais introuvables sur le marché. Ces produits n'avaient probablement plus aucune valeur thérapeutique, mais ils témoignaient de temps révolus qu'il aimait se représenter, et leurs noms étranges et poétiques le faisaient rêver.

Persévérance, qui n'avait jamais craint les voleurs, devint elle-même attentive à verrouiller les portes et les fenêtres de la maison lorsqu'elle découvrit que son vin de sauge et son vinaigre des quatre gousses d'ail étaient disparus du placard où elle les avait placés. On s'était également emparé de ses bouteilles de gin et de brandy. Dans la dépense, ses sirops reconstituants n'avaient pas été touchés, mais sa dernière invention, le sirop contre le «mal de la Baie» – un mélange de sang-de-dragon, de gin, d'écorce d'aulne et d'amandes de fougère broyées –, s'était volatilisée. Elle se consola de l'effronterie en se disant qu'on lui avait volé ses réserves, mais non ses recettes, ni surtout la formule de sa préparation au sang-de-dragon, très en demande sur l'île depuis qu'un soldat de la garde avait succombé à la maladie honteuse se rapportant à la chose qu'elle osait à peine imaginer.

Ces délits, et d'autres plus graves, commencèrent à se manifester lorsque les prisonniers eurent fait preuve de suffisamment de probité pour mériter la confiance des autorités. La plupart de ces opérations se déroulaient la nuit, souvent de connivence avec les soldats qui appartenaient aussi à un clan d'hommes seuls chez qui l'expérience de l'obéissance et de la réclusion avait attisé le désir de violation des règles. Des mesures disciplinaires furent prises. Mais au-delà des apparences qui laissaient croire à une amélioration, la nuit continua de donner cours à des désordres et à des beuveries auxquels l'aube mettait fin. Tous s'endormaient alors d'un sommeil de plomb, et les hommes de peine chargés de faire le ramassage des cadavres approchaient, jetaient pêle-mêle sur leurs charrettes, déjà remplies de quelque sept à huit cents livres de chair à rat, tout ce qui paraissait mort de la même mort, tout ce qui semblait également livide et puant, s'étonnant ensuite de voir se dresser une main, bouger un pied et pivoter des têtes qui les accablaient d'insultes.

Tandis qu'il faisait le tour des installations hospitalières dont l'état le plongeait dans un profond abattement, le docteur Milroy croyait en apprendre davantage sur l'île, et sur la nature humaine en général, qu'il en avait appris jusque-là.

Un soir, alors qu'il rentrait chez lui et que des oiseaux croassaient au-dessus de sa tête, un bruit le fit se retourner. Une forme humaine paraissait ramper sur le sol. Il revint sur ses pas et entendit la respiration contenue de quelqu'un qui refusait de se trahir. Il s'approcha. Accroupi sur le sol, un homme dissimulait un filet de pêche rempli de bouteilles enrobées de papier journal. Ses vêtements étaient trempés, et il sentait la vase des marais.

Se sentant à découvert sous la lumière blafarde de la lune, l'homme releva d'un mouvement brusque la mèche de cheveux qui lui barrait le front. Le docteur Milroy reconnut le prisonnier à qui il avait confié la direction des travaux de nettoyage lors de son retour à l'hôpital, il voulut savoir d'où il venait et à qui étaient destinées ces bouteilles. L'autre hésitait à se livrer. Un soldat approchait. Pressentant que toute fuite était impossible, il avoua s'être rendu visiter une infirmière de la côte dont il s'était amouraché alors qu'elle travaillait à l'hôpital. Comme personne n'avait voulu le loger là-bas parce qu'il venait de l'île des pestiférés, il était revenu le soir même, aidé d'un passeur qui l'avait conduit à l'île de la Sottise d'où il était revenu à la nage.

Tant d'héroïsme amoureux n'expliquait pas la présence des bouteilles. Refusant de prêter une passion dévorante à l'homme renfrogné qui inventait probablement une romance pour se justifier, le docteur Milroy proposa :

— Vous m'offrez une de ces bouteilles ?

L'homme préleva une bouteille, et prit soin de recouvrir le stock restant des bouillonnements boueux du filet. C'était un alcool de fabrication domestique comme en distillaient les alambics clandestins de la région. Est-ce les quelques gorgées avalées qui firent leur effet, ou l'attention portée au choix de la bouteille qui éveilla la curiosité du docteur Milroy ? Il se prit soudain d'intérêt pour les titres des journaux, utilisés pour l'emballage des bouteilles, dont certains étaient lisibles.

Il écarta d'emblée *L'épidémie continue,* coiffant la page qui avait servi à enrober la bouteille offerte, tant ce truisme lui parut redondant. Les manchettes *Effets néfastes sur le commerce,* et *La sécurité publique est en jeu,* de même qu'un certain nombre de formules lapidaires traduisant l'inquiétude des corps publics, lui parurent plus intéressants. Mais c'est pourtant la phrase incongrue *Les rendez-vous de Neptune,* allongée en diagonale sur une bouteille de taille plus grosse que les autres, qui le retint. L'homme eut un geste de protestation lorsqu'il vit le docteur Milroy commencer à déballer la bouteille, remplie de menus papiers pliés en bandes étroites, qui contenaient des informations étonnantes. À travers des phrases inoffensives exprimant un sentiment affectueux ou une passion contrariée par l'absence, se glissaient des menaces, des allusions à une erreur passée dont le signataire pouvait tirer profit, ou encore des propositions d'affaires concernant un négoce qui paraissait emprunter à des prénoms féminins – Angélique, Pâquerette, Rose ou Violette – un parfum plutôt suspect. Diverses écritures couvraient ces papiers, de la plus primaire à la plus élaborée, et de la plus rigoureuse à la plus fantaisiste. Signés d'une simple initiale que soulignait parfois un long paraphe, ces billets paraissaient destinés à des malades, alors que d'autres visaient de toute évidence des prisonniers ou des soldats.

L'homme décida de passer aux aveux pour adoucir son châtiment. Avec la complicité de passeurs, il avait organisé un service de messageries entre l'île et le continent, qui transitait par Montmagny et les principales agglomérations côtières, dans lequel intervenait un échange de bons procédés où prenaient place les bouteilles d'eau-de-vie. Le docteur Milroy n'écoutait que d'une oreille, tant le titre *Les rendez-vous de Neptune* exerçait sur lui une étrange fascination. Sous les lettres détrempées, apparaissait une mosaïque romaine, autrefois aperçue dans un album de reproductions anciennes, dont la composition l'avait frappé. Debout sur les eaux, Neptune avançait les pieds posés dans les anneaux d'un serpent de mer, tiré par des chevaux dont les sabots se terminaient en nageoires. Il était suivi d'un cortège d'Amours montés sur des Tritons, auxquels s'agglutinaient plusieurs personnages dont certains filaient en sens inverse sans freiner l'avancée de l'équipage.

Le docteur Milroy regardait le fleuve noirci par la nuit, et il croyait voir Neptune surgir du fond des eaux et se précipiter vers l'abîme d'ombre et de mystère qui l'entourait. Il se retourna. Sous la clarté lunaire, l'amas de tentes et de bâtiments hospitaliers paraissaient flotter dans un univers glauque promis à la dévastation. L'homme s'était mis à tousser. Distrait de sa rêverie, le docteur Milroy le dévisagea, croyant avoir devant lui un spécimen assez représentatif de la race humaine. Il voyait son front bas, ses yeux fuyants, persuadé qu'il travaillait sous la protection de Neptune, dieu des mers, qui favorisait autant l'émergence de génies que l'apparition de monstres promis aux plus odieuses combines et aux plus inconcevables perversions. Il reprit la page coiffée du titre évocateur où l'on faisait état d'arrestations effectuées à l'auberge Neptune de la basse-ville, où des suspects avaient été appréhendés pour une affaire de vente d'opium à laquelle étaient mêlées des femmes qui faisaient commerce de leurs charmes.

Ce fait divers jetait une lueur éclairante sur la disparition d'opium observée dans les hôpitaux de l'île. Le service de messageries, dont il avait sous les yeux l'un des plus vaillants collaborateurs, se déployait grâce au fleuve, et cela ne représentait sans doute qu'une partie d'un ensemble d'opérations clandestines dont il ne soupçonnait pas l'ampleur. L'épidémie ne faisait pas que des malades et des morts. Elle engendrait d'autres corruptions, plus obscures, qui possédaient aussi leur royaume et leur enfer.

— Il est maintenant temps d'aller chez le capitaine Clark, dit le docteur Milroy qui préférait confier ce cas au commandement militaire de l'île.

C H A P I T R E

Juillet flambait. Le remugle de pourriture qui montait des baraquements hospitaliers, érigés sur presque tout le littoral, formait un cordon de puanteur qui s'épaississait sans cesse. Au sommet des collines, les arêtes rocheuses couvertes de genévriers cuisaient au soleil, alors qu'en bas la croûte d'argile recouvrant les replis marécageux du rivage éclatait sous les bousculades provoquées par l'arrivée des voiliers.

Les malades ne passaient maintenant plus que quatre ou cinq jours à la station de quarantaine, soit que la mort vînt les en chasser, soit que l'affluence des passagers les obligeât à céder leur place à d'autres. Ils étaient désormais huit médecins à se partager le travail, mais le nombre des fossoyeurs venait de passer à trois. La mort commandait le rythme du travail, la distribution des tâches, imposant à l'île un poids d'ignominie qui augmentait de jour en jour.

Le matin, avant de commencer son travail, le docteur Milroy s'approchait parfois du rivage et fixait pendant quelques minutes les eaux corrompues où flottaient des épaves. Souvent, il se demandait : Pourquoi le mal ? Qui impose la loi de la souffrance ? Suffit-il de remplir les conditions nécessaires à son apparition pour qu'elle se manifeste, ou apparaît-elle de façon aussi fortuite que les famines ou les épidémies ?

Un matin qu'il réfléchissait ainsi face au fleuve, il ajouta la question : Pourquoi la mort ? Puis ceci : La mort est-elle à ce point inévitable, ou ai-je jusqu'ici déployé trop peu d'efforts pour la repousser ? Il prit soudain la décision d'aller à Québec. Il verrait le gouverneur et lui demanderait d'intervenir auprès des autorités impériales pour freiner l'immigration et obtenir que le transport des passagers s'effectue dans des conditions plus humaines. Il lui soumettrait également des propositions visant à décongestionner la station de quarantaine et à améliorer son fonctionnement.

Encouragé par l'idée qu'il pouvait subjuguer l'adversité, il alla aviser le capitaine Clark de son départ. Puis il confia la direction médicale de l'île au docteur Prévost et chargea Persévérance de préparer ses bagages. Était-ce la crainte de se retrouver seule, ou la peur de voir se modifier leurs rapports qui lui fit émettre l'objection qu'il n'était pas en état d'entreprendre un voyage aussi épuisant? Néanmoins, face à la détermination du docteur Milroy, elle finit par souscrire à la nécessité de l'entreprise : ce voyage profiterait à tous, aux malades d'abord mais aussi au directeur médical qui avait bien besoin d'aller respirer un autre air.

Il partit donc le lendemain, muni du viatique prévu. Un nouveau sachet de camphre avait été attaché à son scapulaire, et il apportait un flacon de vinaigre des quatre gousses d'ail, une bouteille de vin de sauge, un pain blanc et une demi-livre de fromage, le tout devant lui permettre de parer, assurait-elle, à toute situation. Il était aussi équipé de chemises et de mouchoirs propres, de chaussettes et de dessous de rechange, d'un canotier pour le soleil, de bottes pour la pluie, et d'une vareuse pour les nuits fraîches. Au dernier moment, elle supprima le whisky qu'elle avait d'abord ajouté, prétextant que mieux valait éviter « des bouillonnements de caractère malheureux » pouvant compromettre sa mission.

Le capitaine de la goélette l'attendait, habillé comme un officier de carrière rompu aux belles manières, à l'art des moustaches bien taillées. Flatté d'avoir le directeur médical de l'île comme passager, en ces temps difficiles où on lui confiait parfois des repris de justice, il lui donna la meilleure place et le traita avec égard. Lorsqu'ils levèrent l'ancre, le docteur Milroy eut un soupir de soulagement. Mais il ne se sentit vraiment libéré qu'une fois sorti de la zone de mouillage.

Ils gagnaient le large, et l'île rapetissait. Ses bâtiments s'applatissaient et sa batterie de canons s'enfonçait dans le ciel. Les voiliers, le vacarme, la puanteur se trouvaient derrière lui. Il entrait dans le grand silence du fleuve, goûtait le provisoire oubli qui effaçait les fatigues et les angoisses de l'été. L'île de Grâce ne forma bientôt plus qu'un léger renflement à la surface des eaux. À cette distance, rien ne la distinguait des quelques îles inconnues surgies, à la pointe des vagues qu'ils coupaient de biais. Cet effacement de la station de quarantaine, le contraste entre ce qu'elle recélait d'horreurs et ce qu'elle révélait alors lui parut si marqué qu'il dut fermer les yeux pour concilier deux images qui se heurtaient dans son esprit.

Bientôt, il perdit de vue l'archipel des Danaïdes. L'air était si limpide qu'il aurait pu se croire en train d'effectuer un voyage d'agrément sur des eaux exotiques. Le sentiment de revenir à une liberté perceptible à la qualité de l'air et au mouvement du bateau le remplissait de joie. C'était ce qui lui manquait le plus à la station de quarantaine. Il se déplaçait sans échapper au rond de garde qui le conduisait immanquablement vers les hôpitaux, les tentes, le cimetière, puis à son domicile d'où il repartait pour effectuer le même parcours, le même épuisant et incessant périple dicté par l'urgence, la nécessité d'ordonner le chaos dans lequel ils étaient plongés. Là-bas, chaque jour et chaque nuit ramenaient la même poussée d'écume et le même amoncellement d'épaves sur les fonds d'argile desséchés par la chaleur de l'été. À certains moments, l'île paraissait si détachée du temps, si éloignée du reste du monde qu'il fallait, pour se préserver d'un trop grand sentiment d'isolement – ou simplement tempérer trop d'effarement face au vide –, imaginer des points de rencontre avec le reste du monde.

Ce départ replaçait le docteur Milroy dans le droit fil du temps. Il allait retrouver sa ville, peut-être même Darling et les enfants, tout au moins essaierait-il de les apercevoir, d'entendre leurs voix. Cette seule pensée le remplissait d'un si grand bonheur que déjà il rendait grâce au Ciel – ou plus exactement à quelque puissance bénéfique dépourvue de nom – de tous ses bonheurs passés et actuels. Il était un homme comblé par l'amour, favorisé par la chance. Un homme qui avait côtoyé la mort depuis deux mois, et se trouvait maintenant là, à deux doigts de ses rêves, rongé par l'impatience qui le poussait, enfant, à compter les jours ou les heures qui le séparaient d'une fête ou d'un événement exceptionnel.

Autour de lui, des prêtres récitaient leur bréviaire et des révérends lisaient la Bible. Ils revenaient aussi de l'île, mais ils semblaient toujours plongés dans l'éternité du temps. Une femme coiffée d'un fichu noir s'approcha de lui et lui demanda s'il avait perdu quelqu'un de sa famille sur l'île. Il fit non de la tête, presque gêné par l'aveu. Arrivée à Québec sur l'un des premiers vaisseaux, elle s'était présentée à la station de quarantaine munie d'un passeport, vendu à prix d'or par un inconnu de la basse-ville, qui avait été refusé. Refoulée vers le rivage, elle n'avait pu voir ses deux fils qui étaient censés avoir débarqué là-bas, ni même savoir s'ils étaient toujours vivants. Elle avait seulement eu le temps d'apercevoir des malades entassés dans des charrettes, des morts dormant au soleil, un grouillement de gens et un amoncellement de souffrance qui avaient éveillé en elle une terreur dont elle ne s'était pas remise.

Tout en traçant le portrait de l'homme qu'elle se proposait de dénoncer, elle tendait au docteur Milroy le document inutile. Il y voyait inscrit noir sur blanc le nom d'une blanchisseuse emportée par les fièvres quelques semaines plus tôt. Ce commerce de faux papiers dont il ignorait l'existence, et qui avait peut-être un lien avec *Les rendez-vous de Neptune*, était une autre entreprise clandestine à qui profitait l'épidémie.

Le paysage s'était modifié. De fines rayures d'ombre bordaient la rive opposée du fleuve. Ils entraient doucement dans l'estuaire, et cette avancée à ciel ouvert le reposait de l'atmosphère oppressante de l'île. Au bout des eaux phosphorescentes, il verrait bientôt apparaître la ville surélevée agrémentée de lignes courbes que corrigerait une rigueur architecturale imposant un certain sens de l'ordre, l'art de la mise en scène et du défi.

À peine avait-il eu le temps de se demander s'il pourrait renouer avec un rythme de vie, des civilités dont il avait perdu l'habitude, que déjà le cap Diamant glissait vers l'étrave, basculait dans les eaux tièdes au-dessus desquelles tournoyaient des oiseaux de mer. Plongé dans sa rêverie, le docteur Milroy ne percevait pas le changement d'air, plus dense et corrompu, indiquant qu'il ne trouverait pas la ville dans l'état où il l'avait laissée. Il ne semblait pas non plus voir les voiliers, subitement réapparus, qui longeaient la goélette immobilisée.

Deux officiers de marine commençaient l'inspection des passagers. Ils fouillaient leurs bagages, examinaient leurs papiers, s'informaient du motif de leur déplacement. Tout cela, effectué à une certaine distance du port, n'inquiétait nullement le docteur Milroy qui se sentait protégé par la grâce du retour. Quand vint son tour, il s'étonna de les voir procéder avec lui comme avec tous les passagers venant de là-bas. Les titres qu'il déclara ne firent qu'accroître leur impatience et renforcer leurs soupçons. Cet homme aux vêtements fatigués, sans faux col ni trousse médicale, était probablement l'un des détenus exilés sur l'île des pestiférés, qui profitait du désordre général pour recouvrer sa liberté.

Le docteur Milroy émit des protestations, mentionna la visite qu'il devait faire au gouverneur, mais son intervention ne fit qu'exaspérer les officiers qui crurent avoir devant eux non seulement un criminel, mais un fou souffrant du délire de grandeur. On le fit descendre avec l'autre prisonnier notoire, qui s'était évadé de l'île de la quarantaine comme il l'avait fait pour tous les lieux de détention fréquentés, dans une chaloupe escortée par des militaires qui alla les déposer au quai du Roi. Lorsque le docteur Milroy vit l'amas d'épaves en bordure des quais où avaient échoué des paillasses crevées que des capitaines de vaisseau avaient probablement jetées par dessus bord à l'approche de l'inspection sanitaire, il comprit que l'épidémie touchait Québec plus qu'il se l'était imaginé ou qu'on le lui avait laissé croire.

Sur le débarcadère, des malades étaient tombés sur place, et des rats de cale se faufilaient entre eux sans émouvoir personne. Il retrouvait l'énervement de l'île, un peu de son atmosphère, ses odeurs fétides. Mais les odeurs étaient entières, non diluées par le filet de vent fluvial qui venait mourir dans le bassin d'eau souillée où trempaient la vingtaine de quais de la basse-ville. C'est là qu'aboutissaient les conduits d'égouts à ciel ouvert aménagés depuis les escarpements du cap Diamant jusqu'au pied de la falaise. Là que se mêlaient dans une intime puanteur les restes de table du gouverneur et les excréments de ses sujets. Des esprits malicieux prétendaient d'ailleurs que c'était le seul lieu où se rencontraient de façon harmonieuse l'élite et le bas peuple, les riches et les pauvres, les dévots et les mécréants. Mais ce jet bourbeux, qui réduisait en une même purée les déchets de classes inconciliables, contaminait l'eau et rétablissait en dernière instance une ultime division : les malades et les bien portants, ou même les vivants et les morts. Malgré les épidémies, les autorités continuaient de fermer l'œil sur la vétusté d'un système dont tous déploraient l'insalubrité, mais dont la réfection eût exigé des coûts exorbitants.

Après avoir traversé la rue Notre-Dame, les militaires prirent par la rue Sous le Fort où l'on faisait brûler des barils de bitume pour assainir l'air. Ces émanations toxiques firent tousser le docteur Milroy. Effrayés par sa pâleur, ses gardes ralentirent leur allure. L'un d'eux maugréa qu'à cause des incendies qui ravageaient la ville à tout bout de champ, ils ne pouvaient allumer des bottes de paille arrosées de soufre sur les places publiques et aux intersections, comme ça se faisait partout dans le monde en temps d'épidémie. Car pour un bâtiment construit en pierre de taille comme l'entrepôt du Roi, il se trouvait cent baraques en bois, collées les unes aux autres, qui s'écroulaient au moindre feu. Le ton méprisant laissait entendre qu'il en aurait eu long à dire sur l'exécrable colonie où avait été expédié son régiment. Le docteur Milroy ne releva pas l'allusion. Il avait assez vécu et voyagé pour savoir que si des différences marquent les usages, le climat, l'architecture et la géographie des lieux, la nature humaine présente par contre à peu près partout les mêmes traits : une grande vaillance et une non moins grande lâcheté, la passion de la richesse et de la gloire, la crainte du malheur, le besoin de liberté.

Il pensait aux malades restés là-bas, aux demandes qu'il était venu exposer au gouverneur, et il se voyait traité comme un malfaiteur dans une ville où il eût pu s'attendre à quelque gratitude. Levant les yeux vers les remparts, il tenta d'apercevoir un bout de la terrasse Durham, un mur du château où il avait déjà été reçu avec égard, mais il n'aperçut qu'un pan de ciel bleu, irréel, qui accrut son exaspération. Il rabattit son regard sur les oiseaux de mer qui s'engouffraient dans les ruelles conduisant au marché de la Place-Royale d'où venaient des odeurs de moisissure et de graisse chauffée par le soleil. Des chiens errants flairaient la devanture de commerces qui semblaient péricliter, les trottoirs étaient déserts et plusieurs maisons avaient les fenêtres calfeutrées. Ce quartier d'habitude si grouillant, fréquenté par tous ceux qui tiraient parti d'activités légales ou clandestines liées au commerce portuaire et à la construction navale, paraissait dormir. Mais c'est à l'intersection de la rue Champlain, en voyant un corbillard dont le cocher attendait la clientèle en fumant, le dos appuyé à sa voiture, qu'il eut le sentiment de pénétrer dans un lieu où plus rien n'était pareil.

En montant l'escalier Casse-Cou conduisant à la haute-ville, le docteur Milroy dut s'arrêter souvent pour reprendre son souffle. Une fois sur le palier supérieur, il aperçut une dizaine de malades et de mendiants écroulés sous l'affiche géante – la seule qui se trouvait là, alors que plusieurs y étaient placardées d'habitude – annonçant la pièce *Charles XII* jouée par le théâtre de la garnison. Distraire la ville de son mal par l'évocation d'une figure monarchique lointaine lui parut une incongruité si représentative du manque d'imagination de l'armée, qu'il ne put s'empêcher de sourire. Ses gardes lui firent signe d'avancer et le poussèrent un peu rudement vers la Côte de la Montagne, mais il en voulait à ces imbéciles de n'avoir pas su reconnaître en lui le directeur médical de la station de quarantaine qui avait tout fait pour contenir l'épidémie et l'empêcher d'atteindre l'ex-capitale. Cette côte abrupte le vidait de ses énergies et lui faisait ressentir douloureusement les séquelles de la maladie, l'usure du corps, la méfiance qu'il devrait désormais entretenir envers sa fatigue.

Des corbillards circulaient là aussi, conduits par des cochers en livrée soucieux d'attirer la clientèle huppée pouvant s'offrir le luxe d'enterrements de première classe. Le docteur Milroy retrouvait avec émotion le mur de pierre des remparts, les maisons cossues aux façades luxueuses, les portiques ouvrant sur des jardins ombragés. Quelques hommes vaquaient à leurs affaires d'un pas pressé. Une femme portant ombrelle et chapeau traversa tout à coup la rue et disparut avant qu'il n'ait vu son visage. La ville avait perdu son insouciance. Il l'avait connue tapageuse et animée. Il la retrouvait morose, prudente, isolée.

L'artère construite à flanc de rocher, qu'il gravissait avec honte, était la voie royale empruntée pour accueillir les visiteurs illustres qui débarquaient chaque été dans le port : hôtes du gouverneur, représentants gouvernementaux, nonces apostoliques, cardinaux et grands officiers. Tous ceux qui faisaient l'Histoire ou ambitionnaient d'y parvenir passaient par là à leur arrivée et à leur départ. Et selon la considération portée et les intérêts investis, le déploiement de banderoles, d'oriflammes, de clairons et de tambours était plus ou moins vaste et plus ou moins rehaussé de dorures. Cette ville défendait avec orgueil sa réputation d'hospitalité, mais le docteur Milroy avait toujours perçu cette magnificence comme l'envers d'une trop grande humilité, une façon agréable et coûteuse d'exorciser la banalité. Et comme il était en train de vivre une situation des plus burlesques, il se remémorait ces fastes alors qu'il surplombait les quartiers pauvres, ceinturant la falaise, où des cordes à linge flottaient au-dessus de ruelles envahies par les poules et les porcs.

En contournant la place d'Armes, il vit des curieux le dévisager. Craignant d'être reconnu par un collègue ou un ancien patient, il s'enfonça le cou dans les épaules et rabattit son canotier sur son front. C'est avec soulagement qu'il vit ses gardes emprunter la rue Sainte-Anne, rigoureusement déserte, où la plupart des volets étaient fermés. Mais la faible rumeur qu'il avait perçue des halles prolongeant le marché public, en quittant la rue Buade, l'inquiétait cependant. Que cette place achalandée soit devenu si calme indiquait que les fermiers évitaient la ville. À une intersection, il aperçut un prêtre qui portait les saintes espèces, et l'image prit tout à coup figure de prémonition. Il se mit à craindre pour sa famille dont les lettres, toujours rassurantes, lui cachaient peut-être la vérité.

Une bouffée de vent lui souffla au visage un parfum d'herbe et de fleurs qui eut sur lui un effet tonifiant. Il devint tout à coup moins angoissé, et marcher lui demanda moins d'effort. Il sentait également venir à lui une odeur de fougères, l'arôme d'un thé fumant, des relents d'encens et de bois verni. Il tentait d'identifier ce mélange, lorsqu'il se souvint l'avoir respiré dans le parloir des Ursulines quelques mois plus tôt, ce dimanche où il avait été appelé d'urgence pour traiter lady Lorne, cousine du gouverneur, subitement frappée d'un malaise. En examinant la distinguée visiteuse, dont les seins blancs et le regard bleu acier le troublaient, il s'était attardé plus qu'il ne le fallait. Et voila que tout redevenait présent, et que l'image de lady Lorne se précisait avec trop d'exactitude. Pour chasser cette pensée infidèle, il murmura une vague invocation comme cela lui arrivait souvent depuis sa maladie. Mais au lieu de le tranquilliser, ce recours pieux lui parut un signe de vieillissement. Il n'avait jamais compté que sur lui-même pour parer à l'égarement des sens.

Un colporteur qui somnolait à l'ombre d'un saule pleureur les vit venir et se précipita vers eux avec un étalage de remèdes. Il offrait de l'huile de Sainte-Anne, des purgatifs, du vinaigre mêlé de térébenthine, un sirop à base de savoyane, un certain nombre de curiosités et de préparations magiques empruntant à des substances rares et mystérieuses le pouvoir de préserver de la peste ceux et celles qui en faisaient l'acquisition. Le premier des trois militaires fixa son choix sur une cassolette dorée, contenant quelques pastilles de menthe, qu'il destinait probablement à une petite amie. Le second acheta une pommade aromatisée à la gomme de pin et un sachet de soufre, mêlé à du tabac noir, réputé pour tuer les microbes. Le dernier paya à prix d'or un brassard d'écrevisse putréfié, talisman de grande puissance qui devait le préserver de la maladie et des calamités le reste de ses jours. L'homme toucha l'argent, souhaita longue vie aux militaires et disparut sans même jeter un regard aux deux mécréants, liés par des menottes, qui ne méritaient pas de voir prolonger leurs jours.

Cette diversion parut réjouir les gardes qui reprirent leur marche avec plus d'entrain. Mais plus il avançait, et plus le docteur Milroy souhaitait échapper à leur surveillance. Il n'avait plus qu'une idée : trouver une voiture et filer chez lui. Pour fortifier sa volonté, il se voyait en train de franchir la porte cochère de sa résidence. Il traversait l'allée de pierres, montait deux marches et faisait sonner le gong. Une coulée de sueur mouillait son front. L'image s'était défaite. Les militaires venaient de s'immobiliser devant un bâtiment de pierre à trois étages, aux fenêtres couvertes de barreaux. Au-dessus de la porte, une plaque de marbre affichait les mots *Carcer iste bonos a pravis vindicare possit.*

Cette inscription, que devaient comprendre bien peu de détenus, lui parut une macabre plaisanterie. Il en fit une traduction approximative : « Puisse cette prison venger les bons de la perversité des méchants », et pour qu'une telle débauche d'humanisme cesse de lui paraître incongrue, il dut se souvenir que les colonnes grecques de l'hôpital de la Marine lui avaient toujours paru sublimes. Ces mots latins n'étaient pas là pour être compris, ils marquaient tout simplement la distance qui doit séparer les bons et les méchants, les lettrés et les ignorants, les crapules et les honnêtes gens. Comme les talismans et les huiles miraculeuses du colporteur, ils préservaient du mal par une formule magique dont le secret, possédé par quelques rares initiés, était jalousement gardé par ceux-là mêmes qui avaient pouvoir de l'imposer.

Le militaire à la cassolette poussa la porte et confia le docteur Milroy à un geolier qui le dépouilla de ses papiers, de ses vêtements et de ses effets personnels. On lui fit revêtir une salopette assez semblable à celle que certains médecins endossaient pour disséquer des cadavres, et on le conduisit ensuite dans une pièce basse où tombait une lumière grise. Affalé derrière une table encombrée de registres, le préposé aux admissions lui fit déclarer son identité. En entendant le nom de la Grosse-Île, il sursauta et demanda qu'on lui apporte un récipient rempli de vinaigre dans lequel il jeta les abominables papiers d'identité. À l'aide d'une longue pince de fer, il les fit tourner deux ou trois fois dans le liquide purificateur, puis il les repêcha avec son instrument et les aligna sur une feuille de papier journal en prenant garde d'y toucher. Les écritures détrempées étaient difficiles à déchiffrer. Ne sachant trop qui était cet inculpé qui se disait médecin et ami du shérif Bernard de Lanaudière, il crut prudent d'user de ménagements. Il le plaça dans une cellule du deuxième étage qui donnait sur la rue, et il lui fit porter du pain et un bol de lait, égards dont ne bénéficia pas son compagnon qui fut entraîné vers un cachot, à jeun et sans déclarations.

Exténué, le docteur Milroy s'écroula sur la paillasse tassée dans un coin, et resta immobile un long moment. Une odeur de misère imprégnait ce réduit éclairé d'une maigre lumière. Il était seul, privé de liberté. Derrière la cloison à laquelle il appuyait sa tête, résonnaient des pas, des bruits de clefs, l'écho de la révolte et du désespoir. Cette atmosphère confinée lui rappelait le climat de certains hôpitaux, davantage encore celui des bâtiments hospitaliers de l'île où la douleur était privée de la blancheur rassurante des draps, des murs aseptisés, des rituels médicaux prometteurs de guérison. Il se tourna vers la fenêtre renforcée de barreaux qui perçait le mur de gauche, puis il s'appuya sur un coude et but lentement son bol de lait tout en se persuadant qu'un tel confort aurait pu faire envie aux malades de la station de quarantaine qui couchaient dans des tentes, ou même au grand air les jours d'extrême affluence.

Un cri l'arracha à ce bien-être. Peut-être était-il entouré de grands voleurs, de criminels qui vivaient de violence et de délation. Les mots du capitaine Clark, « Tous les malfaiteurs ne sont pas nécessairement en prison » le rassurèrent momentanément. Il se leva, alla jeter un coup d'œil au mouchard trouant la porte de sa cellule, d'où on l'observait peut-être, mais il ne vit qu'un trou noir enfoncé dans un pan de mur coupé par la porte d'en face.

Il retourna à sa paillasse, s'allongea sur le dos et se mit à réfléchir à sa vie. Sa maladie récente, cette arrestation stupide l'obligeaient à faire l'expérience de ce dont il s'était toujours protégé : éprouver les limites de son corps, reconnaître ses faiblesses, son ambiguïté. Si on le forçait à habiter trop longtemps cette prison, il se laisserait mourir ou s'abandonnerait à la violence. Les élans de meurtre et de démission qu'il avait déjà observés chez les autres, il les ressentait maintenant en lui. Effrayé par cette découverte, il se tourna contre le mur et ferma les yeux. Un gémissement s'échappa de sa bouche. Il s'était replié en boule, placé dans la position d'un enfant qui attend d'être consolé. Mais il n'y avait là que lui et sa douleur, lui et la conscience de l'absurdité.

Il resta longtemps sans bouger. Lorsqu'un peu plus tard il se retourna, il lui sembla qu'il avait voulu dormir et n'y était pas parvenu. Dans la rumeur confuse qui l'entourait, il cherchait à isoler un bruit lointain qui paraissait se rapprocher. Cela ressemblait au ressac de la mer, un long bruissement de vagues qui incitait à respirer plus profondément. La lumière pâlissait sous ses paupières rabattues, et en même temps une odeur de rose se précisait. Ses mains tâtonnaient devant lui pour chercher d'où venait un parfum aussi pur. Ces derniers mois il n'avait respiré que l'irrespirable, une puanteur si intense et quotidienne qu'il finissait par perdre l'idée même de parfum et de beauté.

Il entendait toujours le bercement égal et apaisant de la mer, lorsqu'une porte claqua. Il ouvrit les yeux, étonné de se trouver dans un réduit aux murs barbouillés de graffiti. Il se souleva, vit les barreaux à la fenêtre, le bol de lait vide, le morceau de pain intouché. Du coup, il retrouva sa fatigue, l'hébétude des réveils sans mémoire. Mais une odeur de rose, encore plus exquise que dans son rêve, remplissait la pièce. Avant qu'il n'ait pu en trouver la provenance, un bouquet entier se trouvait à portée de sa main. Bernard de Lanaudière éclatait de rire, satisfait du bon tour qu'il venait de lui jouer.

— Elles viennent de ton jardin, disait-il avec une gaucherie attendrissante. Agnès les a cueillies avec les enfants il y a moins d'une heure.

Le docteur Milroy prit la gerbe de roses rouges, nouée avec un ruban vert que de petits papillons de tulle blancs garnissaient aux extrémités, et y plongea son visage. Il demandait d'une voix étouffée si sa femme et ses enfants allaient bien. L'autre le rassurait avec une abondance de mots qui aurait pu paraître suspecte. Mais l'attachement de cet homme et l'amour que lui portait sa famille étaient peut-être les seules choses, au cœur de cet été tragique et loufoque, dont il ne doutait pas.

Il se leva, vit son pantalon tuyauté, et se plaignit de devoir rencontrer le gouverneur dans cet état. Bernard de Lanaudière leva une main réprobatrice : s'il se présentait là-bas aussi dépenaillé, il risquait d'être pris pour un clochard. Il lui fallait une bonne coupe de cheveux, un costume qui donne du coffre, l'air de respectabilité qui convenait au château. Croyant que l'autre exagérait comme à l'accoutumée, le docteur Milroy oublia qu'il était en prison et chercha des yeux un miroir pour vérifier sa tenue. N'en apercevant aucun, il haussa les épaules. Un miroir ne l'eût peut-être pas aidé à déceler ce que son allure avait de choquant, compte tenu que l'exil avait émoussé sa foi aux sophistications vestimentaires qui, de l'avis d'Agnès Frémont, avait toujours été plutôt faible. Mais il trouvait scandaleux qu'une ville menacée par le typhus pût continuer de vouer un tel culte aux apparences.

Bernard de Lanaudière répondit que les prisons n'étaient pas faites pour penser, puis il entraîna son ami à l'extérieur sous l'œil torve du gardien qui simula un instant de distraction. Mais sans doute avait-il manifesté trop d'assurance. Une fois dehors, il avoua ne pas savoir où le loger. Il ne pouvait lui offrir l'hospitalité de sa maison, car sa femme vivait dans une réclusion phobique depuis le début de l'épidémie. Le domicile du médecin était exclu, à cause des risques que cela pouvait faire courir à sa famille. Restaient l'hôpital de la Marine à l'autre extrémité de la ville, l'Hôtel-Dieu beaucoup plus proche, ou encore la Citadelle où l'aide de camp du général Bradford pouvait sans doute lui trouver un lit.

Aucune de ces propositions ne soulevait l'enthousiasme du docteur Milroy. Écrasé par la chaleur, dépassé par les événements, il comptait sur l'autre pour régler ces détails et l'aider à effectuer la transformation vestimentaire suggérée. Bernard de Lanaudière devait piétiner la même travée de trottoir depuis cinq bonnes minutes, lorsque tout à coup il se toucha le front. Il venait d'être frappé par une idée de génie : un homme aussi défait que le docteur Milroy avait besoin d'être dorloté, choyé, reçu dans une maison où il serait aimé. Il fit signe à son ami de le suivre et descendit la rue Saint-Stanislas jusqu'à la rue Dauphine. Puis il continua sur Sainte-Anne, prit à droite par la rue des Jardins – où montait une odeur de fleurs et d'herbe fraîchement coupée que le médecin crut reconnaître –, et emprunta finalement la rue du Parloir.

Ils étaient au monastère des Ursulines, et sonnaient du côté des tours. Un double déclic de serrures se fit entendre, car la règle exigeait que la porte extérieure, munie de deux clefs, soit ouverte en même temps par deux religieuses. Une sœur portière bien en chair, derrière laquelle s'effaçait une frêle moniale, apparut, étonnée que l'on ne soit pas venu mendier, présenter une facture, prendre la dernière fournée d'hosties attendue au palais épiscopal. Elle détaillait leurs habits, l'énorme gerbe de roses rouges portée par un homme dont elle ne voyait pas le visage. Ne sachant si elle avait affaire à des touristes, elle parut hésiter entre le français et l'anglais, puis se décida finalement pour un « Vous désirez ? » Et avant même de recevoir leur réponse, peut-être parce qu'elle rêvait depuis longtemps du jour où quelqu'un viendrait sonner pour lui offrir quelque chose d'aimable et non pour quémander de l'argent, des prières, de la nourriture, elle tendit les mains vers les fleurs. Bernard de Lanaudière demanda à voir la supérieure. Elle ravala son sourire et se redressa avec froideur. Puis elle regarda les deux hommes comme si elle venait tout juste de les apercevoir.

La supérieure mit un certain temps à se présenter. Elle reçut avec sympathie la requête du shérif, et s'excusa auprès du docteur Milroy de ne pas l'avoir reconnu. En entendant prononcer le nom de la Grosse-Île, la sœur portière, qui tendait l'oreille dans le vestibule, eut un geste d'interdiction. Mais la supérieure ne craignait rien. Lors du dernier siège de la ville, sa communauté avait soigné l'armée ennemie qui, aussitôt rétablie, avait réquisitionné une partie du monastère pour y installer l'un de ses régiments. Elle pouvait bien maintenant héberger le directeur médical de l'île de la quarantaine : Dieu était de leur côté.

Pour la remercier, le docteur Milroy lui fit don de sa gerbe pour le maître-autel de la chapelle, après avoir détaché les petits papillons de tulle blancs qui ornaient les bouts du ruban. Comprenant son sacrifice, la supérieure prit la rose qui occupait le cœur du bouquet et la lui remit.

— Allez, gardez-en au moins une, insista-t-elle. Dieu n'est pas jaloux.

Bernard de Lanaudière rappela au docteur Milroy qu'il devait être debout à six heures le lendemain, afin de recevoir le coiffeur et le tailleur qu'il lui enverrait. Mais avant de quitter le couvent, il chuchota quelques mots à l'oreille de la supérieure qui étouffa un rire enfantin et alla vers le médecin, à qui elle dit, sans autre explication : « Commençons par le commencement. »

Dans un envol de jupes qu'il avait peine à suivre, elle descendit l'escalier du hall d'entrée, emprunta le couloir de gauche, longea des pièces en enfilade, en contourna d'autres, prit un dernier couloir plus étroit au bout duquel elle ouvrit finalement une porte. Ils se trouvaient dans une buanderie ou de jeunes novices pliaient des draps. Elle leur fit remplir un grand baquet d'eau chaude dans lequel elle jeta une tasse de vinaigre qu'elle agita vivement du bout des doigts, puis elle les congédia et apporta elle-même des serviettes, du savon, des chaussettes et des dessous propres. Elle tendit ensuite au docteur Milroy un sac pour y mettre ses vêtements qui seraient désinfectés, et elle disposa sur une chaise une longue soutane de drap noir. C'est tout ce qu'elle pouvait lui offrir, l'aumônier était le seul homme du couvent.

Un sourire malicieux au coin des lèvres, elle hocha la tête comme pour laisser entendre qu'il devrait consentir au déguisement jusqu'à ce que le tailleur l'habille. Puis elle disparut aussi rapidement qu'elle était venue.

Habillé de la longue robe noire qui l'obligeait à garder les genoux serrés sous la table, le docteur Milroy prit seul le repas servi au rez-de-chaussée dans une pièce retirée. Tout en fixant la rose rouge et les papillons de tulle blancs disposés devant son couvert, il se demandait quelle identité il lui faudrait encore endosser avant d'être reçu par le gouverneur. Un coup discret frappé à la porte le fit se retourner. La sœur supérieure entrait, et disait de le voir ainsi transformé :

— Ça ne vous va pas si mal.

Elle lui servait une liqueur de framboises, puis allait s'asseoir face à lui. Le soir tombait. Elle alluma la lampe placée entre eux et, d'une voix dont les nuances contrastées échappaient à l'uniformité monacale, commença à l'interroger sur la station de quarantaine. Écartant l'enseignement reçu, elle se gardait de louer la valeur rédemptrice de la maladie à un médecin qui croyait la souffrance inutile. À propos des immigrants, elle se demandait jusqu'où ces gens, qui parlaient une langue étrangère, pourraient s'intégrer à une population peu nombreuse déjà isolée sur le continent. Cette préoccupation, dont la subtilité échappait au Bureau de l'immigration qui embrassait aveuglement les impératifs commerciaux de la métropole, laissa le docteur Milroy perplexe. Lui-même ne s'était jamais posé la question. Sa loyauté envers son pays d'adoption lui épargnait-il ces doutes, ou n'arrivait-il simplement pas, comme tant de citoyens de souche européenne, à imaginer l'Amérique autrement que parlant anglais ?

Se sentant devenir cynique, il ramena ses yeux sur les petits papillons de tulle blancs que la supérieure feignait de ne pas voir. En réalité, il était si las de ruminer les malheurs du monde qu'il préférait se taire et observer cette femme dont tout, dans le langage et le maintien, trahissait la grande bourgeoise née pour commander et rayonner. Il se demandait quel motif l'avait poussée à venir s'enfermer dans ce couvent, pourquoi tant de religieuses qui pouvaient prétendre aux honneurs, à l'aisance et à l'amour par leurs dons ou leur condition d'origine, sacrifiaient tout à un tel idéal. Elle parlait, ses longues mains calmement posées sur la table, et lui tentait d'imaginer son âge, la couleur des cheveux masqués par la coiffe, les formes du corps masquées par la lourde robe qui en dissimulait les attraits. Il crut racheter son impudeur en se disant que si la société avait compté des femmes de sa trempe aux postes de commande, la politique eût été sûrement moins bête et le drame de la station de quarantaine moins odieux. Mais il n'en dit rien parce qu'il ne trouvait pas de mots pour le dire. Ou simplement, parce que cela ne se disait pas.

À un moment, l'image de Persévérance traversa son esprit. Cette intrusion le contraria. Pourquoi pensait-il à celle dont toute l'intelligence et le savoir avaient été acquis par le travail, alors qu'il avait devant lui une femme du monde à qui tout avait été donné dès la naissance ? Mettre ces deux femmes sur le même pied lui parut disgracieux, ou même offensant pour l'une et autre. Il fit donc l'effort de se replonger dans la conversation.

Selon ce qu'elle lui racontait, la situation de la ville était mauvaise. Des familles entières fuyaient à la campagne, laissant derrière elles leur confort et leur sécurité. D'autres, à qui ce luxe était interdit, s'enfermaient dans leur maison et n'en sortaient que pour aller à l'église et aux provisions. Le grand séminaire et les théâtres étaient fermés, les commerces vivotaient et les marchés publics étaient à peine approvisionnés. Alarmées par les fausses nouvelles, certaines personnes faisaient brûler des lampions et multipliaient les neuvaines, alors que d'autres se précipitaient chez les guérisseurs et les diseuses de bonne aventure pour s'assurer une protection contre la maladie. L'évêque avait aboli l'obligation de jeûne et d'abstinence quelques jours plus tôt, afin de supprimer des carences alimentaires nuisibles à la santé. Mais des désordres de toutes sortes étaient signalés un peu partout. Des gens brûlaient leurs énergies ou risquaient leur fortune dans des réjouissances grossières et des spéculations hasardeuses. On racontait même que certains marchands incitaient le Bureau de santé à faire brûler les meubles et les vêtements des victimes du typhus pour obliger les familles à renouveler leurs achats.

Une voix profane dirait plus tard au docteur Milroy que les maisons closes faisaient des affaires d'or, et que les débits de boisson violaient la loi d'exception prohibant la vente d'alcool. Quoi qu'il en soit, les propos de la supérieure contredisaient la version officielle qui laissait croire à un déséquilibre mineur. Or, il semblait bien que la population n'avait pas oublié la grande épidémie de choléra de 1832 – c'était seulement quinze ans plus tôt –, où une personne sur dix avait été emportée par la maladie.

La supérieure s'était tue, ou peut-être priait-elle. Son regard s'était détaché des choses, fixé sur un point qui échappait à la clarté de la lampe au bord de laquelle frémissaient les petits papillons de tulle blancs. Le docteur Milroy aurait pour sa part vendu son âme pour être chez lui. Mais cette femme n'était pas acheteuse : elle voulait le salut de son âme et celui de l'humanité entière, rien d'autre.

L'horloge placée non loin d'eux découpait un temps calme comme il n'en avait pas eu depuis longtemps. À l'instant où sonnaient dix-neuf heures, la sœur portière fit brusquement son entrée. Elle alla chuchoter à l'oreille de la supérieure un message qui paraissait mériter une attention particulière. Celle-ci regarda le docteur Milroy et dit, radieuse :

— Votre ami Bernard de Lanaudière vous a préparé une surprise qui vous plaira, je crois.

Agnès Frémont entrait, vêtue d'une longue cape noire. Elle dégagea sa chevelure du capuchon qui lui donnait l'allure d'une moniale, et pouffa de rire en voyant James Milroy déguisé en abbé. C'était une ancienne élève des Ursulines. Elle savait que les religieuses tricotaient à longueur d'année des bas de laine pour les pauvres, dont elles cédaient toujours quelques douzaines au régiment des *Highlanders* qui portaient le kilt même en hiver, mais elle ignorait que leur mansuétude pût les pousser à offrir une soutane à son mari. Une fois seule avec lui, elle lui dirait que cet accoutrement effaçait les trois quarts de ses attributs virils, laissant aux mains, au visage et aux pieds le soin de compenser la perte de séduction. Mais alors, elle se taisait. Il avait beaucoup maigri, et elle se demandait si ce teint de cire lui venait de l'affreuse robe ou de sa maladie.

Le docteur Milroy était ému de la voir là, si proche, le regardant de ses yeux verts, des yeux remplis d'une ardeur à laquelle il avait hâte de s'abandonner. Contraints par les bienséances, ils se tenaient l'un à côté de l'autre sans même se toucher le petit doigt. Comprenant leur besoin d'intimité, la supérieure leur proposa une pièce où se retirer. Elle gravit le large escalier du hall d'entrée, traversa l'antichambre, située face à l'aumônerie, où attendaient les visiteurs qui sollicitaient le privilège d'être reçus là-haut. Elle leur ouvrit son parloir personnel, fit apporter deux lits de religieuse qu'elle plaça côte à côte et recouvrit d'un édredon pour adoucir la dureté de la couche. Elle déroula elle-même les draps, leur remit des serviettes, un broc d'eau et une cuvette, deux verres et du savon. Improvisant les fastes, elle parvint même à leur dénicher un miroir de taille convenable, et un magnifique peigne d'écaille provenant sans doute d'un trousseau de jeune fille de bonne famille venue ensevelir ses charmes derrière ces murs.

N'oubliant rien, elle demanda au docteur Milroy s'il souhaitait être éveillé à cinq heures, en même temps que la communauté, afin de déjeuner avant de recevoir le coiffeur et le tailleur. Il inclina la tête à contrecœur. Elle leur souhaita bonne nuit et disparut dans un bruissement de jupes qui laissa sa présence rôder dans la pièce quelques minutes de plus. Agnès Frémont avait beaucoup fréquenté les couvents. Elle pouvait déceler, dans certaines intonations de la voix ou certaines attitudes, toute une gamme de sous-entendus saisissables seulement par qui en avait reçu la lente initiation. Elle comprit non seulement qu'elle devrait être debout à la même heure que son époux, mais encore que celui-ci ne laissait pas la supérieure indifférente. Aussitôt la porte refermée, elle se jeta dans les bras de James Milroy et dit d'un ton enjoué, comme elle l'eût fait quinze ans plus tôt : «Nous sommes deux femmes à adorer le même homme.»

Cette finesse d'esprit lui avait manqué autant que sa présence. Les yeux fermés, il l'étreignait doucement. Il embrassait ses cheveux, son front, ses épaules, retrouvant la mémoire des gestes d'autrefois. Comme un aveugle, il s'imprégnait de son parfum, de sa chaleur, tandis que montait en lui par vagues paisibles et puissantes un désir trop longtemps contenu. Cette proximité effaçait les souvenirs de douleur et de corruption rapportés de là-bas. Après tant de solitude, il avait presque mal de tant de bonheur. Il la pressait contre lui, répétant : «Darling, tu es folle. Tu sais les risques que tu cours en venant ici?» Et elle s'alourdissait dans les bras de celui qui allait la déposer sur le plus proche des deux petits lits, s'ouvrant à l'homme qui la recouvrait et la dévorait comme s'il eût voulu l'aspirer toute entière.

Il relâchait son étreinte, et elle l'observait, effrayée par sa maigreur. Même s'il disait être bien portant, elle s'inquiétait de ses joues creuses, des cernes qui marquaient ses yeux. Mais lui l'assurait que les femmes avaient toujours adoré prendre soin de lui, et que Persévérance ne faisait pas exception à la règle. Malgré les apparences, il était resté le même. Elle lui avait toujours été reconnaissante de savoir lever ces atmosphères tragiques qui empoisonnent la vie de certains couples, et lui-même trouvait en elle ce mélange d'exubérance et d'humour qui leur avait épargné bien des crises inutiles. Dans l'atmosphère feutrée de la pièce que n'atteignait aucun bruit, ils se dévisageaient, l'un et l'autre évitant de poser des questions trop précises sur leurs vies, maintenant si différentes, qu'ils n'arrivaient plus à se représenter autrement que par le cadre physique leur servant de décor, certains détails précisant la couleur d'un mur ou les contours du paysage, le jardin ombragé de la grande maison, ou encore le ronflement du fleuve, son odeur, les chemins pierreux traversant l'île nue où soufflait le vent.

Ils se rapprochaient ensuite, faisant grincer les petits lits étroits où commençait leur nuit. Une nuit bien à eux, arrachée à la solitude, qui les poussait à l'abandon absolu. La force de l'amour les jetait l'un contre l'autre, livrés à la passion généreuse qui leur donnerait le courage d'accepter la distance que l'épidémie mettrait de nouveau entre eux.

Sous leurs doigts affluaient tous les touchers qui avaient préparé celui-là, ou lui feraient écho dans les nuits à venir. Ces caresses, tant de fois imaginées depuis son départ pour l'île, ravivaient chacune des caresses qui les avaient situés dans l'existence, conduits vers leurs plus grands bonheurs et leurs plus intimes détresses. Ils s'aimaient, et dans cette profusion d'enlacements et d'embrasements qui dépassait la simple exigence du désir, ils trouvaient en eux ceux-là mêmes qui les avaient mis au monde, leurs propres enfants, tous ceux qu'ils aimaient ou avaient déjà aimés, ceux avec qui ils travaillaient, souffraient, espéraient. Et tandis qu'ils s'étreignaient, tous ces élans venus d'eux-mêmes et d'ailleurs enflammaient leur corps, guidaient leurs bras et leurs jambes soudain capables de traverser des temps et des distances qu'ils s'étaient toujours crus incapables de franchir.

D'avoir craint l'un pour l'autre, d'avoir vu des gens mourir, ou même éprouvé que le désir de vivre se confondait parfois avec la tentation d'en finir, ouvrait leur chair à toutes les tendresses et à toutes les douleurs, ces trahisons consenties, ces révélations trop franches, lancinants partages qui font et défont l'amour sans pour autant repousser les frontières du désir. Tout cela, obscurément pressenti, se frayait un passage en eux et les précipitait dans la nuit brûlante où les corps se reconnaissent et fusionnent comme au premier jour. Ou au dernier, celui qui efface le temps à jamais pour n'en laisser qu'une trace imprécise, pâle souvenir que les autres s'arrachent pour oublier que la vie finit toujours par finir.

Parfois c'était à cela que le docteur Milroy pensait lorsque, là-bas, il descendait vers le fleuve et restait longtemps à regarder les vagues qui bougeaient à la même vitesse que le temps. Mais alors, dans cette pièce retirée du monastère, il couvrait de ses doigts les yeux de Darling qui glissait avec lui dans l'ondoiement des gestes amoureux soudain accéléré, proche de sa plénitude, qui fléchissait pourtant afin que ne survienne pas trop tôt la petite mort douce préfigurant la longue et durable mort dont nul ne revient autrement qu'à travers les autres, passant ainsi inaperçu, oublié même, voilé derrière le sourire qui le masque ou les yeux qui le pleurent sans savoir qu'en pleurant sur l'autre on pleure sa propre disparition.

Mais ils n'étaient pas rendus là. Dans la pièce austère, ils s'aimaient encore. Emportés par ce qui montait en eux d'inaltérable et de changeant, de tangible et d'insaisissable, ils s'enfonçaient dans le grand remous originel où le corps n'a pas encore de mots pour se dire, pas encore de direction choisie pour ses tendresses et ses haines, sa confiance ou sa peur. Le rythme de l'amour creusait le lit trempé de sueur où s'épanouissait le débordement sensuel qui les enfonçait encore plus profondément dans la nuit du corps, mauve et mouvante, où les formes s'abolissent. Leurs os devenaient souples et liants. Quelque chose en eux s'allégeait, appelait la jouissance qui dénouerait l'âme et le corps.

Un cri, proche de la plainte, remplissait leurs gorges. Le temps ne les atteignait plus. Tout souvenir d'absence s'était effacé, toute trace de mal était disparue. La connaissance de la douleur ajoutait au bonheur du contact. Ils s'endormaient dans la position où l'amour les avait laissés, leurs chairs emmêlées prolongeant la présence auquel le jour mettrait fin. Un peu plus tard, la surabondance du désir leur ferait reprendre les gestes suspendus, ils s'enfonceraient de nouveau dans la nuit dont leur corps était avide. Et il en serait ainsi jusqu'à l'aube, dans le désordre des draps où tombait un filet d'air frais échappé de la fenêtre entrouverte.

À cinq heures, un coup discret frappé à la porte les avisait que leur nuit était terminée. Le docteur Milroy ouvrit les yeux, reconnut les lits étroits, leurs vêtements jetés pêle-mêle sur une chaise. Se souvenant de l'entente conclue la veille avec la supérieure, il répondit : « Merci, ma Sœur ». Mais il resta allongé, tenté de se rendormir. Quelques minutes plus tard, un deuxième coup, plus appuyé, lui rappelait ses obligations. Il entendit le froissement de jupes derrière la porte, et répéta : « Merci, ma Sœur ». Puis il alluma et souffla à l'oreille d'Agnès Frémont : « Il est déjà cinq heures. » Elle bâilla, fit le geste de le retenir. Il répéta l'heure. Alors elle lâcha prise, paraissant accepter que leur nuit finisse déjà.

Assis au bord du lit, il l'observait. Elle avait ses yeux de nuit, des yeux voilés, et malgré tout presque rieurs, au fond desquels était resté un morceau d'enfance heureuse. Une culpabilité tatillonne gardait certains hommes de trop d'infidélité. Lui, c'était plutôt cette transparence du regard qui l'empêchait de la décevoir. Sa joie de vivre l'aidait à assumer sa propre existence. Son métier le mettait face à des corps que le temps dégrade, il n'aurait pu supporter une femme dont la tristesse ou l'inertie lui eût sans cesse rappelé cette dégradation. Ému, il la prit dans ses bras et dit à voix basse :

— C'est dommage que je ne sache pas prier. Je devrais remercier chaque jour le Ciel de t'avoir rencontrée.

— Ne te casse pas la tête, répondit-elle. Tes bras sont une prière.

Un troisième cognement, plus dur et prolongé, se faisait entendre. La sœur portière entrait avec un plateau qu'elle cherchait où déposer. N'osant s'approcher de la table placée près du lit, elle le laissa finalement sur une chaise. Car même s'ils avaient pris soin de relever le drap bien haut sous le menton, elle les savait nus, étendus dans une position qui lui inspirait un mélange d'attirance et de répulsion.

— Voilà votre déjeuner, dit-elle. Notre mère supérieure demande à madame de prendre d'abord un bain, puisqu'elle devra retourner vers ses enfants et qu'elle s'est peut-être contaminée au contact de Monsieur.

Agnès Frémont comprit que le couvent craignait autant la pollution de l'amour que les germes de la maladie. La suspectant d'avoir apporté un de ces chiffons de ville obscène et transparent pour se vêtir, la sœur portière lui mit dans les mains une longue chemise de coton brut qu'elle lui regarda enfiler avant d'indiquer du doigt le chemin à suivre. Redevenue pensionnaire, Agnès Frémont se précipita dans le sillage des effluves âcres qui s'échappaient des jupes de flanelle, et disparut sans même jeter un regard à James Milroy pour qui des ablutions pouvaient suffire.

On lui fit descendre l'escalier du parloir particulier, contourner des pièces et longer des couloirs derrière lesquels montaient des chuchotements et des bruits assourdis. Elle se trouva bientôt dans une buanderie qu'elle crut reconnaître, bien qu'elle n'y eût jamais mis les pieds. On lui apporta du vinaigre désinfectant, du savon et des serviettes. Dès que la sœur portière eut quitté la pièce, elle enleva la chemise dont le tissu rêche irritait sa peau et commença à se frotter vigoureusement des pieds à la tête pour extirper toute trace de microbe. Envahie par les scrupules qui avaient autrefois tourmenté son adolescence, elle surveillait les fenêtres pour s'assurer que personne ne l'épiait. Et bien qu'elle fût seule dans la pièce fraîche, elle croyait entendre les chuchotis du confessionnal dont elle s'approchait autrefois en tremblant, munie de la liste de péchés odieux et crédibles préparée dans l'odeur de cierge fondu qui incitait au repentir. Dès que l'énumération en était faite, elle attendait que tombe à travers la grille l'absolution complaisante de l'abbé, puis elle s'échappait, étonnée de ressentir une contrition si profonde pour des fautes dont seulement le tiers ou le quart lui appartenaient.

Ce matin-là, c'était un autre scrupule qui la hantait. Après s'être séchée, elle n'osa endosser la chemise déjà portée, par crainte de réabsorber les microbes dont on avait exigé qu'elle se débarrassât. Pour se couvrir, elle n'avait qu'une serviette étriquée qui la couvrait à peine des seins jusqu'aux genoux. Elle l'enroula méticuleusement autour de sa taille, rangea tout ce qu'elle avait déplacé et quitta la buanderie en souhaitant ne rencontrer personne sur le chemin du retour. Elle vit apparaître avec soulagement la dernière porte du couloir menant au parloir de la supérieure. Mais en la poussant, elle aperçut deux religieuses sans voile, la jupe relevée en papillon au-dessus des reins, qui trempaient du pain dans du lait devant une longue table couverte de plats et d'assiettes. Le cri «Mon doux Seigneur!» qui s'échappa de leurs bouches dénonçait peut-être moins l'intrusion scandaleuse que la honte d'avoir été surprises dans une tenue grotesque, ou même indécente. La plus vive rabattit sa jupe d'une main, attrapa de l'autre la nappe brodée de sarments de vigne destinée à l'aumônerie et la jeta sur les épaules nues de l'inconnue. L'autre traça avec son couteau, dans un rond de pâte à demi pétri, la forme du couloir en équerre que la jeune femme devait suivre pour aboutir là où elle voulait aller.

Le docteur Milroy vit entrer en trombe une moniale apeurée, coiffée d'une nappe ajourée qui découpait des rosaces de chair sur les parties du corps secrètement échappés des pans de la serviette. Il s'approcha, suivit avec ses lèvres le tracé des tiges de vigne, et goûta les fruits tendres indiqués par la broderie. Puis il s'interrompit et dit le plus sérieusement du monde :

— Ma révérende, si je n'étais pressé par le temps, j'aimerais vous connaître davantage malgré l'insupportable odeur de vinaigre qui annonce chacun de vos pas.

Le jeu était lancé. Elle s'indigna de son manque de savoir-vivre, lui reprocha de sentir l'artichaut et le chou gras, et ils commencèrent aussitôt à se couvrir d'insultes et à se lancer les oreillers au visage. Bientôt la nappe s'élevait dans un tourbillon de plumes que l'air chaud rabattait sur leurs têtes, formant un abri qui les réunissait, un instant pacifiés, avant qu'ils ne reprennent la dispute au point où ils l'avaient laissée. Redevenus enfants, ils occupaient la scène d'un théâtre dont ils oubliaient le cadre. Mais un divertissement si bruyant ne pouvait passer inaperçu.

Un courant d'air s'engouffrait dans la pièce. Ils se retournèrent. Une main sur la poignée de la porte, la sœur portière observait le remue-ménage disgracieux dont sa pose hiératique dénonçait l'indignité. Agnès Frémont courut se blottir derrière les rideaux, et le docteur Milroy balbutia des excuses que la religieuse reçut avec une moue dédaigneuse. Cette scène grotesque, d'une incroyable vulgarité, confirmait l'opinion qu'elle s'était faite depuis longtemps sur les couples de la haute-ville : on paradait sur la place publique, mais entre les quatre murs de sa maison on se bagarrait et on se tirait aux cheveux comme n'importe quel ménage des faubourgs et des bas quartiers. Née elle-même dans un de ces quartiers où aucun bourgeois ne s'aventurait à moins d'y être appelé par ses affaires, elle balaya une dernière fois la pièce d'un regard réprobateur. Puis elle place sa voix dans des tons graves, et dit au docteur Milroy :

— Le barbier est déjà là. Quand pourrez-vous le recevoir ?

— Dans sept minutes, répondit-il, croyant la contrarier en écartant le chiffre cinq.

La porte se referma sur un fou rire qui ajoutait au scandale. Ils ramassèrent les plumes éparpillées et remirent la chambre en ordre. Puis ils s'habillèrent, et Agnès Frémont couvrit le lit de la nappe aux sarments de vigne sur laquelle elle plaça le plateau du petit déjeuner. En enlevant les cloches de terre cuite qui recouvraient les assiettes tièdes, elle reconnut les tranches de pain perdu aperçues aux cuisines où elle s'était engouffrée par mégarde, et elle ne put contenir le rire éclatant qui ramena un vent de folie dans la pièce.

La septième minute était à peine écoulée lorsque la sœur portière introduisit le barbier. Intimidé par la dame élégante qui déjeunait en tête à tête avec l'abbé, et venait de toute évidence des hautes sphères de la société puisqu'elle se trouvait là, invitée par la supérieure reconnue pour choisir ses hôtes parmi l'élite – fine crête de la population que les gens de son milieu associaient naturellement à la haute-ville et appelaient avec une pointe d'envie « les gens de la haute » –, il les salua respectueusement. Lui-même avait son domicile en dehors des remparts, une maison basse percée de deux fenêtres à l'avant, et d'une seule à l'arrière, dont le toit prenait l'eau chaque printemps. Il tira de sa trousse une serviette d'un blanc immaculé qu'il noua cérémonieusement au cou de ce client inhabituel – il n'avait encore jamais vu le clergé recourir à ses services. Puis il sortit son rasoir et effectua son travail en observant le rituel prescrit par son métier. Quand il en eut fini avec la barbe, il aspergea son client avec une lotion achetée au rabais chez un parfumeur de la Côte de la Fabrique, puis il lui tamponna le menton et les joues du bout des doigts afin de laisser à la peau sa souplesse et son élasticité. Ensuite, il passa aux cheveux dont la dernière coupe, c'était assez inimaginable – d'où cet abbé pouvait-il bien sortir ? – paraissait remonter à plusieurs mois.

Tout cela était accompli avec minutie et dans un parfait silence car, partisan du dicton « moins on en dit moins on y perd », il n'aimait pas bavarder pendant son travail. Il tendit finalement à l'abbé le miroir qu'il transportait toujours avec lui et, sur un signe de tête de celui qui exprimait ainsi sa satisfaction, il replaça dans sa trousse élimée, en évitant de trop se presser ou de laisser croire qu'il avait hâte de quitter les lieux, chacun des objets utilisés. Ensuite il s'inclina et céda le pas à la supérieure qui entrait, suivie du tailleur qu'il feignit de ne pas reconnaître, comme le voulait le protocole du grand monde exigeant que les gens de métier appelés à coiffer, nourrir et habiller les riches, n'aient d'autre identité et d'autres attaches que celles conférées par leur fonction.

Osant regarder le lit – ce qui indiquait une remarquable largesse d'esprit –, la supérieure demanda aux Milroy s'ils avaient bien dormi. Puis négligeant les détails, préférant ne pas s'étonner, par exemple, de voir des plumes d'oie garnir les fougères, ou que la nappe de fine toile confectionnée par la meilleure brodeuse du monastère fût là plutôt qu'à l'aumônerie, elle leur proposa de se rendre à l'atelier de couture.

Dans la pièce abondamment éclairée, des novices avaient déjà disposé sur une longue table le rouleau de drap noir prêt à être taillé. Elles détournèrent pudiquement les yeux lorsqu'elles virent le tailleur sortir son galon numéroté pour prendre les mesures de son client. Aussitôt le tissu découpé, elles procédèrent à l'entoilage des revers et des parements de la veste, puis elles s'attaquèrent aux poches du complet, rabattant avec minutie des pièces rapportées sur les fentes de l'étoffe dont elles piquaient rapidement l'ourlet de finition et ajustaient le rabat. Laissant aux ouvrières moins douées le soin de s'occuper de la doublure, les plus habiles s'occupaient du gilet et du pantalon avec une discrétion toute professionnelle, feignant d'ignorer qu'elles travaillaient sur un habit d'homme. De temps à autre, elles interrompaient leurs petits coups d'aiguille pour demander conseil au tailleur qui supervisait le travail à la façon d'un chef d'orchestre. Ses gestes, méthodiques et précis, commandaient l'ensemble de l'exécution depuis le faufilage des pièces jusqu'à leur assemblage final. Mais il se réserva le rembourrage des épaules de la veste et la confection de la braguette du pantalon, travail d'homme qui ne pouvait être cédé au sexe faible – doublement affaibli par son entrée en religion –, sans ruiner son prestige.

Le tailleur s'était d'abord opposé au travail des novices sous prétexte que le montage d'un costume monacal, à quoi devait se résumer leur savoir-faire, croyait-il, n'avait rien de commun avec la confection d'un habit. Pour vaincre ses résistances, la supérieure lui avait montré l'échantillon de poches, de fronces, de boutonnières et de festons exigés des novices à qui était également enseigné l'art de la coupe et du reprisage.

Après quoi, elle l'avait conduit à la chapelle où se trouvait le sompteux parement de l'Assomption, tapisserie brodée de fils d'or et d'argent sur fond de soie antique, qui faisait l'orgueil du couvent. La perfection de l'exécution, tout en relief, le laissa bouche bée. Cette pure merveille qui datait déjà d'un siècle était digne d'un musée, alors que ses habits dépassaient rarement une génération. Écrasé d'admiration, et se sachant incapable de produire un tel chef-d'œuvre, il capitula d'autant plus facilement qu'il ne voulait pas perdre un contrat qui eût exigé deux à trois jours de travail dans son atelier.

La ruche bourdonnante de la salle de couture s'interrompit à peine pour le repas du midi, du pain noir, de la tête fromagée et des betteraves marinées que la supérieure fit servir dans l'atelier afin d'économiser du temps et de réduire des allées et venues nuisibles à la paix du monastère. Dans cette pièce protégée par l'ombre d'arbres centenaires, la chaleur augmentait malgré tout. L'odeur de feuillage se mêlait au nuage de vapeur qui s'échappait de la planche à repasser et saturait l'air lourd. Épuisé, le docteur Milroy alla s'asseoir à une table remplie de rouleaux de flanelle grise auxquels personne ne touchait, et laissa tomber sa tête au creux de son bras replié. Agnès Frémont plaça aussitôt un doigt sur sa bouche pour supplier qu'on ne le dérange pas. Et afin de protéger son repos, elle s'installa à ses côtés et se mit à coudre les boutons du gilet, heureuse d'utiliser le savoir acquis dans une salle semblable à celle-ci pendant ses années de pensionnat.

Le travail progressait à un rythme étonnant. Lorsque tout fut terminé – un exploit que le tailleur mit à son compte –, on éveilla le docteur Milroy. Il alla revêtir le complet neuf dans une pièce voisine. Pendant ce temps, l'une des novices courut aviser la supérieure qui ne put contenir son admiration face à l'homme transformé qui se trouvait devant elle. Agnès Frémont applaudissait : ce complet donnait vingt livres de plus à celui qui l'avait effrayée par sa maigreur.

La supérieure congédia le tailleur, et reconduisit les Milroy au parloir où elle leur servit le thé qu'ils prirent avec lenteur et distinction. Ils étaient redevenus ce qu'ils avaient toujours été lors des précédentes visites : un couple de bourgeois. Les petits lits de religieuse avaient été supprimés, et tout ce qui avait servi à leur toilette et à leur repas était disparu. La pièce avait retrouvé son caractère, elle sentait de nouveau la fougère et le bois verni.

Agnès Frémont entendait parler James Milroy et la supérieure de façon presque mondaine. Elle se voyait elle-même très droite dans son fauteuil, évitant de ne rien livrer de trop excessif dans ses paroles et ses manières. Et pourtant, elle aurait voulu effacer cette image trop parfaite. Cette scène rendait irréel ce qui s'était passé dans cette pièce la nuit précédente.

À quatre heures de l'après-midi le docteur Milroy suait à grosses gouttes dans son complet neuf, tandis qu'il se rendait rencontrer le gouverneur. Au lieu de prendre une voiture, il avait préféré marcher afin de voir un peu la ville. Mais surtout, il avait voulu s'accorder le plaisir de remonter la rue Saint-Louis, tandis que Darling filait en sens inverse vers ses enfants qu'il n'avait pu voir.

Il marchait, et des relents de crottin de cheval flottaient dans l'air lourd. La chaleur s'était figée à l'intérieur des remparts, et aucun vent ne soufflait sur la large artère occupée par des militaires et de rares piétons. De temps à autre, une voiture passait, réveillant un instant la torpeur des lieux. Mais le silence se reformait. Tout semblait stagner dans la ville des promenades et des places grouillantes de monde dont il avait la nostalgie.

Bernard de Lanaudière lui-même, qui avait tenu à l'accompagner jusqu'aux portes du château, n'avait pas son entrain habituel. Montrant les trottoirs vides, il disait que cette rue sans bruit et sans animation avait sur lui l'effet d'un soporifique. Pressentant que cette lassitude pût avoir des motifs plus personnels, le docteur Milroy lui demanda si quelque chose le préoccupait. L'autre fit signe que non. Tout au plus lui arrivait-il certains jours de se laisser gagner par la peur, une peur vague qui lui causait des insomnies.

Le docteur Milroy savait que la peur était effectivement ce qu'il y avait de plus contagieux en temps d'épidémie, mais il se demandait quoi d'autre tourmentait son ami. Il ne s'était pas endetté au jeu et n'avait pas d'ennuis à son travail, restait donc à lui demander comment allait sa femme dont le caractère acariâtre était parfois difficile à supporter.

— Endurable, répondit-il. Mais elle voulait une vie tranquille, une belle vieillesse. L'épidémie dérange ses plans.

En passant devant la place d'Armes, Bernard de Lanaudière pointa du doigt les soldats en train d'effectuer des exercices militaires qui paraissaient ridicules depuis que personne ne se trouvait là pour les observer. Cette place où tout était auparavant parade, déploiement d'uniformes et de toilettes dont la légèreté contrastait avec la sévérité des habits martiaux, était devenue un lieu morne et désert. Le docteur Milroy observa pendant quelques instants les gestes mécaniques accomplis au son de la fanfare, et il eut soudain la conviction que la parade était à l'armée ce que l'ensevelissement était à la mort : une façon de nier l'insoutenable, un recours aux apparences destiné à masquer la violence de ce qui soulève crainte ou horreur.

Continuant d'ironiser sur les militaires, Bernard de Lanaudière leur reconnaissait deux mérites : celui d'avoir introduit le jeu de cricket dans la ville et d'y avoir répandu la syphilis. Ces pirouettes et tout le tralala de la garnison, tout cela coûtait une fortune aux contribuables, disait-il, et faisait monter chaque année leur compte de taxes. Il leva la main en direction des soldats, comme pour abattre les pions d'un échiquier, et prédit :

— Supprimons tout ça, tous ces petits pas d'oie bien comptés, et la Citadelle ne tiendra pas trois jours.

Ils quittaient la place lorsqu'ils virent apparaître un troupeau de porcs dans la rue du Trésor à laquelle ils faisaient face. Le troupeau avançait en poussant des hurlements sinistres comme s'il eût été poursuivi, mais en dehors des curieux que ce tapage attirait, personne ne semblait bouger du fond de la ruelle où les bêtes avaient surgi. Les soldats à qui l'on avait appris à lutter contre tout, sauf contre l'inévitable qui pût prendre un tel visage, restèrent tout d'abord désarmés. Puis, surmontant leur répugnance, ils firent front contre le troupeau qui les contourna et alla s'engouffrer dans l'entrée du château où ils se hâtèrent de le poursuivre afin de défendre la frontière inviolable qui venait d'être franchie. Mais les bêtes paraissaient s'être multipliées. Alors qu'elles avaient toutes paru uniformément roses, plusieurs avaient maintenant les oreilles et les groins tachetés de gris.

Bernard de Lanaudière élevait chaque année deux ou trois porcelets à son manoir du Bas-du-Fleuve pour garnir sa table au temps des Fêtes. L'observation des mœurs porcines lui avait inspiré la maxime « Un cochon contrarié est un cochon irrattrapable », dont il disait faire usage dans son travail de shérif. Il observa un instant la maladresse des soldats, puis il courut enlever la mangeoire de l'attelage qui passait et alla la déposer devant la porte cochère du château en émettant des grognements gourmands qui attirèrent les bêtes. Une fois là il se demanda s'il devait les refouler vers la terrasse Durham où l'armée irait les cueillir, ou vers la porte Prescott où elles seraient précipitées vers la basse-ville et ramenées à l'abattoir d'où elles venaient probablement. Car des cochons au poil si lustré et à la chair si épanouie n'avaient pas été élevés dans un fond de cour pour quelque parcimonieuse consommation domestique.

Le docteur Milroy le vit se diriger vers la rue Buade avec la mangeoire, et prendre ensuite par la droite, suivi du troupeau dont les cris réveillaient la ville endormie. Il prit lui aussi la même direction, mais une fois rendu à la porte stratégique donnant sur l'escalier abrupt qui plongeait vers le flanc de la falaise, il crut souffrir d'hallucinations. Plus loin, sur la gauche, la cour du palais du Parlement s'était remplie de poules, de canards et d'oies dont le caquetage étourdissant ajoutait au vacarme. Avant qu'il n'ait pu établir un lien quelconque entre ces deux invasions animales qui paraissaient fortuites, les porcs rejoignirent les oiseaux effarouchés qui virevoltaient à l'intérieur de la palissade clôturant le bâtiment gouvernemental.

Il s'approcha et vit surgir la garde qui se fraya un chemin parmi les bêtes, et vint se déployer en demi-cercle dans la cour de l'édifice parlementaire afin de tenter de contenir la masse animale qui se ruait de tous côtés. Des centaines d'hommes et de femmes accouraient, avides d'assister au spectacle qui allait se dérouler dans l'enceinte glorieuse où l'incident risquait de prendre une autre tournure. Lui-même devenu spectateur, le docteur Milroy entendit peu après une rumeur confuse monter derrière lui. À l'extrémité de la rue Buade, des manifestants, suivis d'une dizaine de moutons noirs, avançaient en scandant des slogans injurieux pour les autorités impériales qu'ils accusaient de vouloir décimer la population en leur envoyant des immigrants porteurs d'un germe meurtrier.

Imperturbable, la garde réussit à séparer les mammifères en deux camps. Elle repoussa vers la gauche le troupeau de moutons noirs qui paraissait ruminer un complot, et isola sur la droite les porcs qui se mirent à fouiller les plates-bandes de fleurs de leur groin. Se conformant à cet ordre manichéiste, les poules, les oies et les canards vinrent d'eux-mêmes occuper l'espace vide au centre de la cour, et commencèrent à se pavaner avec la grâce de figurants qui se savent observés. Massée autour de la palissade, la foule se délectait comme si elle se fût trouvée au théâtre, en train d'observer une mise en scène audacieuse qu'elle encouragerait de ses applaudissements ou couvrirait de ses huées selon l'issue de la représentation. Les forces adverses se tenaient dans cet équilibre précaire, lorsque les cloches de la basilique se mirent à sonner le tocsin. Ce signal d'alarme n'avait pas été entendu depuis le dernier grand éboulis du cap Diamant. L'annonce du sinistre modifia l'attitude des manifestants qui passèrent peu à peu de l'expectative à l'exaspération.

Nés dans une ville que n'avait épargnée aucune catastrophe naturelle, et déçus par des assiégeants tantôt alliés, tantôt rivaux – mais tous des protestants qui parlaient anglais, aimaient le whisky et dont les prêtres prenaient femme et maison –, les habitants avaient les nerfs à vif. En quelques minutes, ils pouvaient passer de l'apathie la plus complaisante à l'indifférence la plus dédaigneuse ou à l'indignation la plus féroce. Tout en scrutant le lointain pour tenter de déceler quel nouveau fléau s'annonçait, la foule agrippée à la palissade prêtait une oreille vigilante à ce qui se déroulait près d'elle. N'apercevant aucune fumée et n'entendant aucun bruit indicateur de calamité, elle comprit tout à coup que l'événement était là, dans la cour du palais du Parlement, au cœur de l'émeute qui prenait des allures de foire. Le danger qui la menaçait, c'était le souffle infesté du fleuve qui poussait vers elle la puanteur des voiliers en train de croupir non loin du port et à l'entrée de la rivière Saint-Charles.

Cette puanteur, mûrie par la chaleur de juillet, planait sur la ville comme une menace constante. L'air était pourri, et cette pourriture infestait le nez, les poumons, le sang, le corps entier qui finissait par succomber aux fièvres en laissant derrière lui une aura malodorante qui continuait d'agir même après la mort.

À un moment, la tension accumulée derrière la palissade parut fléchir, comme si elle dût s'orienter vers une certaine accalmie. Mais des émeutiers vinrent se joindre à la foule, et des cris violents éclatèrent, mettant à vif un ressentiment trop longtemps contenu. Des citoyens accompagnés de leur femme et de leurs enfants accouraient de partout, énervant les bêtes qui finissaient par s'associer au tumulte, gagnées par la frénésie révolutionnaire qui avait atteint une ampleur imprévue. Bientôt il y eut là plusieurs milliers de personnes, autant que pour la procession de la Fête-Dieu ou que pour les cérémonies d'ouverture du fleuve au printemps, tout juste un peu moins que pour les discours des meilleurs orateurs en temps de crise – orateurs qui n'avaient pas manqué puisque l'histoire de cette ville n'avait été qu'une longue suite de crises appréhendées, résolues, surmontées avec courage et roublardise.

En fait, le Parlement ne siégeait plus dans ce bâtiment – ou plus exactement n'y siégerait plus que par intermittence –, car une constitution unioniste récente, qui ambitionnait d'anéantir les opposants du régime en déplaçant constamment le siège du gouvernement, avait décidé de faire bouger celui-ci tous les deux ou trois ans. Il se trouvait alors à Montréal. Mais cet édifice, où s'étaient tenues les séances du Parlement jusqu'à la colossale insurrection de 1837 qui avait entraîné la dissolution de l'Assemblée par le gouvernement impérial, gardait toute sa valeur symbolique. Dix ans s'étaient écoulés depuis, et le chiffre dix prenait figure d'emblème. C'est là que le peuple voulait être entendu. Là que se trouvait le dôme romain surplombant les armoiries impériales de la façade où se démarquait le chemin effectué par la législature qui, incapable de se payer le luxe d'un édifice parlementaire au lendemain de la guerre de la Conquête, avait d'abord loué, puis finalement acheté le palais épiscopal dont elle avait converti la chapelle en salle de délibérations.

Les cris montaient, et le docteur Milroy ne pouvait en déceler la provenance exacte, car la foule croissante mêlait ses outrages à ceux des émeutiers. Bientôt, l'ensemble des vociférations ne forma plus qu'un seul cri puissant, exacerbé, qui exigeait d'être entendu. Lorsque toutes les voix eurent parfaitement mêlé leurs tonalités, et se furent accordées sur le choix des invectives et des réclamations, un long silence se fit, qui parut presque invraisemblable après ce qui venait de se passer. Quelqu'un alla arracher l'affiche placardée à l'entrée de la porte cochère, où l'on annonçait la venue d'une troupe de danseuses viennoises devant exécuter des «pas de fleurs» et des «pas de bergers» dans le hall du bâtiment désormais ouvert aux spectacles et aux expositions. Puis un couple se détacha du groupe en déroulant une banderole blanche, et demanda qu'on lui ouvre les portes de l'enceinte protégée. La garde se consulta du regard et hésita longuement avant d'obtempérer au désir des émissaires qui avancèrent avec solennité.

Une fois rendus au centre de la cour, l'homme et la femme marquèrent un temps d'arrêt, puis énumérèrent à tour de rôle les points d'une requête qui se résumait finalement à peu de mots, une fois exclue la rhétorique entourant toute représentation publique faite selon les formes. Ils acceptaient de recevoir des immigrants qui souhaitaient partager leur territoire et leurs coutumes, mais ils voyaient d'un mauvais œil l'arrivée de voiliers chargés de malades parmi lesquels il s'en trouvait à peine un sur cent, ou même un sur mille qui parlait leur langue. En raison de l'assistance due aux faibles et aux démunis, ils continueraient d'adopter les enfants étrangers dont les parents succombaient aux fièvres, mais ils exigeaient que l'hôpital des fiévreux nouvellement aménagé près du port soit déplacé en dehors de la ville, tout comme ils réclamaient que l'on interdise aux vaisseaux d'abandonner leurs mourants sur les quais et de jeter leurs paillasses et leurs ordures dans les eaux d'abordage. Ils informaient également les autorités que les travailleurs des chantiers navals suspendraient leurs activités, si l'on ne fermait pas le nid de contamination formé autour de l'hôpital de la Marine où l'on élevait chaque jour des tentes et des abris qui contaminaient l'eau de la rivière Saint-Charles. Enfin, ils demandaient à leur gouvernement, celui qu'ils avaient élu et auquel ils accordaient leur confiance, d'intervenir pour que cessent les manœuvres visant à les exterminer.

La lecture de cette requête était à peine terminée que le docteur Milroy entendit claquer des bruits de sabots dans une rue proche. Au croisement de la rue des Remparts et de la Côte de la Montagne, apparaissait une calèche, tirée par deux chevaux, qui prenait le tournant conduisant à l'édifice parlementaire. Deux autres voitures vinrent s'immobiliser derrière elle, et des dignitaires en descendirent. Entourés de leur garde, ils s'engagèrent prudemment dans l'étroit passage que les bêtes leur cédaient au centre de la cour où se dégageait un espace en forme de demi-lune. Le premier qui prit la parole affirma représenter le gouvernement, mais il le fit en des termes si vagues que personne ne sut s'il représentait leur gouvernement ou le gouvernement impérial. Il rappela que des individus responsables ne pouvaient fermer leurs frontières à des immigrants venant d'un pays frappé par la famine, sans manquer à leur devoir de chrétiens et de citoyens. Puis il fit valoir que réduire l'immigration, à laquelle était liée le commerce maritime profitant à chacun d'entre eux, entraînerait des pertes d'emplois et une baisse du niveau de vie préjudiciables à leur bien-être et à l'avenir de la nation. Tout cela était assorti de promesses qui visaient à tempérer l'impatience des manifestants, mais le mot « épidémie » n'avait toujours pas été prononcé même si l'on annonçait une réglementation plus sévère dans l'utilisation des quais et l'abordage des voiliers.

Le second, un homme de haute taille délégué par le Bureau de santé de la ville, développa la thèse que le docteur Milroy connaissait bien : toutes les maladies tiraient leur origine d'une seule et même cause, l'état de l'air. Les impuretés produites par l'homme et les matières animales et végétales dont il faisait usage infestaient l'air où naissaient et se transmettaient les germes pestilentiels. À preuve, des individus contractaient la maladie sans jamais avoir été en contact avec les fiévreux, alors que des personnes constamment exposées, tels les médecins, les infirmières ou les employés des hôpitaux et des pompes funèbres, résistaient à l'infection. Pour assurer sa protection, il fallait donc préserver la salubrité des lieux publics et privés afin de bannir de son environnement tout ce qui pouvait favoriser la formation de miasmes morbifiques. À cet effet, les autorités recommandaient vivement aux citoyens d'assainir les latrines, puisards et autres lieux d'utilisation courante nécessitant une hygiène particulière, tout comme elles leur conseillaient de fuir les décharges publiques, les mares d'eau stagnante et les pavés de rues saturés d'humidité. Enfin, comme aucune mesure d'hygiène ne pouvait porter fruit sans la pratique de la morale et une saine disposition de l'âme et de l'esprit, on exhortait chacun à bannir les excès de table, la consommation de boissons alcooliques, et par-dessus tout les rassemblements publics susceptibles de provoquer un échauffement des esprits néfaste au maintien de la santé.

Se sentant visés, et comprenant que leur requête était détournée à des fins partisanes, les émeutiers avancèrent en silence en direction des représentants gouvernementaux. Leur mouvement dégageait une assurance calme qui, loin d'inspirer de la méfiance, laissait croire à une reddition, tout au moins à un signe de bonne volonté conduisant à la présentation d'un mouchoir blanc ou d'un projet de conciliation. Mais contrairement à ce qui était attendu, ils firent cercle autour des dignitaires et se mirent à leur lancer des tomates et des œufs pourris. Ceux-ci regagnèrent aussitôt leurs voitures et firent demi-tour dans une traînée de poussière qui exacerba la foule. Poussée par l'énergie de la colère, celle-ci accusait l'équipage de trahison. Le docteur Milroy se laissa emporter par sa curiosité et suivit à distance les calèches qui remontaient la rue du Fort, poursuivies par les émeutiers autour desquels s'ébrouaient les oiseaux de basse-cour et les troupeaux de moutons et de porcs. Attirés par les cris des manifestants et le vacarme des bêtes, des gens se pressaient aux fenêtres des maisons dont on faisait claquer les volets pour ne rien manquer de l'événement. Et d'autres protestataires, surgis de fonds de ruelles où s'était répandu le bruit de la manifestation, venaient se joindre au mouvement de rébellion en train de se déplacer vers le château.

De la place d'Armes où il était posté, le docteur Milroy vit les dignitaires quitter précipitamment les voitures et disparaître dans l'enceinte du château. Une même violence paraissait opposer les représentants de l'ordre et les manifestants qui s'étaient engouffrés derrière les grilles, encouragés par la foule qui sifflait et s'agitait en battant l'air de ses bras. L'affrontement dégénérait en tumulte. La fièvre de la rébellion s'était emparée de la population, et les autorités savaient que cette fièvre-là pouvait contaminer la ville plus rapidement que la fièvre des navires ou que toute autre fièvre pestilentielle connue. Craignant que l'on ne porte atteinte au représentant de la reine, la garnison dépêcha un détachement de cavalerie qui tira assez haut pour disperser la foule sans l'atteindre, tandis que les gardes du gouverneur fermaient le portail du château.

Le docteur Milroy vit tout à coup les chevaux foncer dans sa direction, puis s'engouffrer dans les rues avoisinantes où ils repoussaient les émeutiers en train de se disperser. Les volets des fenêtres se refermèrent aussitôt. En quelques minutes le vacarme s'assourdit, et le vide se fit autour de la place d'Armes où retombait la poussière du tumulte apaisé. La chaleur pesait comme du plomb. Une odeur de soufre et de laine mouillée refluait vers le docteur Milroy qui s'épongeait le front tout en glissant un œil hors du portique où il s'était réfugié pour s'assurer que la cavalerie était bien repartie vers la Citadelle. Son regard croisa celui de Bernard de Lanaudière qui, au même instant, posait le même geste sous le portique voisin. Tout d'abord, ils n'osèrent se regarder franchement. Puis ils s'y risquèrent avec un hochement de tête qui dissimulait leur sourire honteux.

— Alors, demanda Bernard de Lanaudière sur un ton laconique, tu as vu le gouverneur ?

Feignant de n'avoir rien entendu, le docteur Milroy se pencha pour refaire les plis de son pantalon neuf. Puis il regarda une dernière fois devant lui. Le gazon de la place d'Armes avait été saccagé, des tomates et des coquilles d'œufs jonchaient la chaussée. Mais tout était calme. La ville était retombée dans sa léthargie. Seuls quelques chiens errants occupaient les trottoirs.

Les deux hommes voulurent aller vérifier les dégâts que la manifestation avait dû causer aux abords du château. Le soleil était en train de baisser. Dans la lumière orange, le docteur Milroy vit tout à coup deux enfants se profiler devant la porte cochère du château avec une volière blanche dont la forme bombée l'étonna. Une fois là, ils libérèrent les oiseaux qui parcoururent la cour du château dans un survol indécis, puis s'élevèrent vers le ciel où ils ne formèrent bientôt plus qu'une ligne sinueuse, puis finalement un point qui s'effaça. Les deux enfants se retournèrent, et le docteur reconnut tout à coup ses fils. Il s'agrippa au bras de son ami pour s'empêcher de courir vers eux, car il restait soumis à la loi de réclusion. Il ne pouvait que les regarder à distance, fixer en lui leurs traits, cette candeur réfléchie qui les incitait à mesurer les mots prononcés à voix basse tandis qu'ils disparaissaient après avoir jeté un dernier coup d'œil à la volière laissée devant la porte silencieuse. Avaient-ils participé à la manifestation, ou se trouvaient-ils sur la place du Marché avec la gouvernante lorsque l'émeute avait éclaté? Le docteur Milroy n'en savait rien, mais cette volière paraissait effacer la réalité brutale dont il avait été témoin. Il regarda disparaître ses enfants, et sans connaître le motif qui les avait poussés à déposer cette chose innocente devant la porte cochère du château, il éprouvait une grande fierté. Cette volière était signe de liberté.

Presque aussitôt, il se sentit envahi par un mélange de tristesse et de colère. Il leva les yeux en direction de la Citadelle, mais incapable d'harmoniser les images de violence et de beauté qui se bousculaient dans son esprit, il souhaita échapper à l'emprise des bastions et des courtines qui commandaient la trop précise architecture des lieux. Il eut tout à coup besoin de descendre vers le port pour voir la marée creuser la pointe de terre parsemée de quais qui tenait du fleuve sa coloration et son tracé. Il fit aussitôt demi-tour et partit en direction du fleuve que le soleil colorait d'une lisière de feu.

— Et ton rendez-vous chez le gouverneur? demanda Bernard de Lanaudière.

Le docteur Milroy haussa les épaules. Puis il s'arrêta, paraissant se ressaisir. Il consulta sa montre. Les événements l'avaient mis en retard de deux heures, c'était probablement inutile de se présenter là-bas. Il hésita et décida finalement d'aller sonner au château par fidélité pour ses malades. Après cinq minutes d'attente, on lui fit savoir que le gouverneur consacrerait le reste de la journée à rencontrer les autorités de la ville, mais pourrait le recevoir le lendemain à dix heures. Il revint sur ses pas d'assez mauvaise humeur.

— Le gouverneur n'a pas encore succombé aux fièvres, dit

Bernard de Lanaudière avec une fausse compassion. Viens, il faut arroser ça !

Venant de lui, cela signifiait qu'ils allaient aussi manger. Ils étaient à deux pas de l'Hoist. Ils s'y rendirent, mais on affichait *Fermé*. Rue des Jardins où Jourdain servait des repas à toute heure, on avait également tiré les verrous. Ils n'étaient pas d'humeur à aller soudoyer le portier du club des Barons pour y avaler une fausse soupe à la tortue, ni à s'écrouler sur les banquettes du *Coffee Room* de Hannah Hays pour y grignoter des gâteaux à la reine en sirotant un sherry. Ils se dirigèrent plutôt vers la rue Saint-Jean où le Salon aux huîtres de Latour présentait chaque soir *Le choix de la marée*. Bernard de Lanaudière salivait rien qu'à penser qu'ils pourraient se faire servir des harengs et du crabe frais, une bonne anguille de mer ou même du maquereau à la maître d'hôtel. Mais personne ne vint leur ouvrir, et il en fut de même au Café Broyer où ils auraient pu commander un pain de foie de volaille lardé, et à la Terrasse Terrapin où l'on préparait une bonne soupe aux pleurotes.

Pressentant qu'ils trouveraient difficilement quelque chose d'ouvert, ils firent un détour par la rue de la Fabrique. *À l'enseigne du livre d'or*, les frères Crémazie offraient non seulement des livres à leurs meilleurs clients, mais aussi du Bordeaux, des câpres et des truffes, importations qui garnissaient depuis la fin de l'hiver, avec quelques autres gourmandises tout aussi délectables, les rayonnages encombrés de leur librairie. Les rideaux étaient tirés, mais le rais de lumière qui filtrait de la cave leur laissa croire que les jeunes libraires tenaient une réunion qui n'était peut-être pas sans rapport avec la manifestation de l'après-midi.

Deux porcelets au groin tacheté de gris vinrent les rejoindre. Plus loin, un chien errant aboyait dans le vide. Bernard de Lanaudière s'impatientait.

— Renonçons à la grandeur, dit-il, et contentons-nous de survivre.

Donnant le pas, il entraîna le docteur Milroy vers une taverne de la rue Sainte-Famille qui préparait du ragoût de pattes de porc, puis vers un café de la place du Marché qui servait jour et nuit du bœuf mariné. Il alla aussi frapper à quelques bars, également à un cabaret où des toiles d'araignée vieilles de plusieurs jours pendaient aux fenêtres. C'était partout un silence de mort. L'épidémie conduisait à cet extrême dénuement : se faire servir un verre dans une ville qui comptait plus de sept cents débits de boissons était devenu aussi difficile que de chercher une aiguille dans une botte de foin.

Découragé, Bernard de Lanaudière se voyait forcé de renoncer à la bouteille de vin blanc qu'il s'était proposé de partager avec son ami – un compromis, car lui préférait le vin rouge bien charnu et bien corsé, long en bouche, qui imprégnait lentement le palais de sa généreuse et suave complexité. Au point où il en était, le docteur Milroy se serait pour sa part contenté d'une bière, ou même d'une piquette vinaigrée qui mettait la gorge en feu sans la payer de retour, car il avait soif et la faim le torturait. Il avait tout à coup la nostalgie de l'assiette d'œufs à la coque, de salade de pissenlits et de pain brun que Persévérance l'obligeait à manger chaque vendredi.

Bernard de Lanaudière lui fit arpenter encore deux ou trois ruelles sombres d'où semblaient provenir des fumets de cuisson élaborés par son imagination. Puis il l'amena finalement rue Couillard où il poussa du pied la porte d'une maison sans enseigne. Dans une salle basse percée d'une demi- fenêtre où des clients éméchés s'égosillaient sous un épais écran de fumée, une fillette poussa devant eux, sur la table commune où ils venaient de prendre place, deux verres d'eau-de-vie maison. Ils ne perçurent qu'après coup l'utilité de ce tord-boyaux impitoyable qui insensibilisait le palais dès la première gorgée. Lorsque la patronne les vit cesser de consommer, elle vint passer un coup de torchon sur l'espace mesuré par leurs bras, et leur fit porter deux couverts, un pot de bière et un morceau de pain. Puis elle tira de la marmite du jour deux pommes de terre, un morceau de navet et une tranche de porc en sauce qu'elle jeta dans leurs assiettes où traînaient les rainures de gras du précédent repas.

Ni l'un ni l'autre ne dénonça le manque d'hygiène. Dans son métier, le docteur Milroy avait déjà vu à peu près toutes les saletés que la nature humaine peut sécréter. Et malgré sa particule, Bernard de Lanaudière reconnaissait en lui un fond populaire qui lui avait inspiré un axiome dont il était assez fier : «La grandeur des grands bourgeois s'affiche dans des petitesses bien astiquées, celle du peuple se trouve dans la crasse qui la dissimule.» Comme chaque fois qu'il avait bu, il osa des confidences. Il approchait de la cinquantaine, et il ne souhaitait pas travailler jusqu'à la fin de ses jours. Sa vie maritale était peu reluisante, mais son tempérament de bon vivant lui apportait des satisfactions substantielles. Plutôt que d'entretenir des maîtresses, ce qui lui eût compliqué la vie, il caressait des rêves et entretenait des utopies. Ouvrir une écurie à son manoir du Bas-du-Fleuve était son dernier rêve, y pratiquer l'élevage d'iguanes, sa plus frappante utopie. Mais par-dessus tout, il ambitionnait de faire pousser des vignes sur le flanc sud de sa propriété qu'il projetait de restaurer et d'allonger d'une annexe où il pourrait faire son vin, écrire ses mémoires en paix, jouer au poker avec ses amis.

Le docteur Milroy l'écoutait, se demandant pourquoi lui-même n'avait d'autre projet que de voir finir ce pénible été. N'était-il pas trop terre à terre ? À Québec, quand les vibrions du choléra et du typhus faisaient relâche, on nourrissait toujours d'incroyables projets. Certains, qui paraissaient tenir du miracle, finissaient par se réaliser, ce qui l'étonnait toujours. À cela, Bernard de Lanaudière répondait : «La folie n'a jamais dérangé personne qui était par ailleurs sain d'esprit», ou bien il expliquait cette fantaisie par la goutte de sang gaulois qui trouvait en Amérique, terre des audaces et des initiatives, un lieu où s'épanouir. À d'autres moments, il prétendait que ses concitoyens, si souvent déçus par l'Histoire, avaient depuis longtemps saisi l'utilité de l'utopie contrôlée : cultiver une folie douce, portant sur des choses secondaires, permettait d'inventer des rêves dont on était sûr qu'ils ne demeureraient pas tous inexaucés.

Il faisait presque nuit lorsqu'ils quittèrent l'établissement. En mettant le pied sur la marche branlante qui reliait le seuil de la porte à la chaussée, ils virent trois gros rats noirs, de la taille des rats d'égout, s'engouffrer dans le trou d'ombre qui les séparait de la maison voisine. Des relents d'urine et de chou pourri flottaient dans la ruelle silencieuse où pesait encore la chaleur du jour. Un peu ivres, ils allèrent arpenter les ruelles avoisinantes d'un pas joyeux, mais tout leur paraissait sombre et morne. Ils revinrent vers la rue Saint-Jean, mieux éclairée, qui était néanmoins d'un calme plat. Ainsi désertée, elle paraissait sinistre, bien différente des souvenirs que l'un et l'autre en avaient gardés.

Ils succombaient au charme de la nostalgie lorsqu'ils virent apparaître des jeunes gens, habillés de tenues carnavalesques, qui dansaient et exécutaient des pirouettes tout en psalmodiant des versets de psaumes. Rendus à leur hauteur, ils sifflotèrent une marche militaire en leur portant un toast, puis ils entamèrent des couplets grivois entre lesquels revenait le refrain : *La fièvre de l'été nous consume. À bas la peste, à bas la mort !* Bernard de Lanaudière était d'avis que seuls d'anciens étudiants des Jésuites pouvaient se démener de la sorte pour propager le virus de la désacralisation. Leur entrain lui paraissait d'autant plus méritoire qu'il ne se trouvait, pour les observer, que deux spectateurs d'âge mûr incapables d'apprécier pleinement leur art. Sous les réverbères, les plaisantins paraissaient encore plus loufoques, encore plus disposés à exorciser la peur qui poussait les gens à s'enfermer dans leurs maisons, à y être malades et inactifs.

Leurs mouvements dégageaient une frénésie de vivre qui tranchait avec la torpeur des lieux. À un moment, la vitalité qu'ils dégageaient parut ranimer la nuit silencieuse. Un long chien noir, sans doute échappé de quelque riche résidence abandonnée, vint se joindre à eux et commença à faire des bonds sur la chaussée. Des lumières s'allumèrent et quelques visages apparurent aux fenêtres, mais bientôt tout s'effaça. Peut-être craignait-on la reprise des désordres de l'après-midi, dont l'écho avait dû se répandre par un bouche à oreille généreux qui amplifiait le caractère tragique de l'événement. Les funambules entonnèrent un autre refrain. Puis le joueur d'harmonica, qui fermait le cortège, fit une dernière pirouette et lança ses derniers accords.

La ville était de nouveau muette. Les deux promeneurs se regardèrent : ils connaissaient le caractère tumultueux de cette ville, son opiniâtreté, ses torpeurs cycliques. Ils se retrouvaient seuls dans la rue imprégnée d'odeurs de camphre et de relents de bitume brûlé qui perpétuaient l'idée de maladie. Des chiens vinrent les renifler, puis s'éloignèrent, indifférents à la vie des gens, à ces trottoirs désormais faits pour eux.

— Que dirais-tu d'un poker ? proposa Bernard de Lanaudière que cette torpeur débilitait.

Avant que l'autre n'ait donné sa réponse, un grincement d'essieux les fit se retourner. Une charrette anglaise, dont on avait supprimé une banquette et rabattu le panneau arrière pour contenir un cercueil, remontait la rue. L'absence de fleurs, la modestie de l'attelage dont le cocher portait une simple casquette, indiquaient l'humble condition de la famille éprouvée, et peut-être aussi la soudaineté avec laquelle la mort avait frappé. Quatre hommes habillés de noir composaient à eux seuls le cortège. Ils avançaient d'un pas prudent, comme s'ils craignaient d'être surpris par un nouveau malheur. L'un d'eux boitait légèrement de la jambe gauche, et ce mouvement escamoté paraissait familier au docteur Milroy bien qu'il ne pût mettre aucun nom sur ce visage dont il ne distinguait pas les traits. Sans doute s'agissait-il d'un parent venu accompagner la dépouille funèbre jusqu'au cimetière catholique, situé non loin de l'Hôtel-Dieu, où s'effectuaient chaque jour un certain nombre d'enterrements.

La voiture achevait de les dépasser lorsqu'un chien bondit sur le cercueil et s'y allongea en geignant. Ce tapage parut énerver les quatre hommes, tout particulièrement celui dont la jambe était atteinte d'une légère infirmité. La charrette disparut mais les gémissements du chien, qui était peut-être le seul être vivant du cortège à être affligé par ce deuil, continuèrent de se faire entendre. Aucun des deux promeneurs ne s'étonna qu'un enterrement pût avoir lieu à une heure si tardive. Le passage d'un corbillard ou d'une voiture mortuaire, tout ce qui aurait auparavant attiré la compassion, des sympathies, une réflexion sur les mérites du disparu, était devenu une chose banale dont personne ne se souciait.

— Allons vite faire ce poker, dit Bernard de Lanaudière en accélérant le pas. Cette ville est devenue sinistre.

Rue du Parloir, ils trouvèrent le monastère endormi. Bernard de Lanaudière, encore un peu ivre, menaçait d'aller à la chapelle décrocher le tableau des vierges folles de Cortona si on ne leur ouvrait pas. Des pas résonnèrent finalement dans le vestibule. La sœur portière allongea un visage inquisiteur dans l'entrebâillement de la porte, et comprit que le docteur Milroy venait chercher refuge pour une seconde nuit. Elle se hâta de dire que la sœur supérieure se reposait et les conduisit au parloir particulier où elle vit d'un mauvais œil Bernard de Lanaudière étaler son jeu de cartes sur la table.

Épuisé par sa journée, et préoccupé par l'entretien qu'il devait avoir le lendemain avec le gouverneur, le docteur Milroy s'en tint à l'accomplissement d'un rite établi. Il gagna d'abord, puis laissa ensuite son ami l'emporter. Aveuglé par la passion du jeu, Bernard de Lanaudière ne s'aperçut de rien. Lorsque le rond de lumière découpé par la lampe commença à rétrécir, il vit l'autre bâiller. Il enleva alors ses souliers, et quitta le couvent sur la pointe des pieds en promettant de venir prendre des nouvelles le lendemain.

Le docteur Milroy alla fermer la porte, et revint dans la pièce qu'il avait occupée la veille avec Agnès Frémont. Le broc d'eau et les serviettes étaient là, mais un seul petit lit de religieuse avait été préparé. Il l'ouvrit et s'y allongea, prenant soin d'enfermer au creux de sa main le cheveu blond trouvé sur l'oreiller. Il dormirait seul, mais le cheveu de Darling l'aiderait à retrouver le fil de leur nuit d'amour, le bonheur des jeux matinaux qui avaient suivi, plaisirs inconnus des célibataires qui habitaient cette maison.

CHAPITRE 7

Le lendemain, l'odeur du jardin des Ursulines incitait à l'optimisme, même si des décharges d'artillerie venant de la Citadelle indiquaient que l'ordre de la ville s'était modifié. En fin d'après-midi, le docteur Milroy quitta le monastère pour se rendre au château, car son rendez-vous de dix heures avait finalement été reporté à seize heures. Au lieu de descendre vers la rue Sainte-Anne, il remonta la rue des Jardins et emprunta un bout de la rue Saint-Louis où il ne put s'empêcher de tourner la tête à droite, comme si sa maison, Darling et les enfants étaient dans son champ de vision.

L'image de la volière blanche aperçue la veille dans la cour du château occupait son esprit, lorsque son attention fut attirée par une affiche, émanant des autorités municipales, qui paraissait avoir été posée pendant la nuit. On y faisait des recommandations visant à enrayer l'épidémie, qui se résumaient à quatre mots clefs : prévention, désinfection, ventilation, isolation. Les conseils d'hygiène fréquemment donnés dans les journaux s'y trouvaient énoncés, de même que les mises en garde habituelles contre l'ivresse, les excès de table, les refroidissements, l'abus de bains fréquents et le recours au charlatanisme. On exhortait également la population à se conformer aux ordonnances de ceux qui avaient pour mission de la guider, mais c'est surtout en matière de ventilation et d'isolation que les mesures préconisées avaient de quoi étonner. Pour favoriser la qualité de l'air ambiant dont dépendait la résistance à la maladie, il était recommandé d'éviter les réunions et les rassemblements, tant à l'intérieur qu'à l'extérieur des édifices, tout particulièrement le soir. Si des devoirs religieux ou civiques obligeaient à tenir de tels rassemblements, on conseillait de procéder rapidement et de garder ouvertes les fenêtres des salles publiques et des églises, afin de permettre un constant renouvellement de l'air inhalé.

Tout en marchant, le docteur Milroy vit que des affiches semblables avaient été placardées au croisement des rues et sur les édifices publics. Il constata également que les services d'entretien municipaux, qui paraissaient avoir augmenté leurs effectifs pour répondre aux nouvelles exigences sanitaires, nettoyaient la chaussée, balayaient les trottoirs et ramassaient les ordures accumulées entre les pâtés de maison. L'artillerie paraissait également participer à l'effort d'assainissement de l'air, en dépit de l'allergie au tir des canons qu'un passé tumultueux, dont la mémoire était encore vive, avait entretenu dans le cœur des citoyens. Malgré ces dispositions, des relents de pestilence montaient du port et se répandaient dans l'air chaud. Mais, comme restaurer l'ordre et maintenir les activités coutumières paraissaient illustrer l'orientation prise en haut lieu, c'est donc une pelouse propre et des allées parfaitement ratissées que le docteur Milroy trouva au château du gouverneur.

Celui-ci le reçut à l'instant même, dans une pièce où tout semblait régi par une mise en scène propre à le décourager, depuis la table à pieds boule sur laquelle on venait de déposer des documents, jusqu'aux fauteuils disposés en demi-cercle autour de la célèbre reproduction d'Antoine Gros où Bonaparte touche le bubon d'un pestiféré de Jaffa pour signifier que la peste n'est pas contagieuse. Le gouverneur paraissait préoccupé. Mais de voir le directeur médical habillé comme un gentleman, et affichant une assez bonne mine, lui fut un réconfort. S'habiller comme un homme du monde, c'était entretenir une vision optimiste des choses et continuer de diriger sa vie.

Il sut donc gré au médecin de ne pas lui infliger, par une trop grande débilité ou des négligences vestimentaires odieuses, les signes d'un désastre imminent. Il s'était d'ailleurs parfois dit que les rapports expédiés de la station de quarantaine dramatisaient inutilement la situation. Malgré la morosité qui gagnait la ville, et ces désordres qui se manifestaient un peu partout, il espérait triompher de l'épidémie. Il avait devant lui un médecin constamment exposé aux miasmes morbifiques, qui en avait lui-même souffert puis admirablement triomphé, preuve vivante que la volonté et la rigueur pouvaient l'emporter sur la maladie, la mollesse et la rébellion. À elle seule, la présence de cet homme – de qui dépendait largement le contrôle de l'épidémie – militait en faveur des esprits forts et généreux qui, depuis l'aube des temps, gouvernent le peuple conformément aux exigences d'ordre inscrites dans la nature humaine elle-même.

Au lieu d'exprimer sa pensée, il tendit un cigare au docteur Milroy qui le refusa. Puis il lui dit, en appuyant bien sur chacun de ses mots :

— Je vous remercie de l'admirable travail que vous faites là-bas.

Prenant garde de céder à la flatterie, ou à une complicité équivoque pouvant l'éloigner des motifs qui l'avaient incité à demander cet entretien, le docteur Milroy en vint rapidement aux faits. La Grosse-Île manquait de tout. Elle manquait de personnel, de lits, d'abris, d'espace, de médicaments, également de liens avec le corps médical et le Bureau de santé. Et, pardessus tout, elle manquait d'espoir. Les voiliers continuaient d'arriver en grand nombre, chargés d'immigrants qui avaient déjà succombé à la maladie ou pouvaient succomber pendant les quelques heures ou les quelques jours suivant leur arrivée. Or, les meilleurs médecins ne pouvaient subjuguer le fléau si l'on ne tentait de l'enrayer à sa source, c'est-à-dire si son Excellence n'exigeait un contrôle sévère de l'immigration et le respect des lois régissant le transport des passagers, afin de réduire ces débarquements massifs, faits dans des conditions sordides, qui contaminaient les lieux de débarquement et risquaient de détruire à la fois les immigrants et la population locale.

À ces propos pessimistes, le gouverneur objecta que l'humanité avait connu de nombreuses épidémies au cours de son histoire, mais que la capacité de renouvellement de la race humaine était telle que le nombre de naissances finissait toujours par excéder celui des morts. Sans sous-estimer la menace que l'arrivée des immigrants faisait peser sur les villes et les villages frappés par la fièvre des navires qui paraissait venir du fleuve – encore qu'aucune voix autorisée n'avait su le convaincre que le typhus était réellement apporté par les voiliers –, il ne pouvait y remédier autrement que par des mesures administratives. Le gouvernement impérial, responsable de l'immigration dans chacune de ses colonies, détenait seul le pouvoir de légiférer en la matière. Il lui avait d'ailleurs soumis un certain nombre de recommandations qui étaient toujours à l'étude, mais comme le phénomène dépassait toute prévision raisonnable – ou même toute compétence humaine –, chacun devait s'exercer à beaucoup de patience et de compassion.

Craignant que tant d'idées grandioses ne l'éloignent de sa requête, le docteur Milroy ramena le gouverneur à des considérations pratiques. En tant que représentant de la reine, celui-ci pouvait se faire entendre de la métropole et obtenir que des changements soient apportés. Pour toute réponse, le dignitaire fit glisser dans un cendrier le petit cube de cendre qui pendait au bout de son cigare. Puis il eut un long soupir, et aspira une autre bouffée de tabac. Après tout, devait-il se dire, cette colonie n'était que l'une des nombreuses colonies détenues par l'empire à travers le monde. Sans doute était-elle l'une des plus choyées – ou peut-être même la plus représentative de l'expansion territoriale souhaitée sur ce continent –, mais à bien des égards elle était aussi l'une des plus imprévisibles et des plus ingrates à administrer.

Croyant déceler chez le gouverneur une certaine hésitation, ou peut-être même un certain déchirement, le docteur Milroy en profita pour ajouter :

— Excellence, si vous n'avez pas le pouvoir de créer des lois ou de les modifier, vous détenez au moins celui de désavouer l'injustice et de condamner certaines pratiques abusives.

Le gouverneur l'assura qu'il s'y était déjà employé dans ses lettres. Mais au lieu d'avouer que les intérêts de l'Empire ne coïncidaient pas nécessairement avec ceux de la colonie, il entreprit de démontrer jusqu'où un contrôle rigide de l'immigration et du transport des passagers d'outre-mer pouvait s'avérer ruineux pour le commerce et vexatoire pour les parties concernées. En abordant ces questions, il fallait, insistait-il, se représenter clairement les pertes économiques que trop de sévérité risquait d'entraîner. Le docteur Milroy connaissait le refrain : chaque fois qu'il avait tenté d'émouvoir les autorités, on lui avait tenu un discours de commerçant.

De se répéter que l'ensemble du problème s'inscrivait dans un courant historique où entraient, à parts plus ou moins égales, le poids de rapacités ingouvernables et l'influence du destin, ne soulageait personne de son mal. Pendant qu'il s'attardait dans cette pièce, à la station de quarantaine ils étaient des milliers à souffrir, des dizaines ou même des centaines qui, dans les baraquements hospitaliers et sur les vaisseaux, ne passeraient pas la journée.

L'air absent, le gouverneur continuait de fumer son cigare comme s'il eût été seul. La lumière chaude qui tombait des fenêtres atténuait ce qu'il avait de nerveux, de mondain, et en même temps d'ascétique – une rumeur voulait qu'il fît chaque matin, même en hiver, une demi-heure de gymnastique devant sa fenêtre ouverte. Certains le disaient capable de prêter l'oreille aux dissidents et de favoriser le rapprochement des factions rivales, d'autres voyaient en lui un conservateur amateur de beaux discours, de musique, de chevaux, de jolies femmes. Le docteur Milroy croyait quant à lui qu'il aimait ce qu'aimaient en général les officiers formés à l'école militaire de Woolwich : les tabacs fins, le whisky et les cuirs souples, les longs repas servis sur des tables garnies de pièces d'argenterie rares, sans oublier l'art et la grande cuisine que tout honnête homme devait connaître.

La fumée du cigare formait autour du visage du gouverneur un nuage gris, presque bleu, de même couleur que ses yeux. Le docteur Milroy était soudain frappé par l'expression de ces yeux. Il se demandait chez qui d'autre il avait vu ce regard bleu acier, et perçu cette affabilité froide qui attirait tout en gardant à distance. Il se souvint tout à coup de lady Lorne. Cela lui donna l'idée d'un autre argument.

— Excellence, si votre mère ou votre cousine se trouvaient à la station de quarantaine, quel traitement souhaiteriez-vous qu'on leur accorde ?

Le gouverneur sursauta. Il aurait pu se montrer sensible à des considérations humanitaires, mais de voir mettre sa famille sur le même pied que n'importe quel immigrant lui parut d'autant plus choquant qu'il refusait toute intrusion dans sa vie privée. Mais puisque l'on avait porté la question sur ce terrain, il décida d'en profiter. Il avait toujours en mémoire le bal du château donné en l'honneur de sa cousine lady Lorne. L'index allongé sur son cigare, il demanda :

— Souhaiteriez-vous avoir des nouvelles de lady Lorne ?

Le docteur Milroy crut rougir. Refusant de céder à la ruse qui venait d'introduire cette diversion, il raffermit sa voix et appuya par des chiffres le bien-fondé de sa requête. L'autre avança ses propres statistiques : le gouvernement impérial avait déjà versé plus d'un demi-million de dollars à la station de quarantaine, et de nouveaux crédits seraient bientôt alloués pour satisfaire les besoins les plus pressants. Quant à l'isolement dont souffrait le directeur médical, il verrait à ce que le Bureau de santé et les milieux de recherche lui offrent une assistance qui, tout en allégeant son travail, donnerait un champ d'application aux études menées sur le phénomène épidémiologique.

C'est d'ailleurs à ce chapitre que le gouverneur lui offrait le plus d'espoir. On venait de lui annoncer qu'un chimiste français avait mis au point un fluide guérisseur dont l'efficacité paraissait proprement stupéfiante, comme en témoignaient les nombreuses expériences effectuées de part et d'autre de la Manche, sous contrôle médical ou auprès de spécialistes appartenant à des sociétés savantes. Ce chercheur, actuellement l'hôte du gouvernement de Londres et du premier commissionnaire aux bois et forêts de Sa Majesté, serait bientôt de passage sur le continent grâce à l'initiative du secrétaire d'État aux colonies. La Grosse-Île pourrait donc bénéficier sous peu d'une découverte qui accomplissait, semblait-il, de véritables miracles.

L'attestation des mérites et prouesses de l'inventeur faisait l'objet d'une brochure de soixante pages, imprimée par la métropole, qui trônait au sommet d'une pile de documents placés sur la table à pieds boule. Invité à y jeter un coup d'œil, le docteur Milroy ouvrit la plaquette qui avait pour titre : *Reports, Certificates and Letters upon the Operations of Desinfection made in France, England and Ireland, by means of the Desinfecting Fluid of Monsieur J. Lechaunay.* Cette pièce à conviction, qui colligeait la moindre lettre et le moindre compte rendu authentifiant la fameuse découverte, se gardait bien d'en révéler la composition. Ce nouveau fluide n'était peut-être qu'une version améliorée du fluide de Condy qui avait fait rêver le docteur Byrnes, ou du fluide de Burnett récemment apparu sur le marché. Les médecins expérimentés dans le traitement des fièvres savaient d'ores et déjà que ces solutions désinfectantes, généralement à base de manganate de potasse et de sulfate de cuivre et de fer, agissaient sur le milieu environnant mais n'avaient aucun effet sur le germe déclencheur des maladies infectieuses.

Déçu par le manque d'enthousiasme du directeur médical de la Grosse-Île, le gouverneur se mit à citer des cas spectaculaires militant en faveur du fluide guérisseur qui lui avait été signalé comme l'événement scientique de l'année. Plusieurs malades souffrant de plaies fétides ou de cancers purulents avaient été guéris par le chimiste, et des applications de la solution sur le nez et les tempes de personnes asphyxiées par le gaz avaient arraché celles-ci à la mort. De même, une célèbre cantatrice du London Opera, atteinte des fièvres et que l'on disait condamnée, s'était remise aussitôt après que le remède lui eût été administré. Il y avait aussi ces guérisons étonnantes, signalées aux écoles militaires de Woolwich et de Saint-Cyr, où le fluide avait en quelque sorte ressuscité des incurables souffrant d'infections galopantes. Tout cela, et d'autres phénomènes aussi spectaculaires dont le médecin pourrait prendre connaissance en lisant la brochure, confirmait de façon éclatante les propriétés de la découverte Lechaunay.

L'énumération de faits aussi prodigieux aurait dû convaincre le docteur Milroy de la valeur thérapeutique du produit qui serait bientôt mis à sa disposition. Mais il savait que des guérisons aussi étonnantes étaient attribuées chaque année à l'huile de Sainte-Anne, à l'intervention de guérisseurs ou à certaines pratiques magiques. La découverte qu'on souhaitait lui imposer éveillait en lui de la suspicion, il voyait là une tentative de diversion, peut-être même de la supercherie. Il se disait par ailleurs qu'une solution acclamée par les plus grands chimistes de Londres et de Paris, qui avait su rallier à la fois le Collège royal de Versailles et le Royal Institute de Manchester, devait bien exercer une action quelconque. Néanmoins, en dépit de l'effort exercé sur lui-même pour se persuader que les propriétés du fluide ne pouvaient être tenues pour nulles, il continuait de douter. Et il se reprochait ces doutes, craignant d'être devenu un praticien conservateur, un médecin ancré dans ses petites habitudes, qui refusait le progrès.

La rencontre avec le gouverneur tournait en rond. Il n'obtiendrait pas que l'on réduise l'immigration, ni que le transport des immigrants soit amélioré. Aucun des problèmes soumis ne recevrait de solution précise. On lui promettait tout au plus une vague assistance, la venue d'un chimiste et d'un fluide miraculeux, alors qu'il avait un urgent besoin d'hôpitaux, d'infirmières et de médecins.

Dans la pièce remplie de fumée, le docteur Milroy se sentit soudain pris d'étourdissements. Le voyant pâlir, et se souvenant qu'il avait devant lui un convalescent, le gouverneur courut ouvrir la fenêtre. Il sonna ensuite pour qu'on apporte le ventilateur reçu de Chicago. Cette sorte d'appareil, avant tout conçue pour rafraîchir les établissements commerciaux dépourvus de système d'aération, était devenue la coqueluche des résidences huppées et des bâtiments administratifs partisans de la théorie de l'assainissement de l'air ambiant. Au fur et à mesure que l'épidémie progressait, les bourgeois, tout particulièrement ceux qui habitaient à l'intérieur des remparts, se faisaient un point d'honneur d'exhiber l'appareil américain ultramoderne qui tenait lieu d'assurance sur la vie.

Comme le gouverneur était le plus grand bourgeois de la ville, il possédait le ventilateur le plus sophistiqué. Celui-ci, de taille impressionnante et muni de roulettes qui permettaient de le déplacer, était fait de cuivre. En forme de cuvette, il était surmonté d'une espèce de cheminée qui aspirait l'air vicié et le filtrait dans une sorte de caisson de mélange, grâce à un ingénieux système de conduits doté de courroies et de poulies. L'air était ensuite transporté vers les bouches de soufflage de l'appareil, où des pales le redistribuaient dans un fracas d'enfer. Le domestique qui actionnait ce dispositif ne semblait pas très familier avec son mode de fonctionnement. Il plaça d'abord le ventilateur au centre de la pièce, à quelques pas du gouverneur et de son invité, mais lorsqu'il se rendit compte qu'il les incommodait, et que l'air rejeté par les pales ne paraissait ni plus frais ni plus épuré que l'air ambiant, il alla déposer l'appareil devant la fenêtre. Un violent courant d'air s'engouffra dans la pièce où tout parut prendre son envol. Le gouverneur et son hôte toussaient et éternuaient comme s'ils venaient d'attraper un mauvais rhume.

Sentant le besoin de se protéger de la mécanique vrombissante, qui soufflait des quantités d'air dont il lui semblait qu'elles eussent suffi à aérer un hôpital entier en trois tours de manivelle, le docteur Milroy courut se réfugier dans l'angle le plus éloigné de la pièce. Les cheveux ébouriffés, le gouverneur vint le rejoindre tout en levant une main pour demander que l'on arrête le ventilateur. La voix éraillée, il dit au docteur Milroy :

— Pardonnez-moi. Peut-être cet appareil est-il un peu trop puissant pour l'usage que nous souhaitons en faire. J'en parlerai au général Bradford qui le montrera à l'un de ses ingénieurs.

Le docteur Milroy s'excusa à son tour, et les deux hommes retournèrent à leur fauteuil. L'entretien se terminait dans la confusion, l'un et l'autre paraissant avoir oublié le motif de leur rencontre. Fouillant ses poches afin d'y trouver un mouchoir, le médecin fit déborder de la pochette de sa veste les petits papillons de tulle blancs qu'il n'avait cessé de porter depuis que Bernard de Lanaudière les lui avait apportés. Le gouverneur crut deviner leur provenance. Selon ce qu'on lui avait rapporté, des papillons semblables étaient piqués dans la jupe d'Agnès Frémont le jour où elle avait reçu pour une fête d'enfants. Esquissant un demi-sourire, et enviant au directeur médical de la station de quarantaine l'immunité naturelle que lui assurait l'amour d'une femme aimante et imaginative, il tendit à celui-ci un mouchoir brodé à ses initiales, et s'informa :

— Comment va Madame ? J'espère qu'elle n'est pas trop incommodée par l'épidémie.

Le docteur Milroy, qui n'était pas censé l'avoir vue, répondit qu'elle allait bien. L'autre ajouta : « Et les enfants ? » Il fit signe que oui, et tandis qu'il s'épongeait le front, certaines scènes intimes de sa première nuit chez les Ursulines se ravivèrent dans son esprit. L'image de ses enfants en train de libérer les oiseaux de la volière blanche s'imposa aussi. Il fit quelques pas distraits, s'approcha de la table à pieds boule et s'inclina devant le gouverneur dont il prenait congé.

À l'instant où il se pencha, il pâlit de nouveau. Il venait d'apercevoir au fond de la pièce la volière finement ouvragée, prudemment dissimulée derrière un fauteuil, qu'il aurait reconnue entre mille. Inquiet, l'autre lui proposa un cordial, les meilleurs soins. Le docteur Milroy refusa tout et, sans même regarder le dignitaire, il se dirigea vers le hall, ouvrit lui-même la porte et sortit, heureux de se retrouver au grand air.

D'avoir vu la volière chez le gouverneur éveillait en lui une colère d'autant plus vive que tout l'entretien avait visé à le détourner de son sujet. L'autre avait prêté une oreille distraite à sa requête, et c'est à l'instant où il s'était montré le plus courtois qu'il s'était immiscé dans sa vie privée.

L'insistance à prendre des nouvelles de sa famille, l'allusion à lady Lorne, tout confirmait que rien, de la vie publique jusqu'au moindre secret d'alcôve, n'échappait à la toute-puissante autorité du gouverneur. Au dire des mauvaises langues, avant d'assister à l'office anglican de onze heures, le représentant de la reine suivait la grand-messe chaque dimanche à la basilique, afin d'apprendre quelles faiblesses et quelles vertus étaient imputées ou proposées à la double élite de la ville. D'où cette réputation, qui lui était faite, d'être la première oreille informée de tout ce qui se passait dans la ville.

Le docteur Milroy sentait à peine les pavés du trottoir sous ses pieds. Marcher épuisait sa fureur, mais occupé à ruminer son indignation, il faillit trébucher. Il se ressaisait, décidé à ne pas gâcher sa journée parce que son rendez-vous avait échoué. Peut-être était-il trop susceptible, trop enclin à dramatiser des détails sans importance. La scène qui venait de se dérouler au château était aberrante, mais il y avait cette lumière chaude, la beauté de la ville incendiée par le soleil couchant. Il y avait l'herbe pâlie devant les haies, le pur instant à saisir, la nécessité d'oublier l'excessive civilité du gouverneur. Rien ne comptait plus finalement que ces chants d'oiseaux qui se répondaient d'un jardin à l'autre, les attelages clairsemés qui longeaient la rue tranquille où retentissait longuement le bruit des sabots.

Il se concentra sur ces détails, et bientôt n'exista plus que ce léger bonheur, une odeur de roses échappée d'un jardin bordé d'une haie de chèvrefeuille. Rêvait-il? Dans le bruissement de vent qui effleurait son visage, il entendait des chuchotements, une phrase à peine audible dans laquelle il croyait discerner son nom, peut-être même les mots «je vous aime».

Étonné, il se retourna, ne vit d'abord que la rue, les contours un peu brouillés du paysage. Puis une image parut se former au-delà de la place d'Armes, du côté du château qu'il s'efforçait d'oublier. Appuyée à un balcon, lady Lorne lui envoyait la main. Sa jupe flottait comme une écharpe abandonnée à la pesanteur de l'air, et son geste était empreint d'une grâce moqueuse. Avait-elle reconnu en lui l'un de ces rêveurs impénitents toujours prêts à s'émerveiller du passage de l'autre aux abords de sa vie? Certes il était rêveur, mais l'image de lady Lorne était néanmoins là sans qu'il n'ait souhaité la voir apparaître. Pourquoi n'arrivait-il pas à oublier cette femme qui n'avait pourtant rien d'exceptionnel?

Il avait connu lady Lorne dans des circonstances particulières. Un dimanche après-midi d'avril, il s'était rendu, comme il le faisait souvent, jouer une partie de poker chez Bernard de Lanaudière. Cela s'était déroulé comme d'habitude. L'autre lui avait offert un cigare, puis avait distribué les cartes et dit : «À toi de jouer.» Le docteur Milroy, à qui Bernard de Lanaudière disait avoir la charité de concéder une victoire de temps à autre, n'était pas très attaché à l'argent. Il plaçait leur amitié au-dessus des pertes ou des bénéfices occasionnés par ce divertissement. Ce passe-temps inoffensif lui permettait d'échapper à des fréquentations plus exigeantes qui l'auraient obligé à tenir de longs discours sur le travail, la politique, l'avenir du monde, tous ces sujets rabâchés servant à dissimuler son insignifiance ou à exhiber son savoir.

D'abord gagnant, il avait rapidement abattu trois as tout en se demandant pourquoi il venait une fois la semaine chez ce couple désuni où régnait une tension sourde qui explosait dans des reproches et des pointes acerbes attisant de vieilles rancœurs. Était-ce l'habitude? Ou sentait-il le besoin de vérifier, par contraste, l'harmonie qui régnait dans son ménage ? Ce jour-là, les hostilités s'ouvrirent tôt. Bernard de Lanaudière déposa un full que fit aussitôt pâlir le carré d'as déclaré par sa femme. Le shérif, à qui certaines manœuvres permettaient de contrôler l'attribution des meilleures cartes, s'étonna qu'elle pût détenir tant d'as. Il protesta, mais elle défendit si âprement sa position qu'il dût saisir l'odieuse évidence : sur la place publique il faisait trembler qui il voulait, mais sous son toit elle emportait le morceau une fois sur deux.

Plutôt que d'exposer ses faiblesses, il battit les cartes avec dignité et fit en sorte qu'un jeu pauvre revînt à sa femme. Elle dénonça le procédé et porta l'accusation sur un terrain plus intime. Le docteur Milroy crut que produire une double paire de dames et de valets tempérerait l'affrontement conjugal, mais elle y vit une odieuse complicité d'hommes. Afin de préserver sa tranquillité, il prétexta une visite à domicile exigée par une urgence, et quitta aussitôt la table. Voyant fuir leur invité, le couple redevint toute douceur, l'un et l'autre proposant en même temps, et dans les mêmes termes, un scotch et un café.

On prenait le docteur Milroy par son point faible. À peine avait-il eu le temps de commencer à savourer le double reconstituant servi, que l'urgence invoquée prenait forme. Un commissionnaire de l'évêché apportait une note qui le priait de se rendre chez les Ursulines où une étrangère de passage venait d'être frappée d'un malaise inquiétant. La voiture épiscopale le déposa rapidement au monastère. Au parloir, il trouva une femme de quarante ans allongée sur des chaises autour desquelles des religieuses faisaient cercle pour la protéger du regard de l'évêque et de l'officier qui se tenaient à l'écart.

Il salua tout le monde d'un timide mouvement de tête, et on lui souffla à l'oreille qu'il s'agissait de lady Lorne, cousine du gouverneur. Il n'en fut pas étonné. Les Ursulines étaient reconnues pour choyer la famille des gouverneurs à qui elles offraient des fleurs de leur jardin, et à laquelle elles confiaient parfois les distributions de prix de fin d'année ou le patronage d'événements spéciaux. Et les protestants, qui abhorraient les vœux de pauvreté, d'obéissance et de chasteté prescrits par les ordres religieux, adoraient visiter les cloîtres et les chapelles dont les avait débarrassés la Réforme. Sitôt qu'ils débarquaient à Québec, ils se précipitaient rue du Parloir pour visiter ce vieux couvent où languissaient, croyaient-ils, des moniales en oraison perpétuelle. Cette visite leur apportait aussi quelques plaisirs substantiels. On leur montrait la châsse contenant le crâne du général français tué lors du siège de la ville qui avait fait basculer dans leur camp l'orgueilleuse cité où continuait de battre le cœur du défunt empire français d'Amérique. Et être reçu dans ces lieux assurait un prestige envié : l'inviolabilité de ce monastère, alors considéré comme l'un des plus distingués de la ville, était levée dès que le gouverneur ou des touristes étrangers s'y présentaient.

« Pardonnez-moi », avait-il dit à lady Lorne devant laquelle il s'était agenouillé afin de pouvoir l'examiner plus commodément. Plutôt que de recourir aux religieuses, il avait lui-même défait le corsage de la malade qui avait aussitôt fermé les yeux dans un profond soupir, comme si le toucher médical possédait le pouvoir d'abolir instantanément la douleur. Lorsqu'il eut fini de dénouer les lacets du bustier comprimant les seins petits et fermes qu'il évitait de trop regarder, il examina les yeux de sa patiente, lui fit tirer la langue et l'ausculta attentivement. L'expérience acquise auprès des victimes des fièvres permettait de conclure à l'absence de maladie grave. Mais la visiteuse était importunée par des nausées, des ballonnements, et sans doute de fortes crampes abdominales qu'elle traduisait, dans son langage pudique, par des « douleurs à l'estomac ».

Il se tournait de biais pour se soustraire à l'observation de l'évêque et de l'officier qui suivaient la scène en feignant de ne rien voir, et soulevait discrètement la jupe de lady Lorne afin de poursuivre son examen. Puis, tout en la regardant droit dans les yeux – elle avait des yeux bleus, d'un bleu acier qu'il avait rarement vu chez une femme –, il la priait d'énumérer ce qu'elle avait mangé depuis son lever. Comme elle avait déjeuné chez l'évêque, elle énumérait avec gêne les plats composant le menu chargé qu'elle s'était fait un devoir d'honorer. Car elle avait sacrifié son porridge habituel pour observer le jeûne dominical des catholiques qui compensaient ensuite le sacrifice consenti par un festin tenant lieu de deux ou trois repas.

Pour elle comme pour beaucoup d'éminents touristes, l'apparat des offices liturgiques, tout ce déploiement d'or et de dentelles soutenu par des ronflements d'orgue et le charme désuet du plain-chant distinguaient cette ville au même titre que sa langue et son site. Elle avait donc entendu la grand-messe à la basilique avant d'assister à l'office anglican, et de filer au palais épiscopal d'où on l'avait conduite chez les Ursulines qu'elle s'était sans doute proposé de quitter pour visiter le couvent des Hospitalières et quelques chapelles dont on lui avait vanté l'originalité.

Il lui prescrivait une diète liquide, des sels digestifs, un peu de belladone et elle le remerciait comme s'il venait de la guérir d'un mal incurable. La couleur de ses yeux le frappait de nouveau, c'était un bleu puissant qui avait sur lui un effet ravageur. Troublé, il se demandait s'il devait risquer le baise-main. Car devant ces yeux qui paraissaient connaître la force de leur pouvoir, devant cette Britannique qui devait le dépasser d'une demi-tête – et logeait au palais du gouverneur –, il n'était plus qu'un Écossais.

Un bruit de chaises lui rappelait que lady Lorne souhaitait retrouver son intimité. Il allait rejoindre les deux autres intrus de sexe mâle tout en se disant que l'évêque aurait bien pu déléguer son grand-vicaire chez les Ursulines, au lieu d'accompagner lui-même lady Lorne.

— Je savais que votre table n'était pas renommée pour sa frugalité, osait-il lui dire, mais j'ignorais que vos invités puissent avoir à en souffrir à ce point.

L'évêque, qui connaissait presque aussi bien que le représentant de la reine les allées et venues des citoyens importants de la ville, laissait tomber d'une voix placide :

— Je vois que le poker vous réussit, docteur Milroy.

Après le départ de la calèche épiscopale, il s'était attardé un peu au parloir. La supérieure lui avait servi le thé, insinuant par un habile sous-entendu que l'ardeur mise à s'occuper de lady Lorne semblait dépasser le strict devoir médical.

Trois jours plus tard, il était invité avec Agnès Frémont à la soirée de gala que le gouverneur donnait en l'honneur de lady Lorne. Celui-ci offrait une ou deux fois la semaine un dîner de plusieurs couverts auxquels étaient conviés l'état-major de la garnison et les plus hauts représentants de la société. Et aux quinze jours, sauf pendant le carême où il supprimait tout divertissement pouvant heurter la tradition catholique, il ouvrait sa salle de bal à quelques centaines d'invités. Afin que personne qui pût prétendre appartenir à l'élite de la ville n'eût à se plaindre d'être oublié, il allongeait constamment sa liste d'invitations. Le nom du docteur Milroy y figurait régulièrement : son titre de directeur adjoint de l'hôpital de la Marine lui valait cette flatteuse considération. Au siècle des épidémies, dans une ville où l'immigration et le commerce maritime faisaient doubler ou tripler la population chaque été, l'administration jugeait prudent d'entretenir des relations cordiales avec ses meilleurs praticiens.

Le docteur Milroy s'était donc retrouvé avec Agnès Frémont au château Haldimand, sorte de gigantesque caserne construite soixante ans plus tôt, qui avait la prétention de remplacer le château Saint-Louis, édifié peu après la fondation de la ville, dont il usurpait le nom. Car tous l'appelaient simplement « le château » depuis que les gouverneurs y avaient eu leur résidence et y donnaient leurs réceptions. Mais l'édifice n'avait ni la splendeur ni l'ampleur architecturale de l'ancien château, construit en éperon au-dessus du fleuve, dont un gouverneur avait enseveli les vestiges sous une terrasse à laquelle il avait donné son nom, ce qu'ignoraient les centaines de touristes qui venaient y flâner chaque été. Édifié en bordure de la place d'Armes, sur l'un des deux bastions terminant le double corps de garde en ellipse qui avait autrefois défendu l'antique quartier des vice-rois, le nouveau château illustrait l'esprit du nouveau régime : un mélange de rigueur martiale et d'esprit marchand qui affichait sa foi à l'armée, aux affaires et au progrès.

Dans la cour du château, Agnès Frémont montrait du doigt trois grosses calèches particulières, ornées de vitraux, de guirlandes et de pompons, affichant le nom de la compagnie dont l'heureux propriétaire lui infligerait peut-être une danse au cours de la soirée. En quelques décennies une meute de banquiers, d'administrateurs et d'investisseurs avides de profiter de la manne qui tombait sur la jeune capitale en pleine expansion, avaient envahi les meilleurs quartiers de la ville. Et les grandes maisons commerciales tendaient à imposer partout, et tout particulièrement là où s'affichait la vie sociale, l'allure nouveau riche qui ferait la gloire du continent. Agnès Frémont levait le nez au-dessus de son col de fourrure et humait une bouffée d'air froid, comme pour se purifier de trop de laideur. À l'odeur des chevaux et à l'arôme gras des huiles dont on avait enduit les attelages, se mêlaient les effluves de parfums coûteux dont certains, comme les toilettes arborées, venaient directement de Londres ou de Paris. Elle se sentit tout à coup gênée de porter encore une fois la sempiternelle petite robe de soie ivoire réservée aux soirées du château.

La sachant capable de prendre sa revanche, le docteur Milroy lui soufflait à l'oreille : «Ne crains rien, tu es la plus belle, on en aura que pour toi.» Sans compte de banque et sans grand couturier, elle éclipserait bon nombre de riches épouses dont la suffisance et le plat conformisme anéantissaient les efforts déployés pour se mettre en beauté. Un peu plus tôt dans leur chambre, tout en enfilant son collier de perles et la robe de soie cintrée qui faisait ressortir les formes de son corps, elle avait maugréé – car elle maugréait toujours en se préparant pour ces soirées : «Pour une Hélène Legardeur ou une Charlotte de Saint-Ours, pour un Jean-François Martel ou un Valliers de Saint-Réal, il se trouvera cinq officiers au nez rouge, cinq Anglais aux noms courts et cassants.»

Ce soir-là, le nombre des invités était plus élevé que d'habitude, mais l'assistance regroupait la proportion habituelle de militaires et de financiers, de hauts fonctionnaires, de représentants des professions libérales et de la petite aristocratie. Il y avait aussi les membres les plus actifs des associations culturelles, des directeurs de journaux, quelques chevaliers de l'ordre du Saint-Sépulcre, les têtes d'affiche des très fashionables Curling Club et Jockey Club, mais naturellement personne du Quadrille Club et du Tandem Club récemment fondés par des officiers de la garnison dans le but de débaucher des filles respectables.

Comme chaque fois qu'il se trouvait en présence d'un mélange aussi hétéroclite, le chef du protocole devait exercer une vigilance de chaque instant afin de prévenir tout incident fâcheux pouvant compromettre le succès de la soirée. Dès que le gouverneur eût ouvert le bal, quelques valses firent tourner ce que l'élite administrative et financière comptait de plus cossu et de plus influent. Puis l'on procéda à des échanges de partenaires, et les officiers supérieurs, le maire de la ville, le premier juge de paix et le directeur de la Banque de l'Amérique britannique du Nord se disputèrent le privilège de danser avec lady Lorne. Les épouses délaissées se regroupèrent tandis que des hommes en vue, qui se savaient de piètres danseurs, lançaient des conversations animées autour d'un nom ou d'une idée susceptible de les mettre en valeur. C'est parmi eux que le docteur Milroy trouva plus tard lady Lorne en train de parler poésie avec le fondateur de la Ligue des poètes de l'avenir.

En l'apercevant, elle parut hésiter, comme si elle cherchait à se rappeler son nom. Il s'informa de sa santé, et elle répondit en riant qu'il lui avait sauvé la vie. Mais dépourvu de l'immunité médicale qui lui avait inspiré quelques hardiesses dans le parloir des Ursulines, il ne savait s'il devait risquer les formules « Votre Grâce », « Votre Honneur », ou simplement l'appeler Madame. Finalement, il demanda : « Me feriez-vous l'honneur de m'accorder cette danse ? »

Elle le suivit au centre de la salle et attendit qu'il donne le pas. Lui l'observait, se demandant ce qui l'attirait en elle : ce sourire ironique qui tranchait avec la rigueur des traits et la sévérité de l'habillement, ou ce bleu des yeux, presque trop transparent, qui trahissait une femme vulnérable. La danse avait toujours été pour lui une forme de proximité déguisée en face à face respectueux qui éveillait sa sensualité. De sentir la main de lady Lorne dans la sienne, son corps si près du sien, éveillait en lui une émotion irraisonnée. Des centaines de femmes s'étaient déjà dévêtues dans son bureau pour des examens qui révélaient les misères de la chair, mais il ressentait toujours la force irradiante de certains corps, ceux qui l'attiraient sans qu'il ne sût pourquoi, auprès desquels il se sentait lui-même vulnérable, étonné de l'attrait qu'il suscitait.

Lady Lorne avait un charme bien particulier. Dans son long fourreau de satin noir, elle avait une beauté sportive et dépouillée, un peu anguleuse, qui incitait le docteur Milroy à se demander s'il l'eût trouvée aussi séduisante si elle eût été une femme sans nom. Craignant de devoir admettre qu'il était plus avide du désir de gloire que du désir lui-même, il écarta la question et lui demanda si son séjour à Québec lui plaisait. Elle répondit «oui», comme à tous ceux qui avaient déjà mis son savoir-vivre à l'épreuve, mais lui se plaisait à croire que ce «oui», prononcé d'une voix sourde, était la réponse à la question plus intime qu'il n'osait poser.

La valse s'était accélérée. Lady Lorne dégageait un parfum tiède et secret qui la rendait encore plus désirable. Elle imposait son rythme à la danse tout en feignant de se laisser guider par son partenaire, comme le voulait le jeu social qui avait imaginé ces figures qu'il exécutait tant bien que mal. Il lui serrait la main, et elle réagissait par une légère pression des doigts. Mais comme si elle s'interdisait un abandon trop grand, elle s'écarta bientôt de lui et lui demanda à brûle-pourpoint : «Croyez-vous au bonheur, docteur Milroy ?»

Au lieu de répondre, il retourna la question. Les yeux de lady Lorne s'assombrirent et devinrent presque durs. Refusant d'éprouver ce que lui imposait souvent son travail : découvrir des blessures dont il serait le témoin indiscret ou impuissant, il s'esquiva par une boutade. Mais elle revint à la charge, et il eut alors ces mots de collégien qu'il ne put rattraper ensuite : «Le bonheur, c'est cette danse. C'est deux ou trois minutes heureuses placées à travers le temps qui passe.» À la station de quarantaine, quelques semaines plus tard, il dirait au docteur Prévost à propos de l'épidémie : «Le bonheur, c'est quelques minutes de grâce gagnées sur la souffrance et la mort.»

Le corps de lady Lorne s'appesantissait dans ses bras. Elle inclinait la tête sans aller jusqu'à frôler l'épaule offerte. La fenêtre devant laquelle ils se trouvaient jetait des taches claires sur sa robe et éclairait ses yeux soudain remplis d'une sorte de tristesse sans cause. Il la regardait, conscient que dans ses propres yeux passait une demande incompréhensible et vaine que rien ne satisferait, ni cette femme ni aucune autre, ni le désir qu'il avait d'elle ou celui qu'elle lui portait. Il avait toujours voulu que tout dure à jamais, mais le temps avait souvent emporté les êtres et les choses auxquels il s'était attaché.

L'orchestre venait de s'interrompre. Elle se détachait de lui, hésitante, comme égarée. Il voulut la reconduire vers le groupe auquel elle avait paru appartenir, mais aveuglé par les lustres de la salle de bal qui jetaient sur eux une lumière crue, il se trouva lui-même embarrassé. Le commandant de la Citadelle sut tirer profit de cet embarras. Il s'approcha et tendit une main secourable à lady Lorne qui retrouva aussitôt son sourire de circonstance. De tempérament expéditif, le général Bradford essayait de soutirer à la cousine du gouverneur une ou deux déclarations flatteuses qui confirmeraient son importance auprès des autres hommes. Ils furent bientôt une dizaine à pressurer l'insigne voyageuse qui accordait à tous le même sourire un peu tiré sur les bords. En arrivant au château, elle avait vite compris que rien n'affirmait davantage le caractère de cette ville qu'une appréciation favorable donnée par des étrangers de passage dont les jugements étaient aussitôt rapportés dans les journaux, repris dans les conversations, cités comme des textes sacrés. Tiraillée entre l'Europe qui l'avait abandonnée et l'Amérique à laquelle elle n'appartenait pas encore, cette terre oscillait constamment entre deux pôles qui la mettaient toujours quelques siècles en avance ou en retard sur ce qu'elle était censée être.

Lady Lorne avait déjà donné ses impressions à plusieurs reprises sur l'ex-capitale, lorsqu'une ancienne élève des Ursulines attira l'attention de la visiteuse sur la rue Sainte-Anne où Dickens avait logé quelques années plus tôt. Un fabricant de parapluies vint déplorer que le célèbre écrivain n'avait même pas séjourné vingt-quatre heures dans la ville, tant il était pressé de traverser la frontière pour aller glaner de quoi écrire ses *American Notes*. Méprisant l'adulation métropolitaine, l'épouse d'un député libéral se mit à faire l'éloge de l'hôtel Rasco de Montréal où elle venait de passer une semaine, dont le luxe était un pur ravissement. Lady Lorne entendit encore parler d'un café de la rue des Jardins où les clients disposaient d'une salle de lecture, des fontaines de boissons gazéifiées apparues dans certains établissements où l'on pouvait désormais consommer sur place un soda ou une eau de magnésie, de quelques autres curiosités à l'américaine qui attirèrent un haussement d'épaules des membres des clubs privés pour qui, du fait qu'elles risquaient de devenir populaires, ces nouveautés étaient méprisables. Et elle arborait toujours son sourire de circonstance à propos duquel Agnès Frémont commençait à se demander s'il n'était pas un simple rictus ennobli par l'usage.

François Deslandes, un habitué du château, condamnait ces innovations. Comme beaucoup d'habitants du quartier Saint-Louis, pour qui la vérité était toujours venue de l'une ou l'autre des deux métropoles imposées par l'Histoire, il voyait d'un mauvais œil l'apparition d'une troisième zone d'influence avec laquelle il faudrait composer. C'était bien assez que Québec ait été déchue de son titre de capitale nationale pour devenir le site du quartier général des troupes, et que leur Parlement se promenât comme un romanichel dans des capitales improvisées, obligeant la Chambre à siéger dans des lieux aussi incongrus qu'un hôpital ou un marché public. Certains le sous-estimaient sous prétexte qu'il était inspecteur des chemins et des rues de la ville, mais lui considérait que tous les chemins mènent à la culture, et tout dans son langage et ses manières tendait à le prouver. Le général Bradford l'entendait truffer ses phrases de mots latins, et il était persuadé que ce charabia n'impressionnait pas plus la visiteuse qu'il n'avait convaincu les New-Yorkais, lors d'un récent passage là-bas, de l'excellence du réseau routier d'une ville qui idolâtrait les humanités gréco-latines.

Ces références archaïques trahissaient, à ses yeux, une affreuse dépendance papiste. Il ne connaissait pour sa part de citation savante que le *To be or not to be* shakespearien, et le lapidaire *As it was, is and may be* titrant un livre récemment publié par un lieutenant-colonel à la retraite. Il attendit donc qu'un creux se fasse dans la conversation pour placer les deux phrases qu'il gardait en réserve. Puis il écarta d'un geste autoritaire ceux et celles qui souhaitaient approcher la cousine du gouverneur, et conduisit celle-ci face à une fenêtre donnant sur la Citadelle dont il souhaitait l'entretenir. Il lui vanta longuement le système de défense de l'enceinte inviolable qu'aucun général américain ne parviendrait à leur ravir, profitant de son exposé pour énoncer un truisme cher à l'armée : sans la garnison britannique, cette ville, trop portée sur les plaisirs, n'eût été qu'une ville légère où des dames frivoles et des fonctionnaires endimanchés eussent gaspillé leur temps à des bagatelles. Lorsqu'il crut l'avoir persuadée, il redressa ses épaules où cliquetaient une dizaine de médailles et lui imposa une dernière danse.

Les admirateurs de lady Lorne refluèrent aussitôt vers le gouverneur qui circulait d'un groupe à l'autre, évitant de donner prise aux racontars ou de manifester des préférences qui eussent pu froisser les susceptibilités. Le docteur Milroy l'entendait débiter des choses aimables, proférer des généralités, et il se disait : voilà un parfait diplomate, il parle beaucoup sans dire grand-chose. Il le vit tout à coup venir vers lui et prendre des nouvelles de l'hôpital de la Marine, avant d'aller s'incliner devant Agnès Frémont à qui il offrait son bras.

Elle hésitait, étonnée d'avoir été remarquée, car pendant la soirée, il avait dansé avec des épouses d'officiers supérieurs et de députés, puis s'était entretenu avec la fille du *lord bishop* anglican dont la réserve décourageait toute insinuation malveillante. Pour fuir le regard du dignitaire posé sur elle, elle détaillait les lustres de cristal, la porte à deux battants donnant sur la nuit froide, un point fixe qui finissait par se fondre avec le visage qu'elle cherchait à éviter. Déçue de voir autour d'elle des gens qui n'étaient pas là pour le plaisir de la danse mais pour afficher leur statut social, elle se disait que tout ce théâtre était faux. Et plus elle se le répétait, et plus elle croyait que son partenaire n'avait pas toujours cette voix lisse et assurée. Comme James Milroy à qui elle en voulait de ne pas la faire danser, il avait peut-être aussi une voix sourde, voix rauque proche du cri qui résonne parfois dans l'intimité des chambres au milieu de la nuit.

D'entretenir ces images audacieuses facilitait le glissement de ses pas. Elle finissait par oublier le nom du danseur, son écrasante autorité. Après tout, cet homme-là devait posséder comme tout homme des qualités remarquables, mais aussi des habitudes déplaisantes et de petits défauts très ordinaires. Peut-être buvait-il trop de scotch et portait-il des pantoufles à pompons, tricotées par une femme aimante, qu'il laissait traîner sous le lit après son départ comme une insulte aux bienséances et à l'amour. Elle imaginait d'ailleurs ces pompons bleus ou verts, de la même couleur imprécise que ses yeux.

« À quoi pensez-vous ? » demandait-il. Elle rougissait, incapable d'articuler un mot. Elle n'était plus une femme du monde capable d'aligner des phrases toutes faites, mais une débutante qui venait d'être prise en flagrant délit d'impertinence par le représentant de la reine. Sans entrer dans les détails, il évoqua d'un ton enjoué la fête d'enfants qu'elle avait organisée un mois plus tôt, le jour où ses fils avaient su réciter par cœur deux fables de La Fontaine et cinq tables de multiplication. Devenue méfiante, elle lui demanda qui l'informait si bien.

— Vous savez bien, répondait-il, imperturbable, que le palais du gouverneur est le lieu où s'entendent tous les cris et chuchotements de la ville.

Plus tard, dans la calèche de louage qui les ramènerait chez eux, elle répéterait cette phrase à James Milroy, ajoutant : « Le gouverneur est finalement un homme d'une grande simplicité. » Et lui répondrait, un peu distrait : « Tout le contraire de sa cousine lady Lorne. »

Sentirait-elle l'ombre de l'étrangère rôder dans la voiture glacée ? Elle se rapprocherait de lui et appuierait sa tête contre son épaule, effrayée par la menace de ce qui venait de faire irruption en elle : le sentiment que leur amour était fragile, que le désir qu'ils se portaient l'un et l'autre pouvait tout à coup diminuer, ou même disparaître. Lui l'embrasserait et lui dirait qu'elle avait été la reine de la soirée, et elle se sentirait un peu rassurée.

Mais le lendemain, lady Lorne recevrait une douzaine de roses sans un mot d'accompagnement. Elle répondrait par une brève note. Et lui reconnaîtrait l'écriture fine, anguleuse, qu'il n'avait pourtant jamais vue.

De retour chez les Ursulines, le docteur Milroy prit le repas léger servi au parloir de la supérieure où il replaçait mentalement, à côté du lit étroit tassé contre le mur, le lit manquant où Darling avait dormi l'avant-veille.

Son parfum de femme lui revenait, et son incroyable talent pour le bonheur, cette façon qu'elle avait de lui sourire tandis que ses yeux – ses grands yeux verts remplis d'exubérance – avouaient leur tendresse. Il l'entretenait parfois de la façon dont ils vieilliraient ensemble, mêlant leurs travers et leurs petites habitudes, toujours épris, capables d'aménager les jours à venir. Et elle se moquait alors de son côté pantouflard, de son accent écossais : « Tu confonds encore les voyelles. Il ne faut pas dire "aménager les jours à venir", mais "imaginer". C'est beaucoup plus drôle, et beaucoup plus rassurant. »

Il répétait « imaginer » en tentant de reproduire l'inflexion de sa voix. Puis il tirait de la pochette de sa veste les petits papillons de tulle blancs qu'il disposait devant son couvert, et se mettait à rire dans la pièce silencieuse. Il s'accommodait plutôt bien de l'austérité des lieux, cet ordre immuable dans la disposition des meubles, le choix des rideaux, et ces arômes de fougère et de bois verni imprégnant l'air. Dans les autres couvents, c'était plutôt l'odeur de chou et de café d'orge qui l'emportait. Mais là, une appétissante odeur de beurre et de pain frais triomphait. À moins que ce ne fût une question de saison, ou une erreur de la mémoire – l'odeur de pain frais, il l'avait déjà beaucoup respirée dans la maison paternelle.

Il plaça une main sur sa bouche pour étouffer son rire, soudain devenu grave, comme le faisaient parfois ses fils aux repas, ou à l'église où lui-même allait rarement. Et puis, gêné par ce rire, il laissa son esprit flotter entre la réminiscence et le songe, un peu anesthésié par les vapeurs de l'infusion de tilleul et la chaleur de la pièce dont les fenêtres, comme chez le gouverneur, étaient fermées. Il voyait ses fils réciter sans erreur « La Colombe et la Fourmi », et « Le Corbeau et le Renard » dans une mise en scène audacieuse d'Agnès Frémont. À un moment, les chaises empilées dans le but d'illustrer l'arbre où trônait l'oiseau s'étaient écroulées, et les invités s'étaient précipités vers leur progéniture, futurs avocats, futurs officiers et futurs gestionnaires que menaçait une fracture du crâne ou une luxation du bassin.

« Darling, vous m'étonnerez toujours », s'était exclamé le président du Curling Club en lui baisant la main, méthodiste de vieille souche qui se voyait forcé d'admirer les vertus de l'éducation papiste conduisant à de si singuliers résultats. Un froid persistait pourtant, d'autant que quelques dévotes voyaient les époux cravatés plonger un œil gourmand dans l'échancrure de l'hôtesse habillée d'un corsage transparent, et d'une jupe d'organza turquoise dans laquelle elle avait piqué trois libellules de velours marron et une dizaine de petits papillons de tulle bleu pervenche confectionnés de ses mains. Catholiques et protestants étaient habituellement d'accord sur un point : naître protestant était une chose, le devenir pouvait être odieux ou même interdit. Même si les mariages mixtes étaient en général mal vus, le mariage d'Agnès Frémont et du docteur Milroy n'avait scandalisé personne : une demoiselle d'origine bourgeoise pouvait enfreindre la règle sans encourir de réprobation, surtout si le père de cette demoiselle avait été l'un des médecins les plus appréciés pendant l'épidémie de choléra.

Le docteur Milroy but une dernière tasse de thé et disposa différemment, autour de son couvert, les petits papillons de tulle blancs à côté desquels il aurait aimé voir les libellules marron et les papillons bleu pervenche de même inspiration. Il rit une dernière fois, puis ouvrit le journal acheté sur le chemin du retour dont il parcourut les manchettes. Dans l'inévitable polémique entourant l'épidémie, qui couvrait à elle seule trois pages, il reconnut un certain nombre d'idées lancées lors de l'épidémie de choléra de la décennie précédente. Le Bureau de santé de Québec endossait le point de vue du Bureau de santé de New York et de *La Gazette médicale* de Paris qui défendaient la théorie de l'air ambiant. Quelques médecins avançaient néanmoins l'idée que la cause première de la maladie n'était pas à chercher dans l'environnement, mais dans un germe inconnu – capable de s'autoreproduire et de se développer – qui se transmettait d'une personne malade à un individu sain. Selon eux, et le docteur Milroy était porté à leur donner raison, cette maladie épidémique – et contagieuse – se propageait surtout par les communications maritimes et les déplacements de populations, comme le prouvait éloquemment les vagues épidémiques qui avaient ravagé l'humanité à différents moments de l'Histoire.

Cette position était férocement rejetée par les anti-contagionistes pour qui le typhus était dû à l'absorption pulmonaire d'un miasme morbifique dont ils rendaient responsables les émanations des égouts et des marais, la malpropreté des villes, la faiblesse physique et physiologique de certains tempéraments. Certains d'entre eux, qui croyaient que ces miasmes voyageaient avec les nuages en cherchant des foyers d'infection où se développer, souhaitaient la venue de vents violents capables de chasser les condensations délétères vers l'Arctique. D'autres misaient sur des orages nombreux susceptibles d'augmenter l'électricité atmosphérique devant favoriser leur dissolution. Dans la panoplie de mesures correctives proposées – dont certaines relevaient de la croyance au merveilleux ou de la plus démente fantaisie – on suggérait même de fermer le poste de quarantaine de la Grosse-Île et de créer en ville une police médicale qui verrait à faire observer les règles d'hygiène prescrites par le Bureau de santé. Il y avait aussi des témoignages destinés à révoquer le caractère contagieux de la maladie. Ainsi, un jeune médecin affirmait avoir goûté le sang d'un malade sans que sa santé n'en ait été affectée, alors qu'un autre se disait prêt à endosser les vêtements et les draps de lit d'un fiévreux pour établir de façon exemplaire et irrévocable que le typhus ne pouvait être transmis.

Une seule journée passée à la Grosse-Île ou à l'hôpital de la Marine aurait suffi à détruire bon nombre de théories, élaborées dans des cabinets aseptisés, qui n'avaient jamais été mises en contact avec le fléau. Dégoûté par ces inepties, le docteur Milroy referma son journal. Ces partis pris réduisaient au silence plusieurs médecins qui, là comme en Europe et en Nouvelle-Angleterre, n'osaient s'avouer contagionistes par crainte d'indisposer les autorités soucieuses d'entretenir le climat de confiance nécessaire au maintien du commerce maritime et des transactions commerciales. Mais ce foisonnement d'utopies échouait à rassurer la population qui continuait de croire que l'épidémie pouvait l'atteindre dangereusement, comme le confirmaient quelques lettres de lecteurs, sans doute triées sur le volet, exprimant une vive angoisse face à la maladie.

Un bruit de pas troublait la paix du monastère. Bernard de Lanaudière entrait, et la pièce paraissait tout à coup trop petite pour cet homme exubérant qui déplaçait toujours beaucoup d'air sur son passage. Il remettait à son ami le sac de provisions récupéré à la prison, et lançait la nouvelle substantielle : cinq boulets de canon de la batterie du château avaient été enlevés pendant la nuit, et l'on ne savait toujours pas qui tentait d'inquiéter le gouverneur.

Le docteur Milroy porta ses yeux vers la fenêtre, comme pour vérifier si quelque bouleversement s'annonçait. Tout paraissait calme derrière les vitres où quelques branches de tilleul se balançaient. Il alla ouvrir les volets et se pencha à l'extérieur : le bourdonnement des insectes et le bruissement des feuilles étaient les seuls bruits qui le rejoignaient. L'écho des malheurs du monde n'atteignait pas cet espace retiré situé hors du temps. Il ouvrit machinalement le sac que Persévérance lui avait préparé, et dit :

— Ça m'étonnerait que la révolution soit pour aujourd'hui.

L'autre répondit qu'ils n'en étaient plus à une révolution près, que cette ville oscillerait toujours entre la rébellion et l'inertie. Le docteur Milroy émietta un peu de pain sec sur le rebord de la fenêtre où des oiseaux venaient de se poser, puis il ouvrit sa bouteille de vin de sauge et remplit l'unique verre dont il disposait. Bernard de Lanaudière, qui goûtait ce mélange pour la première fois, commença par grimacer d'horreur. Mais craignant d'offenser son ami, il s'empressa de vanter l'élixir d'adieu qu'il considérait, en son for intérieur, comme un vin outrageusement gaspillé.

Ils finirent la bouteille devant la fenêtre tout en humant les bouffées d'air, parfumées d'herbe et de tilleul, que la brise leur apportait. Le docteur Milroy crut tout à coup voir bouger l'ombre des arbres. Une forme humaine se profilait derrière le saule pleureur occupant le milieu du jardin. Il mit d'abord l'illusion d'optique au compte de l'ivresse, car il avait bu les trois quarts du vin aromatique dédaigné par son ami qui disait avoir l'estomac dérangé par le festin de la veille au soir. Mais la sœur portière était bel et bien là, en train de l'observer alors qu'il buvait à même la bouteille comme un clochard. Ne souhaitant pas la priver du plaisir de voir un bourgeois s'enivrer, il fit le geste de lui porter un toast.

Ensuite, il consulta sa montre et dit :

— Maintenant, la grande vie est terminée. Il faut se rendre au port où le gouverneur a mis une goélette à ma disposition.

Puisque la sœur portière était à l'extérieur, il sortit et alla sonner pour que l'on avise la supérieure de son départ. Elle vint lui faire ses adieux, promettant : « Je penserai à vous dans mes prières.» Il la voyait ajuster sa coiffe, rouler ses larges manches, et il se demandait si elle penserait à lui comme il arrive souvent à une femme de penser à un homme : sans y associer Dieu ou les saints. Elle détourna les yeux et lui recommanda d'être prudent. Puis elle lui prodigua encore quelques conseils, s'assura qu'il n'avait rien oublié. Il promit de donner de ses nouvelles. Et, soudain effrayé de devoir retourner à la dure vie de l'île que ce monastère lui avait fait oublier, il se retint de l'embrasser.

Chaque fois qu'il quittait une maison, il revivait le sentiment éprouvé la première fois qu'il avait quitté la maison paternelle : l'impression de laisser derrière lui une part de lui-même qu'il ne retrouverait plus jamais. Pour endormir sa peur, il se rabattit sur un détail comme elle venait de le faire elle-même. Sans mentionner le nom de Persévérance – il se reprochera plus tard cette trahison –, il remit à la supérieure le flacon de vinaigre des quatre gousses d'ail en insistant sur son mode d'emploi. Elle sourit, paraissant trouver étrange qu'un médecin pût entretenir une telle foi en la médecine populaire.

Le docteur Milroy et Bernard de Lanaudière remontèrent la rue du Parloir en silence. Une fois sur Saint-Louis, lorsque ce dernier vit son ami tourner la tête vers l'ouest, il fit la suggestion charitable : « On a le temps de faire le détour par ta maison. »

Ils arrêtèrent la première voiture qui passait, et filèrent à toute vitesse en sens inverse. Sous l'arche de feuillages formée par les arbres centenaires qui bordaient la rue, le docteur Milroy vit bientôt apparaître la vieille maison victorienne dont la richesse lui parut scandaleuse. Dans la voiture postée à une distance suffisamment grande pour ne pas le trahir, il observait les fenêtres aux rideaux tirés, le large portique, les allées de pierres conduisant au jardin où les enfants se trouvaient peut-être. Il détaillait la tour d'observation où il aurait souhaité apercevoir Darling, se demandant pourquoi ils avaient choisi d'acheter une résidence qui affichait avec tant d'arrogance la fortune ayant décidé de son élaboration. Car ils auraient pu choisir une construction plus sobre, plus conforme au paysage fait de lenteur et de retrait qui marquait cette partie de la ville regroupant des résidences spacieuses où la sobriété l'emportait encore sur le style nouveau riche.

Cette réflexion avait le mérite de le distraire de son émotion. Elle retardait l'instant où il cesserait de se soucier de l'opulence un peu tapageuse de la propriété pour se concentrer sur l'essentiel : les voix qu'il souhaitait entendre, les visages qu'il espérait voir. Il fit déplacer la voiture, et put bientôt apercevoir ses enfants en train de jouer au fond du jardin. Non loin d'eux, Darling coiffée de son grand chapeau de paille était occupée à lire sur le banc de pierre. Son bonheur était là, à quelques pas de lui, et il ne pouvait s'en approcher. Car s'il franchissait le seuil de cette maison, il savait qu'il n'aurait plus le courage de revenir sur ses pas, de consentir à ce second départ qui lui paraissait, en un sens, plus difficile que le premier. Cloué à son siège, il fixait les corps qu'il aurait voulu étreindre, et une litanie de mots affectueux lui montait aux lèvres. Son cœur battait. Il s'enfiévrait. Maudissant la contrainte médicale qui l'empêchait de quitter la voiture et d'aller embrasser les siens, il ne sut pas si c'est par compassion pour eux ou par pitié pour lui qu'il donna brusquement ordre au cocher de filer vers le port.

La voiture repartit, et ils furent bientôt en train de descendre la Côte de la Montagne. Il refaisait en sens inverse le trajet effectué à pied deux jours plus tôt, et il lui semblait que cela s'était passé il y a des siècles tant ce qu'il avait vécu depuis l'avait sorti du cours régulier du temps. L'image de la honte s'était effacée, remplacée par celle du couvent des Ursulines, la longue promenade avec Bernard de Lanaudière dans la nuit, et surtout cette image réconfortante de Darling et des enfants, leur amour, leur vitalité. Il choisissait ses souvenirs, mais au fur et à mesure qu'ils traversaient la basse-ville et s'approchaient du quai où s'effectuerait le départ, les images se dégradaient. C'était le même soleil, mais rien n'avait plus le même sens.

Une odeur de corruption venait à lui, lui faisant pressentir ce qui l'attendait là-bas où il devrait repasser par la même répugnance et la même lassitude, replonger dans des abîmes d'ombre où triomphait le pouvoir de la putréfaction. Des déchets formaient un dépotoir le long des quais où se déversaient les rigoles d'eau souillée diluant la purée des égouts à ciel ouvert formant un bassin de puanteur qui croupissait au soleil. Non loin, juste à l'endroit où le fleuve formait un coude près du marché public, les charroyeurs d'eau venaient s'approvisionner en eau « potable » qu'ils allaient vendre aux maisons. Et ce qu'on allait puiser plus à l'est, à l'embouchure de la rivière Saint-Charles où s'agglutinaient les voiliers retenus lors de la deuxième inspection sanitaire – et où aboutissaient les déchets des abattoirs et des chantiers maritimes du faubourg Saint-Roch –, devait être tout aussi imbuvable. Trente milles plus loin il s'efforçait de former un barrage contre le typhus, et la pestilence était là, dans ces eaux où s'abreuvait la ville.

— Tu parais bien abattu, dit Bernard de Lanaudière d'un ton morose.

— Tout départ est un peu triste, répondit le docteur Milroy, et ça l'est davantage quand on voit ça.

Il allongea la main vers l'amas de saletés qui tapissait les abords du quai, et ajouta que c'était moins une maladie qu'on lui demandait de traiter, que l'absurde. Bernard de Lanaudière haussa les épaules pour signifier qu'il n'entrerait pas dans le détail des plaisanteries métaphysiques ou administratives qu'il aurait eu plaisir à dénoncer. Une fois rendu près de l'embarcadère, il commença à retourner ses poches. Mais au lieu de la pipe cherchée, il mit la main sur les miettes du fromage rapporté de la prison qu'il voulut d'abord jeter, puis décida de conserver comme échantillon tangible de l'absurde. Se gardant de tout attendrissement, il donna une accolade virile au docteur Milroy qui lui fit un dernier signe d'adieu et monta prendre sa place sur le bateau.

La goélette s'ouvrit un passage dans le remugle de pourriture qui préparait le voyageur à une puanteur plus accentuée. Une fois dépassé le labyrinthe des embarcations qui tentaient de s'approcher du port, le docteur Milroy eut conscience d'entrer dans des eaux plus claires. Il se retourna, vit derrière lui la ville recluse, les dômes et les remparts surplombant le promontoire qui paraissait une excroissance rocheuse surgie du fond marin qui affleurait par endroits entre l'estuaire et le golfe. Cette ville escarpée, sorte d'escale aménagée au bout des eaux fluviales qui se rétrécissaient au-delà de l'île d'Orléans, suggérait que tout voyage doit avoir une fin. Il avait souvent erré avec Darling dans les rues en pente débouchant sur des places ensoleillées où s'évanouissaient les marges d'ombre des toits resserrés, et il ne savait pas alors qu'il tentait de déplacer le temps, de l'user à petits coups. Darling disait : « Il y a mille et une façons d'habiter une ville, de la concevoir. » Et puis, elle se corrigeait : « Non pas la concevoir, c'est trop sec, trop aride. Disons plutôt, l'imaginer. »

L'extrémité du cap Diamant avait depuis longtemps basculé dans les eaux calmes, et le docteur Milroy vérifiait si les petits papillons de tulle blancs reçus de Darling étaient toujours dans la pochette de sa veste. Puis il se mettait à rire, s'accrochant aux souvenirs qui l'empêchaient de ruminer la vie qu'il devrait recommencer à mener sur l'île, vie sans repos où les seuls repères du temps seraient la montée du soleil ou sa chute, l'avancée des marées ou leur recul, les levées d'aube, les foulées d'ombre au ras du sol quand le jour s'engouffre dans la grande noirceur épidémique qui ajoute aux autres maux. Et dans cette atmosphère plaintive ou vociférante, il se surprendrait parfois à imaginer le jour où il existerait comme dans ses rêves : immortel, détaché de ce qui n'existe plus, épris de ce qui pourrait exister.

Devant la goélette, il n'y eut bientôt plus qu'un fleuve sans rives au bout duquel se balançait le trait flou de l'horizon. Tandis qu'il regardait se former l'ourlet d'écume qui effaçait les images de la ville et le visage de ceux qu'il aimait, il sentit la goélette obliquer vers la gauche. L'île surgissait au bout du cercle rouge formé par le soleil couchant. Elle avançait vers lui, et il allait devoir se retrouver là jour après jour, avec pour tout univers le fleuve et ses vaisseaux, les malades et leur plaintes. Il se reprochait alors son départ de l'île, la rupture d'avec son travail qui rendait ce retour si difficile. L'embarcation s'approchait du rivage, et il retrouvait l'odeur de charnier familière. Tout était là : le tumulte du débarquement, l'angoisse de l'attente, les corps fiévreux autour desquels bourdonnaient des essaims de mouches que le soir affamait. Il allait vers des détresses insupportables, des corps anonymes qui attendaient que l'on s'occupe d'eux. Et au-delà de cet amoncellement humain où résonnait le bruit des canons, il voyait l'étalement d'hôpitaux, d'appentis et de baraquements prolongé par la masse de tentes échelonnées entre le rivage et la forêt.

Rien n'avait changé, sauf lui. Il eut soudain peur de quitter l'embarcation. Il fit quelques pas vers l'arrière, hésita, puis avança finalement droit devant lui. Il remit son sac à l'un des soldats qui se trouvaient près du débarcadère, et il remonta le chemin, tant de fois parcouru, conduisant aux hôpitaux. Le désordre lui paraissait encore plus marqué qu'auparavant. Au bord du vertige, il se demandait où trouver le courage de recommencer à administrer cette tragique et désespérante entreprise qui le mettait face à une mesure d'horreur et d'ignominie dont le poids l'écrasait. C'était le chaos total. Il ouvrait des portes, circulait comme un somnambule entre les lits, incapable de répondre aux questions que lui posaient les malades : «Où étaient ceux qui avaient traversé la mer avec eux?» «Où était la ville la plus proche?» «Où étaient leurs papiers, leurs habits?» «Et leur maison?» «Et l'Amérique?»

Le spectacle de ces gens consumés par la fièvre, rongés par le désenchantement, était si accablant qu'au quatrième hôpital il décida de suspendre son travail. Tous ces corps en train de gémir ou de délirer, toute cette masse humaine croupissant dans un bouillon de glaires et de déjections lui faisaient soudain horreur. Il ne pouvait plus souffrir dans le corps de ceux qui souffraient, mourir avec ceux qui ne passeraient pas la nuit. Il ne pouvait plus supporter ces regards vides qui fixaient un pan de mur, ou bien un bras, une jambe, comme pour trouver la mémoire de ce qui les avait conduits dans ce lieu de désolation. Du besoin de s'accomplir, du désir de trouver un coin de terre où devenir quelqu'un, amasser des richesses ou à tout le moins le nécessaire, il ne leur restait que cette fragile conscience d'exister, cette capacité de s'abolir dans la souffrance – ou de s'épuiser dans l'attente d'un futur qui échappait sans cesse aux promesses du rêve, fût-il le plus humble et le plus sensé.

C'était pourtant l'été, la saison du bonheur, de l'aventure, de l'insouciance. Mais l'île était devenue le refuge de la douleur, la terre des espoirs brûlés. De cet été devenu fou, de la mer violente qui battait ses vagues contre les voiliers frappés par le malheur, il ne restait qu'un cri. Appuyé au mur extérieur de l'hôpital, le docteur Milroy posait une main sur ses lèvres, de peur qu'un autre cri ne s'échappe de sa gorge. L'haleine fétide qui remplissait sa bouche, désormais incapable d'exprimer sa colère autrement que par une protestation désordonnée, lui inspirait de la répulsion.

Quelques corbeaux se mirent à croasser dans le ciel obscurci. La nuit venait, et il ne l'avait encore jamais autant redoutée, pas même la nuit où il était tombé malade, terrassé par l'angoisse et la douleur. Plus que jamais, il aurait voulu fuir l'île et sa souffrance. Fuir l'étourdissante rumeur, le bruit à rendre fou. Le tir des canons, la seule chose dont la ville ne l'avait pas déshabitué, venait de recommencer. Il tourna la tête en direction de la colline et vit tout à coup le capitaine Clark derrière lui.

— Qu'est-ce qu'il a dit ? demandait celui-ci, l'air hagard.

Sorti d'un cauchemar semblable au sien, il voulait savoir quelles promesses avait faites le gouverneur pour améliorer la situation de l'île. Repris par le sens des responsabilités, le docteur Milroy fit l'effort de se ressaisir.

— Il nous enverra bientôt l'inventeur d'un fluide qui fait merveille en Europe, répondit-il calmement.

Le capitaine Clark donna un violent coup de pied contre le mur. Des fluides, ils en avaient déjà essayés, et ça n'avait pas eu plus d'effet que les vapeurs de chlore ou le vinaigre désinfectant de Persévérance. Ça empestait sans rien guérir, ni même laisser l'espoir de vaincre un mal plus pernicieux que la plus pernicieuse des herbes. Son visage se referma. Lui aussi paraissait renoncer à poursuivre l'aventure insensée jusque-là partagée.

Le docteur Milroy esayait de trouver une ou deux promesses rassurantes qu'avait dû lui faire le gouverneur. Mais il ne lui restait que le souvenir de mondanités futiles, l'image d'un salon rempli du tapage d'un ventilateur qui meublerait un jour quelque musée de curiosités, et par-dessus tout la densité lumineuse d'une cage d'oiseaux qui le rendait amnésique. Sentant le capitaine Clark sur le point de flancher, il l'invita à venir prendre un verre à sa résidence. Lorsque Persévérance les vit entrer, elle se figea au milieu de la cuisine. Puis elle regarda le docteur Milroy et dit : « Vous voilà revenu », faisant suivre ces mots d'un mouvement des bras qui cherchaient à s'occuper. Elle se tourna aussitôt vers l'horloge arrêtée qu'elle remit à l'heure, comme si le retour du directeur médical permettait au temps de reprendre son cours.

Elle apporta la seule bouteille qui n'avait pas été transformée en vin de sauge, et s'affaira à servir quelques plats, s'excusant de la pauvreté du repas qu'elle eût voulu royal, digne de l'homme superbement habillé que le passage à Québec avait rendu semblable aux gens célèbres dont parlaient les journaux : des membres de la famille royale, de riches étrangers reçus avec tous les honneurs, des hommes d'affaires et des politiciens de qui dépendait leur avenir. Son admiration à peine dissimulée la faisait hésiter entre les attitudes compassées que lui dictaient ces images idéales, et la simplicité respectueuse qui avait jusque-là régi leurs rapports. Sa confusion s'accrut lorsqu'elle vit le docteur Milroy remplir trois verres de whisky et lui en tendre un. Touchée par cette considération qui la rendait momentanément leur égale, elle laissa tiédir le verre dans sa main sans y porter les lèvres. La buée ambrée de l'alcool finissait par se fondre avec l'arôme de la plante soporifique qu'elle venait de découvrir, et dont elle avait tiré un sirop qu'elle mettrait le soir même à la disposition du directeur médical.

Le rond de lumière qui tombait de la lampe les rapprochait. Ils étaient trois à supporter les calamités qui ravageaient l'île, trois à manquer de tout ce qui aurait pu leur apporter confort et sécurité. Mais en réalité, Persévérance ne s'était jamais sentie aussi sûre d'elle, aussi vibrante et épanouie.

Le capitaine Clark s'était calmé, et le docteur Milroy oubliait ses terreurs de l'après-midi, l'angoisse qui l'avait étreint lorsqu'il s'était vu replonger dans le bain de douleur et de corruption qui semblait s'être élargi en son absence. Cette cuisine imprégnée d'odeurs de cuisson et d'effluves aromatiques les préservait de tout ce qui stagnait et pourrissait au dehors. Elle éveillait en eux la nostalgie de maisons déjà habitées où ils s'étaient sentis protégés par l'âme des lieux. «Vous verrez, disait Persévérance, tout ira mieux, il faut d'abord manger.» Plus tard, avant que le docteur Milroy se retire pour la nuit, elle lui verserait une infusion d'herbes et deux cuillerées de son nouveau sirop. Mais alors elle les encourageait à prendre une autre portion de fricassée de porc, et elle attendait qu'ils finissent de mastiquer la dernière bouchée de leur salade de pissenlits pour leur découper une large pointe de tarte aux framboises – petits fruits qu'elle était allée cueillir non loin du lazaret. Les deux hommes se regardèrent. Comme autrefois, on les récompensait d'avoir vidé le plat principal par un dessert somptueux.

Le docteur Milroy finit par raconter son voyage, taisant ce qui n'appartenait qu'à lui : la nuit passée avec Darling dans le parloir du monastère dont ils avaient troublé la paix. Puis le capitaine Clark parla à son tour. Il résuma les faits marquants qui s'étaient déroulés sur l'île pendant ces deux jours : des urgences, des drames prenant figure de routine dont plus personne ne s'étonnait tant le tragique, et son expression loufoque ou douloureuse, formait la trame de leur vie quotidienne.

Août approchait. L'air frais qui entrait par la fenêtre de la cuisine laissait prévoir les changements de température qui surviendraient bientôt. Dans l'après-midi, Persévérance en avait vu des signes avant-coureurs sur ses asclépiades dont les tiges, qui avaient depuis longtemps perdu leur douceur d'asperge, n'entraient plus dans ses salades et ses courts-bouillons. Elle avait aperçu, dans les fruits entrouverts, les graines attachées aux fuseaux de soie blanche qui se transformeraient bientôt en duvet. «Les plantes aident à voir venir les saisons», disait-elle en roulant quelques-une de ces graines d'asclépiade au creux de sa main.

L'observation servait de prélude à l'éloge du mélilot jaune dont elle venait de découvrir les propriétés soporifiques. Après deux ou trois essais faits sur elle-même, elle avait constaté que les infusions tirées de cette plante chétive combattaient l'insomnie et facilitaient la digestion. Au cours de ces deux derniers jours, elle avait également découvert que la vipérine pouvait être associée à la bourrache et à la bardane dans la lutte contre la fièvre et les infections. Tout cela était dit d'un ton modeste que démentait la main levée consciente de son pouvoir. Mais cette double découverte risquait de les conduire au chapitre, fort long et complexe, de sa cuisine d'herbes.

Le docteur Milroy bâilla et regarda sa montre. Le geste n'échappa pas au capitaine Clark qui parut hésiter, comme s'il allait déclarer une chose importante. Mais il se leva, s'approcha du docteur Milroy sans rien dire et lui donna une accolade maladroite. Il n'avait encore jamais eu ce geste. Persévérance regrettait que les distances imposées par son sexe, et sa fonction, lui interdisent d'en faire autant.

L'aube fraîche qui s'introduisait par la fenêtre éveilla le docteur Milroy. Il se leva, fit le tour de sa chambre dont il reconnaissait chaque meuble et chaque recoin. Mais contrairement aux autres matins, il s'habilla sans se presser, éprouvant un inexplicable besoin d'aller lentement. Espérait-il retrouver le fil du rêve que son réveil avait interrompu ? Ou souhaitait-il retarder l'instant où il retournerait à ses malades ?

Il paraissait préoccupé lorsqu'il entra dans la cuisine. Persévérance lui servit son café, et attendit comme d'habitude qu'il prononce quelques mots avant de se risquer à parler. Il la complimenta pour son omelette à l'oseille, et elle attribua au soleil le mérite des saveurs aigrelettes dégagées par cette plante qu'elle disait propice à l'épuration du sang. Ces propos rétablissaient le protocole des repas : une célébration des plats dont on soulignait en passant les vertus, comme pour investir une banale gourmandise de la nécessité supérieure qui en justifiait l'appréciation. Invitée à donner ses impressions sur la situation de l'île, elle éluda la question, se contentant d'avancer la phrase proverbiale maintes fois appliquée à d'autres situations : « Tout finit par avoir un sens, même ce qui n'en a pas. »

Le docteur Milroy reconnaissait la sagesse de son propos. Mais il lui sembla pourtant que cette assurance dissimulait un certain embarras, ou même de l'anxiété. Elle vit son regard interrogateur, et se tourna vers le plus épanoui des géraniums dont les fleurs éclatantes l'aidaient souvent à dénouer une situation embarrassante.

— Regardez cette nouvelle fleur, dit-elle, la voix un peu voilée. Elle s'est ouverte juste pour votre retour.

Il regarda la fleur que rien ne distinguait des autres touffes rouges égayant la fenêtre dont il s'approcha. Au dehors, les lueurs matinales éclairaient le fleuve à l'oblique, couvrant de leur miroitement glauque une file de vaisseaux endormis. Les bâtiments de l'île paraissaient calmes et la rumeur des tentes était encore diffuse, mais il savait que ce répit durerait peu. Bientôt, le tumulte recommencerait. Les voitures remplies de malades à soigner, de cadavres à enterrer et de draps à blanchir se bousculeraient parmi les charrettes de provisions et les convois de matériaux de construction. Et il en serait ainsi toute la journée, jusqu'à ce que la nuit tombe et disparaisse à son tour, chassée par un autre jour semblable à celui-ci.

Il allait quitter la fenêtre lorsque la fleur indiquée par Persévérance parut tout à coup s'illuminer d'un éclat particulier. Elle se distinguait en effet des autres fleurs par sa couleur, l'agencement de ses pétales. Il le lui dit, et elle se mit à sourire, le visage marqué d'une expression d'insouciance qui l'embellissait.

D'avoir été témoin de ce bonheur simple l'aida à quitter la maison et à prendre le chemin des hôpitaux. En cours de route, il s'aventura dans l'un des îlots que formaient les tentes. La situation y était proprement désastreuse. Des provisions de bouche et des restes de repas traînaient parmi des vomissures et des déjections. Des malades susceptibles de guérir étaient entassés avec des agonisants qui partiraient le jour même, et des gens capables de s'apporter une assistance mutuelle partageaient leur abri avec des solitaires qui leur étaient un poids. Tout ce que l'espèce humaine peut subir d'épreuves et de dépossession était étalé sous ses yeux. Tout ce que le corps peut absorber, éprouver, rejeter s'exhibait dans un désordre et une puanteur qui auraient pu le faire vomir si le spectacle ne lui eût été familier.

L'île lui donnait l'impression d'être devenue un vaste dépotoir. Pour s'encourager, il dut se répéter que les nuits fraîches commençaient et que les pluies de la mi-août chasseraient la canicule. Ce cauchemar achevait. L'été serait bientôt fini. Car il pouvait espérer une diminution des voiliers, puisque les plus forts contingents d'immigrants s'étaient probablement précipités vers la station de quarantaine à l'ouverture de la saison de navigation. C'était d'ailleurs la seule idée raisonnable qu'il pût entretenir. Dix mille malades se trouvaient déjà sur l'île, il ne pouvait en recevoir davantage sans transformer celle-ci en mouroir.

En mettant les pieds dans le premier hôpital, il eut l'impression que le mouroir était déjà là. Une trentaine de cadavres attendaient d'être ramassés pour céder leur place aux nouveaux venus dont le convoiement n'avait pas encore été fait. La mort frappait surtout la nuit. Certains partaient pendant leur sommeil, d'autres succombaient à l'aube, épuisés par la lutte menée contre la souffrance et le découragement. Devant cette hécatombe, le docteur Milroy recommença à perdre espoir. Il trouvait de plus en plus difficile de pénétrer le premier dans ces salles bondées où les infirmières ne pouvaient compter que sur l'aide aléatoire des prêtres et des prisonniers pour assurer les soins essentiels depuis longtemps déficients. Treize pavillons hospitaliers s'étaient ajoutés au lazaret, et deux autres étaient sur le point d'être achevés, mais les lits manquaient toujours même s'ils étaient occupés de moins en moins longtemps. Il n'avait pu renoncer aux couches superposées qui doublaient le nombre de places, mais dont l'inconfort et l'insalubrité restaient un scandale qu'il désespérait de corriger.

De plus en plus de morts prenaient chaque jour le chemin du cimetière, et l'attribution des places se faisait la plupart du temps sous le coup d'urgences brutales auxquelles s'ajoutaient toujours de nouvelles contraintes. Ainsi, depuis que la fièvre frappait des commandants de vaisseau et des membres de l'équipage, il fallait isoler ceux-ci des passagers qui les tenaient responsables de leurs malheurs et souhaitaient en tirer vengeance. À ces problèmes, s'ajoutait une rotation constante du personnel que la peur ou la maladie éloignait de la station de quarantaine, et la cohue des embarquements d'immigrants en santé pour l'intérieur du pays. Tout cela occasionnait un perpétuel va-et-vient de personnes à qui il fallait apprendre à travailler, à survivre, à coexister.

Le docteur Milroy continuait sa tournée des hôpitaux, lorsqu'il s'étonna de ne pas avoir aperçu le docteur Prévost. Le jeune interne à qui il exprima sa surprise tenta tout d'abord de s'esquiver. Mais forcé de rester sur place, il détourna les yeux et dit d'une voix assourdie : « Personne ne vous a mis au courant ? »

Le docteur Milroy se précipita aussitôt à la maison de fonction où logeaient les médecins, l'apothicaire, et les prêtres de passage que la maison des Missionnaires ne pouvait accueillir. La porte gémit sur ses gonds lorsqu'il pénétra dans la pièce principale, utilisée comme dortoir, où la moitié des rideaux étaient tirés. Cette pièce lambrissée dégageait l'odeur des vieux greniers où filtre, sur un fond de poussière rarement remuée, une lumière suffisante pour s'orienter. La plupart des lits étaient défaits. Il se dirigea d'instinct vers celui le long duquel un rideau blanc avait été suspendu. En voyant le crucifix attaché au rideau, la taie d'oreiller propre, les draps parfaitement tirés, il reconnut le travail d'une mort qui ne devait rien à l'épidémie.

Des piles de journaux et de revues médicales traînaient à côté du lit. Cherchant un indice qui pût lui révéler la cause du drame, et animé par cette curiosité qui pousse à interroger les disparus dans les choses qui leur ont appartenu, le docteur Milroy ouvrit le livre qui se trouvait sur la table de chevet. Quelques pages étaient cornées. Il y décelait la trace encore chaude d'une main, soit que l'autre ait achevé là sa lecture, soit qu'un passage ait résolu la question qu'il se posait. Il parcourut ces pages rapidement, mais rien ne lui apporta l'éclaircissement cherché. Il ouvrit le tiroir de la table de chevet où il trouva un rasoir, quelques fleurs séchées enrobées de cellophane, un tube de laudanum, une bouteille d'eau de Cologne, un peigne où ondulaient des cheveux. Il s'attendrit un instant devant la part de vie, déjà altérée, que lui restituaient ces objets personnels formant, avec les imprimés accumulés près du lit, le seul héritage visible de son adjoint. Comme chaque fois qu'il s'était trouvé en présence de restes aussi ténus – des vieilles pantoufles, quelques vêtements, de menues choses ayant gardé la trace du corps qui les avait utilisées –, il éprouva un serrement de cœur, perçut la confirmation de l'insignifiance du destin qui régit chaque vie.

Le coffre qu'il se souvenait lui avoir vu transporter à la Grosse-Île était placé contre le lit. Il en examina le contenu qui n'offrait à prime abord aucune surprise : des sarraus de praticien, un stéthoscope, des vêtements de rechange, une boîte portant l'étiquette d'une compagnie pharmaceutique qui ne semblait pas contenir de médicaments. Il l'ouvrit. Un amas de lettres, couvertes de la même écriture, y avaient été déposées selon leur ordre de réception. La dernière remontait à une semaine, ce qui pouvait avoir une certaine signification. Poursuivant son examen, il découvrit, dans une enveloppe plus large que les autres, une longue mèche de cheveux roux nouée avec un ruban vert. En dessous, se trouvait un portrait de femme au visage fier et sensuel, dont les yeux fixaient un point élevé de la pièce où avait été prise la photographie. Sans savoir où portait ce regard, le docteur Milroy y décelait suffisamment d'intransigeance et de profondeur pour comprendre qu'il ait pu avoir une emprise décisive sur son collègue à qui il ne connaissait aucune idylle et aucun lien marital.

Il scruta une dernière fois le lit impeccable, et il eut la conviction que le docteur Prévost n'était pas mort dans ce lit ni même dans cette pièce. Après avoir replacé chacun des objets touchés, il sortit doucement. Il fréquentait depuis si longtemps la mort qu'il se croyait devenu insensible à son passage, mais des larmes lui brûlaient les yeux. Comme s'il eût voulu rattraper quelque chose d'irremplaçable – saisir ce que l'autre avait été en lui-même, et ce qu'ils avaient été l'un pour l'autre –, il revenait sur le passé et tentait d'analyser des gestes pouvant révéler l'âme secrète de son collègue, des mots témoignant de la qualité de leurs rapports. Mais seuls les derniers mots entendus lui venaient à l'esprit : «À bientôt, faites un bon voyage à Québec. » Soudain sensible à leur tonalité, il leur prêtait différents sens, comme si cette phrase eût pu lever le mystère entourant cette mort inexplicable.

Il se rendit chez le capitaine Clark tout en se répétant cette phrase qui lui rendait un peu de l'homme disparu. Et alors que défilaient autour de lui des charrettes chargées de morts, des voitures remplies de malades dont certains quitteraient bientôt le monde chaotique de la douleur pour entrer dans l'univers de l'absence absolue, il ne se préoccupait plus que d'une seule affliction et d'une seule mort : celle de son collègue, foncièrement absurde, dont il voulait percer le secret. Au cours des dernières semaines, rien dans le comportement du docteur Prévost n'avait laissé présager une telle issue. Sa peine eût été plus légère si son assistant avait succombé aux fièvres comme le docteur Byrnes. Pourquoi avait-il choisi de se soustraire au destin de l'île pour se soumettre à une autre loi, violente et obscure, qui les laissait inquiets et atterrés ? Car il ne pouvait interpréter autrement le silence de Persévérance, celui du jeune interne, et surtout celui du capitaine Clark qui aurait dû être le premier à l'informer.

— Pourquoi m'avez-vous caché la vérité ? lui reprocha-t-il lorsqu'il l'eut enfin rejoint.

L'autre, qui paraissait sur le point de retomber dans l'espèce de cauchemar où il l'avait surpris à son retour de Québec, le fixait de façon étrange. Le docteur Milroy avait souvent pensé que l'île pouvait rendre fou quelqu'un qui avait toujours été sain d'esprit. C'est donc avec plus d'indulgence qu'il répéta : «Pourquoi ?» Le capitaine Clark détourna les yeux et dit :

— Je voulais vous ménager.

La veille, lorsqu'on lui avait signalé que le docteur Prévost ne s'était pas présenté à la résidence des médecins après son travail, ni après la randonnée nocturne qu'il effectuait souvent sur le fleuve à la tombée de la nuit, il l'avait aussitôt fait rechercher. Ses soldats avaient fouillé les eaux d'abordage, exploré le rivage, les taillis et les champs avoisinants sans rien voir qui pût confirmer une disparition. Mais au petit matin, en ramassant les cadavres écroulés en bordure de la forêt, les hommes de peine avaient trouvé du côté ouest, à la sortie de la baie du Choléra, un corps allongé face contre terre qui avait au cou une corde dont l'extrémité pendait à un arbre proche. Refusant de toucher à un mort promis à la damnation, ils l'avaient fait basculer sur le dos du bout du pied, découvrant avec stupeur, dans le visage aux yeux froids qui les fixaient, l'assistant du directeur médical.

« L'amour l'a fait chavirer », répétait le capitaine Clark en tendant au docteur Milroy la lettre trouvée sur le docteur Prévost. Celui-ci parcourut la page couverte de l'écriture fine de son collègue. C'était une lettre d'adieu, tragique et excessive, qui n'avait pas été expédiée à l'adresse indiquée sur l'enveloppe : *Villa du désir, L'île aux Réaux*. Se demandant s'il se trouvait en présence d'une maison fictive ou réelle, il relut le feuillet trempé de sueur et attendit d'être informé par celui qui paraissait en savoir plus que lui sur le sujet. Réticent, le capitaine Clark avoua qu'il ne savait pas grand-chose, sinon que le docteur Prévost était amoureux d'une femme, installée à l'île aux Réaux, qu'il voyait presque chaque nuit. L'île minuscule, située plus à l'ouest, avait toujours été pour le docteur Milroy un vague lieu de pâturage d'où provenait une partie du lait consommé à la station de quarantaine. Il ne lui serait jamais venu à l'esprit qu'une femme pût y vivre seule. Pendant un bref instant, il envia l'homme capable de susciter une passion pouvant conduire à une si totale réclusion. Mais forcé de revenir aux choses pratiques, et sentant peser sur lui le poids des décisions administratives qu'il devrait prendre, il demanda où se trouvait la dépouille de son assistant.

À la morgue, il rabattit d'une main tremblante le drap qui recouvrait le corps allongé sur la civière. Il reconnaissait le front haut, les traits fins, la moustache soigneusement taillée de son collègue, et il lui semblait tout à coup qu'un faciès aussi parfaitement romantique autorisait un tel geste. Il lui toucha le front, oubliant pour quelques secondes encore la distance qui les séparait. Mais lorsqu'il détacha ses yeux de la civière et vit la vermine rôder autour du corps exposé, il ressentit une grande douleur. Se souvenant que le docteur Prévost était croyant, il se signa. Puis il releva le drap sur le visage légèrement incliné vers la gauche, et sortit, frappé par la crudité du soleil qui donnait à cette mort une flamboyance tragique.

Il se tourna vers l'île aux Réaux à laquelle il n'avait jamais prêté attention, se demandant d'où lui venait ce nom à consonance espagnole.

— Je veux aller là-bas, dit-il au capitaine Clark. Souhaitez-vous m'accompagner?

L'autre fit signe que non. Toute mort lui était odieuse, et l'était davantage encore une mort violant les règles d'honneur ou d'hygiène qui la rendaient acceptable. Il s'occupa néanmoins de trouver le batelier qui avait souvent conduit le docteur Prévost sur l'île retirée. Et il avisa l'un des assistants du docteur Milroy qu'il serait désormais l'adjoint du directeur médical et devait le remplacer le reste de la journée.

L'embarcation contourna les voiliers en attente dans la baie du Choléra, puis glissa dans le bleu acéré du fleuve. L'île aux Réaux, qui ne formait à l'horizon qu'un sombre et court renflement de terre, prit peu à peu de l'épaisseur. Elle s'arrondit, précisa ses contours, s'approcha au rythme précipité des rames qui brouillaient la réverbération des eaux, leur clapotement nerveux. L'île avançait, son rivage était couvert de goélands, et son mystère devenait encore plus lancinant. Mais le docteur Milroy se gardait d'interroger le batelier sur ce qui avait pu se passer là-bas, de peur qu'il se dérobe ou se mette à inventer, le laissant sur un doute encore plus grand.

Il quitta la barque enlisée dans une lisière de sable et courut vers la plage déserte qui lui donna, par rapport à la Grosse-Île, une impression de lenteur stupéfiante. Il cherchait le chemin qui lui permettrait d'escalader le cran rocheux paraissant conduire à une sorte de plateau où devait se trouver la villa, lorsqu'il aperçut celle-ci au sommet d'une clairière surplombant le sentier où il se trouvait. C'était une maison de ferme au toit en pente et aux murs blancs, dont la véranda était surmontée d'un écriteau portant le nom indiqué sur la lettre trouvée : *Villa du désir*. Le mot désir s'échappait d'une guirlande de fleurs attachée à une corne d'abondance qu'un peintre amateur, qui ambitionnait d'éclipser la nature par sa composition, avait sans doute exécutée d'après une reproduction tirée d'un livre ou d'un journal.

Le docteur Milroy frappa, tout en sachant que personne ne répondrait. Il passa le seuil de la porte moustiquaire qui craqua sous ses doigts comme du bois sec, ne distinguant d'abord rien des choses qui l'entouraient. Il se frotta les paupières, et tout commença à prendre forme : les murs peints en vert, les larges poutres qui traversaient la pièce, le tapis parsemé de guirlandes répétant le motif de l'écriteau, un amas de meubles parmi lesquels se trouvaient un divan victorien, une table rococo chargée de statuettes en porcelaine, des fauteuils d'osier et une bergère aux coussins pastel. Dans ce décor rustique empreint d'opulence urbaine, une vieille berceuse et une murale crochetée représentant une maison champêtre étaient la seule concession faite aux traditions de la région.

Le docteur Milroy sourit de ce sourire que lui arrachait parfois une idée à la mode. Puis il marcha vers le piano, aperçu à l'extrémité de la pièce, qui paraissait attendre que l'on vienne rompre le silence de l'habitation endormie. Il enfonça quelques notes qui résonnèrent à ses oreilles, imprégnées du mystère qu'il souhaitait éclaircir. Parmi les partitions empilées, se trouvaient d'arides sonates de Bach que l'on avait dû bûcher depuis l'enfance, quelques airs d'opérette, des classiques négligés, un album de valses dont certaines pages avaient été maintes fois recollées. Tout cela formait un ensemble si cohérent, et en même temps si habituel dans les maisons bourgeoises, qu'il mit du temps à s'étonner de trouver un piano sur une île déserte qu'aucun transport fluvial ne reliait à la ville.

Comment un tel meuble avait-il pu entrer dans une maison qui n'avait probablement été habitée que par le gardien du troupeau laitier dont il entendait les lointains beuglements ? Il interrogea la photo de la jeune femme qu'avait aimée le docteur Prévost. Elle le fixait du fond du cadre ovale, et légèrement bombé, qui atténuait l'intransigeance du regard, sans lui apporter la réponse cherchée. Sans doute ne devait-il rien attendre non plus du couple d'âge mûr, immortalisé dans des cadres de même style, qui complétait le tableau familial. L'homme forçait l'allure martiale contredite par le menton flasque qui avouait ses plaisirs. Elle regardait vers les hauteurs, bien au-dessus du nœud d'écaille qui retenait ses cheveux au sommet de la tête, dénudant de pudiques oreilles qui avaient dû souvent rougir.

Le docteur Milroy s'assit et enfonça de nouveau quelques notes du piano qu'un père complaisant avait sans doute fait transporter là-bas par ses propres moyens, sachant que satisfaire un caprice est souvent la meilleure façon de le décourager. Un son clair remplit la pièce qui commença à prendre vie, et le sourire énigmatique de la jeune femme parut s'éclairer d'un bonheur secret. Il quitta le piano et fila vers la pièce d'où provenaient de vagues odeurs de nourriture. Il trouva une table dressée à l'anglaise. Les deux couteaux à beurre avaient servi, et un reste de pâté séchait sur une assiette devant laquelle s'évaporait une bouteille de sherry presque vide. Le docteur Prévost, dont rien ne signalait encore la présence dans cette maison qu'il avait pourtant fréquentée, détestait le sherry et tartinait rarement son pain de beurre. Le docteur Milroy eut soudain peur de poursuivre l'examen des lieux.

Dans la chambre, la garde-robe vide et le lit défait trahissaient un départ précipité. Un service de toilette ancien auquel on ne devait pas attacher grande importance avait été laissé sur la coiffeuse, et le tiroir de la table de chevet ne contenait qu'un miroir fêlé. Déçu par de si pauvres indices, il s'approcha de la fenêtre et se mit à observer les mouches qui heurtaient les vitres en croyant toucher le vide. Il eut tout à coup l'idée de revenir vers le lit où sa main repéra, derrière le sommier, une cache dissimulée dans le mur. Des mourants, forcés d'exprimer leurs dernières volontés dans des circonstances difficiles, lui en avaient déjà signalé de semblables. Celle-ci contenait un paquet de lettres où il reconnut l'écriture nerveuse et déliée de son collègue. Il en lut quelques-unes où il trouva l'expression d'une ferveur et d'une passion, exacerbées par l'absence, qui dépassait tout ce qu'il avait pu imaginer. Il regrettait presque de s'être montré si peu passionné avec Agnès Frémont à qui il écrivait rarement, alors qu'elle lui expédiait deux ou trois lettres chaque semaine, lorsqu'une enveloppe plus épaisse attira son attention. Il l'ouvrit. Elle contenait la photo d'un officier de la *Royal Artillery*, au torse décoré de médailles, qui avait signé le court billet d'accompagnement par ses seules initiales, *J. S.*

S'épargnant la peine de lire celui qui avait évincé son collègue – et avait sans doute également reçu une mèche de cheveux roux attachés avec un ruban vert –, le docteur Milroy renifla l'enveloppe, habitude développée dans sa pratique où on lui reconnaissait l'art d'établir un diagnostic sûr à partir de l'odorat ou d'un simple toucher. Elle sentait ce que sentaient la table et le lit : une odeur de sucre et d'alcool, un ferment de mollesse et de dureté pouvant se prêter aux stratégies les plus innocentes et aux ambitions les plus effrénées. Les yeux embués par le chagrin, il écarta brusquement l'enveloppe. Puis il mit les lettres du docteur Prévost dans sa poche, et redescendit le sentier conduisant au rivage où il trouva le batelier endormi.

De retour à la station de quarantaine, il posa à Persévérance la question qu'il avait déjà posée au capitaine Clark, et elle lui fit la même réponse. Il avala avec amertume la soupe enrichie de fromage et de pain à l'ail qu'elle lui servit, se demandant pourquoi elle aussi avait eu un tel souci de l'épargner. Le croyaient-ils incapable d'affronter cette mort, lui qui en avait pourtant affronté bien d'autres, à commencer par la sienne qui lui était parue, à certains moments, souhaitable. Blessé par ce manque de confiance, il dut pourtant reconnaître que lui-même n'avait pas toujours le courage de la vérité. Il ne faisait pas exception à la règle : ménager la douleur de l'autre restait l'un des moyens les plus constamment utilisés pour se protéger de sa propre douleur.

De son côté, Persévérance ne se reprochait rien. Mais elle se sentit soulagée lorsqu'elle le vit finalement quitter la table, l'air plus serein, et dire dans un soupir rempli de tristesse : « Allons maintenant nous occuper de ceux qui sont encore vivants. »

Il visita tous les hôpitaux où il n'était pas allé depuis son retour, mais évita de s'attarder. Il se limitait à une rigueur médicale qu'excusait l'arrivée de nouveaux voiliers dont il préférait ignorer le nombre et l'état, car les formalités relatives aux obsèques n'étaient toujours pas réglées. Lorsqu'il eut rencontré chacun des médecins, fait le tour des différents services où plusieurs visages lui étaient totalement inconnus, il convoqua son nouvel assistant et le capitaine Clark à sa résidence pour leur faire part de sa décision. Voilà. En temps d'épidémie les médecins mouraient rarement d'amour, mais le docteur Prévost s'était dépensé corps et âme pour ses malades, il aurait donc les obsèques qu'il méritait. Une fois cela établi, il demanda à Persévérance de lui apporter une feuille blanche et il écrivit à propos du disparu ce qu'il avait déjà écrit pour le docteur Byrnes et le personnel décédé sur l'île : *Mort du typhus*. Puis il data le rapport et le signa sous l'œil de ses camarades d'infortune qui avaient assez vécu pour savoir que le mensonge est parfois l'expression la plus généreuse, ou même la plus juste de la vérité.

Il passa ensuite aux détails. Le cercueil serait scellé et expédié à Québec où l'administration se chargerait des obsèques, trop heureuse d'encourager une discrétion servant ses intérêts. D'autre part, à l'exception d'eux-mêmes et de Persévérance, tous ceux qui avaient été les témoins directs ou indirects du drame seraient mutés dans l'une des trois stations de quarantaine récemment ouvertes, où d'autres drames, d'autres horreurs – et une indemnité compensatoire substantielle – allégeraient leur mémoire de ce qui ne serait bientôt plus qu'un fait divers.

Il fut également décidé que les effets personnels du médecin seraient brûlés, comme pour n'importe quelle victime de l'épidémie. Dans l'esprit du docteur Milroy, cela incluait les lettres de l'inconnue, mais non celles du docteur Prévost qu'il avait rapportées de l'île aux Réaux. Une fois seul avec Persévérance, il la regarda et sortit les lettres de sa poche. Elle reconnut l'écriture fine déjà vue sur le cahier où il lui écrivait parfois le nom latin de certaines plantes utilisées dans sa cuisine d'herbes, et elle n'eut plus qu'un seul désir : préserver l'homme qui avait sacrifié sa vie pour une femme indigne.

— Elle ne mérite pas que ces lettres lui survivent, dit-elle. Fondons-les dans de la cire, et l'esprit de l'amour ira à ceux et celles qui sont capables de le recevoir.

Elle jeta aussitôt un bloc de cire brute dans une marmite basse qu'elle plaça sur un réchaud, et alluma. Elle attendit que la cire se liquéfie avant d'y plonger les lettres repliées en boules qui se ramollirent en une pâte qu'elle laissa tiédir, et modela en une chandelle grossière au milieu de laquelle elle replia une ficelle qui dépassait l'une des extrémités. Elle laissa le docteur Milroy y mettre le feu, et ensemble ils virent s'élever la petite flamme bleue, d'abord vacillante, puis vive et claire, honorant la mémoire du disparu. Cet homme avait été solidaire de leur enthousiasme et de leurs peurs. Il s'était déjà trouvé dans cette cuisine où il ne reviendrait plus jamais, ni là ni ailleurs – sauf dans un monde que l'un et l'autre avaient peine à imaginer, tant l'île finissait par devenir le seul univers tangible qui occupait leur esprit.

CHAPITRE 8

À la Grosse-Île, l'été entrait dans ses dernières convulsions. Les vents augmentaient en puissance, mais les levées de poussière se raréfiaient car les grande pluies de la mi-août commençaient. La chaleur ne venait plus que par vagues. Elle durait quelques jours ou parfois même quelques heures, à peine le temps de sécher le sol qui dégorgeait ses eaux à travers la croûte d'argile fendillée que la sécheresse avait plaquée à la surface des chemins.

Tout était gris et tout se détrempait : les sentiers, l'herbe, le rivage, les alentours des bâtiments. Le fleuve imposait toujours son emprise. Il portait son écume entre les fosses effondrées du cimetière où les morts reprenaient vie, glissaient dans le bouillonnement de vagues usant les bords de l'île dont les contours s'amenuisaient. La station de quarantaine était encore moins faite pour le mauvais temps que pour la chaleur. Chaque pluie l'enfonçait un peu plus dans l'envahissante pourriture du monde dont ce cloaque rendait l'idée.

Au lendemain d'une nuit où il n'avait pas cessé de pleuvoir, le docteur Milroy se dirigeait vers les pavillons hospitaliers tout en contemplant l'univers de boue qui l'entourait. La pluie clapotait dans les ricochets d'eau échappés des rigoles, et une bouillie grise aspirait ses chaussures, l'empêchant d'avancer aussi vite qu'il l'aurait souhaité. Après son voyage à Québec, il n'avait pas retrouvé l'endurance à la fatigue que sa guérison aurait dû lui apporter. L'enthousiasme qui l'avait déjà soutenu lui manquait aussi, mais il s'accrochait à un espoir : l'arrivée des voiliers diminuait. Au bout du quai enfin terminé, la file de vaisseaux s'était raccourcie. Par temps sec, il pouvait apercevoir la pointe allongée de l'île Sainte-Marguerite et de l'île de la Sottise. Cette ouverture, encore incertaine, permettait d'entrevoir la fin de la vague migratoire qui avait envahi l'île tout l'été.

Un trou de vase le fit trébucher. Il se releva, s'essuya le visage et les mains avec son mouchoir, puis se retourna pour voir si quelqu'un l'avait vu. Derrière lui, il n'y avait que le chemin désert, les îlots de tentes agitées par le vent. Tout à sa maladresse, il ne vit pas venir la charrette qui approchait. La voiture freina brusquement pour l'éviter, et la charge de malades tirés de l'un des vaisseaux qui stagnaient au bout du quai fit entendre des cris plaintifs. Incapable de prêter l'oreille à la douleur des autres, alors qu'il mettait tous ses efforts à se préserver de l'humiliation d'une seconde chute, il toussa bruyamment pour couvrir tout autre bruit. Mais il ne put chasser aussi facilement l'image des corps auxquels l'amoncellement enlevait toute individualité.

Ces corps avaient la couleur terreuse évoquée dans les récits de création du monde. Le docteur Milroy pensait à toutes les représentations philosophiques qui, pendant ses années d'études, lui racontaient les origines de l'humanité promise à de grandioses accomplissements, et cette littérature lui faisait maintenant l'effet d'une fiction. Les gémissements qui s'échappaient de la charrette en train de s'éloigner ruinaient ces glorieuses considérations. Ce dernier été lui avait appris ce qui se trouve rarement dans les livres : approcher l'horreur, en saisir l'intolérable met en échec tout héroïsme et toute tentative d'idéalisation.

La vision s'estompait, mais il avait toujours présent à l'esprit le visage de l'enfant amaigri, secoué par les soubresauts de la charrette, dont le regard détaché, indulgent, avait eu sur lui l'effet d'une aumône. Son pas s'était raffermi. Il s'était mis à marcher plus vite. Travailler avait un sens puisque déchéance et compassion se soutenaient mutuellement.

Il poussa bientôt la porte du premier hôpital où la nuit n'avait fait que trois morts, et des statistiques aussi réjouissantes lui furent communiquées dans les autres pavillons hospitaliers. En dépit de la mauvaise température, une amélioration de la situation était partout constatée. Le fleuve leur envoyait moins de malades. Le débarquement des fiévreux s'effectuait avec moins de désordre, et la qualité des soins s'améliorait. Des menuisiers travaillaient à rendre étanches les toits et les murs des bâtiments hospitaliers. Il put donc assez rapidement procéder à des réaménagements, fermer l'un après l'autre les quartiers de tentes, agglomérations à peine déclinées vers le rivage où la boue ne cessait de s'accumuler.

Bien qu'ils fussent encore loin du régime souhaité, le docteur Milroy commençait à entrevoir des jours meilleurs. Le gouverneur avait tenu ses promesses avec un peu de retard. Il lui avait avancé des fonds qui avaient permis d'embaucher du personnel supplémentaire, cinq médecins qui avaient fait leur internat à l'hôpital de la Marine où ils avaient acquis une certaine expérience des fièvres. Il lui avait également expédié des médicaments, de quoi nourrir et couvrir les malades. Et pour finir, il avait dépêché là-bas une équipe de chercheurs comprenant deux chimistes, un physicien, un météorologue, deux internes recyclés dans les sciences naturelles que le mauvais temps parut réjouir. Fort heureusement, aucun des vaillants ténors qui s'étaient dits prêts à risquer leur vie pour établir la preuve de la «non-contagiosité» de l'épidémie, ne faisait partie de cette équipe qui défendait avec ardeur la théorie de l'air ambiant.

Partant du fait que la science devait se garder de trop frayer avec l'objet de son observation, ces chercheurs prônaient la nécessité de maintenir une large distance entre la cause et les effets de la maladie. Persuadés que ni l'observation des patients ni la participation aux soins médicaux – compromis par l'amateurisme des bénévoles et des détenus – ne leur apporteraient la vérité, ils s'abstinrent de fréquenter les malades et les médecins. Ils exprimèrent même assez cavalièrement au docteur Milroy leur mépris pour l'observation clinique, encore trop soumise, disaient-ils, à l'anatomie pathologique qui prétendait trouver dans le dépeçage des cadavres la racine des maux dont souffrait l'humanité. Selon eux, le temps était venu d'oublier l'homme pour mieux le guérir. Il fallait cesser de parler de ses organes, de ses humeurs, de sa débilité, et se préoccuper davantage de son environnement naturel.

Munis de l'autorité conférée par la science, ils décidèrent seuls de la manière dont il fallait livrer bataille aux germes de la maladie qui tuait tant d'immigrants. Aussitôt le déjeuner terminé, ils chaussaient de hautes bottes, enfilaient de longues capes et partaient faire leur recherche, s'attardant tantôt au creux des dépressions marécageuses, tantôt au sommet des plateaux brûlés par le soleil. Dans ses allées et venues, le docteur Milroy les voyait explorer l'île, les soupçonnant de chercher à démontrer l'influence des variations atmosphériques et du relief du territoire sur les miasmes morbifiques. À d'autres moments il les apercevait sous la bruine et la pluie, en train d'examiner la boue dont ils prélevaient des échantillons avec des précautions méticuleuses, forcés de se rabattre sur des éléments tangibles puisque l'air et le vent leur échappaient.

Les chercheurs passaient leurs soirées enfermés dans la pharmacie, où leur étaient également servis leurs repas, car le directeur médical avait dû leur céder la moitié du local où se trouvait la longue table de laboratoire nécessaire à leurs travaux. C'est là qu'ils procédaient à l'examen de leurs trouvailles, effectuaient des manipulations rigoureuses et compliquées devant lever le voile qui entourait toujours les vibrions du typhus et du choléra dont personne n'avait encore réussi à percer le mystère. Peut-être ambitionnaient-ils de publier le résultat de leurs travaux à l'Académie des sciences de Paris où deux scientifiques de l'ex-capitale venaient de présenter des mémoires retentissants sur les propriétés thérapeutiques du thé du Labrador et l'invention d'un appareil pouvant dessaler l'eau de mer à bon marché.

Dans la pièce mal éclairée, ils interrompaient de temps à autre leurs analyses pour procéder à des séances d'aération qui débarrassaient la pharmacie de ses impuretés. Ils recouraient aussi à de fréquentes aspersions d'eau qui permettaient de vérifier l'influence des modifications de la température sur les agrégats observés. À minuit sonnant, ils rangeaient tout ce qui avait servi à renforcer leur perception des phénomènes et à précipiter leur jugement. Puis l'un d'eux promenait un petit ventilateur portatif au-dessus de la table de travail et dans les moindres recoins de la pièce, afin qu'aucune impureté n'y séjourne et ne risque d'altérer les expériences ultérieures.

Huit jours plus tard, ils déclarèrent avoir mené à terme la tâche qui leur avait été confiée. Ils plièrent armes et bagages et vinrent remercier le directeur médical de son hospitalité, risquant un effleurement des doigts plutôt qu'une véritable poignée de main. Le docteur Milroy ne put s'empêcher de penser que c'était probablement moins par conviction que par peur ou dégoût qu'ils s'étaient tenus loin des malades, des infirmières et des médecins. Ils s'étaient contentés d'explorer l'environnement physique servant de toile de fond à l'épidémie. Cette mise à l'écart prudente leur avait sans doute permis d'oublier ce que l'île avait de répugnant et de limité. Les adieux furent brefs. Lorsque le docteur Milroy vit la goélette qui les transportait s'engouffrer dans le large arc-en-ciel qui venait d'apparaître au-dessus du fleuve, il se demanda quelle théorie farfelue ou quelles propositions accommodantes résulteraient de leur passage là-bas.

Deux semaines s'étaient à peine écoulées que le rapport des chercheurs faisait la manchette des journaux. Une copie intégrale, expédiée par le gouverneur, permit au docteur Milroy d'en avoir une connaissance plus approfondie. Il la parcourut d'abord rapidement, pressé de passer aux conclusions, puis il la relut attentivement en s'efforçant de garder tout son calme.

Après une entrée en matière assez longue, on exposait dans un langage des plus abscons l'influence de la température sur l'évolution de l'épidémie. Dans un premier temps, on démontrait que si la chaleur affaiblissait l'organisme humain et favorisait la prolifération d'émanations miasmatiques, la fraîcheur diminuait par contre la formation de celles-ci et en neutralisait les effets. Dans un second, établi sur un rapport de cause à effet, on développait l'idée qu'il y avait un lien indubitable entre le refroidissement de la température et le déclin de l'épidémie. Les expériences conduites à la Grosse-Île permettaient aux chercheurs d'affirmer que toute variation de l'air ambiant avait un effet immédiat sur l'évolution de la maladie. Dans ce cas-ci, des vents forts, conjugués aux courants marins qui traversent le fleuve à la fin de l'été, avaient purifié l'atmosphère et par le fait même assaini la station de quarantaine, d'où l'incidence positive sur la santé des immigrants.

Pour finir, le rapport insistait sur la nécessité d'aérer constamment les bâtiments hospitaliers afin d'empêcher que l'air, en se réchauffant, ne devienne corrompu et débilitant. À cette fin, ils recommandaient l'application d'une thérapeutique ventilatoire à la station de quarantaine – et même dans tous les hôpitaux du pays –, soit par le moyen naturel des courants d'air, soit par le recours à des procédés mécaniques faisant intervenir des dispositifs spéciaux tels que ces ventilateurs récemment apparus sur le marché.

Ce rapport, qui avait pour but de rassurer l'opinion publique et de révoquer le caractère contagieux de l'épidémie, répétait dans un langage hermétique un certain nombre d'hypothèses et de partis pris divulgués par les journaux et les revues spécialisées. La thérapeutique ventilatoire proposée, qu'aurait pu défendre n'importe quel promoteur commercial, faisait peu de cas des pleurésies purulentes, des broncho-pneumonies et des complications respiratoires diverses auxquelles le typhus donnait souvent lieu. Ce document prétendument scientifique, qui n'avait aucune considération pour les malades, affichait un grand mépris pour la médecine et confirmait, de façon des plus évidentes, la théorie de l'air ambiant défendue par les plus hautes autorités.

Saisi de rage, le docteur Milroy déchira le rapport et décida d'écrire au gouverneur pour dénoncer la malversation des chercheurs. Une fois la lettre terminée, il la lut à voix haute et constata qu'il avait omis de remercier le dignitaire de l'aide apportée. Il trouva aussi que le ton de sa lettre, amer et vindicatif, pouvait être vexant. Il rédigea donc une seconde lettre moins véhémente qui lui apporta à peine plus de satisfaction, puis une troisième empreinte de civilité. Tant d'efforts ne faisaient qu'exacerber son indignation contre une administration peu respectueuse de son labeur et des besoins véritables de la station de quarantaine. Pour apaiser son humeur, il s'obligea à fondre les trois lettres en une seule, ce qui lui prit un certain temps et apporta les effets escomptés.

Satisfait, et considérant qu'un appui du capitaine Clark pourrait ajouter du poids à sa dénonciation, il alla solliciter sa signature. L'autre hésita, puis s'en tint à sa position habituelle : le juste milieu excluant toute initiative contraire au pragmatisme prudent qui guidait sa vie. En revanche, il apprit au directeur médical une heureuse nouvelle. Deux barriques de fluide Lechaunay – ce fameux fluide promis par le gouverneur – leur parviendraient sous peu, grâce aux bons offices du premier lord de l'Amirauté qui avait tenu à leur marquer sa considération en s'occupant lui-même de l'envoi. Cette primauté flatteuse effaçait les réticences auparavant exprimées par le capitaine Clark à l'égard du fluide. Ce qui n'avait été qu'un banal désinfectant devenait soudain un remède infaillible contre le typhus. Dès lors, il ne se passa pas de jour sans qu'il en parlât. Ce doit être ainsi, se disait le docteur Milroy, qu'un jeune officier rêve de l'instant où il sera présenté à quelque célèbre général qui lui fera gagner un ou deux galons.

Lui-même attendait avec fébrilité la réponse du gouverneur. Ne recevant rien, il se mit à lire attentivement les journaux dans l'espoir qu'un écho de sa lettre pût se refléter dans les critiques formulées à l'endroit du groupe de recherche qui avait travaillé à la Grosse-Île. Mais au bout de quelques jours, plus personne ne parlait du rapport des chercheurs. En revanche, les barriques de fluide Lechaunay, en train de naviguer vers Québec, occupaient l'avant-scène de l'information.

Ne trouvant rien qui de près ou de loin concernait l'objet de sa lettre, le docteur Milroy parcourut la rubrique sociale où l'on faisait état d'une exposition de fleurs tenue sur l'esplanade, d'un vernissage illustrant l'héroïsme des médecins en temps de peste, d'une partie de croquet où les *Rifles* avaient battu la *Royal Artillery*. Il examina ensuite les pages des arts et des lettres où des poèmes parnassiens célébraient sur deux colonnes la beauté des voiliers immobilisés non loin du port. Puis il se rabattit sur la rubrique des faits divers où l'on parlait d'arrestations nombreuses dans la basse-ville, d'amendes perçues auprès de débiteurs d'alcool clandestin et de vendeurs de viande avariée. Après avoir épluché la rubrique nécrologique et les petites annonces, il se vit forcé d'admettre que l'inévitable s'était produit. À sa connaissance, c'était la première fois que la presse ne mentionnait nulle part le nom du gouverneur.

Persévérance, qui ne dispensait plus de leçons de botanique et de gymnastique depuis que le Camp de santé avait été supprimé, en profitait pour s'approvisionner en fleurs et en herbes de santé. Pressée par la saison, elle partait tôt le matin pour effectuer ses cueillettes, et se couchait tard le soir après avoir préparé ses infusions et ses sirops. Car elle agissait maintenant en prévision de l'hiver, comme s'il dût y avoir un hiver sur l'île – une suite à ce qu'avait été son été, si différent des autres, si éblouissant par certains côtés.

Un après-midi qu'elle se trouvait sur la véranda, passant en revue ses activités de la journée tout en fredonnant une chanson, elle leva les yeux vers un convoi de marchandises qui remontait du quai. Ce qu'elle aperçut lui arracha un cri d'admiration. Au-dessus de caisses parfaitement empilées dans la charrette de tête, dont on paraissait avoir réparti le poids pour assurer leur équilibre, trônait une chose qu'elle n'avait encore jamais vue. C'était une construction blanche à deux étages dont la partie supérieure, arrondie en forme de coupole, était une sorte de petit palais ajouré fait d'un lacis finement ouvragé qui, tout en paraissant d'une grande solidité, avait la finesse d'une dentelle. L'objet avait la splendeur d'une œuvre d'art. Il représentait ce qu'elle avait vu de plus beau dans toute sa vie.

N'osant courir dans sa direction pour l'observer de près, elle se reprochait son manque d'audace, persuadée qu'elle ne verrait pas de sitôt une telle merveille. Mais bientôt un homme vint vers elle en portant au bout du bras ce qu'elle souhaitait contempler. Il lui dit que l'envoi venait du gouverneur et était destiné au docteur Milroy, sans rien ajouter qui pût l'éclairer sur l'utilité de l'objet fabuleux qu'on lui remettait. Elle le garda à sa hauteur pendant quelques instants, puis le déposa par terre avec précaution et recula de quelques pas pour mieux l'examiner. Des rameaux d'osier, qui échappaient aux anneaux fixés à la base et au sommet de la construction arrondie, s'épanouissaient dans une forme ravissante. Avec des précautions quasi religieuses, elle se mit à palper l'entrelacs de spirales et de volutes composant l'armature bombée d'où paraissait sourdre une musique qui unifiait toutes les harmonies terrestres et tous les rythmes marins que le vent déversait sur la véranda.

Ces résonances aériennes ajoutaient à la félicité de l'air. Elles ranimaient d'anciens bonheurs d'enfance qui avaient échappé à la rigueur du travail, au sentiment de solitude et de désenchantement tôt apparu dans sa vie. Mais la connaissance du pire avait développé chez elle l'attrait du meilleur. Le moindre objet doté de beauté lui paraissait merveilleux, capable de transformer les trop banales réalités quotidiennes en spectacle grandiose.

Elle introduisit délicatement son index dans l'anneau supérieur, et tira le loquet de la porte située dans la partie bombée de l'objet où se balançait un petit cylindre de bois suspendu à deux chaînettes dorées. Aucune de ces manipulations ne lui donnait d'information sur la nature de l'objet contemplé, objet rare et sans doute coûteux qui ne ressemblait à rien de ce qu'elle connaissait, pas même aux cages d'oiseaux rudimentaires placées dans certaines cuisines où elle avait travaillé, dont l'odeur de fiente se mêlait aux relents de lard tiède et de lait suri que les courants d'air déplaçaient sans jamais les chasser tout à fait.

Lorsque le docteur Milroy vint prendre son repas, il s'arrêta net lorsqu'il vit Persévérance accroupie devant l'objet fabuleux, sa jupe à fleurs formant une sorte de corolle autour du corps sans attrait dont il se sentit soudain plus proche. C'était la volière blanche, la volière qui l'avait bouleversé par son éclat, et cette autre chose innommable qui lui avait presque tiré les larmes lorsqu'il l'avait aperçue, portée par ses enfants qui allaient la déposer devant la porte cochère du château. Cette chose étonnante n'expliquait rien, mais elle lui rappelait l'après-midi tumultueux qui avait tiré la ville de sa torpeur, l'avait poussée dans la rue, puis ramenée à sa claustration prudente.

Persévérance, pour qui une minute perdue était une minute injustement soustraite au travail, se hâta de dire : «Quelqu'un a ramené ça du port. C'est pour vous.» Une insouciance juvénile remplissait ses yeux. Ému de voir apparaître sur ce visage ingrat la beauté qui eût pu être sienne si on ne l'en avait dépossédé, il alla se placer à côté d'elle et se mit à observer la volière. Il n'était plus le directeur médical à qui l'on soumettait des problèmes insolubles. Il était un homme libre, replié dans une position enfantine, qui contemplait cette chose merveilleuse capable d'abolir ce qui l'avait conduit là, à genoux devant une volière vide qui jetait un peu de lumière sur l'île de la souffrance momentanément redevenue l'île de Grâce.

Il y eut un long silence. Puis les deux levèrent les yeux au même moment, comme pour interroger l'autre sur le sort qui serait fait à cette chose muette qui leur parlait si intensément. Elle ne pouvait rester dehors. La placer dans l'un des pavillons hospitaliers susciterait des jalousies, et la porter au poste de contrôle provoquerait des attroupements. Il n'était pas non plus question de l'apporter à la maison des Missionnaires, ou dans l'une ou l'autre des maisons de fonction. Ils émirent encore deux ou trois hypothèses qui furent aussitôt écartées. En fait, ils ne voulaient céder à personne l'objet doté d'un si grand pouvoir d'envoûtement. À la fin, Persévérance fit intervenir son sens pratique.

— On le garde, dit-elle. Il restera sur la véranda les jours de soleil, et ira à l'intérieur les jours de pluie.

Pressé de rétablir ses prérogatives, le docteur Milroy crut nécessaire de la corriger. Il ne fallait pas dire «on le garde». Une volière, c'était féminin. Et, après tout, cette volière venait de ses enfants.

Mais cette volière éveillait néanmoins en lui un malaise. Le gouverneur, qui n'avait toujours pas répondu à sa lettre, la lui avait fait parvenir sans un mot d'explication. Tout ce mystère autour d'un objet intercepté était d'une totale incongruité. Refusant d'y voir le partage d'une complicité qui eût pu abolir momentanément leur antagonisme, il invoqua l'ironie. C'était bien cela – inutile de chercher de midi à quatorze heures –, l'arrivée de cette volière était une énigmatique et cinglante forme d'ironie britannique dont mieux valait ne pas chercher le sens.

Deux jours plus tard, l'élan scientifique inauguré par les chercheurs acquit une ampleur incontestée lorsque les deux barriques de fluide Lechaunay arrivèrent à la station de quarantaine.

En entrant dans la zone d'inspection, le commandant du *Phoenix*, à qui avait été octroyé l'honneur de transporter la découverte du siècle, arbora tout d'abord le pavillon blanc des vaisseaux pestiférés, puis ensuite le pavillon rouge, donnant ainsi deux messages contradictoires qui confondirent la garde militaire. Comment pouvait-on déclarer en même temps la maladie et son contraire, sans avoir perdu l'esprit ou sans vouloir subvertir la loi sur la quarantaine ? Au lieu du maître de vaisseau ivre ou halluciné que le capitaine Clark s'attendait à voir apparaître, c'est un homme aux manières policées, arborant l'uniforme des officiers de marine, qui descendit le débarcadère en écartant d'un geste péremptoire les débardeurs qui s'apprêtaient à soulever négligemment les deux précieuses barriques. Celui-ci fit avancer deux de ses hommes qui placèrent sur leurs épaules les récipients expédiés par le premier lord de l'Amirauté, de manière à ce que chacun pût lire le nom de l'expéditeur, tracé en gros caractères sur les douves des tonneaux, juste au-dessus de celui du fluide auquel une sorte d'écusson frappé en noir et or donnait un caractère royal.

Marchant d'un pas mesuré, ils allèrent les déposer avec une précision quasi liturgique à l'avant de la charrette de tête qui reçut l'ordre d'avancer. Couverte de regards admiratifs, la charge remonta le chemin du quai, escortée par trois hommes qui ne la quittèrent pas des yeux avant que l'apothicaire ne l'ait touchée. Mais ignorant à quel usage on destinait ce fluide étroitement surveillé, dont les contenants armoriés évoquaient dans son esprit des barils de poudre ou quelque dangereux explosif, celui-ci se déclara inapte à signer l'avis de réception. On fit venir le docteur Milroy et le capitaine Clark pour corriger cette carence. Eux-mêmes impressionnés par le rituel entourant la livraison des barriques sur lesquelles brillait un écusson qu'ils ne pouvaient sous-estimer, ils se consultèrent du regard pour décider s'il fallait donner la préséance à la médecine ou à l'armée. Le fluide revendiquait un usage médical, mais la station de quarantaine était sous contrôle militaire : la double signature parut donc indiquée.

Ces lenteurs n'étaient pas sans mérite. Un accueil aussi somptueux donnait au fluide Lechaunay une importance que son usage aurait par la suite bien du mal à concurrencer. Et le commandant du *Phoenix*, premier maître de vaisseau à arpenter le sol de l'île, eut le temps de se faire remarquer par les employés. Pour une fois, la mer leur envoyait quelque chose qui n'attirait ni leur dégoût ni leur pitié. Et tout ce décorum les replongeait dans l'exaltation théâtrale des fastes religieux et des défilés patriotiques dont l'été les avait privés.

— Ce fluide, vous y croyez? demanda le capitaine Clark à voix basse lorsqu'il se retrouva seul avec le docteur Milroy.

— Autant que vous croyez à l'Amirauté, répondit le directeur médical avec une pointe de cynisme.

Aucun mode d'emploi n'accompagnait l'envoi. Malgré les protestations de l'apothicaire, il fut décidé que les barriques resteraient à la pharmacie plutôt qu'à l'entrepôt. La prudence exigeait d'attendre les instructions qui viendraient vraisemblablement du Bureau de santé de Québec, ou encore du gouverneur ou de l'inventeur lui-même. Et en dépit des doutes qui l'assaillaient, le docteur Milroy ne voulait exclure aucun des outils mis à sa disposition pour enrayer l'épidémie.

La mise en scène spectaculaire qui avait entouré l'arrivée du fluide eut des effets bien éphémères. Dès le lendemain, les barriques suscitaient à peine un reste de curiosité. Lorsqu'on venait chez l'apothicaire, on y jetait un coup d'œil distrait comme sur n'importe quels boîte, fiole ou flacon exposés dont on n'avait pas un besoin immédiat. À l'opposé, la volière – autre chose insolite venue de la mer –, jouissait d'une popularité croissante.

Lorsque le beau temps le permettait, Persévérance repérait l'emplacement le plus confortable de la véranda pour y déposer la volière avec précaution. Car la volière était maintenant habitée. Avec autant d'art que de ruse, elle avait réussi à attirer deux chardonnerets jaunes, sans recourir à ces trébuchets cruels utilisés par certains amateurs pour capturer les espèces sauvages. Pour allécher les oiseaux, elle avait placé des tiges de bardane, de pissenlit, de verges d'or et de chicorée devant les buissons qui bordaient la véranda sur un côté. Puis elle avait tapissé le fond de la volière d'une couche de duvet d'asclépiade parsemée de graines de conifères et de chardons. Un matin, elle se réfugia au jardin derrière les tiges de tournesol formant une haie colorée derrière laquelle elle les appelait chaque jour. Raffermissant le piège, elle augmenta la quantité de graines offertes tout en hissant sa voix à la hauteur des *chii* interrogatifs lancés par les oiseaux auxquels elle répondait, consciente de leur mentir. Sa stratégie réussit. Lorsque sa main se referma sur les oiseaux chauds, son remords fut si grand qu'elle les libéra aussitôt. Le lendemain pourtant, elle risqua l'ultime trahison. Elle approcha la volière et fit du doigt un mouvement suggestif, tout en envoûtant les chardonnerets par des chants et des guiliguilis affectueux auxquels ils ne surent résister.

Le cœur lui cognait dans la poitrine lorsqu'elle referma la porte de la volière sur les bêtes captives, mais ensuite la charmeuse d'oiseaux ne se ressaisit plus. Délivrée de sa culpabilité, elle put enfin savourer son plaisir. L'univers enchanté du palais miniature, désormais rempli de trilles et de roucoulades, la remplissait d'un bonheur indicible. Les parades aériennes et les grands vols ondulants des chardonnerets s'étaient raccourcis, mais les bêtes paraissaient heureuses. Tôt le matin, elles lançaient leurs premiers trilles, et d'autres oiseaux y faisaient écho. C'était comme dans une partition à plusieurs voix où les sons alternent ou se chevauchent avant de se fondre en une seule coulée dont l'oreille suit le déploiement avec impatience et bonheur.

En passant devant la maison du docteur Milroy, les habitants de l'île captaient la musique aérienne, séduits par les roucoulements brefs, ou les appels doux et plaintifs qui s'échappaient de la véranda. Même les jours de pluie, les charrettes ralentissaient ou parfois s'arrêtaient en passant devant la résidence du directeur médical, dans l'espoir d'apercevoir l'objet fabuleux. La volière blanche avec ses enroulements de bambou et ses festons en dentelle, toute cette architecture flamboyante arrondie en sphère qui reproduisait le globe terrestre sans en avoir la pesanteur, était devenue le centre d'attraction de l'île. Le personnel la regardait en se rendant au travail, s'accordant quelques instants de répit malgré la tentation de s'attarder davantage pour observer la construction miniature d'où montaient des sons envoûtants.

Cette harmonie vibratoire profitait également aux malades. Grâce à l'énigmatique envoi du gouverneur, ceux qui débarquaient sur l'île bénéficiaient d'un moment de grâce tandis qu'on les transportait vers les hôpitaux. Le cahotement de la voiture cessait pendant un bref instant. Ils tournaient la tête. Au bout d'un chemin étroit, ils apercevaient la véranda, l'objet étonnant qui les ramenait à ce que la mer leur avait fait perdre : le souvenir de ce qu'ils avaient été, ce qu'ils avaient souhaité être avant d'aboutir là-bas. Après l'arrachement du départ, ce débarquement qui les replongeait dans ce qu'ils avaient voulu quitter – la pauvreté, la maladie, les soldats anglais qui les surveillaient encore même après qu'ils eussent parcouru la moitié du monde pour les fuir –, ils voyaient tout à coup cette chose inouïe qui allégeait pendant quelques secondes leur angoisse et leur douleur.

Le docteur Milroy avait pour sa part l'impression que la misère de l'île était moins grande depuis que la volière y avait fait son apparition. Le désordre lui paraissait moins accentué, les odeurs plus tolérables, la boue moins envahissante. Il lui semblait même que les délits des prisonniers se faisaient plus rares, et que les défections des militaires étaient moins fréquentes. Lorsqu'il en fit part au capitaine Clark, qui n'aimait que les chiens et les chevaux de race, celui-ci eut un rire ironique. Persévérance croyait quant à elle que les morts eux-mêmes y trouvaient leur profit. Elle était sûre que la musique aérienne les rejoignait, qu'ils saisissaient ces rythmes sans mots, sans phrases, qui leur apportaient plus de bien-être que la multitude de paroles déjà entendues.

Mais tout cela, elle le sentait sans oser en parler à personne. Pendant son travail, elle s'arrêtait de temps à autre devant la merveille qui ne cessait de l'éblouir, persuadée que l'amour porté aux chardonnerets compensait leur liberté perdue. Parfois, elle se voyait en train de traverser un parc public, la volière au bout du bras, couverte de regards admiratifs qui lui arrachaient un soupir de contentement. Ou bien encore, elle s'imaginait en train de descendre fièrement les marches de la terrasse Durham ou la Côte du Palais avec la volière. Un soir, alors qu'elle était perdue dans sa contemplation, elle crut entendre quelqu'un lui parler. Il ne s'agissait pas de mots ordinaires comme elle en entendait dans la vie de tous les jours, mais d'un chuchotement très doux qui touchait son oreille au point le plus tendre et le plus sensible.

Elle se retourna. Le docteur Milroy était à ses côtés, les yeux fixés sur la volière. Son visage, parfaitement détendu, paraissait plus jeune. Elle imaginait les cheveux qui avaient autrefois couvert le front dégarni où ne paraissait plus aucune ride, et elle-même se sentait rajeunie, remplie d'un extrême bonheur. Elle ne cherchait plus à s'effacer, ne s'exerçait plus à disparaître. Bien au contraire, elle restait là, priant Dieu que cela dure – non pas le Dieu sévère qu'une si futile requête eût pu indisposer, mais le dieu aimable qui faisait pousser les plantes et chanter les oiseaux. Elle posa une main sur son cœur et le sentit battre si fort qu'elle eut tout à coup peur de ses rêves insensés.

Le docteur Milroy la regardait. Sentant le besoin de se protéger, elle replaça une mèche de son chignon et chercha à occuper ses mains par un geste machinal qui dissiperait son trouble.

— D'après vous, demanda-t-il enfin, quelle idée le gouverneur avait-il derrière la tête lorsqu'il a décidé de m'envoyer cette volière ?

Elle balbutia quelques mots confus, se tourna de biais pour lui soustraire son visage et attrapa une seconde mèche de cheveux, tout aussi providentielle que la première, qui lui permit d'imaginer une réponse convenable. Voilà. Elle ne connaissait ni le gouverneur ni ses arrière-pensées. Elle savait simplement ceci : il y avait là un objet qui enchantait ceux et celles qui le regardaient, peu importe qu'ils fussent malades ou bien portants, beaux ou laids, ignorants ou instruits.

— Pourquoi vous préoccupez-vous du gouverneur ? répondit-elle. La volière est un objet de beauté. Ces objets-là servent à faire oublier la laideur, il ne faut rien leur demander de plus.

Le docteur Milroy l'admira d'aller si rapidement au but, alors qu'il cherchait toujours à résoudre les situations difficiles et les contradictions aberrantes par des raisonnements compliqués. Mais peut-être avait-il commencé à prendre des raccourcis. Sans aller jusqu'à négliger son travail, depuis quelques jours il s'arrangeait pour quitter les hôpitaux plus tôt afin de rentrer chez lui plus vite. Retrouver la volière, c'était en quelque sorte retrouver l'esprit d'enfance, son innocence, sa spontanéité. C'était retrouver ce qui s'affirmait alors dans les yeux de Persévérance, quelque chose d'essentiel qu'il n'aurait pas su nommer.

Il l'observait, détaillant la robe flasque où s'engloutissaient les formes du corps, la cordelette encerclant son cou, ce regard où triomphait une soif de connaître et d'aimer que rien ne décourageait.

— Vous avez raison, dit-il la voix un peu éraillée, c'est un objet de beauté.

Le docteur Milroy n'attendait plus de nouvelles du gouverneur lorsqu'un matin on lui remit un pli scellé par un cachet de cire qui révélait l'identité de l'expéditeur. Pressé de l'ouvrir, il interrompit l'examen du malade qu'il venait de commencer, et prit connaissance du message. On l'avisait que l'inventeur du fluide magique venait d'arriver à Montréal où il tenterait ses premières expériences, et que la commission chargée de superviser ses travaux – il apprendrait plus tard que cette commission avait été nommée par le gouverneur lui-même – rédigerait un rapport qui lui serait communiqué sous peu. La lettre, des plus neutres, se terminait par la phrase conciliante : *Les plus hauts espoirs nous sont désormais permis.*

Il congédia le messager d'un geste évasif et poursuivit son examen, mais il avait peine à se concentrer. La venue du chimiste éveillait en lui des appréhensions. Il craignait que la toute récente expérience des chercheurs ne se reproduise sur un autre mode et avec des conséquences beaucoup plus graves. Ce voyage était placé sous le haut patronage du secrétaire d'État aux colonies, mais en haut lieu les intérêts commerciaux avaient souvent tendance à l'emporter sur les considérations humanitaires. Bien qu'il ne doutât pas de la bonne foi du gouverneur, il s'interrogeait sur ses motifs véritables et gardait l'attitude critique qu'il avait toujours eue à son égard. Sa visite au représentant de la reine l'avait déçu, et il se souvenait du dernier bal du château – même si cela lui paraissait maintenant remonter à une époque bien lointaine de sa vie –, du malaise ressenti lorsqu'il l'avait vu afficher un sourire satisfait en dansant avec Agnès Frémont. Lui-même avait fait la cour à lady Lorne, mais il savait qu'un homme se permet toujours plus qu'il ne tolère chez son rival, surtout lorsque ce rival dispose de la puissante et pernicieuse séduction conférée par le pouvoir.

Renonçant à poursuivre sa réflexion, il finit par s'en remettre au hasard. Après tout, sa nomination à ce poste, ce qui s'était déroulé sur l'île depuis le début de l'été avaient été une suite d'imprévus qu'il n'avait eu le loisir de refuser. Les événements avaient ébranlé ses prétentions, démenti les prévisions qu'il s'était parfois risqué à faire. Mais si le détachement auquel il avait dû consentir avait assoupli son tempérament, il n'en était pas pour autant devenu un saint. Il eut du mal à réprimer le bouillon d'impatience qui monta en lui lorsqu'il trouva quelques jours plus tard, à la une du plus grand journal du pays : *Arrivée à Montréal de l'inventeur du fluide qui vaincra le typhus.*

Petit de taille et de mine austère, l'homme était photographié à sa descente du *Caledonia*, en compagnie d'un officier de grande stature, également catapulté par la métropole, qui devait approcher l'âge de la retraite. On montrait le gouverneur en train de les accueillir, suivi du secrétaire à l'Immigration, du maire de la ville, et d'une dizaine de notables parmi lesquels se trouvaient le directeur de l'hôpital de la Marine, des représentants de sociétés savantes et quelques médecins influents. Le journal signalait qu'avant de procéder à l'application du fluide guérisseur sur des humains, le savant effectuerait un certain nombre d'expériences, contrôlées par une commission d'experts, sur des substances animales et végétales en décomposition, de même que sur des matières putrides reconnues pour favoriser le germe pestilentiel. L'article se terminait par un hommage au haut fonctionnaire qui avait favorisé la venue du savant déjà acclamé dans plusieurs pays d'Europe.

Le docteur Milroy ne reçut aucun rapport de ladite commission, mais une semaine plus tard il était prié de se rendre à Québec pour assister à une conférence que le chimiste donnait à l'hôpital de la Marine. L'invitation venait du gouverneur. Persévérance se hâta de préparer les effets nécessaires pour le voyage, car à ses yeux il ne s'agissait pas d'un simple déplacement. L'ancienne capitale, qu'elle ne connaissait que par les photos aperçues dans les journaux, était pour elle une ville somptueuse où roulaient des calèches transportant des femmes et des hommes richement habillés devant lesquels il fallait afficher une aisance respectable. Et comme cette ville était mythique, elle n'imaginait pas que l'épidémie ait pu en modifier l'âme ou l'atmosphère. La seule concession faite à sa vision des lieux portait sur les précautions à prendre pour se préserver de la maladie. Elle glissa donc dans le sac du voyageur un flacon de vinaigre des quatre gousses d'ail. Et elle renouvela le sachet de camphre qui pendait au cou du docteur Milroy, mais elle n'osa laver son scapulaire par crainte de dépouiller l'objet de ses vertus sacrées.

Il ne s'opposa à rien. Lié à elle par ces liens domestiques, faits de compromis et de fidélité, qui créent la dépendance tout en favorisant l'attachement, il la laissa choisir ses vêtements, heureux d'être débarrassé d'une corvée dont sa femme s'occupait en ville. Car lui-même attachait peu d'importance aux habits portés, aux détails vestimentaires soulignant le passage des saisons. Agnès Frémont avait l'habitude de dire que sans elle il aurait toujours porté le même habit râpé, le même chapeau et les mêmes chaussures, ou alors qu'il se serait promené nu comme un ver, royalement indifférent. Et lui répondait : « Nu comme à la naissance. Ça ne serait pas si mal. Dieu est le plus grand des couturiers : il néglige les franfreluches et les boutons, mais il prévoit le renouvellement des tissus humains à tous les sept ans. »

Une pluie froide tombait lorsqu'il quitta l'île. On le conduisit au bout du quai où il vit la ligne de voiliers, assez courte, qui venait d'entrer dans la zone d'inspection. Il partait sur un fleuve agité, des vagues heurtaient violemment la coque de l'embarcation. Les bottes et l'imperméable enfilés avant de monter sur la goélette le gardaient à peine au chaud. Il avait les mains glacées, et le nez qui gouttait. Il se sentait maussade et toussif, loin de l'excitation ressentie lors du précédent départ. Ce n'était d'ailleurs pas un vrai départ, mais plutôt un morne enfoncement dans la pluie qui passait tout au gris de plomb. Il avait le sentiment de s'acquitter d'un pensum fastidieux : il allait rencontrer le savant qui faisait des miracles. Il allait entendre discourir un orateur qu'il serait forcé d'applaudir – et un peu plus tard de recevoir sur l'île –, quelles que soient ses réticences ou ses suspicions.

Heureusement, la pluie cessa lorsqu'ils quittèrent le chenal des grands voiliers pour s'engager dans l'estuaire de la rivière Saint-Charles. Sa mauvaise humeur s'allégea, mais il était transi et il aurait volontiers bu un verre de scotch pour se réchauffer, ou un bon grog au gingembre et au miel comme Persévérance lui en servait depuis quelques semaines. Les dômes et les flèches des clochers s'enfonçaient dans le ciel bas. Malgré la grisaille, un reste de flamboyance flottait au-dessus du cap Diamant. À distance, il entendait la rumeur des quais, les cris des oiseaux de proie qui survolaient la zone portuaire, et il se sentait à nouveau possédé par cette ville austère et sensuelle qui le forçait à contempler sa beauté : une retenue faite de pudeur et de provocation qui livrait en même temps sa richesse et ses misères.

Placée comme un observatoire au-dessus du fleuve qui déployait autour d'elle ses ramifications, l'agglomération urbaine restait malgré tout enveloppée de mystère. Ramassée sur elle-même, elle se livrait à ceux qui prenaient le temps de la découvrir. Sinon elle se dérobait, disparaissait dans le grain de ses pierres ou fuyait vers l'horizon soutenu par la courbure tremblante des eaux où s'évanouissait le regard. Le docteur Milroy voyait s'estomper le promontoire édifié en ville forte que la goélette contournait, et il avait l'impression que tout allait basculer dans le vide. Car tout paraissait tenir au fil suspendu sur lequel se balançait ce promontoire, et peut-être bien la terre entière, ce continent dont la ville ouvrait la porte.

La goélette atteignait le resserrement de la boucle que formait la rivière Saint-Charles derrière l'hôpital de la Marine. La chaloupe qui vint le prendre s'embourba dans les fonds marécageux découverts par la marée, et il dut patauger dans la boue jusqu'au rivage détrempé couvert de déchets. Autour de lui, les émanations putrides qui avaient paru former un ruban continu le long de la rivière, s'enrichissaient de l'odeur âcre et corrosive des tanneries proches. Tout cela, ajouté au dégorgement des égouts à ciel ouvert des faubourgs Saint-Roch et Saint-Sauveur, épaississait l'air de couches de puanteur diverses qui se déplaçaient par longues bouffées. Cette puanteur dépassait tout ce que le docteur Milroy avait respiré à la Grosse-Île. Se retenant de vomir, il pressa le pas en tenant serré contre lui le sac qu'il transportait, geste qu'il avait souvent vu faire aux immigrants qui descendaient des voiliers. Comme eux, il barbotait dans la fange nauséeuse conduisant à l'hôpital qu'il atteignait par l'arrière, et non par l'allée pavée menant à la grande porte réservée aux médecins et aux visiteurs.

Seulement quelques mois s'étaient écoulés depuis son départ de l'hôpital, mais il avait l'impression que tout avait changé. Autour du bâtiment, des îlots de baraquements abritaient des malades que la station de quarantaine n'avait pu détecter ou accueillir. Et la cour, auparavant déserte, était maintenant remplie de civières, de charrettes de provisions, d'infirmières et de brancardiers. Après avoir longé l'aile gauche de l'hôpital, le docteur Milroy traversa de biais la pelouse saccagée et franchit la porte de la grille ouvrant sur l'édifice dont il avait déjà dirigé le département de chirurgie.

Il leva les yeux vers le portique. La façade et ses demi-tours, les colonnes grecques dont la splendeur l'avait déjà ébloui, le laissaient indifférent. L'imposant bâtiment construit en pierre de taille, qui semblait éclipser tout ce qui n'avait pas su s'extraire de la nature, l'île de Grâce où le dénuement annulait toute prétention architecturale, lui fit l'effet d'un anachronisme. L'émotion qui l'avait envahi la première fois qu'il avait franchi le seuil de cet hôpital, heureux de voir ses aspirations professionnelles comblées, lui paraissait tout à coup bien futile. Il avait le sentiment d'être un intrus qui ne partageait plus grand-chose des anciens idéaux de l'établissement.

L'abordage interrompu à mi-chemin du rivage lui avait fait prendre du retard. Il essuya ses bottes avec son mouchoir, fit un peu d'ordre dans ses cheveux et tira les cuissières du complet abîmé que Persévérance avait repassé inutilement. Puis il gravit à l'épouvante l'escalier menant à l'entrée principale surélevée par un balcon. En ouvrant la porte, il sut qu'il ne pénétrait pas dans le temple des Muses antiques. L'odeur qui venait à lui – lourds relents d'urine, de sang, de draps tachés – redonnait à la nature tous ses pouvoirs. Elle indiquait le travail de la souffrance, la mort qui rôdait, prête à abolir ce privilège dont jouissent les humains en temps normal : la capacité de voir venir leur fin, moment singulier d'une existence que viendra clore une maladie lente, un départ respecté.

Dans le hall d'entrée dont il avait oublié l'opulence, un interne l'avisa que la séance, déjà commencée, se tenait à la bibliothèque. Il passa rapidement au vestiaire pour se débarrasser de ses bottes et de son imperméable. Puis il fit une entrée maladroite, parcourant la pièce d'un regard circulaire qui embrassait tout sans rien voir. Une main secourable lui indiqua une chaise où s'asseoir. Honteux de sa tenue, conscient de troubler l'atmosphère recueillie de l'assemblée, il baissa timidement la tête. Lorsqu'il la releva, il se vit assis non loin du gouverneur qui avait à sa droite l'inventeur du fluide, et à sa gauche le maire de la ville. Bien qu'il eût dissimulé son sac de voyage sous son siège et cherchât à se faire oublier, il eut l'impression de ne pas y parvenir. Malgré la place honorifique occupée, son complet défraîchi et sa chemise aux poignets maculés de boue trahissaient sa non-appartenance au groupe d'hommes élégants, pétris de civilité urbaine, qui composaient l'audience. Et en dépit de l'intérêt feint porté au long et verbeux discours de présentation, son dépaysement, trop visible, le désignait comme étranger.

Sachant que dans cette ville tout était prétexte à discours, il prit son mal en patience, espérant que l'épidémie les inciterait à raccourcir la séance du quart ou du tiers. Le directeur de l'hôpital présidait l'assemblée, entouré de délégués influents du Bureau de santé, de quelques professeurs de chirurgie et d'un certain nombre de praticiens renommés. Des invitations avaient apparemment été lancées à plusieurs représentants gouvernementaux, au président du Comité d'assainissement des lieux publics, au secrétaire général de la Société d'agriculture et au grand maître de la Loge maçonnique. Le docteur Milroy reconnaissait aussi quelques zouaves pontificaux, le chef du Regroupement des anciens combattants, de même que des membres de l'ambitieuse *Literary and Historical Society* qui avait en quelques années absorbé un certain nombre d'associations culturelles des deux langues. Tous écoutaient religieusement l'énumération des titres de compétence du chimiste qui avait cumulé outre-mer pas moins d'une soixantaine de certificats, rapports et attestations consignés dans la brochure imprimée spécialement pour ce voyage, dont on faisait circuler des exemplaires. Des titres aussi prestigieux ne pouvaient être portés qu'avec modestie. L'homme de science, dont la tête atteignait à peine les épaules de l'officier militaire que le secrétaire d'État aux colonies avait désigné pour l'accompagner dans sa tournée nord-américaine, garda le front incliné tout le temps que dura son panégyrique, ce qui lui valut quelques éloges supplémentaires de la part du présentateur.

Lorsque celui-ci se tut, l'inventeur du fluide le remercia brièvement. Puis il exprima à son auditoire l'émotion qui l'étreignait à penser qu'il se trouvait dans la ville qualifiée de «berceau de la civilisation française en terre d'Amérique», ville que nul revers n'avait affaiblie et que nul obstacle n'avait découragée au cours de son histoire exemplaire et tumultueuse. De discrets remuements de chaises lui signifièrent qu'il venait de s'engager sur une pente dangereuse. Prenant soudain conscience que l'assemblée regroupait plusieurs anglophones – et établissant peut-être un lien entre l'épidémie de typhus et la vague d'immigrants qui déferlait sur le territoire –, il fit converger son envolée oratoire vers le destin de communautés dont la langue et la foi diffèrent, mais dont l'âme et l'esprit aspirent au même idéal : le bien de l'humanité, sa marche vers le progrès et la santé, essor vertigineux auquel la science et la médecine avaient de tout temps contribué.

Abrégeant l'acclamation qui accueillait ses propos, il chaussa son monocle et commença à déplacer la rangée de flacons disposés sur une table placée au centre de la pièce, autour de laquelle avaient pris place les invités. Les murs de la bibliothèque, tapissés de livres, amortissaient les sons cristallins des flacons et leur donnaient une résonance assourdie qui prédisposait à la réflexion, comme si les bruits perdaient de leur acuité au profit d'une harmonie générale qui donnait sa mesure d'ordre et de rigueur à la séance en cours. Ménageant l'effet de surprise, le chimiste s'empara du flacon qui contenait un échantillon de la célèbre solution dont on venait de vanter les propriétés, et se mit à évoquer des cas où son action s'était exercée de façon soudaine, et proprement stupéfiante, sur des patients dont le témoignage figurait en partie ou en entier dans la brochure dont les distingués invités venaient de prendre connaissance. C'est ainsi que la suppuration de plaies fétides s'était arrêtée, que des cancers avaient été guéris, que des brûlures graves s'étaient cicatrisées et, plus spectaculaire encore, que des gangrènes rongeant des membres considérés comme irrémédiablement perdus avaient connu une amélioration notable ou étaient même tout à fait disparues.

Il citait d'autres exemples, également authentifiés par la brochure, qui attestaient la valeur de sa découverte. Oubliant que la chirurgie avait cessé d'être un métier de barbier pour devenir un art exercé par des spécialistes qui jouissaient d'un prestige enviable, il affirmait que dans des situations extrêmes, dues à la pénurie ou à des urgences imprévisibles, son fluide pouvait servir de cautérisant. Certains chirurgiens qui dirigeaient à l'intérieur même de l'hôpital une école de chirurgie pratique, dont le niveau d'enseignement pouvait rivaliser avec n'importe quel autre du continent, froncèrent les sourcils. Craignant de s'être compromis, le chimiste spécifia que sa solution n'avait pas été créée à cette fin, mais qu'elle pouvait servir d'expédient dans un certain nombre de pratiques médicales que le danger d'infection risquait de compromettre.

Heureux de s'être tiré d'affaire à si bon compte, il quitta le terrain glissant de la pathologie et commença à exposer les principes qui avaient guidé sa recherche. Puisque la santé n'était rien d'autre que l'équilibre constamment maintenu entre le corps et son environnement, il avait fait porter sa recherche sur la nécessité d'empêcher que des éléments contaminants, issus du milieu extérieur, ne s'immiscent dans les rouages de l'organisme et n'en altèrent la structure ou n'en corrompent le fonctionnement. Cette vigilance de chaque instant ne pouvait être exercée que par un agent intermédiaire capable d'assumer une double fonction. Tout d'abord celle de pouvoir s'allier au système de défense de l'organisme dans sa lutte contre les invasions externes contaminantes, mais aussi celle de neutraliser les résidus excrémentiels émis par le corps tels que la sueur, l'urine, ou toute autre émission corrompue pouvant affaiblir ou paralyser ce système de défense.

C'est ici qu'intervenait le mérite de sa découverte. Son fluide, qui agissait sur tout corps récepteur ou producteur d'émanations miasmatiques – du plus petit au plus grand, du plus subtil au plus grossier et du plus complexe au plus rudimentaire –, visait au premier chef le corps humain. Pour renforcer son exposé, le chimiste balayait de la main les interventions médicales discriminantes qui traitaient différemment les infections selon qu'elles émanaient d'une source humaine, animale ou végétale. Tout phénomène inflammatoire requérait, selon lui, le même traitement, puisqu'il déclenchait l'affrontement de deux systèmes rivaux : un milieu interne sain – ou qui aspirait à l'être –, et un milieu externe corrompu. Chacun de ces systèmes visait des fins diamétralement opposées : l'un rapprochait de la vie et l'autre pouvait conduire à la mort. Comme s'il dût faire la preuve de son exposé, il proclamait, tout en se grattant l'arrière du crâne d'où tombait une fine pluie de pellicules qui blanchissait le col de sa veste : « Un miasme doit rencontrer plus fort que lui sur son chemin. »

Le maire de la ville, qui souhaitait voir louer les mesures d'assainissement prescrites et espérait peut-être acquérir la visibilité du maire de Montréal, souvent aperçu à la une des journaux avec l'inventeur du fluide, en profita pour demander si l'utilisation de ce fluide dispensait d'adopter des mesures préventives contre l'actuelle épidémie de fièvre qui constituait à ses yeux la plus grande invasion miasmatique de l'heure et peut-être de tous les temps. D'un ton modeste, et en s'inclinant légèrement du côté du gouverneur et des représentants gouvernementaux, le chimiste répondit que, loin de sous-estimer les mesures sanitaires édictées en haut lieu, il reconnaissait en elles l'impératif de prudence et de sagesse indispensable en temps d'épidémie. Son fluide n'excluait ni les lois d'hygiène ou de morale, ni la science médicale ou tout autre moyen dont l'homme dispose pour se prémunir contre les dangers qui menacent sa survie. En tant que scientifique, il favorisait l'essor de tous ces éléments puisqu'il se mettait lui-même au service des idéaux humanitaires et des dispositions éclairées contribuant au bien-être et à l'avancement de l'humanité.

Un murmure appréciatif s'éleva de l'assistance dont l'adhésion paraissait définitivement acquise. Considérant que le moment était venu de prouver l'universalité de sa découverte, le chimiste ouvrit un bocal qu'il tendit au gouverneur en le priant de bien vouloir en identifier l'odeur. Celui-ci huma le goulot du bocal avec délicatesse comme si l'on eût sollicité son appréciation d'un grand cru, et il confessa qu'un léger rhume l'empêchait d'en capter l'odeur. «Votre odorat est admirable, nota triomphalement le chimiste en s'inclinant de nouveau légèrement vers son protecteur. Ce bocal, qui contient de la terre mêlée à du fumier et à des matières organiques en décomposition, ne dégage aucune odeur parce qu'il a été aspergé de fluide.»

Avec des mines d'expert, il présenta le même bocal au directeur de l'hôpital qui émit une vague impression. Puis il déposa l'échantillon de terre derrière le flacon de fluide qui était censé l'avoir purifié, et à la façon d'un prestidigitateur il le reprit, enfonça son index dans la texture brunâtre d'où il tira une carotte qu'il produisit avec fierté. Ce légume, dont la forme était parfaite comme chacun pouvait le constater, avait poussé dans une terre semblable à celle qui remplissait le bocal, et avait reçu le même traitement. Évitant de s'étendre davantage sur la question, il ouvrit un deuxième bocal où macéraient des pièces de monnaie. Il en extirpa une qu'il essuya avec un linge avant de l'exhiber et de prédire que cette pièce étincelante ne se ternirait jamais. Cette pièce, à l'égal de toutes celles qui tintaient au fond du bocal, s'était oxydée après avoir été mise en contact pendant un certain temps avec des matières fécales, mais il avait suffi de la plonger dans le fluide pour lui redonner sa pureté. Choqué par la vulgarité des échantillons produits dans un hôpital dont la pierre angulaire avait été posée en présence de la législature et de la faculté le jour de la fête du roi, quelqu'un fit remarquer que tout cela, fort intéressant, concernait néanmoins assez peu le corps médical.

Pour montrer qu'il n'était pas en reste avec la médecine, le conférencier se mit à paraphraser le grand physiologiste Claude Bernard, émettant l'avis qu'il fallait peut-être entrer en médecine comme l'on entre au laboratoire, seulement après avoir fait le détour par le vestiaire pour y laisser, en même temps que son paletot, son imagination et ses idées convenues. Ces mots firent sursauter le docteur Milroy. Il aperçut, dépassant de sa chaise, le sac de voyage béant – qu'il aurait justement dû laisser au vestiaire – dont s'échappait un scandaleux bout de caleçon. Il referma vivement son sac par un geste discret dont personne n'eut conscience. Tous avaient les yeux fixés sur le conférencier qui remuait ses bocaux, déplaçait ses fioles, manipulait son verre gradué et allongeait ses arguments avec une maîtrise calculée. Ces gestes d'illusionniste, le langage riche et varié dont il usait avaient un effet hypnotique sur l'audience. Le grand maître de la Loge maçonnique aussi bien que les zouaves pontificaux et le président de la *Literary and Historical Society* se laissaient convaincre des propriétés exceptionnelles du fluide. D'application facile, cette solution présentait un double avantage : non seulement détruisait-elle les miasmes et les odeurs blessantes pour des narines civilisées, mais elle était elle-même sans odeur.

La séance se termina par une ovation fournie et des accolades enthousiastes, tout particulièrement du côté du Comité d'assainissement de la ville où l'on croyait à demi résolu le problème des égouts à ciel ouvert. Chacun convenait que cet homme avait du génie et des talents d'élocution remarquables. Un peu en retrait, le docteur Milroy continuait de douter de la valeur thérapeutique de la solution dont il devrait bientôt faire usage. L'emphase qui entourait cette séance, et qui avait également marqué la livraison des deux barriques de fluide expédiées plus tôt à la station de quarantaine, lui rappelait les tours d'adresse observés dans son enfance à la foire annuelle de son village. Mais en même temps, il refusait d'admettre qu'un instinct pédagogique aussi sûr et un sens de l'efficacité aussi admirable pussent induire en erreur de façon délibérée. Préférant croire que la valeur d'un produit est intimement liée à la force de persuasion de ceux qui le divulguent et la foi de ceux qui l'utilisent, il chassa ces pensées négatives afin de favoriser en lui l'émergence de cette foi sans laquelle toute utilisation du fluide était d'avance condamnée.

Touché par cet état de grâce précaire, il sourit au visiteur, très adulé, à qui le gouverneur souhaitait le présenter. Les deux hommes se regardèrent fixement, lents à échanger une poignée de main. «Je suis sûr que vous vous entendrez bien», dit le gouverneur qui se proposait d'expédier l'inventeur du fluide à la Grosse-Île dès le lendemain.

Plusieurs personnalités s'arrachaient le chimiste. Resté seul avec le docteur Milroy, le gouverneur s'informa d'abord de sa santé qui, à sa grande satisfaction, paraissait florissante. Puis il lui demanda s'il avait reçu les deux barriques de fluide expédiées par l'Amirauté, dont aucun rapport de la station de quarantaine n'avait fait mention. Ils traitèrent ensuite de deux ou trois problèmes d'intendance. Puis, selon ce qui tendait à devenir une coutume, le gouverneur prit des nouvelles d'Agnès Frémont et parla d'une lettre récente de lady Lorne contenant des salutations destinées au médecin.

Pas un mot ne fut prononcé à propos de la volière. Mais à peine le gouverneur avait-il quitté le docteur Milroy qu'il se retourna et laissa tomber machinalement :

— À propos, je viens de lire dans le *Telegraph* que les chardonnerets sont en train de devenir des oiseaux très recherchés par les ornithologues. Le saviez-vous ?

L'animal avait de l'humour, et des informateurs. Le docteur Milroy se mit à craindre davantage d'avoir à accueillir le chimiste à la station de quarantaine le lendemain.

À l'heure convenue, il prit seul la goélette pour là-bas. Au dernier moment, le gouverneur lui fit savoir que l'inventeur du fluide ne pouvait quitter Québec, car son accompagnateur, le colonel Calvert, souffrait d'une forte température qui l'obligeait à garder le lit.

Pour minimiser le danger, on avait pris soin d'éviter le mot « fièvre », mais le docteur Milroy se souvenait que le militaire, assez âgé, lui avait paru très fatigué. Il l'avait vu s'éclipser aussitôt la conférence terminée, malgré la sociabilité et les qualités de bon vivant attestées par sa physionomie. Tout d'abord, la nouvelle l'attrista. Puis il se sentit débarrassé d'une corvée. Il n'aurait pas à converser avec le petit homme sec et bavard pour lequel il se sentait peu de sympathie. Ce fluide, autour duquel avait été édifiée une théorie qui amenait le scientifique à débiter des phrases dont l'accent et le débit se complétaient harmonieusement, exprimait une perfection qui semblait incompatible avec les réalités brutales de l'épidémie.

Il était sur le débarcadère lorsqu'il vit quelqu'un courir vers lui tout en l'appelant. Bernard de Lanaudière, amaigri, le souffle court, lui faisait signe de l'attendre. Ayant appris par les journaux du matin que le docteur Milroy avait assisté à la conférence de Lechaunay, il avait aussitôt contacté la famille du médecin, puis il s'était précipité vers l'hôpital de la Marine où il était arrivé trop tard. Mais enfin, il était là. Et puisqu'il avait réussi à le rejoindre, il lui remettait le sac et le bouquet de chrysanthèmes préparés rue Saint-Louis.

— Ta famille se porte bien, disait-il. Agnès et les enfants t'embrassent.

Le docteur Milroy s'informa : «Et toi ?» L'autre balaya d'un geste l'amas de saletés qui flottaient à la surface de l'eau, comme pour laisser entendre que des saletés aussi envahissantes empestaient sa vie. L'embarcation prit le départ, ouvrit les eaux grises infiltrant le bassin fangeux que formait le rivage derrière l'hôpital. Bernard de Lanaudière ajouta quelque chose, mais sa voix se perdit. Parmi les sons effrités ressortait le mot «poker» sans doute lancé sous forme de boutade, ou peut-être avec nostalgie puisque cette distraction avait été leur évasion commune.

Le docteur Milroy se demandait pourquoi son ami avait si mauvaise mine. Il s'inquiétait également du sort véritable de sa famille, en dépit des lettres tendres et optimistes qui lui étaient adressées. La veille un cocher aurait pu le déposer chez lui en quinze minutes, mais il s'était soumis à la loi de réclusion interdisant les contacts avec les proches. Il avait dormi au premier étage de l'hôpital, chez l'un des médecins qui y avait son appartement, sensible à l'odeur de pestilence qui imprégnait l'hôpital, le drap replié sous sa gorge, regrettant sa chambre et son lit, tous ces bonheurs simples auxquels il n'attachait pas d'importance avant d'en être privé.

Tout au cours de la nuit, des images mêlées de souvenirs avaient accaparé son esprit. Les images se formaient, favorisant un instant de repos. Puis tout disparaissait : le visages des enfants, le cercle jaune de la lampe éclairant la table de la salle à manger, le pan de jardin découpé par la fenêtre, la main de Darling posée sur sa nuque. Déçu de ne pouvoir reconstituer les images qui fuyaient, il s'était replié en boule afin de trouver en lui l'affection manquante. Mais comme dans tous ces moments d'extrême solitude où le besoin de l'autre fait retour sur le vide qui nous habite, il s'était senti profondément délaissé.

Alors qu'il fixait le plafond sans pouvoir dormir, il avait entendu le bruit d'une porte brusquement refermée du côté des salles d'opération, puis des pas précipités, une course dans le couloir, et ensuite plus rien. La nuit s'était refermée sur son secret, l'un des multiples secrets que recelait cet hôpital apparemment aussi débordé que la station de quarantaine, et sans doute aussi impuissant à affronter le malheur. Car même si l'immigration paraissait diminuer, l'épidémie avait une bonne longueur d'avance sur la médecine. Bien connue dans ses symptômes, le typhus demeurait obscur dans son mode de transmission, et personne ne connaissait encore les cause véritables de son apparition.

Ballotté par les vagues, le docteur Milroy pressait la gerbe de chrysanthèmes contre lui et ouvrait le sac où avaient été placés des fruits frais, quelques feuilles tombées de l'érable du jardin, des dessins d'enfants représentant une maison à tourelle plantée au milieu d'une ville envahie par des animaux minuscules qui la rongeaient sur les bords. Il y avait aussi une enveloppe attachée d'un ruban rose au bout duquel pendaient trois petits papillons de tulle. Il reconnaissait le clan familial, Darling et son imagination généreuse. Tracée par quelqu'un d'autre, la phrase «Plus qu'hier et moins que demain» terminant la note rédigée à la hâte, au-dessus de laquelle trônaient deux cœurs enlacés, eût été ridicule. Mais suivie des mots «Ton Agnès», elle éveillait son désir et accroissait l'amour qu'ils se portaient toujours malgré l'absence, soudain moins vive, qui les séparait.

Le docteur Milroy déchiffra les quelques phrases rédigées par les enfants, accompagnées d'une série de *XXX* représentant des baisers qui débordaient sur les marges. Puis il relut chacun des messages plusieurs fois de suite et, lorsqu'il les sut par cœur, il replia les feuillets et les plaça dans la poche de son gilet. Le reste du trajet lui parut court. Son corps suivait le balancement de la goélette. Il éprouvait une sorte de bien-être qui effaçait toute appréhension à l'idée de retourner là-bas. L'image du chimiste traversa son esprit à quelques reprises, mais comme il ne se donna pas la peine de la chasser ou de la retenir, elle s'évanouit d'elle-même à la surface des eaux où il croyait voir flotter son bouquet de chrysanthèmes chaque fois qu'il se penchait.

Lorsque Persévérance le vit revenir avec sa gerbe et les petits papillons roses qui débordaient de la pochette de son gilet, elle sentit que les fleurs sauvages cueillies pour son retour ne feraient pas le poids – même en y ajoutant ses deux géraniums et tous les bouquets d'herbes de santé suspendus aux poutres de la cuisine. Elle avait beau se dire qu'une femme de sa condition ne pouvait battre une jeune épouse de ville sur le terrain des fanfreluches et de la fantaisie, un pincement de jalousie lui serrait le cœur.

— Voyez comme ils sont heureux de vous revoir, dit-elle en pointant du doigt la volière où les chardonnerets s'ébrouaient avec grâce et légèreté.

Le docteur Milroy succomba au piège et s'approcha de la volière. Tandis qu'il observait les oiseaux, la gerbe de fleurs changea de mains et fila vers sa chambre, libérant la cuisine où triomphait désormais le bouquet de fleurs sauvages de Persévérance.

Cinq minutes plus tard, elle l'invitait à s'asseoir et servait le repas qu'elle avait préparé avec soin. Dès l'ouverture, elle lança la phrase rituelle qui eût pu sortir de la bouche de n'importe quelle épouse depuis longtemps confirmée dans ses droits et privilèges : « Le voyage s'est bien passé ? » Et lui, comme l'auraient fait la plupart des époux dont le mariage accusait de l'usure, racontait quelques anecdotes, relevait un ou deux faits, citait le nom de personnes rencontrées à la conférence.

Mais il oubliait de souligner que les vêtements préparés, les médicaments et les petites douceurs ajoutées – cette infime part de l'autre qui l'avait accompagné dans son déplacement – avaient été utiles, voire appréciés.

CHAPITRE 9

L'automne était là, et le docteur Milroy l'avait à peine vu venir. Un matin, en se déplaçant entre les hôpitaux, il constata que l'île avait changé. Elle tirait maintenant sur le jaune avec ses herbes penchées, ses taillis brûlés adoucissant les bords de la forêt où s'assourdissaient les chants d'oiseaux.

Les grandes pluies des équinoxes étaient passées. De voir le paysage glisser dans une sorte de maturité lumineuse le remplissait d'un bonheur simple. Tout fonctionnait au ralenti. Il n'arrivait plus que trois à quatre voiliers par jour. Parfois même, aucun vaisseau ne se présentait. L'automne apportait une relâche au surmenage harassant de l'été.

Mêlées aux exhalaisons putrides que le vent du large diluait, des odeurs épicées imprégnaient le chemin râpeux où le docteur Milroy avançait. Il s'arrêta pour respirer ces bouffées d'air, de moins en moins corrompues, qui laissaient entrevoir la fin de son exil là-bas. Il se répéta qu'il passerait bientôt du côté de la terre ferme, et la nostalgie de Darling et des enfants l'envahit aussitôt.

Il se mit à marcher plus vite, comme pour faire avancer le temps. Et alors que son impatience était au plus haut, il vit tout à coup l'inventeur du fluide miraculeux remonter le chemin du quai, une mallette au bout du bras. Il était précédé d'un chariot sur lequel avaient été déposés sa valise de cuir noir et un coffre d'assez grande dimension affichant les armoiries noir et or déjà observées sur les barriques de fluide reçues plus tôt. Vexé que le gouverneur ait négligé de le prévenir, le docteur Milroy alla à contrecœur à la rencontre du chimiste dont il saisit le regard inquiet. Il eut alors pitié de l'étranger qui devait absorber en quelques minutes une mesure de détresse et d'isolement que lui-même avait mis des jours à accepter.

L'homme disert qui avait ébloui la salle de conférence de l'hôpital de la Marine par la sûreté de sa démonstration et l'abondance de son vocabulaire paraissait presque à court de mots. Ses yeux effarés fouillaient le chemin qui s'étirait devant lui, paraissant chercher quelque chose qui pût racheter l'inhumaine réalité qu'il découvrait. Avait-il imaginé qu'il serait reçu par la garde et honoré par un discours de bienvenue ? Ou bien essayait-il simplement de se persuader qu'il existait là-bas autre chose que ces chemins poussiéreux conduisant à des bâtiments rudimentaires cernés par les eaux omniprésentes – un fleuve lui avait-on dit, alors qu'il s'agissait d'une mer interdisant toute échappée sur le monde, tout regard sur une ville ou même un village pouvant témoigner de la présence de la civilisation.

— Vous paraissez fatigué, dit le docteur Milroy en guise de bienvenue.

L'autre fit signe que non. Le docteur Milroy, qui n'était pourtant pas de taille exceptionnelle, devait baisser la tête pour lui parler. Ne sachant sur quoi se rabattre, il lui demanda s'il avait vu le gouverneur récemment. Le voyageur redressa les épaules et parut tout à coup plus grand. La veille, le représentant de la reine l'avait reçu à dîner au château, avec un certain nombre d'invités dont le statut social autorisait la rencontre avec la personnalité de passage. Lechaunay vantait les vertus du dignitaire, parfaitement bilingue, dont l'humour et le raffinement l'avaient vivement impressionné, qui aurait pu vivre, disait-il, avec une égale aisance de part et d'autre de la Manche.

La glace était rompue. C'était un premier pas de fait. Ne sachant trop où caser le chimiste, le docteur Milroy le conduisit à la résidence des médecins où il se garda de lui céder la cellule la plus vaste et la mieux éclairée, auparavant occupée par le docteur Prévost. Il lui attribua un lit assez retiré qui fut reçu avec réticence, le voyageur marquant sa préférence pour une maison de fonction qu'il aurait souhaité occuper. Mais le directeur médical était seul à jouir de ce privilège. Il l'aida à placer ses affaires, dont ce coffre encombrant qui avait presque la largeur du lit. Puis il l'avisa que quelqu'un s'occuperait de lui faire visiter l'île avant le souper qu'il prendrait en sa compagnie et celle du commandant militaire de la station de quarantaine.

Lorsqu'ils se retrouvèrent autour de la table, Lechaunay paraissait d'humeur morose. L'empressement avec lequel le capitaine Clark lui tendit la main n'eut pas l'heur de l'émouvoir, et il reçut assez froidement les allusions faites à sa notoriété. L'idée qu'il se faisait d'un commandant militaire répudiait sans doute l'officier d'une timidité plutôt gauche, qui engloutissait des quantités de pain entre chaque bouchée de viande avalée dans un laborieux transfert du couteau et de la fourchette. Il était au comble de la gloire et il se voyait en train de dîner dans une maison de campagne contaminée par l'odeur de charogne qui régnait au dehors, où on lui servait du vin imbuvable. L'odeur abominable imprégnait d'ailleurs tout ce que ses narines avaient tenté de capter d'autre : la terre lézardée qui exposaient ses blessures, le vent agitant les forêts nordiques qui défonçaient un ciel vide, les effluves marins éveillant l'écho de mondes exotiques qu'il eût aimé découvrir dans l'extase et le ravissement. Il aimait l'Amérique des cartes postales, les grandes étendues sauvages des auteurs romantiques. Ou alors l'opposé, les territoires d'audace et de progrès pouvant révolutionner la planète. Mais ce coin perdu n'évoquait ni l'un ni l'autre. Tout ce dont il avait rêvé à propos de ce continent, l'île l'interdisait rigoureusement.

C'est donc avec mauvaise grâce qu'il donna ses impressions sur l'île, et les donna de façon à dissimuler sa déception qui transperçait pourtant. Le docteur Milroy refusait d'envisager que cet homme, dont il devrait supporter la présence pour un temps indéfini et sur qui les autorités fondaient de grandes ambitions, pût porter entrave à son travail. Le peu d'enthousiasme perçu lorsqu'il annonça qu'ils feraient ensemble le tour des hôpitaux le lendemain eut pour effet de le décourager. Il craignait que leurs rapports n'aient à souffrir de divergences liées à leur formation professionnelle, aux enjeux de leurs métiers, ou même à leur conception de l'existence.

De son côté, Persévérance épiait le visiteur avec suspicion. Qu'il n'ait encore jeté aucun coup d'œil à la volière lui paraissait révéler une froideur d'âme peu commune. Et qu'il mangeât de façon cérémonieuse, loin de son corps dont les seules parties vivantes semblaient être la tête et les doigts, ne lui disait rien de bon. Pourtant prête à aimer corps et âme tout ce qui venait des « vieux pays » – tout particulièrement de la

France dont le nom avait toujours résonné à ses oreilles comme une musique grandiose et familière animant les lointains espaces contemplés du fond de la cour caillouteuse de la maison familiale –, elle ruminait sa déception. Dans les livres d'Histoire autrefois feuilletés, où chaque page proclamait la grandeur des origines, elle avait fait l'apprentissage d'une fierté pointilleuse qui acceptait de se plier aux décrets imprévisibles du destin, mais non aux caprices de qui prétendait en faire dévier le cours. Elle alla donc déplacer la volière en remuant suffisamment d'air pour obliger le savant à tourner la tête de ce côté. Mais c'est le docteur Milroy qui suivit son mouvement, et parut se retenir de venir parler aux chardonnerets qui pépiaient gaiement.

À distance, elle balaya du regard la nappe damassée et l'assiette à pain ornée d'une ligne bleu paon qui n'avaient jamais servi, sauf aux retours de Québec du docteur Milroy et au repas qui avait suivi sa guérison, et elle trouva odieux que tant de marques de considération pussent passer inaperçues. Ainsi, ce qu'elle considérait comme le summun de son art, ces boutons de capucine confits dans du vinaigre au fenouil qu'elle ne sortait qu'aux grandes occasions, ne reçut aucune appréciation. Forcée d'invervenir, elle alla se planter face à lui et demanda carrément s'il avait aimé le potage aux algues et au chou qu'il avait paru avaler du bout des lèvres comme s'il s'était agi d'une banale préparation. Sans doute avait-il mis cette trouvaille culinaire au compte d'une pauvreté de ressources – ou peut-être était-il offusqué de voir une domestique s'immiscer dans une conversation d'hommes –, il répondit par un oui sec et distant.

Refusant de voir amoindrir la place qu'elle avait toujours occupée dans cette maison, elle posa la même question au docteur Milroy et au capitaine Clark. Tous deux lui firent des compliments. Elle put donc déposer avec assurance au centre de la table le rôti de porc, l'assiette de pommes de terre fleuries, et les courgettes au gratin qu'elle avait cuisinées en croyant se souvenir que les Français adoraient les plats gratinés.

Une fois le plat vide, le savant, qui paraissait se résoudre à l'idée qu'une servante pût intervenir dans la conversation des maîtres, eut la phrase énigmatique : «Plutôt réussi, bien qu'on ait un peu forcé la note sur la béchamel.» Elle avait entendu «Béchamel» avec une majuscule, et se demandait à quoi il faisait allusion. Souhaitant comprendre le commentaire émis, elle passa en revue chacun des ingrédients utilisés.

— Vous appelez ça une sauce blanche, dit le docteur Milroy qui la voyait se tourmenter.

Il osait dire qu'elle avait gâché sa sauce. Vexée, elle enleva le plat de courgettes d'un geste bourru, et se désintéressa ensuite des propos échangés autour de la table, qui tournaient autour de statistiques se rapportant à l'épidémie. Pour elle, des immigrants alignés sur une colonne de chiffres, c'étaient déjà des immigrants morts. Afin d'apaiser la colère qui bouillait en elle, elle retourna vers la volière et prit le temps de contempler les chardonnerets à qui elle enviait leur légèreté et leur mobilité. Ces oiseaux se déplaçaient sans cesse, alors qu'un mot entendu de travers l'avait fait se figer sur place et s'enfoncer dans sa rancœur. Se donnant tort, elle revint à ses obligations, se demandant si elle allait servir son gâteau aux épices avec de la gelée de pommes, plus commune et dont elle avait une grande provision, ou bien avec de la gelée d'églantier dont elle n'avait que deux petits bocaux auxquels elle tenait comme à la prunelle de ses yeux.

L'orgueil patriotique l'aida à passer l'éponge sur ce qui venait de se passer. Elle desservit la table, n'y laissant que le bouquet de fleurs. Puis elle apporta sa création, rouge de plaisir en pensant à l'effet qui ne manquerait pas de produire. Elle crut précipiter les éloges en annonçant : «C'est de la gelée d'églantier.» Le visiteur chaussa son lorgnon et fit tourner méticuleusement la coupe de gelée au creux de ses paumes, mais elle se disait que ce pur cristal de roche qui flamboyait sous la lumière pouvait triompher de n'importe quel examen. Il fit encore une ou deux manipulations, après quoi il dit simplement :

— Il y a bien là au moins un demi-kilo de baies de cynorrhodons. Vous savez que dans ma famille on appelait ça de la gelée de cynorrhodons ?»

Le feu lui monta au visage. Pour elle, une baie c'était une échancrure du rivage où la mer tiédissait, et rien d'autre. À propos d'une splendeur pareille, il parlait de «kilo», de «baie», et surtout de ces horribles «cynorrhodons» qui rimaient avec «oreillons», «croupion» et «mets-en donc!» Qu'avait-il à renâcler sur le mot «églantier», pur poème dont les sons évoquaient le scintillement des premières neiges et la pureté du plain-chant? Et comment pouvait-il vouloir leur en remontrer à propos d'une langue née d'une même souche, nourrie d'un même sang, qu'ils avaient toujours défendue avec ardeur? Et puis, il y avait ceci qui s'ajoutait aux autres griefs: elle n'aimait pas beaucoup les gens qui trouvaient leur plaisir à parler d'un plat plutôt qu'à le goûter. Le sourire éteint, elle dit comme si elle ne s'adressait pas à lui.

— Il y a des gens qui parlent pour être compris. Il y en a d'autres qui parlent pour parler.

En même temps, elle poussa la coupe de gelée à l'autre bout de la table pour qu'il n'y touche plus. Et pour bien marquer que dorénavant elle ne se soucierait plus de lui, elle se limita ensuite à déposer les plats devant le docteur Milroy qui, connaissant son entêtement, s'occupa de servir lui-même ses invités. Comme il la savait blessée, et qu'il appréciait dans son art de cuisiner cette capacité de distinguer ce qu'elle appelait «le goût de fond» du «goût surajouté», à la fin du repas, il la remercia plus longuement que d'habitude, et avec une ferveur plus appuyée, de la qualité de ses plats. Le capitaine Clark fit de même. Y voyant une coutume locale à laquelle il ne pouvait déroger, le chimiste lui adressa, comme il eût allongé un pourboire à son barbier, quelques mots banals qu'elle décida d'ignorer.

Lorsqu'ils commencèrent la visite des hôpitaux, le docteur Milroy comprit qu'il n'aurait pas la tâche facile. Le chimiste, dont le teint paraissait plus gris que la veille, se plaignait d'avoir mal digéré son repas. Croyant y voir une allusion à la réaction pointilleuse de Persévérance, le médecin lui demanda si un plat auquel il n'était pas habitué avait pu l'incommoder. L'autre répondit que l'irritation gastrique dont il souffrait n'était pas due à la nourriture absorbée, mais plutôt au vin. Habitué à consommer des vins stables et suffisamment vieillis, son estomac avait mal réagi au vin jeune, dont le surcollage et la maturation précipitée avaient laissé dans sa bouche un arrière-goût fort irritant.

Le docteur Milroy, qui entendait parler pour la première fois de surcollage des vins, se fit expliquer l'expression. Lechaunay commença alors une longue démonstration sur la vinification, s'étendant sur le processus de décuvage et de fermentation avant d'aborder ce qu'il appelait «l'élevage des vins», autre expression inconnue du médecin – qui aurait sans doute fait sourire Persévérance pour qui existait avant tout l'élevage des poules, des porcs et des lapins.

— Et alors? demanda le docteur Milroy pressé d'entendre la conclusion d'un discours qui promettait d'être sans fin.

— Alors, il en est des vins comme des hommes, répondit le chimiste. Si un traitement déficient ou inapproprié leur est appliqué, nous risquons de nous trouver en présence d'accidents, ou de maladies plus ou moins graves dont certaines sont incurables.

Le docteur Milroy, qui croyait entendre parler un de ses anciens professeurs de médecine dans un cours de pathologie, laissa tomber un «Vraiment?» distrait. On lui répondait que la casse, les altérations microbiennes et les altérations de goût étaient en effet chose courante en ce domaine. Si la notion d'altération microbienne lui était familière, la casse n'évoquait par contre dans son esprit que la violence de bars mal famés. Il avait toujours entretenu un rapport simple et amical avec tout produit alcoolisé, mais sa connaissance limitée des vins le privait parfois des plaisirs outrecuidants éprouvés par ses amis. Il avait souvent vu Bernard de Lanaudière s'imbiber le palais d'une gorgée de vin dont il inspirait voluptueusement le bouquet, faisant remonter la saveur jusqu'aux fosses nasales avant de l'acheminer bruyamment au fond du gosier, puis vers l'œsophage et l'estomac où l'élixir paraissait se transformer en pure jouissance, somptueuse extase inconnue des bouches ignares comme la sienne qui préféraient le scotch.

Pour lui, choisir un vin, c'était d'abord opter pour un blanc ou un rouge, puis se décider ensuite pour un vin bon marché ou coûteux, ce qui équivalait à choisir entre un produit local ou un produit importé. Il ne comprenait pas les récriminations du chimiste puisqu'il lui avait servi un vin étiqueté *made in France*, ce qui garantissait à ses yeux une qualité supérieure. Sa stupéfaction était d'autant plus grande que celui-ci introduisait la pathologie dans un domaine qui avait toujours représenté pour lui la détente, l'oubli des tracas quotidiens. Et que l'on pût déceler dans un vin une affection grave, ou que l'on pût prévenir la casse des vins au même titre que les rhumatismes ou la carie dentaire, mettaient en lumière une analogie troublante qui le faisait douter de sa formation médicale. Ou bien son ignorance était extrême, ou bien l'autre était un génie. Et alors, les facultés mentales du chimiste pouvaient, en raison de leur extrême acuité, paraître déséquilibrées.

Mais apparemment sain d'esprit, ou en tout cas suffisamment maître de son discours pour en suivre le fil, l'autre revenait, après de bien longs détours, à l'opération de collage des vins qui consistait, disait-il, à précipiter les matières en suspension contenues dans le liquide fermenté. Cela au moins était clair, et le docteur Milroy pouvait s'en faire une idée précise. Quelques semaines plus tôt, il avait vu Persévérance incorporer le quart d'un blanc d'œuf battu en neige à un vin de merises qui fermentait depuis plusieurs jours. Devant son étonnement, elle avait simplement dit : «Je le clarifie avant de le faire reposer. Dans dix jours, le blanc d'œuf aura entraîné toutes les impuretés au fond de la cruche. Nous aurons alors un beau vin clair, qui ne bougera plus.» La loi des analogies, qui paraissait concerner le traitement des vins, le dérangeait d'autant plus qu'il avait également vu Persévérance, un peu plus tard, appliquer avec succès du blanc d'œuf sur le doigt d'un malade souffrant d'un panaris. Que tout pût être semblable à tout, et traité de la même manière, réduisait la médecine à bien peu de chose.

Réjoui de voir que ses arguments avaient porté, Lechaunay poursuivait son exposé. Dans le cas du vin bu la veille, une oxydation excessive avait entraîné une altération microbienne, et un effet de surcollage qui n'avait de toute évidence pas été rectifié avant la mise en bouteille, d'où cette aigreur et cette lourdeur qui incommodaient toujours son estomac. Il touchait l'organe affecté à l'instant où le coup de canon de neuf heures retentissait du haut de la colline. À cette heure-là, d'habitude, le docteur Milroy avait déjà terminé la visite de deux ou trois hôpitaux. Commençant à souffrir de violents maux de tête, il décida de couper court aux lamentations.

— J'en parlerai au gouverneur, dit-il. Et nous essaierons de vous procurer un meilleur vin.

Au premier hôpital qu'il visita, Lechaunay aspira l'odeur nauséabonde qui venait à lui et fronça les sourcils. Mais au lieu de grimacer de dégoût, comme le faisaient souvent à leur insu les personnes non habituées aux effluves pestilentiels, il tira de sa poche un mouchoir humecté de fluide qu'il plaça sous ses narines pendant quelques secondes. Retrouvant aussitôt la placidité de l'homme de science à qui aucune expérience ne répugne, il promena ensuite un regard circulaire sur la pièce et déclara que cette salle présentait le degré optimal de corruption qui pût être absorbé par le milieu environnant.

Les exhalaisons néfastes paraissant correspondre à l'un ou l'autre des milieux d'infection sur lesquels avait porté sa recherche, il se mit à énumérer quelques-uns des agents corrupteurs décelés. Il mentionna tout d'abord l'excessive promiscuité qui privait le malade des huit mètres cubes d'air nécessaires à l'équilibre de ses humeurs, puis dénonça l'abondance de matières putrides infestant le parquet, les murs, les lits – qui venaient pourtant d'être changés –, dont l'odeur, caractéristique d'invasions miasmatiques majeures accrues par un manque de ventilation, trahissait une corruption physiologique infiniment plus grande. Tournant les yeux du côté de la pièce exposée au soleil, il nota également l'excès de lumière propice à la multiplication des germes morbifiques. Puis il désapprouva les paillasses faites de substance végétale dégradée, dont les boursouflures empêchaient l'évaporation constante des résidus excrémentiels des malades eux-mêmes soumis aux effets débilitants de la dégradation corporelle. À preuve, ces plaies purulentes qu'exhibaient certains patients, ou encore ces gangrènes gazeuses, ces pustules et ces abcès cutanés révélant les atteintes causées par l'environnement délétère, lésions externes qui donnaient une bien faible idée des dommages internes subis par les reins, la rate, les poumons et l'ensemble des viscères.

Sûr de son diagnostic, et ne se souciant pas d'entendre le docteur Milroy rappeler les contraintes imposées par l'épidémie, il parlait comme s'il eût occupé une tribune, la voix haute, le bras largement déployé. Défendant le principe d'Hippocrate selon lequel toute maladie devait être soignée par son contraire, il proclamait : « *Contraria contrariis curantur* », écartant d'avance toute rectification susceptible de réduire l'importance de son fluide. Fouillant la salle de ses yeux comme pour y déceler d'autres anomalies qu'il pût inclure dans la liste déjà longue des carences à corriger, il s'approcha d'un malade dont il examina la bouche et les yeux, et nota chez celui-ci un manque d'énergie vitale dû à la corruption du milieu ambiant. Tout près, un enfant souffrait, en plus des fièvres, d'une atrophie du squelette imputable à l'environnement dévastateur qui avait bloqué l'élan régénérateur nécessaire à sa croissance. Et là, sur le lit voisin, une tumeur inflammatoire due au même envahissement pernicieux déclenchait une réaction violente et anarchique de l'organisme qui s'efforçait de rejeter au dehors les germes corrupteurs absorbés.

Quel que soit le côté où portât son regard, il voyait partout des effets de corruption et d'irritabilité si accusés que bien peu de malades pouvaient espérer une guérison totale, ou même partielle, si un agent reconstituant du milieu ambiant, capable de provoquer une réaction de choc, n'était utilisé sur le champ.

— Et comment pourrions-nous utiliser votre solution aseptisante ? demanda le docteur Milroy qui supportait mal de le voir empiéter sur son terrain.

L'autre rectifia aussitôt l'erreur. Sa solution n'avait pas que des propriétés aseptisantes. En plus de détruire le poison des tissus affectés, elle générait, à l'intérieur même de ces tissus, une réaction énergétique qui influait sur leur dévelop-pement. Si bien que grâce à ce double processus de des-truction et de restructuration, l'ensemble des fonctions vitales de l'organisme étaient sollicitées, contribuant ainsi au rétablissement d'un équilibre général qui n'était rien d'autre que la santé.

Le docteur Milroy l'écoutait d'une oreille distraite. Son métier l'avait conduit à des vérités simples : il ne croyait que ce que lui enseignait le corps de ses patients. C'est d'ailleurs pourquoi il se reconnaissait plus d'aptitude à être un bon médecin qu'un grand médecin, un médecin dont les opinions et la notoriété auraient fait école, lui apportant ce qu'il n'avait jamais su donner à personne : l'immortalité. Parmi les influences qui avaient marqué sa formation, il y avait ces mots d'un vieux professeur de médecine qui guidaient encore son travail : « Les médecins passent, les théories changent, les systèmes naissent et meurent. Il faut toujours donner la priorité au malade sans qui n'existeraient aucun système ni aucune théorie médicale. »

En cette minute pourtant, et l'été n'avait cessé d'entretenir ce doute, le docteur Milroy n'était plus très sûr d'être un bon médecin. Il n'était pas non plus certain d'avoir donné raison à son vieux maître, même s'il avait toujours eu tendance à négliger les thèses à la mode et les spéculations hasardeuses érigées dans un but de gloriole. L'intrusion du chimiste, ses interminables discours le poussaient au bord du vertige. Il répéta sa question concernant l'utilisation du fameux fluide. L'autre répondit que, pour atteindre sa pleine efficacité, sa solution devait être appliquée non seulement sur l'environnement immédiat du malade, c'est-à-dire sur ses draps, son lit, le plancher et les murs, mais encore sur sa peau, principale surface d'absorption de l'envahissement miasmatique qui provoquait la maladie.

Le docteur Milroy fit un pas en arrière et regarda fixement le chimiste. S'il avait été en son pouvoir de le congédier, il l'aurait fait alors tant cette ingérence médicale lui était insupportable. Mais sachant qu'il devait souffrir la présence de cet homme, puisque tel était le désir du gouverneur qui misait probablement davantage sur l'effet du fluide que sur la compétence du directeur médical de l'île, il fit l'effort de se contenir. Il craignait par ailleurs de manquer d'impartialité, de défendre jalousement l'étendue d'un pouvoir qu'il avait jusque-là été seul à exercer. Usant de toute la diplomatie dont il était capable, il proposa à Lechaunay de procéder par étapes. Ils agiraient d'abord prudemment sur l'environnement des patients, puis, sous contrôle médical et à une échelle réduite, ils tenteraient des applications cutanées dont les résultats détermineraient la forme et l'ampleur des traitements pouvant être faits par la suite.

Le chimiste paraissait déçu. Pour le consoler de devoir réduire son champ d'action, le docteur Milroy lui proposa de donner une conférence aux médecins, aux infirmières et aux brancardiers le soir même. L'autre, qui s'était toujours adressé à des gens de formation supérieure capables de saisir la complexité de ses théories, exprima des réticences envers les infirmières et les brancardiers. Pressentant que leur entente reposerait sur une multitude de compromis obligeant à faire le sacrifice de son amour-propre et d'un certain nombre de convictions intimes, le directeur médical promit que les médecins seuls seraient invités. Puis il donna congé au visiteur afin de lui laisser le temps de préparer sa conférence. Heureux de se voir déchargé de la corvée des visites, le chimiste répondit qu'il avait déjà donné des centaines de conférences et que celle-ci n'exigeait aucune préparation particulière, mais qu'il utiliserait ce temps pour classer des papiers. Le docteur Milroy le regarda disparaître, se demandant par quel stratagème il parviendrait à le tenir loin des malades, et à quoi il l'occuperait pendant son séjour là-bas.

La conférence fut un demi-succès. Lechaunay fut moins brillant qu'à l'hôpital de la Marine, et ses arguments s'imposèrent avec moins d'éclat. Dans la pharmacie, où les caisses de médicaments avaient été empilées le long des murs pour permettre aux vingt-deux médecins de s'asseoir, sa voix était privée de l'amplitude que lui avait donnée la bibliothèque de l'hôpital, construite en hauteur, où elle avait pu se déployer dans une infinité de registres et avec des effets dramatiques somptueux. Dans cet espace exigu, ses phrases à tiroirs, simplifiées mais encore trop chargées de grandiloquence, produisaient une sensation d'encombrement qui alourdissait l'air saturé d'odeurs médicinales et de relents soporifiques que l'apothicaire, réticent envers le fluide, avait peut-être délibérément répandus dans la pièce. Il se peut aussi que le travail sur l'île rendît intolérable un discours où transperçaient encore une rhétorique et des préoccupations mondaines incompatibles avec la souffrance et la détresse observées.

Peu de questions furent posées. Elles concernaient surtout les applications cliniques du fluide à propos desquelles le conférencier se montra discret, soit qu'il voulût préserver sa crédibilité, soit qu'il redoutât d'avoir à répéter ses prouesses dans un lieu où l'épreuve de la vérité avait des exigences bien particulières. Lorsqu'un interne lui demanda d'expliquer en quoi son fluide se distinguait de ceux dont la station de quarantaine avait déjà fait l'essai, il écarta la comparaison d'un haussement d'épaules, laissant entendre que ses succès le plaçaient bien au-dessus des tâcherons de laboratoire qui tiraient de leur labeur une solution chimique quelconque destinée à alimenter le marché qui s'était formé autour de l'épidémie. Fronçant les sourcils, il déclara d'une voix lasse que toute différenciation théorique était inopportune, puisque la spécificité de sa découverte s'était amplement révélée dans les expériences menées en Europe dont témoignait la brochure produite.

Le docteur Milroy le voyait exhiber ses titres, et il avait l'impression que sans cette brochure qui lui tenait lieu de carte de visite, le chimiste eût pu se sentir très démuni. L'effarement qu'il avait saisi sur son visage à son arrivée sur l'île réapparaissait aux commissures des lèvres de l'orateur qui cherchait maintenant ses mots, comme si toute facilité d'élocution l'avait quitté. Prenant des raccourcis, Lechaunay se limitait à l'essentiel de sa théorie, ne se souciant plus d'enjoliver ses phrases ou d'en varier le rythme et la tonalité. Lorsqu'il se tut, il n'y eut pas d'applaudissements prolongés, mais quelques signes d'affabilité parurent s'adresser à l'homme fatigué qui rangeait ses feuilles et quittait la pharmacie d'un pas lourd. Il disparut avec le groupe de médecins dont il partageait le toit, et cette image de l'homme épuisé et indécis, qui n'était plus que lui-même, suivit le docteur Milroy tandis qu'il rentra chez lui.

Lorsqu'il rencontra le chimiste le lendemain pour discuter du programme d'utilisation du fluide à l'intérieur des hôpitaux, il se sentit plus de sympathie pour lui. Après tout, ce visiteur n'était, comme lui-même et ses collègues, qu'un témoin plus ou moins impartial et plus ou moins vigilant de la misère humaine. Opposé à l'usage abusif d'un produit dont il ne connaissait ni la composition ni les effets réels, le directeur médical rappela la nécessité de procéder par étapes. Ils commenceraient par utiliser le fuide dans le lazaret, puis ils tireraient de cette expérience l'orientation à suivre par la suite. L'eau chlorée, régulièrement utilisée pour désinfecter l'environnement du malade, serait donc provisoirement remplacée par la solution du chimiste que l'on vaporiserait sur les murs et le plancher du lazaret, mais non sur les draps et les chemises de nuit des fiévreux comme celui-ci le recommandait.

Cette prudence usait la patience de Lechaunay qui aurait préféré agir seul et rapidement. Avant que n'arrivent les pulvérisateurs commandés de New York, il proposa d'utiliser les vaporisateurs avec lesquels on exterminait les mouches chaque semaine dans les bâtiments de service de la station de quarantaine. Il fit également rassembler les vieux arrosoirs qui avaient servi à des travaux de jardinage les années précédentes. Et il parvint, par d'habiles manœuvres de persuasion, à soutirer à Persévérance les bouteilles de diverses grandeurs, aux couvercles perforés de trous, qu'elle utilisait pour humecter son linge à repasser. Lorsqu'il eut tous ces outils en sa possession, il fit fermer les fenêtres du lazaret afin de préserver la puissance de sa solution, et commanda la mise en action des appareils. Un nuage gazeux remplit aussitôt la pièce où l'air devint couleur de plomb. Une nuée de mouches tournoya sous le plafond et s'abattit comme une pluie sur les lits et le plancher. Les malades suffoquaient. Au bord de l'étouffement, le docteur Milroy leva la main pour ordonner que tout cela cesse. Des infirmières coururent ouvrir les fenêtres, et un vent violent balaya la salle, chassant l'odeur toxique qui risquait de les empoisonner tous.

À l'extrémité de la pièce, Lechaunay paraissait pris d'un vertige. Lui-même victime des effets dévastateurs du fluide prétendument inoffensif, il s'épongeait le front en toussant. Lorsqu'il put parler, il avoua ne pas comprendre ce qui avait entraîné des effets aussi décevants. Le front soucieux, il promenait partout son regard, cherchant à déceler les causes du désastre qui compromettait sa réputation. Finalement il s'en prit aux vaporisateurs, dont l'impureté avait altéré sa solution, d'être la source de cette irritabilité inattendue. Le docteur Milroy ne savait trop à quoi imputer l'échec, mais sa foi au produit, déjà faible, chancelait. Il se pouvait en effet que les vaporisateurs imprégnés d'insecticide – probablement un mélange d'amanite tue-mouches et d'esprit de camphre mêlé à un fond d'urine animale – ait pu dénaturer le fluide, mais la dose utilisée était insensée. Même avec des pulvérisateurs flambant neufs, il ne permettrait plus un usage excessif du produit exécré.

Les jours suivants, le fluide fut réservé à la désinfection des lieux d'aisance, des urinaux, des bassines et des seaux hygiéniques servant aux malades. Les odeurs incommodantes parurent diminuer sans porter atteinte à la santé et au bien-être des patients. On décida donc d'appliquer la mesure sanitaire à l'ensemble des hôpitaux. Puis l'on commença à laver les planchers et le bas des murs avec de l'eau savonneuse additionnée de quelques cuillerées du fameux désinfectant. Une impression de netteté se dégageait des salles où triomphaient pour quelques heures les vertus purificatrices de la solution, mais ceci ne fit qu'accroître l'insatisfaction de Lechaunay qui vouait avant tout sa découverte à des fins thérapeutiques.

Une équipe de nettoyage, surtout formée de prisonniers, se constitua bientôt en vue d'entreprendre une désinfection générale de tous les bâtiments de l'île. Quelqu'un proposa ensuite de vaporiser l'extérieur des hôpitaux avec une préparation semblable à celle qui avait été utilisée à l'intérieur des salles. D'abord réticent, le docteur Milroy finit par donner son accord. Puisque la qualité de l'air ambiant devait être améliorée, toute mesure susceptible d'y parvenir, qui ne nuisait pas aux malades, méritait d'être encouragée. L'opération eut comme premier effet de chasser les mouches et les moustiques que l'automne n'avait pas endormis. Et par-dessus tout elle égaya le moral des hommes qui, n'étant plus tenus de parler à voix basse, purent entonner tous les refrains virils qu'ils connaissaient, se retenant malgré tout de céder à trop de trivialité par crainte d'offenser les malades qui avaient l'âge de leur mère, de leurs sœurs, ou de l'amie qui attendait leur libération. Comme ils étendirent leur action au ratissage des allées et des chemins qu'ils aspergèrent également de solution, au bout de quelques jours les soldats fredonnaient des chansons obscènes dont ils ignoraient le sens. L'assainissement des lieux et toute cette bonne humeur allégeaient l'atmosphère. Mais le directeur médical dut prier ses bénévoles d'expurger leur répertoire, et faire intervenir le capitaine Clark à qui il traduisit quelques couplets.

La commande de pulvérisateurs tardant à venir, le docteur Milroy pensa que le fluide pourrait également servir à assainir le cimetière qui restait une source de contamination, tout particulièrement les jours de grand vent. Malgré le respect porté aux morts, peut-être voyait-il là une façon d'éloigner Lechaunay des hôpitaux. Celui-ci masqua son mécontentement derrière un argument scientifique : puisque les émanations miasmatiques étaient infiniment plus redoutables et infiniment plus dangereuses lorsqu'elles émanaient d'organismes vivants, mieux valait les combattre à leur source que tenter de les extirper de corps inanimés dépourvus de la capacité d'allier leur action à celle du liquide régénérateur. Le docteur Milroy laissa s'achever la démonstration dans le plus parfait calme, sachant que l'autre finirait par céder. Il céda de mauvaise grâce, furieux de voir que le directeur médical possédait non seulement un pouvoir quasi illimité, mais un entêtement égal au sien.

On exigea même de lui qu'il dicte la manière de procéder pour permettre au fluide, dont il était le seul à connaître la formule, de donner son plein rendement. Ne pouvant refuser, il s'efforça de se situer dans le droit fil de sa théorie. Le cimetière serait divisé en bandes égales, afin d'obtenir des surfaces uniformes permettant une application qui tiendrait également compte des conditions climatiques, car selon qu'il ferait sec ou pluvieux et que les vents souffleraient de l'est ou de l'ouest, la solution serait mélangée à l'eau d'arrosage dans une proportion pouvant varier de un à dix ou de un à vingt. L'île ne disposant pas d'arrosoir mécanique doté de gicleurs permettant de couvrir une large surface, il énonça quelques règles devant permettre une imprégnation adéquate du sol, et recommanda aux prisonniers d'user de patience.

S'il ne s'était agi du cimetière, ceux-ci se seraient réjouis de pouvoir travailler à l'extérieur où ils jouissaient de plus de liberté. Mais d'aller arroser la terre qui recouvrait les cadavres des pestiférés ne tentait personne, d'autant qu'à ces réticences naturelles se mêlaient un fond de superstitions, la peur de la mort et un certain attrait de la profanation. L'un d'eux finit néanmoins par donner le pas, et mine de rien les autres suivirent. Si bien que le groupe se retrouva au grand complet au bout du cimetière, en train de vider les arrosoirs d'un mouvement recueilli sur le sol fraîchement remué au bord duquel ondulaient les mauvaises herbes. La température était plutôt fraîche. L'odeur du lieu était tolérable, moins répugnante que celle, corrosive et chaude, respirée à longueur de journée dans les hôpitaux.

L'eau additionnée de fluide avait été versée dans un tonneau qu'une charrette venait d'apporter. Au fur et à mesure que les arrosoirs se vidaient, ils allaient les remplir, profitant du déplacement pour échanger quelques mots, une réflexion sur le travail qui, somme toute, était monotone et agréable comme tous les travaux de plein air. Mais la présence du tonneau finissant par éclipser l'image du cimetière, on commença à raccourcir les lisières de terre, puis à oublier ce que ces lisières recouvraient. La forêt rousse était derrière eux, et le fleuve coulait ses eaux calmes sous un ciel heureux que pas un nuage n'assombrissait. Quelqu'un commença à fredonner une chanson ancienne, sorte de vieille rengaine relevée d'un rataplan-rataplan-plan-plan, puis une chanson à boire que tous reprirent, oubliant qu'ils se trouvaient parmi les morts. Les voix, d'abord modérées, prirent de l'ampleur, devinrent allègres et puissantes. La corvée se transformait en divertissement.

Ils chantaient la douceur de la saison, la beauté des automnes enfuis qui illuminaient encore leurs souvenirs : ces choses-là au moins ne mouraient pas. Ils chantaient la lumière tiède, les feuilles craquant sous leurs pas, les joncs et les herbes pâlies de la grève proche où ils souhaitaient se rendre. Empruntant à des méthodes qui réduisent le travail tout en l'allongeant, ils avançaient heureux et innocents dans le poudroiement de soleil renforcé par les canonnades qui résonnaient aux quarts d'heure.

Le tonneau n'était pas encore vide lorsque le son grêle d'une clochette se fit entendre. Au tournant du chemin, apparaissait la charrette du fossoyeur et son rappel des réalités macabres qu'ils avaient réussi à oublier. Les voix fléchirent, devinrent une sorte de chantonnement confus qui finit par s'étouffer. Refusant l'intrusion détestable, ils déposèrent leurs arrosoirs et coururent en direction des terrains marécageux qui permettaient d'atteindre rapidement la baie du Choléra. Ils furent bientôt face au fleuve où des épaves flottaient à la dérive. Les eaux venaient échouer à leurs pieds, dans la déclinaison du sol qui creusait la grève silencieuse. Aucun vent ne contrariait leur rêve d'évasion. La marée montait et il eût été possible de mettre une barque à l'eau, mais il ne s'en trouvait aucune en vue. Depuis que des évasions avaient été signalées, l'administration n'en laissait plus près du rivage désormais sévèrement surveillé jour et nuit.

Certains d'entre eux, qui avaient déjà été enfants de chœur, regrettaient le manque de foi qui les empêchait d'imiter Celui qui marchait sur les eaux. Car tous brûlaient d'envie de franchir la ligne battante du fleuve au bout de laquelle se trouvait l'île aux Réaux. Contrairement à l'île de la Sottise, à l'île Madame, à l'île à Deux Têtes ou à ces autres îles de l'archipel qui portaient des noms d'oiseaux, celle-ci n'évoquait rien de connu, d'où son extraordinaire pouvoir d'envoûtement. Pour certains qui se la représentaient de la façon dont ils avaient entendu prononcer son nom – «l'île aux Rots» –, elle évoquait un univers de gourmandises et de beuveries pouvant satisfaire l'obsession orgiaque entretenue pendant les années d'incarcération, ou même tout au long de ces semaines passées sur l'île.

Peu d'entre eux savaient nager. Ils se regardaient, hésitants, paraissant se demander jusqu'où la détermination de fuir les conduirait. L'un d'eux alla vérifier la température de l'eau avec sa main, puis commença à s'enfoncer jusqu'à mi-jambes. D'autres décidèrent de le suivre, mais avant de se déchausser ils voulurent s'assurer que personne ne les épiait. En tournant la tête, ils virent le directeur médical qui les observait du haut de l'enclave sablonneuse surplombant la baie. Il était accompagné de l'inventeur du fluide grâce à qui ils avaient connu ces heures de liberté.

— L'eau est bonne? demanda le docteur Milroy pour se donner le temps de réfléchir à ce qu'il devrait dire.

— Un peu froide, répondit un prisonnier qui regardait la mer avec désinvolture comme s'il s'était trouvé là pour en admirer la beauté.

Le docteur Milroy reconnut le ton frondeur de celui à qui il avait confié la direction des travaux de nettoyage, le matin où on lui avait appris qu'il devrait désormais inclure les prisonniers dans le personnel affecté au soin des malades. Cela remontait aux jours difficiles de sa convalescence, quand l'affluence des vaisseaux était telle qu'il aurait pu en devenir fou. Debout au bord du fleuve, certains d'entre eux fixaient désespérément l'île aux Réaux où ils avaient voulu fuir, mais lui pensait à la maison visitée là-bas après la mort du docteur Prévost. Une ombre vacillait sous ses yeux. Il revoyait la table couverte des restes du repas, la chambre au lit défait où était cachée la lettre incriminante, et une grande tristesse l'envahissait. Il avait vu là-bas les vestiges d'un rêve de bonheur fou, et il n'avait fait que ça toute sa vie : recoller les débris du rêve, entretenir l'espoir chez ceux que la mort guettait.

À cette minute même, il lui fallait jouer les arbitres, alors qu'il souhaitait pour tous, y compris pour ces prisonniers, une liberté non entravée par ce qui limite la vie. Ses lèvres remuèrent comme pour amorcer une phrase, mais il ne dit rien. Lechaunay s'agitait.

— Mais regardez sa jambe, disait-il. C'est un ulcère de jambe semblable à ceux que j'ai déjà traités avec ma solution.

Le docteur Milroy regardait sans rien voir. Ou plutôt, il les voyait là, plantés devant lui, attendant leur sentence, appréhendant le rapport qui sanctionnerait ce délit et compromettrait leur libération au départ de la station de quarantaine. Il les voyait pieds nus, les pantalons relevés au-dessus des genoux, et il se retenait d'enlever son sarrau et de prendre la mer lui aussi. Combien de fois n'avait-il pas déjà souhaité tout quitter pour aller rejoindre son île à lui : Darling, les enfants, sa maison, sa tranquillité.

«Venez voir», insistait le chimiste qui s'était agenouillé devant le prisonnier heureux de cette diversion, qui ne paraissait nullement redouter le diagnostic qui allait être posé. Le docteur Milroy avançait en direction de Lechaunay, se disant : voilà à quoi sert cet homme, à m'empêcher de fuir. Et il se sentait plus de sympathie pour le chercheur illuminé qui transformait à sa façon les débris du rêve en fluide guérisseur.

«Vous croyez?» hasardait-il, perdu dans ses pensées. Il se pencha, vit l'ulcération purulente, située juste au-dessus de la cheville, qui affectait la face interne de la jambe couverte de varicosités. À peine étonné que cet ulcère variqueux, qui apparaissait rarement avant la soixantaine, pût affecter un homme de trente ans, il se demandait s'il pouvait en confier le traitement au chimiste sans léser les droits du prisonnier. Celui-ci, que tous appelaient Blues, accepta à condition que son violon, toujours retenu à l'entrepôt parce qu'il était arrivé dissimulé dans un baril de farine, lui soit remis la journée même.

Grâce à cet ulcère providentiel, la tentative d'évasion des prisonniers n'encourut aucune sanction et leur régime de vie s'en trouva amélioré. Le jour, ils effectuaient leurs travaux au son de la musique. Le soir, ils écoutaient les accords sensuels et dramatiques de l'instrument enjôleur, et leurs rêves de liberté reprenaient vie. Ce violon leur redonnait une sorte d'innocence. Il effaçait les erreurs passées, les audaces et les compromissions qui les avaient conduits là, proches d'une maladie qui ne les atteignait pas, du moins par encore, car aucun d'eux n'avait attrapé les fièvres.

Les militaires obtinrent que des concerts leur soient donnés. Ils proposèrent même de former un orchestre qui inclurait deux violons, un harmonica, et surtout une cornemuse et un tambour dont les résonances héroïques leur manquaient. La proposition fut acceptée, mais Blues refusa d'inclure un deuxième violon : il voulait rester le seul maître de musique.

Si l'orchestre de Blues se portait bien, son ulcère mettait par contre du temps à guérir. Lechaunay le soupçonnait de retarder délibérément sa guérison afin de profiter plus longtemps du traitement de faveur qui lui était octroyé.

Heureusement, les ulcères vénériens dont souffraient plusieurs prisonniers et quelques militaires lui apportaient plus de consolation. Les lésions réagissaient adéquatement au fluide guérisseur. Après quatre ou cinq jours de traitement, les chancres paraissaient disparaître en même temps que s'atténuait dans l'aine l'hypertrophie du ganglion lymphatique due à l'infection. Mais le docteur Milroy accueillait ces résultats avec prudence. Peut-être était-ce simplement le temps qui accomplissait son œuvre, il avait vu nombre de chancres syphilitiques disparaître d'eux-mêmes pendant la première phase de leur évolution, sans que la maladie s'en trouvât pour autant guérie.

Le chimiste avait également reçu l'autorisation d'appliquer le fluide sur les plaies de lit de certains fiévreux, à condition que la solution, extrêmement diluée, ne causât aucun dommage ni aucune inflammation. Accompagné d'un interne, il voyait donc chaque jour les patients qui lui avaient été confiés. Dans plusieurs cas, on notait une réduction des sécrétions purulentes, les tissus désinfectés paraissant conduire au résultat cherché. Les malade reprenaient espoir. Qu'une partie du corps manifeste des signes de guérison leur permettait d'espérer sur l'ensemble : si les pustules commençaient à se tarir et les plaies à se cicatriser, cela signifiait qu'ils étaient en train de gagner sur la maladie.

Néanmoins, ces succès laissaient le chimiste insatisfait. Il visait une reconnaissance médicale, à tout le moins pharmacologique. Sa solution contribuait tout au plus à épurer le corps, alors qu'il était censé détenir le remède contre le typhus. Mais comme Lechaunay avait renoncé aux risques interdits par la médecine, le docteur Milroy le laissait se dépenser à sa guise. Il passait donc le plus clair de son temps dans les hôpitaux, afin de vérifier sur-le-champ les effets du fluide qui demeurait pour lui d'abord et avant tout curatif. Il commençait d'ailleurs à aimer les malades, auprès desquels il modifiait progressivement son approche, le professeur cédant peu à peu le pas au clinicien conscient de ses limites.

Un matin, il ne se présenta pas dans les hôpitaux et n'alla pas non plus prendre son déjeuner. Lorsque le docteur Milroy apprit que personne ne l'avait aperçu pendant la journée, il envoya un interne à la résidence des médecins. Celui-ci le trouva alité, brûlant de fièvre, foudroyé par le mal dont il reconnut les symptômes. Mais l'odeur qui se dégageait de la pièce n'était pas celle de la maladie. Il alla ouvrir les fenêtres et alluma. Par terre, à côté de la mallette dont le spécialiste ne se séparait que pour la nuit, se trouvait une bouteille vide. Le plancher, les draps et les vêtements du chimiste avaient été aspergés de fluide, de même que ses cheveux et peut-être le corps entier. L'interne répéta le nom du malade à plusieurs reprises, mais l'autre ne réagit à rien : ni à l'appel de son nom, ni à la serviette trempée d'eau froide avec laquelle il lui tamponna les tempes, ni même à la gifle qu'il finit par lui administrer sous le coup de la frayeur et de l'exaspération. Le regard égaré, Lechaunay fixait obstinément le vide. Il l'excluait comme ne l'avait encore jamais exclu aucun patient dans ses pires moments de torpeur et de prostration.

Découragé, l'interne l'abandonna et courut aviser le directeur médical qui se rendit aussitôt sur place. Après avoir confirmé le diagnostic, le docteur Milroy déploya toutes les ruses dont il était capable pour tenter de délier la langue du chimiste. Il invoqua la science en des termes qui pouvaient l'émouvoir, le supplia de dire s'il souhaitait que l'on avise le gouverneur, le premier lord de l'Amirauté, ou l'une ou l'autre des personnalités avec lesquelles il paraissait entretenir une correspondance régulière. Rien n'avait d'effet. Il revint donc à sa manière habituelle : il demanda au patient où il avait mal, de quoi il avait peur, il lui promit les meilleurs soins et parla même de guérison rapide. L'autre ne desserrait toujours pas les lèvres. Perdant patience, le docteur Milroy prit sur lui de l'isoler, mais il ne savait trop où le placer. L'expédier à l'hôpital de la Marine eût occasionné une trop grande fatigue au malade, le placer dans l'un des hôpitaux de l'île eût été inconvenant. Le temps pressait. Il devait protéger à la fois son patient et ses collègues. Ne voyant rien qui pût respecter le statut particulier du visiteur et satisfaire à la loi de réclusion, il décida de le prendre chez lui. Après tout, il avait déjà eu le typhus, et Persévérance l'avait maintes fois assuré qu'elle ne craignait pas la maladie.

Le chimiste fut donc installé à l'étage, dans la plus vaste et la mieux éclairée des deux chambres. La vue du fleuve y était excellente. Persévérance, qui ne lui avait pas adressé la parole depuis le repas mémorable où il avait dédaigné ses plats, se disait qu'il pourrait contempler les eaux fluviales à loisir pendant sa maladie puisqu'il serait probablement visité seulement par le médecin et l'aumônier. Ne pouvant se soustraire à la volonté de la Providence qui lui envoyait ce malade, elle accepta néanmoins de mauvais cœur d'avoir à en prendre soin. Elle apporta des draps, déroula sans grand enthousiasme une couverture de laine sur l'homme grelottant qui évitait son regard. Elle disposa ensuite les meubles et les serviettes comme il convenait. Puis elle déposa un verre et une carafe remplie d'eau sur la table de chevet, ajouta même une clochette qu'il pourrait agiter en cas de besoin. Après quoi, elle quitta la chambre, persuadée d'avoir rempli son devoir de chrétienne. Il faisait d'ailleurs nuit, car déménager le malade avait pris un certain temps.

Incapable d'aller souhaiter bonne nuit au docteur Milroy qui lui avait imposé ce fiévreux dont elle se serait bien passé, elle fila directement à sa chambre et se mit à ruminer son mécontentement. Non seulement ce savant qui connaissait tout venait-il les embêter avec son fluide et ses grands discours, mais encore il fallait qu'il tombe malade. N'aurait-il pas pu attraper la fièvre des navires un mois plus tôt ou un mois plus tard, et se faire soigner par quelqu'un d'autre? N'importe où, mais ailleurs. À Montréal où il avait été reçu par le maire et avait fait courir les foules, à New York où il se proposait d'aller ensuite, ou bien chez lui tout simplement. Non, bien sûr. Il n'avait rien trouvé de mieux à faire que de venir échouer là-haut où elle devrait le laver, le dorloter, le nourrir à la petite cuiller même si elle avait peine à s'en approcher. Elle marmonna encore quelques phrases inintelligibles. Mais accablée par sa colère et son manque de compassion, elle quitta son fauteuil après avoir proféré une ou deux plaintes, et alla s'allonger sur son lit où elle s'endormit aussitôt.

Le lendemain, elle se leva courbaturée et d'assez mauvaise humeur. Son seul bonheur était de n'avoir pas entendu la clochette, si par hasard il s'en était servi. Souhaitant vérifier si les mauvais sentiments dont elle se sentait remplie marquaient son visage, elle s'approcha du miroir qu'elle consultait rarement, ayant pris l'habitude de vérifier au toucher si sa peau était propre et ses cheveux convenablement coiffés. L'image qu'elle eut d'elle-même la surprit. Elle avait dormi tout habillée, sa tresse épinglée au sommet du crâne, et elle avait probablement aussi oublié de réciter ses prières avant de s'endormir, ce qui ne lui était encore jamais arrivé. Rongée par la culpabilité, et craignant que la malédiction du ciel ne l'afflige à son tour, elle se signa aussitôt tout en implorant le pardon de Celui qui sondait les reins et les cœurs de tous sans s'aider d'aucun miroir.

Les jours suivants, elle s'en tint à la même routine. Elle servait le déjeuner du docteur Milroy qui faisait dès son réveil une visite au malade, puis elle allait porter là-haut le repas prescrit : un bol de gruau additionné d'une cuillerée de rhum, une infusion de sauge et deux grands verres d'eau. Rien de moins, rien de plus. Pourquoi se serait-elle évertuée à préparer des baumes guérisseurs, des décoctions purgatives ou des sirops fortifiants pour quelqu'un qui, alors même que sa survivance dépendait d'elle, lui disait à peine bonjour ou merci. Se limitant au strict nécessaire, elle lavait le visage de son patient deux fois par jour, changeait ses draps et retapait ses oreillers trois ou quatre fois. Elle obéissait aux ordres du docteur Milroy pour tout ce qui relevait de la médecine, quant au reste elle s'en remettait à sa conscience, n'omettant rien qui pût flétrir son sens des responsabilités. Mais au-delà de ces soins, elle ne lui prodiguait aucun encouragement à guérir, aucune exhortation à toucher au plateau qu'il refusait souvent, aucune invitation à s'appuyer à son bras pour faire le tour de la chambre.

Cette comptabilité parcimonieuse la laissait parfois inquiète, car d'agir contre son cœur éveillait en elle autant de mécontentement que de culpabilité. Elle se reprochait d'en faire trop ou pas assez, d'y mettre trop de cœur ou d'éprouver trop de répugnance. Lorsqu'elle avait vu apparaître les symptômes de la maladie chez le docteur Milroy, elle avait ressenti une saine inquiétude. Son attachement lui avait aussitôt suggéré les meilleurs soins, un dévouement qui l'incitait à se dépenser sans compter ses efforts : son malade guérirait tant était fort son désir de le voir guérir. Ce qu'elle vivait maintenant était bien différent. De voir le savant effondré au creux des oreillers comme s'il ne devait plus en ressortir, les yeux hagards, complètement abattu ou agité par un délire qui lui faisait battre l'air de ses bras, la mettait hors d'elle-même. Dans ces moments, elle l'aurait giflé comme on gifle un enfant capricieux qui multiplie les crises inutiles, ou bien elle l'aurait volontiers abandonné au seuil de la mort qu'il paraissait attendre. Pire encore – et là, elle osait à peine se l'avouer –, elle l'aurait étranglé pour ne plus voir ces yeux fuyants qui ne la regardaient pas, qui ne l'avaient jamais regardée.

Le corps couvert de marbrures et de boutons qui dégorgeaient leur pus lui faisait horreur, alors que ces symptômes ne lui avaient inspiré aucun dégoût lorsqu'ils s'étaient manifestés chez le docteur Milroy. Elle s'était toujours dévouée auprès de ceux qui lui étaient confiés, mais elle se serait volontiers débarrassée de ce grand enfant boudeur, apparemment incapable de prononcer un mot, de lever un bras ou de remuer une jambe. Parfois elle se demandait d'où lui venait cette violence, encore jamais ressentie, qui l'aurait poussée, si elle ne s'en était défendue, à poser des gestes extrêmes.

Un matin qu'elle l'observait à la dérobée, hésitant à s'approcher du lit tant la vue du malade éveillait son humeur belliqueuse, elle l'entendit murmurer qu'il avait peur.

— De quoi ? demanda-t-elle machinalement, tout en ouvrant les draps pour laver le corps brûlant qu'elle aurait voulu fuir.

— D'une araignée géante qui fait la grosseur de votre front, articula-t-il avec peine.

Pour le détourner de sa peur, elle répondit « Où ça ? » avec une certaine brusquerie. Alors il se tourna vers elle, et la regarda fixement. Les yeux vitreux du malade détaillaient son visage et s'élevaient à la hauteur de son front, attirés par ce qui pouvait le détruire. Elle leva une main comme pour chasser ce regard et protéger ce qu'il pouvait lire en elle. Pourquoi choisissait-il de vraiment la regarder à l'instant où elle se sentait capable de la pire des méchancetés : il pouvait mourir par le simple désir qu'elle avait de le voir disparaître.

Pour la première fois, elle saisissait dans le regard de l'autre le reflet de sa propre dureté. Espérant se sauver par des gestes, elle souleva le malade et le fit basculer de côté pour changer ses draps. Mais, comme si la lutte ne faisait que commencer entre eux, il retomba sur lui-même et recommença à fixer son front. Sentant le poids de l'accusation, elle eut la tentation de partir, mais une démission aussi brutale n'eût fait qu'accroître sa culpabilité. Elle ordonna plutôt : « Aidez-moi à vous soulever», puis le tira d'un mouvement ferme contre lequel il ne put résister. Gardant tout juste le contact nécessaire avec le corps affaibli qui se laissait laver, essuyer et allonger dans les draps frais, elle le fit boire, déposa devant lui un bol de gruau, et se laissa tomber sur la chaise placée près du lit. Ses jambes ne la portaient plus. Elle ne s'était jamais sentie aussi épuisée.

Effrayée de devoir porter seule le poids de sa faute, elle se demandait si elle ne devait pas se précipiter à la maison des Missionnaires pour se confesser. Se débarrasser du remords qui l'accablait l'aurait soulagée, mais elle ne pouvait prétexter une urgence pour obtenir qu'on la reçoive, sans emprunter les voies troubles du mensonge. Elle ne pouvait non plus aller faire brûler un lampion à la chapelle et implorer la Vierge de lui donner le courage de continuer à s'occuper de cet homme, ou alors de le guérir au plus vite. La chapelle était fermée, et d'ailleurs il n'y avait plus de lampions sur l'île, même plus un cierge, elle avait englouti tout ce qu'elle avait pu trouver de cire fondante dans ses bougies désinfectantes. Elle restait donc face à une contradiction insoluble : elle avait préparé des remèdes capables de guérir des centaines de malades, mais elle ne pouvait rien pour celui-là. Et elle ne pouvait non plus alléger son propre remords sur lequel aucune infusion ni aucun sirop n'aurait prise. Effarée, elle se mit à craindre de devoir vivre avec ce qu'elle venait de découvrir en elle : un entêtement qui se retournait contre elle, une dureté qui la laissait sans force et sans courage.

Elle s'était tournée vers lui, comme s'il pouvait l'aider. Pendant un bref instant, elle crut voir remuer les lèvres du malade, mais aucun son ne s'échappa de sa bouche. Il ne pouvait plus parler, ou peut-être ne le voulait-il pas. Il avait pu imaginer cette façon de la punir, de la rejeter comme il l'avait toujours fait.

Tandis qu'elle l'observait, il lui sembla tout à coup que les yeux du malade, moins tirés par la fièvre, devenaient plus vifs. Peut-être veillait-il pour ne pas être emporté par la maladie dans un moment de faiblesse. À moins que ce ne fût pour une autre raison, parce qu'il la savait là, nourrissant des pensées qu'il devinait peut-être. Elle n'osait l'interroger. En dehors des histoires qu'elle racontait, les mots lui avaient toujours paru reculer devant la vérité. Mais chez lui, ce silence était proprement incroyable. Avant sa maladie, il parlait si vite, et si abondamment, que ses phrases paraissaient toujours devancer la réalité ou bien courir derrière. Cette façon qu'il avait de jouer avec les mots, d'inventer trente-six manières pour dire les choses les plus simples l'avait souvent irritée. Mais voilà qu'elle devenait plus conciliante et se disait qu'après tout, les mots c'était sa cuisine d'herbes à lui, sa façon d'éloigner le malheur et de renforcer la vie.

Elle avait malgré tout l'impression de buter contre une porte fermée. Il continuait de se taire, et elle ne savait plus si l'obstacle était en elle ou en lui. Alors soudain, elle décida que cela ne pouvait plus durer. Elle se leva, alla ouvrir la petite bouteille de fluide placée dans l'armoire de la chambre – seule quantité permise dans l'environnement du malade depuis qu'il s'était aspergé de la tête aux pieds –, et en versa lentement quelques gouttes dans le bassin d'eau tiède posé sur la table de chevet. Puis elle y trempa ses mains comme pour indiquer qu'elle se purifiait de ses anciennes colères et l'acceptait dans ce qu'il avait de plus cher, ce fluide qui lui avait fait traverser les mers et l'avait conduit là, rongé par la fièvre, dépouillé de l'invention qui donnait un sens à sa vie.

Elle n'aurait su dire ensuite s'il l'avait regardée, ou s'il avait continué de fixer un point de la chambre, mais le silence entendu tandis qu'elle mouillait ses doigts l'avait saisie. Elle s'était retournée, et l'avait vu s'asseoir. Il paraissait vouloir se rapprocher de la lumière de la fenêtre, comme si cela eût pu éclairer ce qui se passait entre eux. Connaissant l'extrême sensibilité des yeux des fiévreux, elle avait aussitôt tiré le rideau à demi et était revenue près du lit. Il était calme, et il n'y avait plus trace de terreur ou de méfiance sur son visage. Son mutisme ne la dérangeait plus. Elle croyait même qu'elle aurait pu supporter longtemps ce silence chargé d'émotion, et peut-être même de détresse.

Il détourna son regard, et elle vit des larmes, non provoquées par l'excès de lumière, rouler sur ses joues. Ne sachant quoi dire, elle se précipita pour ramasser le mouchoir qu'il venait d'échapper. En se relevant pourtant, elle se demanda s'il n'avait pas fait exprès.

— Retenez-le bien, dit-elle, parce que la prochaine fois je vous le laisse ramasser.

Il sourit, fit une pause pour reprendre son souffle, et eut ces mots inattendus :

— Vous vous souvenez de ce potage très spécial que vous avez servi le jour de mon arrivée sur l'île ? Si jamais vous le refaites, j'aimerais bien y goûter.

Un peu méfiante, elle le regardait de biais, se demandant s'il ne lui tendait pas un piège. Comment pouvait-il lui rappeler un potage dont il n'avait pas paru faire de cas ? De son côté, elle n'avait rien oublié. Elle se rappelait chacun des plats servis, sa table soignée, les commentaires désobligeants sur sa sauce blanche et sa gelée d'églantier. Elle s'approcha davantage afin de vérifier sa sincérité, et vit que les yeux du chimiste s'étaient refermés. L'aveu qu'il venait de faire lui avait sans doute coûté un effort trop grand. Elle n'allait pas exiger de lui des preuves supplémentaires. Qu'il lui ait reparlé de son potage aux algues pouvait suffire – d'autant qu'il parlait maintenant comme elle, simplement, et avec des «si» et des «j'aimerais».

Elle quitta la chambre sur la pointe des pieds et fila à la cuisine où elle sortit ses algues séchées. Elle en préleva cinq, larges et parfaitement ramifiées, qu'elle fit tremper dans un bol d'eau tiède. Puis elle réfléchit au potage, se demandant par quoi remplacer le chou dont l'acidité risquait d'irriter l'estomac rétréci du malade qui n'avait presque rien mangé depuis deux semaines. Il lui sembla que des pommes de terre éclaircies de bouillon de poulet, et mêlées aux algues finement hachées, ne pouvaient lui faire de mal. Comme elle avait retrouvé son désir d'inventer des plats, elle prépara aussi un flan au tapioca pour le reposer du sempiternel gruau qu'elle-même n'aurait pu avaler trois matins de suite sans avoir des haut-le-cœur. Et à la dernière minute, après avoir réfléchi encore plus longuement qu'elle ne l'avait fait pour le potage, elle déposa sur une assiette de verre quelques cuillerées de gelée d'églantier.

La plupart du temps, le docteur Milroy portait lui-même au chimiste son repas du midi et du soir, pour éviter à Persévérance des contacts trop fréquents avec un malade qu'elle supportait mal. Lorsqu'il vint prendre le plateau, il nota le changement de diète et la regarda, mais elle lui tourna le dos pour lui soustraire son visage. Une autre surprise attendait le docteur Milroy. Là-haut, il trouva un homme ensommeillé, mais cordial, qui le salua dès qu'il vit s'entrouvrir la porte. Chose plus réjouissante encore, non seulement le malade put s'asseoir seul, mais il manifesta de la curiosité pour le plateau déposé devant lui. En apercevant le potage, il en huma l'odeur et eut un murmure d'appréciation.

— C'est presque aussi bon que la vichyssoise, dit-il après avoir vidé la moitié du bol.

Persévérance s'était glissée dans la chambre sous prétexte d'y prendre des draps à laver. Le « presque aussi bon » la fit se raidir, d'autant plus qu'il utilisait encore un mot savant qu'elle ignorait. Seule l'expression « très bon » l'eût satisfaite, bien qu'elle eût pu se contenter de « bon » dans une phrase joliment tournée qui ne l'eût comparée à personne. Le docteur Milroy pensait aux vichyssoises d'Agnès Frémont qui fondaient dans la bouche en y laissant un goût de poireau onctueux et velouté, et il eût aimé savourer longuement ce souvenir. Mais craignant de voir se ranimer l'animosité qui avait déjà opposé Persévérance et Lechaunay, il crut utile d'inciter le malade à déplacer sa comparaison.

— Diriez-vous, suggéra-t-il, que les pommes de terre remplacent avantageusement le chou ?

— Tout à fait. L'alliage aigre-doux y est même plus prononcé, répondit le chimiste qui entamait déjà son flan au tapioca.

Persévérance et le docteur Milroy exhalèrent en même temps un soupir de contentement. Lui, parce qu'il détestait arbitrer les conflits. Elle, parce qu'on venait de lui rendre justice, ou même hommage, dans le seul domaine où elle ambitionnait de plaire. Le médecin voyait néanmoins frémir les cubes de gelée sur l'assiette de verre, et il redoutait l'instant où il faudrait les nommer. Pour leur faciliter la tâche, il parla du froid grandissant, des touffes de vinaigriers qui mûrissaient, des abeilles qui trouvaient difficilement leur miel sur les églantiers dépouillés de leurs fleurs. Il faisait tout pour favoriser la trêve qui profitait à son patient.

Lechaunay paraissait avoir retrouvé son appétit. Il lécha le bout de sa cuiller et préleva une lamelle de la gelée frémissante qui étincelait comme un joyau. Il la contempla longuement, puis la déposa sur sa langue et la fit rouler voluptueusement sous le palais, les yeux à demi fermés, comme s'il dégustait un grand vin. Les deux autres attendaient son verdict, souhaitant voir le plateau de la balance incliner du bon côté.

— Exquis, dit-il enfin. Absolument exquis. J'avais oublié que cette gelée pût avoir un goût aussi fin.

Le docteur Milroy eut un deuxième soupir de contentement. Chacun s'était abstenu de prononcer les mots «églantier» et «cynorrhodon» qui n'eussent fait que jeter de l'huile sur le feu. Persévérance regardait Lechaunay essuyer l'assiette avec une bouchée de pain, et elle goûtait son triomphe avec modestie. Mais elle était sûre que le teint du malade s'était éclairci, et qu'au fond des yeux fatigués brillait une petite flamme qui ne s'y trouvait pas auparavant.

— Je dois vous quitter, dit le docteur Milroy en donnant au chimiste une vigoureuse poignée de main. À partir de maintenant, décidez avec elle de la diète qui vous convient le mieux.

À compter de ce jour, Persévérance fut aux petits soins pour son malade. Elle lui prépara toutes sortes de régimes revitalisants, de potions calmantes et d'élixirs purificateurs qu'il absorba avec délices, n'émettant que rarement une ou deux objections dictées par la science dont il restait le représentant. Elle ne reprochait plus au docteur Milroy de trop s'attarder là-haut, et ne priait plus le Ciel pour que le savant meure ou guérisse. Elle ne s'étonnait plus qu'il reçût la visite des aumôniers, de chacun des médecins, du capitaine Clark et même de l'apothicaire. Qu'il aimât sa cuisine situait autrement leurs rapports. Elle regardait désormais d'un autre œil la considération dont son malade était l'objet.

Le jour où il fallut apprendre au chimiste la mort de son accompagnateur et celle du maire de Montréal, tous deux grands défenseurs du fluide qui avait échoué à les sauver du typhus, elle le ressentit comme un choc. Persuadée que les alcools forts – à l'égal des affaires et du commerce – réussissaient aux Anglais mais contrariaient le goût français, elle lui prépara un bouillon de poule au vin rouge comme consolation suprême. Et pour le distraire de son chagrin, elle apporta la volière dans la chambre. Il pleurait la mort du premier dignitaire à l'accueillir sur le continent, celle de l'officier venu de Londres avec lui pour présenter sa découverte, et ses larmes roulaient dans le bouillon fumant où sa cuiller les repêchait. Mais le chant des chardonnerets et les vapeurs reconstituantes du bouillon produisirent leur effet. Elle entendit bientôt un dernier hoquet de douleur. Le convalescent s'affaissa sur l'oreiller et s'endormit paisiblement, comme si un ange était passé près du lit pour le délivrer de sa peine.

Malgré ces épreuves qui éveillaient en lui des doutes sur la valeur thérapeutique du fluide, Lechaunay réagit rapidement à la cure de revitalisation. Trois jours plus tard, sa fièvre était tombée, et il ne donnait plus aucun signe de stupeur ou de prostration. Tout laissait croire qu'il serait rétabli dans quelques semaines et pourrait poursuivre les expériences interrompues. La maladie l'avait changé. Il parlait moins, son regard avait plus d'épaisseur, et ses gestes étaient devenus plus lents. Persévérance, qui l'estimait désormais assez pour le taquiner, disait qu'il avait troqué l'amour des vérités froides contre la passion des idées simples.

En dehors de ses siestes, il passait le plus clair de son temps à la cuisine où il l'aidait à préparer ses sirops contre la grippe, les rhumes et le lumbago que le refroidissement de la température faisait apparaître. Il soupesait les ingrédients avec minutie, répétait à haute voix chacune des opérations devant conduire à la transformation des fleurs, des feuilles et des racines utilisées. Enthousiasmé par la vigueur terreuse des rhizomes et la texture des fibres qui résistaient à la pression des doigts, il hachait, touillait, transvasait les mélanges dont elle gardait cependant le contrôle. Mais habitué à commander, la tentation d'intervenir était souvent forte, soit qu'il jugeât la formule incomplète, le feu trop bas ou l'eau de cuisson trop abondante.

Un jour qu'il voulut décider du moment où il fallait suspendre l'évaporation des sucs tirés de plantes épuisées dont le parfum saturait les sirops en train de languir, elle dit sans se départir de son calme : «Laissez, vous n'avez pas encore l'esprit des plantes. » Il comprit alors que d'avancer un modeste « peut-être que », « il me semble que », « ne pensez-vous pas ? » lui assurait un meilleur partage des pouvoirs que ses impératifs « voyez donc », « il est temps de », « apportez-moi cette passoire », ou toute autre injonction déguisée qui la faisait se rebeller.

CHAPITRE 10

Dans cet usage pointilleux des mots qui poussait Persévérance et Lechaunay à s'épier mutuellement, le point capital de l'enjeu tenait parfois à un long silence où chacun se dévisageait avant d'avancer l'argument irréfutable qui obligerait l'autre à capituler. Fallait-il remettre le compte à égalité et en rester là tout bonnement, ou ne valait-il pas mieux tenter de pénétrer le mystère des langues et explorer leurs multiples variations ? Elle disait alors avec un certain orgueil qui ennoblissait sa retraite : « Dans le silence, tout concorde. » Ou encore pour illustrer jusqu'où il était vain de vouloir posséder les mots qui, de toute manière, décrivaient la surface des choses plutôt que leur fond, elle insinuait :

— C'est comme pour le lait. Le fond bouge toujours, seule la couche de crème se fige sur les bords.

L'hypothèse n'aurait peut-être pas supporté la vérification scientifique, mais le chimiste comprenait qu'elle était plus attirée par la profondeur des choses que par leur surface. Un jour, il décida de la prendre aux mots. Alors qu'elle coupait des oignons pour fabriquer un sirop contre la toux où entrait une bonne dose de gin et de miel, il apporta de sa chambre un instrument qui parut l'intriguer. Au bout d'un tube fixé à une base munie d'une sorte de bras recourbé, se trouvait une loupe qui permettait, lui disait-il, de voir les choses dans leurs moindres détails. Il plaça l'appareil devant la fenêtre pour que le soleil pût s'y réfléchir, et lui fit signe de s'en approcher. Elle y glissa un œil, éblouie par le faisceau lumineux, d'une incroyable densité, qui s'en dégageait. Aveuglée, elle ferma les yeux pendant quelques secondes, avant de revenir à la lumière du jour qui lui parut soudain bien faible.

Heureux de l'effet produit, il lui demanda d'étaler une lamelle de pelure d'oignon sur la plaque d'observation, recouverte d'une lame de verre, en dessous de laquelle se trouvait un miroir. Il ajusta l'instrument, manœuvra un bouton, se pencha pour scruter la loupe qu'il disait être une lentille. Après quoi, il lui céda sa place sans rien dire.

Persévérance vit aussitôt une infinité de joyaux, bombardés de rayons lumineux qui paraissaient venir du cœur même de l'instrument, scintiller sous son œil droit. Croyant être victime d'une illusion, elle vérifia avec son doigt si la pelure d'oignon se trouvait toujours sous la plaque de verre, et appliqua l'autre œil contre la lentille. Rien n'apparaissait de l'oignon, mais les joyaux étaient toujours là, éblouissants, et leur nombre paraissait augmenter au fur à mesure qu'elle les observait. Ses yeux étaient incapables de tout saisir. Elle n'avait jamais rien contemplé d'aussi fabuleux. Sans doute était-ce la lumière vive, échappée de l'appareil, qui rendait la pelure d'oignon méconnaissable. Craignant que cette lumière ne pénétre en elle et ne la transforme en quelque chose d'aussi différent que ce qu'elle venait d'apercevoir, elle couvrit ses paupières de ses mains et s'écarta de la table. Lorsqu'elle ouvrit les yeux, elle se sentit incapable de porter sa vue sur les objets environnants.

— La pelure d'oignon est toujours là, dit le chimiste. Mais vous avez l'impression de ne plus la voir parce que le microscope la grossit deux cents fois.

Bouleversée par ce qu'elle venait de contempler, elle l'entendait à peine. Afin de vérifier si le miracle se répéterait, elle substitua une pelure d'ail à la pelure d'oignon, et découvrit que la magie dégagée par l'appareil était encore plus envoûtante. Les joyaux, cette fois plus arrondis, scintillaient sur sa rétine, baignant dans une lumière qui lui arrachait littéralement les yeux. Le travail de la lumière était si puissant que son pouls battait plus ou moins fort, selon l'énergie transmise par le faisceau lumineux qui s'échappait de l'appareil. Sans quitter le microscope, elle éloigna son visage de la lentille d'observation pour se reposer du ruissellement lumineux qui faisait frémir les formes prodigieuses sous ses paupières rabattues.

—Combien de fois ? demanda-t-elle lorsqu'elle put recommencer à distinguer les choses ordinaires placées autour d'elle.

— Deux cent cinquante, et nous pourrions grossir davantage.

Qu'une parcelle de pelure d'ail ou d'oignon pût contenir de telles merveilles lui coupait littéralement le souffle. Et qu'une simple lentille enchâssée dans une monture pût, avec l'aide des rayons solaires captés par un miroir, révéler l'insoupçonnable richesse contenue dans les plus infimes objets lui paraissait tenir du prodige. Elle qui s'était si souvent emballée pour des beautés saisies à l'œil nu, elle constatait tout à coup qu'elle n'avait en fait rien vu. Car ce qu'elle avait aperçu des arbres, des fleurs, des iris ou des algues n'était que leur enveloppe. Elle ne savait toujours rien du cœur des choses. Tout ce qu'elle avait vu pousser, mûrir et se faner sur l'île pendant l'été, ne lui avait pas livré ces mille et une facettes et ces mille et un détails révélés par ce microscope.

— Vous aimeriez voir le cœur de l'oignon ? demanda-t-il, comme s'il lisait dans ses pensées.

On lui proposait de pénétrer le mystère de l'infiniment secret et de l'infiniment petit enfoui dans le cœur d'une chose. Elle hésitait. Passer de la pelure au cœur de l'oignon, c'était faire un pas en avant, mais ce pas prêtait à conséquence car peut-être ensuite n'allait-elle plus pouvoir se satisfaire de contempler le dehors des choses. Par ailleurs, la puissance du regard contenu dans le microscope l'inquiétait d'autant plus que l'instrument pouvait non seulement transpercer chaque fibre et chaque cavité du cœur de l'oignon, mais aussi les transformer. Elle eut soudain peur.

— Ça serait trop pour une seule fois, dit-elle. La pelure, c'est bien assez pour aujourd'hui.

En son for intérieur, elle se disait que ce qui était vrai pour l'ail et l'oignon l'était sans doute aussi pour l'eau, les oiseaux, les chats, les humains. Tout pouvait être examiné de part en part, détruit et reformé par le regard qui regardait. C'était à la fois extraordinaire et terrifiant. Plus rien n'était protégé. Une fois placée sous la lame de verre du microscope, la chose observée ne s'appartenait plus. Elle-même, c'était parce qu'elle voyait la ciboulette qu'elle la coupait, et c'est quand les asclépiades montraient leurs touffes fleuries qu'elle les tournait en bouillon ou en gratin. D'une certaine façon, voir poussait à posséder, utiliser, ou même détruire les choses.

Inquiète, elle fixait le chimiste, se demandant s'il pouvait, par le simple examen de l'un de ses cheveux ou d'un bout d'ongle qu'elle aurait pu échapper, connaître ses pensées.

— On peut aussi voir un ongle ou un cheveu ? risqua-t-elle.

— On peut tout voir, répondit-il, même une pellicule.

Elle frémit. La puissance de cet instrument était sans borne, et son indiscrétion monstrueuse. Ce microscope était comme Dieu, il voyait tout. Mais il était fait de métal, son cœur devait être dur. Peut-être même n'avait-il pas de cœur, la lumière seule le faisant vibrer. Craignant le ridicule, elle n'osa avouer ce qui la tourmentait. Pour contourner l'obstacle, elle demanda : « Et le vent ? » Il répondit qu'avec le vent c'était impossible, qu'on ne pouvait toucher, découper, analyser que les objets matériels.

Elle soupira d'aise. Si le microscope ne pouvait voir le vent, il ne pouvait probablement pas non plus voir ses pensées. Un mystère persistait pourtant. Elle avait souvent cru toucher le vent, et elle-même s'était sentie touchée par lui. Ou bien tout le monde ne percevait pas les choses de la même manière, ou bien le microscope n'avait pas réponse à tout.

Les jours suivants elle refusa de s'approcher de l'instrument. Lechaunay n'insista pas, car il ne savait plus s'il devait lui prêter une lucidité supérieure, ou voir en elle l'obscurantisme des gens simples pour qui tout est magie, miracle, ensorcellement. De son côté le docteur Milroy la trouvait soucieuse, absorbée par des pensées qu'elle ruminait tout en travaillant. Un matin, elle attendit que ce dernier quitte la maison pour tendre à Lechaunay la tige de sureau cachée dans la poche de son tablier. Elle insista : « Je veux voir le cœur de la tige. »

Il coupa la tige aux deux tiers, en préleva une lamelle qu'il plaça sur la plaque d'observation du microscope. Elle s'approcha, un doigt couvrant l'œil gauche, et repéra rapidement deux cercles remplis de grains minuscules autour desquels se trouvait une double série d'anneaux d'épaisseur différente qui représentaient probablement l'écorce du sureau. Le cœur de la tige palpitait sous son œil. Il formait un noyau vibrant d'où partaient des rayons qui s'échappaient à l'extérieur. Elle avait enfin la preuve que ce qui l'émerveillait dans l'image projetée par la lentille irradiait du cœur même de l'objet.

Aveuglée, elle suspendit son examen. Mais d'avoir pu vérifier que tout naissait et grandissait à partir du cœur des choses la remplissait d'une jubilation enfantine – car elle avait aussi demandé à voir le cœur de l'oignon, de la gousse d'ail et même d'un pétale de géranium. Néanmoins, d'avoir entrevu la structure cachée de ces menus objets lui révélait un nouvel ordre du monde. L'univers cessait d'obéir aux lois simples qui l'avaient jusque-là soutenu, et cette transformation ouvrait la voie à une multitude d'interrogations qui finirent pas lasser le chimiste.

— Ne cherchez pas trop à savoir, dit-il d'une voix exténuée qui demandait grâce. Savoir rend souvent aveugle à la beauté des choses.

Sensible à l'argument, elle se tut. Mais les révélations du microscope continuaient de la hanter. Elle savait qu'elle ne verrait désormais plus jamais les choses de la même manière. Derrière leur apparente simplicité, se profileraient toujours les visions prodigieuses aperçues dans la lentille magique du microscope. Et persisterait également en elle la tentation malsaine de scruter ce que ses yeux ne pouvaient voir par eux-mêmes.

Quelques jours plus tard, elle rangeait la chambre du docteur Milroy lorsqu'elle aperçut des cheveux enroulés dans la brosse laissée sur le bureau. Elle en saisit un et fila vers sa chambre où elle le déposa à la première page de son missel pour l'empêcher de s'envoler. Dans la même journée, elle prétexta vouloir enlever un fil sur le col de la veste de Lechaunay, et lui arracha un cheveu qu'elle alla placer deux pages plus loin. À l'heure de la sieste, elle glissa le premier cheveu sur la plaque d'observation du microscope d'une main tremblante, redoutant les révélations qui pourraient lui être faites. Elle ne vit d'abord qu'une lumière diffuse. Mais en déplaçant le cheveu avec précaution, et après avoir ajusté la lentille, elle finit par apercevoir une sorte de tige bulbeuse, renflée à son extrémité, qui ressemblait à une racine d'iris. Cette tige frémissait au bout de ses doigts sans lui livrer le secret qu'elle souhaitait percer. Elle procéda de la même façon avec le deuxième cheveu qui, c'était plutôt décevant, lui parut plus ou moins semblable au premier.

Attribuant cette similitude au fait que l'instrument montrait l'enveloppe du cheveu et non le cœur, elle alla chercher des ciseaux pour tenter d'en prélever une coupe comme ils avaient fait pour les autres échantillons. Elle allait commettre l'action répréhensible lorsqu'on frappa à la porte. Abandonnant tout, elle attrapa un linge et feignit d'essuyer la table, mais son trouble était si grand que l'apothicaire, perçu comme un intrus, repartit avec la bouteille de sirop qu'elle lui mit dans les mains, sans dire autre chose qu'un bref merci.

Lorsqu'elle revint vers le microscope, les deux cheveux étaient disparus. Elle y vit un avertissement du destin. Tenter de découvrir dans des cheveux volés les sentiments que le docteur Milroy et le chimiste lui portaient était un geste honteux. Elle racheta aussitôt cette faute par un large signe de croix. Et quand Lechaunay s'étonna plus tard du peu de curiosité que le microscope éveillait en elle, elle dit simplement :

— L'essentiel n'est pas de regarder, mais de savoir quand et pourquoi on regarde. En ce moment, les raisons qui me pousseraient à le faire sont mauvaises.

Supportant mal la réclusion imposée par sa convalescence, et n'étant pas en état de retourner auprès des malades, le chimiste cherchait une façon de se distraire. Un matin, il entendit Persévérance se plaindre que sa réserve de vin de sauge était épuisée et qu'il lui restait à peine une poignée de son herbe médicinale préférée.

Cette nouvelle ne parut pas concerner le docteur Milroy, mais elle intéressa Lechaunay au plus haut point. Il demanda à Persévérance s'il lui restait des fruits d'été, mais elle confessa les avoir tous cuisinés, mis en conserve ou transformés en sirop, à part une manne de pommes qu'elle réservait pour le début de l'hiver.

— Et vos réserves de miel ? s'informa-t-il, soudain soucieux d'un détail, intéressant l'économie domestique, dont il ne s'était jamais soucié.

Comme si elle craignait de l'introduire dans le monde secret des mises de côté saisonnières, sur lesquelles les femmes régnaient depuis toujours, elle avoua avec réticence être plus riche de ce côté-là. Il répondit qu'ils pourraient peut-être faire de l'hydromel. Mais après avoir laissé tomber le mot mystérieux – un autre mot qu'elle ignorait –, il se mit à discuter de choses savantes avec le docteur Milroy. Elle avait pris la précaution d'écrire le nom difficile sur un bout de papier pour s'en souvenir. Lorsqu'ils se retrouvèrent seuls, elle le répéta correctement.

S'étonnant de la vigueur de ses facultés, il commença à lui vanter les mérites de l'hydromel, ancienne boisson alcoolisée qui avait longtemps porté le nom de «boisson des dieux». Leurs ancêtres communs, les Gaulois dont étaient issus leur père, leurs grands-pères et arrière-grands-pères, avaient été les plus grands hydromelliers du monde. Chaque année, ils préparaient des quantités phénoménales de cette potion prodigieuse pour éloigner d'eux les mauvais esprits, les maladies et les calamités dont ils auraient pu souffrir. Dans l'espoir d'éveiller chez Persévérance la fibre guérisseuse, le chimiste allongeait son propos d'arguments persuasifs qu'elle écoutait avec la même paisible concentration qu'elle mettait à trier ses herbes ou à couper ses légumes. Pour finir, il l'assurait que l'hydromel offrait non seulement les propriétés du miel qui servait à le fabriquer, mais encore la quintessence des milliers de fleurs butinées par les abeilles au cours de l'été.

— Très bien, coupa-t-elle, peu avide d'entendre la suite. Commençons par le commencement, sinon on risque de ne jamais en boire.

Il fit ses calculs à voix haute. Ils étaient au premier jour d'octobre, et un bon hydromel exigeait cinq à six semaines de fermentation. Ils n'auraient donc le produit fini qu'à la fin de novembre. Elle objecta que le fleuve commencerait alors à prendre en glaces, que la station de quarantaine allait fermer sans qu'ils n'aient vu la couleur de cet hydromel. Se souvenant que ses vins de merises et de pissenlits toléraient un embouteillage rapide, elle proposa un habile compromis : elle lui cédait la manne de pommes qui dormait à la cave, si cela devait leur permettre d'agir plus vite.

Il détestait les mélanges, mais cette solution de rechange leur permettrait de faire face à l'échéance fixée par le climat. Ella alla chercher les pommes et le miel de fleurs sauvages. Il lui demanda d'apporter une cuvette remplie d'eau, deux brocs de faïence, trois pots de grès au col étroit, un entonnoir, un pilon et une passoire qu'il disposa lui-même sur la table. Elle crut bon d'ajouter un carré d'étamine, quelques linges propres, une grande cuiller et des couteaux. Lorsque tout fut prêt, il ordonna le rituel dictant la série d'opérations à effectuer pour obtenir cette boisson des dieux dont elle rêvait.

Intrigué, le docteur Milroy finit par leur demander ce qu'ils étaient en train de préparer. Persévérance jeta un regard complice au chimiste et se contenta de répondre : « C'est un secret d'hydromêleur. » Lechaunay dénonça le barbarisme. « Hydromêleur » n'existait pas, il fallait dire « hydromellier ».

Les pots de grès fermentaient depuis quatorze jours dans un coin de la cuisine protégé des courants d'air, lorsqu'un bruit subtil, mais décisif, attira l'attention du maître d'œuvre. Il vint aussitôt se pencher sur la préparation dont l'effervescence paraissait vouloir forcer les bouchons de liège, et entendit une sorte de pétillement sifflant s'échapper des pots. Persévérance lui jeta un regard interrogateur : cet hydromel était leur œuvre commune, elle tenait autant que lui à son absolue perfection

— Ce pétillement est bon signe, dit-il d'un ton doctoral. La levure est en train de décomposer le miel en alcool et en bioxyde de carbone.

Elle comprit qu'ils boiraient de l'hydromel, l'ancienne boisson des dieux, et son visage s'illumina d'une beauté si parfaite qu'il fit le geste de lui porter un toast. Ce geste de réconciliation, posé après tant d'autres, valut par la suite au chimiste une considération appréciée. Aux repas, chaque fois que la conversation éveillait un doute que la science paraissait devoir éclaircir, Persévérance se tournait vers lui. « Voyons ce qu'en pense l'hydromêleur », disait-elle, même s'il ne cessait de lui répéter que ce mot n'existait pas.

Même si le chimiste passait de plus en plus de temps à la cuisine, il recommença à aller chaque jour dans les hôpitaux. Le nombre de malades avait considérablement diminué, mais il trouvait toujours des volontaires qui souhaitaient bénéficier de son fluide. Comme les infirmières, le directeur médical, et même les prisonniers, il faisait désormais partie du personnel soignant dont l'hiver suspendrait les activités.

L'automne avançait. Des journées ensoleillées donnaient au paysage une douceur qui se réfléchissait sur les vitres des bâtiments derrière lesquelles tournoyaient des oiseaux fous. Mais ces instants duraient peu. La pluie recommençait à inonder les baraquements dressés le long des chemins envahis par la boue. La détresse refaisait surface, mais on parlait alors de grands vents, de marées dangereuses, de température effroyable, plutôt que des misères intimes mises à nue par la conscience du malheur qui surnageait.

Le docteur Milroy voyait les mouches délaisser les lits pour s'agglutiner aux fenêtres où elles risquaient une dernière tentative, essayant de traverser la vitre avant que n'apparaissent les champignons de gel qui les anesthésieraient pour six longs mois. Parfois, il interrompait son travail et venait les observer quelques instants, comme s'il eût voulu mesurer à travers elles la force de l'illusion. Des malades en profitaient pour venir regarder au-dessus de son épaule la ligne mouvante du fleuve qui brillait au loin. Ils scrutaient l'insondable étendue d'eau découpée par la fenêtre, et le doute les reprenait. Était-ce bien ça, l'Amérique ? Ou le fleuve n'était-il pas plutôt ce qui les en séparait ? Car souvent l'île leur paraissait une prison, la fin de l'Amérique, la fin de tout ce qu'ils attendaient.

Comme s'il eût entendu la question, le docteur Milroy faisait un large mouvement du bras, et chacun retournait s'allonger. Mais lui entendait le plancher gémir sous leurs pas, et il voyait avec peine une ténacité résignée réapparaître sur leurs visages.

Un matin le docteur Milroy s'éveilla et vit, avant même de tirer les rideaux, que la lumière du dehors était changée. Il se précipita aussitôt vers la fenêtre garnie d'un ourlet de neige. Tout était blanc le long de la maison dont il ne voyait plus le jardin, et les oiseaux étaient disparus. Aucun voilier ne remontait le fleuve sur le point de retourner au silence des longues eaux plates emmurées sous les glaces. La vitre glacée le faisait frissonner. Il se félicita d'avoir fait transférer la veille dans un baraquement neuf la centaine de malades qui occupaient un hôpital délabré où le froid sévissait violemment.

Dans la cuisine, Persévérance regardait aussi le fleuve tout en préparant le déjeuner. Cette neige la réjouissait, mais en même temps elle se demandait comment elle résisterait à l'hiver, surtout au commencement de cet hiver qui donnerait une nouvelle direction à sa vie. Comme s'il n'eût d'autre souci, le chimiste alla pour sa part soulever la flanelle qui recouvrait les pots de grès, afin de vérifier si ce brusque changement de température avait pu altérer la maturation de l'hydromel. Il rejoignit ensuite le docteur Milroy à la table, et Persévérance versa une cuillerée de scotch dans leur café, modification du régime habituel qui tenait à la fois lieu de rituel protecteur et d'exorcisme hivernal. Lechaunay n'aimait pas l'alcool, mais il accepta la gâterie, touché par l'état de grâce apporté par cette première neige qui marquait une cassure dans le déroulement du temps.

Pour eux trois, ce serait bientôt la fin de leur séjour là-bas. Mais comme cette fin s'annonçait différente pour chacun, personne ne se risqua à en parler. Après avoir mangé un peu plus lentement que d'habitude, les deux hommes descendirent vers le quai où le capitaine Clark se trouvait déjà. Ils se mirent à fixer la mer grise, nue de l'est à l'ouest, qui fouettait violemment ses vagues contre les rochers. Le docteur Milroy s'inquiétait. Un vapeur aurait dû se trouver là. Trois cents malades avaient été transportés à Montréal la veille, et deux cents le seraient ce jour-là. Plus personne ne débarquerait désormais à la station de quarantaine. Les voiliers qui auraient quitté l'Europe trop tard, ou qui auraient été refoulés sur la côte américaine, devraient accoster à Terre-Neuve ou filer vers l'ex-capitale.

Une semaine plus tôt, des passagers étaient arrivés à peine vêtus, et le docteur Milroy avait dû importer des vêtements chauds de la côte. Les derniers immigrants qui s'étaient présentés sur l'île étaient en majorité des hommes seuls, dans la force de l'âge, qui avaient reçu l'avis d'éviction du *landlord* aussitôt les récoltes terminées. Mais le docteur Milroy se rappelait avoir aperçu sur le dernier vaisseau une femme aux cheveux blancs, à qui la vieillesse était peut-être venue en une seule nuit, qui portait pour tout vêtement un chiffon couvrant son sexe. Elle était morte dès son entrée à l'hôpital, et il n'avait pu lui apporter aucun réconfort. Mais c'est alors, tandis qu'il attendait le vapeur tout en discutant avec le capitaine Clark de mesures à prendre pour corriger les erreurs du précédent départ, qu'il aurait voulu pleurer sur cette femme dont la vision ne le quittait pas.

Cette neige ajoutait à ses tracas. Le gouverneur et le secrétaire à l'Immigration lui expédiaient régulièrement des couvertures et des vêtements d'hiver. À Québec, les clubs de bridge s'étaient mis à tricoter, et les sociétés de bienfaisance lançaient des campagnes de charité pour recueillir des fonds devant servir à habiller les immigrants, mais les vêtements manquaient encore. Le docteur Milroy ignorait que dans la grande maison de la rue Saint-Louis, où le feu avait été allumé dans chaque cheminée, Agnès Frémont tricotait aussi. Il ne savait pas qu'elle avait déjà confectionné des tuques, des foulards et des passe-montagnes qui se trouvaient sur le vapeur attendu.

Même là-haut, Persévérance se précipitait sur son tricot dès qu'elle avait une minute de libre. Depuis qu'elle avait aperçu des rosaces de gel aux fenêtres de la maison, elle sacrifiait tout à cette urgence : sa cuisine d'herbes, l'hydromel dont elle ne parlait plus, même ses repas qu'elle prenait parfois en tricotant. La veille, il lui avait demandé pourquoi elle tricotait si tard. Elle avait alors soulevé le foulard de laine bleu qui tombait de ses aiguilles, et répondu : « Le tricot, c'est le Danaïde des femmes. » Il avait mis du temps à comprendre cette réponse. Il avait vu tant de femmes tricoter autour de lui depuis toujours, qu'il avait fini par croire que c'était comme le poker : un passe-temps qui délivrait du souci de penser.

Quelques heures plus tard, en dirigeant l'embarquement des malades, il ne reconnaîtrait pas le foulard bleu enroulé autour du cou d'un fiévreux qui refuserait de prendre la mer, suppliant qu'on le laisse mourir en paix. Il ne verrait pas davantage la main d'Agnès Frémont dans les tuques et les passe-montagnes coiffant les malades, enrobés de couvertures, que des brancardiers transporteraient vers le vapeur.

Tous ceux qui pouvaient marcher défilaient en rangs serrés, cherchant à se protéger du vent qui les fouettait de plein front. Ils ne savaient pas où les conduirait ce vaisseau amarré au bout du quai, peut-être sur une terre aussi ingrate que cette île perdue, alors qu'ils rêvaient de s'installer dans une ville chaude et prospère.

Les yeux remplis de lueurs glacées que la fièvre n'arrivait pas à dissoudre, ils avançaient d'un pas titubant, contournant par un mouvement du corps, qui les faisait s'incliner en sens inverse, les soldats qui comprimaient les rangs. Certains maugréaient. Ils devraient encore une fois s'engouffrer dans le brouillard, affronter ces eaux sombres dont le grondement défiait le soleil froid de l'hiver, cette suite d'heures perdues menant à une nouvelle attente, à l'inatteignable lieu dont ce long fleuve repoussait sans cesse l'approche. Car c'est à quoi finissait par ressembler ce voyage qui conduisait nulle part, sinon vers des frontières fuyantes, et sans nom, qu'ils ne pouvaient habiter.

L'un d'eux disait qu'en s'approchant des eaux, il sentait bouger l'île sous ses pieds. Cet homme, qui avait la démarche d'un vieillard mais dont la voix était extrêmement jeune, paraissait sur le point de chanceler. Le désordre des vagues semblait l'étourdir. Et cette blancheur de l'île, qui contrastait avec le lointain où tout était gris, devait lui paraître insupportable.

Une fois sur le quai, un homme qui craignait sans doute de voir se refermer sur lui le piège de l'adversité, se retourna pour apercevoir l'île dans son ensemble. Il embrassa du regard le rivage, les bâtiments gris, les canons trouant le ciel qui les avait depuis longtemps oubliés. Puis il se tourna vers le docteur Milroy, en indiquant une bande de terre qui paraissait flotter à l'autre bout des eaux. Le docteur Milroy savait déjà quelle question lui serait posée. C'était toujours la même. Ils cherchaient toujours le continent qui pût leur restituer le territoire de leurs rêves.

«Là-bas, c'est l'Amérique?» demanda-t-il enfin, comme pour s'accrocher à quelque chose qui pût le soutenir. Le docteur Milroy répondit que c'était ça l'Amérique, ça et tout ce qu'il venait de regarder. Il vit l'homme s'éloigner en traînant le pas, et il se dit qu'il eût peut-être mieux valu mentir, laisser croire que l'Amérique c'était plus que ce contraste de lignes et de couleurs, la fin d'un rêve, la distance qui sépare l'attente du bonheur de sa conquête.

Certains pressaient le pas, misant sur ce nouveau départ qui ne pouvait être que le dernier. D'autres souriaient, heureux de s'embarquer pour le continent où les attendaient des terres bénies couvertes de coulées d'or chaud qui les réchauffaient déjà. Mais un certain nombre se rebellaient contre l'aventure interminable dont ils ne voyaient pas la fin. Quelques-uns refusaient de prendre la mer où ils avaient déjà passé des semaines à grelotter, leur corps lâchant prise, leur cœur renonçant à être plus longtemps victime du mauvais sort qui les précipitait vers l'inconnu sans mettre fin à l'attente. Et puis ils se taisaient et consentaient à avancer, repoussant le fantôme du passé auquel ils n'appartenaient plus.

Pendant ce temps, Persévérance était assise dans sa cuisine, une main repliée sous le menton. Elle cherchait dans le paysage natal, qui se couvrait aussi de neige en ce temps de l'année, un jour, une scène qui aurait pu lui restituer un âge différent de celui qu'elle avait alors.

Elle se remémorait d'anciens hivers, le temps ingrat de l'apprentissage, les semaines besogneuses, et elle ne trouvait pas l'enfant qu'elle avait dû être. Cette absence l'amenait à douter d'elle-même. Elle se demandait si elle n'avait pas vieilli trop tôt, et d'un coup, bien avant les années qui l'avaient rendue semblable à la femme qu'elle était devenue. Mais elle n'avait aucune mémoire de ces transformations. Elle savait seulement qu'il lui avait fallu s'éloigner de la maison paternelle pour découvrir la richesse du monde, son langage, son ampleur.

Bientôt, tout allait changer pour elle. Elle partirait aussi, même si elle n'avait en vue aucune destination précise. Ses bonheurs présents lui appartenaient encore. La volière et ses chardonnerets l'émerveillait toujours, et elle ne se lassait pas des géraniums en fleurs et des pots de grès où fermentait l'hydromel. Elle regardait avec amour les bouquets d'herbes suspendus aux poutres, les cruches de sirop médicinal qu'elle venait de sortir du placard, et pour finir – car c'est ce qu'elle regarda en dernier – le microscope qui lui avait révélé la complexité des choses, leur inatteignable profondeur.

Ainsi avait été son été : tout avait été amplifié, vu sous un autre angle, vécu avec plus d'intensité. Dans cette maison, sur cette île, elle a risqué plus d'audaces et éprouvé plus de joie que pendant le reste de sa vie. Mais tandis qu'elle faisait le bilan de son été, il lui semblait que désormais elle ne pourrait plus vivre sans les immigrants, sans le docteur Milroy ou même Lechaunay.

Elle était en train de se répéter ces choses lorsqu'un coup de vent fouetta les fenêtres de la cuisine. Elle attacha aussitôt ses deux cruches de sirop avec une corde, jeta dans un sac un gobelet, un couteau, des pains de camphre et du papier journal. Puis elle s'habilla et courut vers le quai en transportant tout sur ses épaules. La rumeur du départ venait vers elle. C'était une clameur sourde où se reconnaissaient la détresse, la peur, l'affolement. Dans ces moments-là, il lui arrivait de croire que si des chiens avaient habité l'île, ils se seraient mis à hurler.

Une fois là-bas, elle remplit un gobelet de sirop médicinal et le fit circuler parmi eux. Puis elle râpa les pains de camphre avec son couteau et en déposa de menues portions sur des morceaux de papier journal qu'elle replia et leur suggéra, par un geste, de glisser dans l'encolure de leurs vêtements. Ainsi, ils partiraient, dormiraient épaule contre épaule, oubliant leur mal. Et la mer agitée continuerait de battre les rochers de l'île tandis qu'ils prendraient la direction du continent.

L'hiver s'installait prématurément avec sa lumière blanche, sa terre gelée, la pellicule de glace qui recouvrait les seaux à la tombée de la nuit. Bientôt, il ne resta plus sur l'île que soixante malades. Le docteur Milroy les regroupa dans le lazaret, de construction plus soignée, où le froid se faisait moins sentir. Pour remédier au chauffage insuffisant, il fit remplir des bassines de braise que l'on disposa sur une plate-forme au centre de la pièce. Des bouillottes furent également placées dans les lits, et les couvertures restantes furent épinglées aux murs et rabattues sur les fenêtres pendant la nuit.

Ce regroupement presque familial redonnait aux malades un peu de la sécurité perdue. Conscients des soins dont on les entourait, ils retenaient leurs plaintes, comme s'ils craignaient d'accroître le malheur en le nommant. Leurs mains calmes reposaient sur les draps. Ils n'attendaient rien, ne réclamaient rien. La douleur lâchait prise. Les absents qui hantaient leur mémoire s'effaçaient, et eux continuaient de fixer les bassines rougeoyantes d'où montait une chaleur enfumée qui les anesthésiait. De temps en temps, leurs yeux se détachaient des bassines et se posaient sur le tuyau branlant par où s'échappait la fumée, ou sur l'une des fenêtres derrière lesquelles ronflait la mer.

Persévérance s'amenait parfois. Elle saluait timidement les médecins et les infirmières, inclinait la tête du côté des prisonniers, et allait s'asseoir non loin des bassines de braise dont l'odeur se mêlait aux vapeurs des infusions guérissantes dont on abreuvait les malades pour les préparer à la dernière étape du voyage. Tous se trouvaient réunis autour du rond de chaleur qui donnait à ce rassemblement une allure de fête. Une même complicité paraissait unir les médecins, les infirmières et les fiévreux.

Blues, dont l'ulcère de jambe était enfin guéri, avait reçu l'autorisation de jouer du violon dans les hôpitaux. S'appliquant à rendre l'idée d'une solidarité bienfaisante, il lançait un mouvement rapide et emporté qui suggérait une promenade au grand air, la vigueur, la bonne santé. Puis il évoquait la souffrance, évitant de trop s'attarder avant de revenir à l'ample et caressant mouvement d'archet qui apaisait les malades.

L'île se transformait. Il n'y avait plus de maladie, plus de réclusion. Il n'y avait que cette beauté de la musique qui traduisait l'exacte vérité du moment. On applaudissait Blues. Il s'inclinait à la manière des grands chefs d'orchestre, puis il reprenait le mouvement interrompu jusqu'à ce qu'un signe du directeur médical lui demande d'y mettre fin. Le docteur Milroy entendait alors revenir les plaintes, les mots qui essayaient de décrire le mal, son cheminement au-dedans du corps, son apaisement ou sa reprise soudaine. Et alors, il souhaitait être ailleurs, chez lui, dans sa maison.

CHAPITRE 11

Une nuit, le docteur Milroy fit un rêve étrange. Il se trouvait à Québec, en train de gravir l'escalier Casse-Cou menant à la haute-ville, lorsqu'il aperçut un jeune enfant retenu à la rampe de l'escalier par une corde. Il s'apprêtait à le détacher, mais il s'éveilla, oppressé, poursuivi par les cris de l'enfant, essayant de se rappeler cet autre rêve où lui-même était un enfant qui avait été abandonné sur le fleuve.

Au réveil il s'interrogea sur le sens de ces rêves, mais sa mémoire ne put lui restituer les épisodes manquants, et il dut renoncer à l'impossible puzzle. Néanmoins l'image de l'enfant continua de le hanter, et il ne fut pas étonné lorsque plus tard dans la journée quelqu'un vint l'aviser qu'une immigrante, venue de la côte avec son mari et un nourrisson, l'attendait à sa résidence.

Arrivée au début de l'été sur l'un des premiers voiliers, elle avait perdu son époux pendant la traversée et s'était ensuite fixée à Québec où elle avait rencontré cet homme qui lui avait proposé le mariage bien qu'il la sût enceinte. Comme elle croyait que le père de l'enfant avait été enterré sur l'île, elle voulait que son fils soit baptisé là-bas. Le docteur Milroy acquiesça d'autant plus rapidement à la demande de la jeune femme, qu'il crut saisir une ressemblance entre l'enfant du rêve et le nourrisson qui pleurait sous ses yeux. Il envoya aussitôt un groupe de prisonniers ouvrir la chapelle qui venait d'être désinfectée et verrouillée pour l'hiver, et il y fit porter des bassines de braise pour réchauffer la température qui devait être glaciale.

Comme la mère s'en remettait à lui pour le choix du parrain et de la marraine, il alla chuchoter quelques mots à l'oreille de Persévérance, puis à celle de Lechaunay. Les deux se regardèrent, indécis. Elle n'avait encore jamais été sollicitée pour un tel honneur, et lui aurait souhaité une consécration plus glorieuse de son dévouement aux immigrants. Les laissant à leur incertitude, le docteur Milroy retourna au lazaret pour annoncer la bonne nouvelle aux malades et inviter le personnel à participer à la cérémonie qui aurait lieu le jour même.

Trois heures plus tard, le cortège se mettait en marche. Il avait à sa tête l'aumônier encadré de deux prisonniers de petite taille travestis en enfants de chœur. Le nourrisson, porté par son père putatif, était suivi du capitaine Clark et de six soldats. Venaient ensuite la mère, les parrain et marraine qui s'étaient parfumés avec un mélange moitié eau de Cologne et moitié vinaigre des quatre gousses d'ail. En faisaient également partie la totalité des prisonniers, les deux tiers des infirmières, et deux médecins que les malades avaient eux-mêmes désignés, leur demandant de déposer leurs prières aux pieds du Très-Haut qui ne pouvait rester sourd aux supplications faites par l'intermédiaire d'un nouveau-né que le mal n'avait pas encore effleuré. Le docteur Milroy, qui arborait une cravate bleue que personne ne lui avait encore jamais vue, fermait le cortège. Blues marchait quelques pas derrière, portant d'une main son violon, de l'autre un missel à tranche dorée repêché à la morgue.

Lorsqu'ils atteignirent la chapelle, les braises des bassines tombaient en cendres. L'aumônier dut abréger le rituel, car tous grelottaient à l'exception du nourrisson qui souriait d'aise dans les bouillonnements du châle à franges tiré des valises de Persévérance. Les ablutions d'eau bénite mirent fin à cette béatitude. En le voyant pleurer et serrer les poings, celle-ci se félicita d'avoir oublié d'apporter quelques pincées de sel de la cuisine pour les rites de purification. Après tout, la mère avait suffisamment respiré de sels marins pendant la traversée, cet enfant-là était purifié pour le reste de ses jours. Tremblante d'émotion, elle promettait la vigilance tutélaire exigée par les formules auxquelles le parrain répondait mollement, conscient d'engager sa parole pour une cause qui ne l'enthousiasmait pas outre mesure.

Blues, qui assistait à un baptême pour la première fois, suivait le cérémonial avec la plus grande attention. Jusque-là, la religion avait représenté pour lui de longues messes célébrées dans des roulements d'orgue fracassants, l'aveu de péchés honteux à un abbé enrubanné de dentelles dont l'haleine tiède empestait la grille du confessionnal. Mais alors, il regrettait les fastes et les repentirs perdus, car ce nouveau-né lui chavirait le cœur. Il le voyait retourner dans les bras de sa mère. Des chuchotements parcouraient l'assistance. Tout paraissait avoir été récité, bénit, accompli. Avant qu'on ne souffle l'unique cierge qu'ils avaient réussi à dénicher sur l'île, il se dépêcha de tirer de son violon quelques notes graves annonçant un hymne grandiose. Puis il lança les premières mesures du *Te Deum*, le seul hymne religieux dont il se souvenait, le seul qui pût enflammer les verrières et saupoudrer l'autel d'une poussière d'or.

Pour finir, afin de ne pas écraser l'enfant par trop de grandeur, il égrena quelques accords légers et enchaîna avec le cantique *Il est né le divin Enfant*. Ne voulant pas être en reste, et vivant sans doute par anticipation la naissance de l'héritier attendu, le capitaine Clark fit présenter les armes et resta lui-même au garde-à-vous un long moment. Des prisonniers écrasaient des larmes. Certains avaient des enfants, une femme enceinte qui attendait leur retour, et pour la plupart d'entre eux, le souvenir des premières dévotions n'était plus qu'un instant déchu qui blessait la mémoire. Mais la magie des cantiques et le cliquetis des armes illuminaient le passé, couvrant d'une indulgente rémission les erreurs anciennes dont ils se sentaient momentanément délivrés.

La cloche de la chapelle sonnait à toute volée lorsque le cortège reprit le chemin de l'est, un peu effiloché sur les bords, un peu ivre sans avoir bu. Cette cérémonie avait mis en lumière une vérité réjouissante : la venue d'un nouveau-né, son inno-cence, était un appel de vie si puissant que les pires malheurs et les pires turpitudes s'effaçaient devant elle. Cet enfant sorti des limbes, dont le regard était voilé d'une taie, les aidait à mieux voir. Depuis son arrivée sur l'île, tout se colorait d'une douceur et d'une pureté qui transformait leur vision des choses, comme si la face cachée du monde avait attendu cet instant pour se révéler à eux.

Le groupe avançait sur la neige piétinée du chemin dont les bords, intacts, s'évanouissaient dans la blancheur uniforme qui recouvrait le sol jusqu'au fleuve. Les jours de l'île étaient comptés. Cette terre à la fois ingrate et éblouissante, prête à hiberner avec ses morts, ne serait bientôt plus qu'un souvenir. Car dans quelques semaines, ou peut-être même dans quelques jours, elle glisserait dans le grand silence hivernal qui scellerait tout dans l'oubli. Ce moment, attendu avec impatience, suscitait néanmoins quelques inquiétudes : allait-on pouvoir vivre désormais sans le fleuve et les malades, sans cette vie monotone et retirée qui rendait facile le décompte de ses joies et de ses peines ?

Quatre heures et demie sonnaient lorsque le cortège s'engouffra dans la pharmacie où Persévérance avait tenu à servir un buffet, pour que l'on puisse manger comme c'était coutume de le faire en ces occasions, et même profiter de quelques extra. Les caisses de médicaments avaient été empilées le long des murs, et les tables regroupées au centre de la pièce se couvrirent peu à peu de tout ce qu'elle avait pu trouver de marinades, de cretons et de pâtés dans ses réserves. Le pain et la soupe venaient des cuisines de la station de quarantaine qui fonctionnaient au ralenti depuis les premiers gels. Tous s'étonnaient qu'un repas improvisé pût offrir une telle variété de plats, car on vit même arriver le dessert sur de grands plateaux couverts de napperons brodés qui venaient également du trousseau de Persévérance. Rougissante, elle s'effaçait derrière Lechaunay qui commençait à porter son titre de parrain avec plus d'entrain. Il l'aida à disposer les gâteaux et les beignes avec symétrie, prenant soin de placer bien en vue les deux coupes de gelée de pommes et d'églantier qui flamboyaient dans le rond de lumière découpé par la lampe.

Lorsque tout fut prêt, Persévérance regarda le docteur Milroy en inclinant légèrement la tête. Il comprit qu'il devait ouvrir le repas. Mais considérant que cet honneur revenait aux parents, il leur céda sa place, et eux-mêmes la cédèrent à l'aumônier qui put ainsi continuer d'officier. Le reste des invités suivirent, respectueux des bienséances imposées par cette petite chose aux traits chiffonnés qui incitait à parler à voix basse. Quand vint leur tour, les prisonniers défilèrent autour des tables avec une élégance de grands seigneurs, évitant de parler trop fort, de se servir trop abondamment ou de manger trop goulûment. La nostalgie d'anciennes tendresses les faisait s'incliner, en passant, au-dessus du nourrisson dont ils contemplaient le souffle tranquille, le regard glauque qui semblait voir au-delà de ce que leurs propres yeux pouvaient saisir. Certains d'entre eux regrettaient d'avoir oublié les choses essentielles, contenues dans ce regard d'enfant, qu'ils croyaient avoir déjà sues. D'autres posaient un pouce attendri sur le menton du nouveau-né prodigieux à qui ils prédisaient un avenir exceptionnel. Cet enfant-là, qui avait triomphé de la fièvre des navires, n'était pas un enfant comme les autres : il était la fleur fragile, surgie d'un monceau de cadavres, qui incarnait une miraculeuse vitalité.

Pendant la nuit, Persévérance et Lechaunay iraient également se pencher sur lui à deux ou trois reprises, éblouis par l'incommensurable amour que le petit être irradiait avec tant de force. Car cet enfant brillait comme une pierre de lune. Il lavait l'île de sa douleur, lui redonnait son innocence et sa clarté.

Pour l'instant, Persévérance se faisait discrète. Mais le sourire de satisfaction qui flottait sur ses lèvres, lorsqu'elle englobait du regard la table et le nouveau-né, avouait sa fierté. Ces napperons brodés au point de croix, ce châle de laine blanche piqué de fils dorés, trahissaient l'ambition secrète qui avait présidé à l'élaboration de son trousseau. Au moins, tout cela n'avait pas été confectionné en vain. L'enfant donnait corps et mémoire à ces splendeurs ignorées.

Lorsque la table fut dégarnie, elle jeta un regard interrogateur au chimiste avant de se décider à agiter la main de façon théâtrale.

— L'hydromêleur, dit-elle enfin, celui-là même qui a inventé le fluide guérisseur, vous a préparé une surprise.

Il la corrigea une fois encore, il fallait dire «hydromellier» et non «hydromêleur». Personne n'y prit garde. Tous avaient les yeux fixés sur les barriques armoriées, placées dans un coin de la pièce, où se lisait en noir et or le nom du premier lord de l'Amirauté. Le chercheur allait-il leur annoncer quelque autre découverte époustouflante pouvant guérir, de façon absolument certaine, la fièvre des navires? Ou bien allait-il sortir de ses poches un cornet de friandises, une pièce d'or, une curiosité quelconque qui serait tirée au sort pour commémorer l'événement?

Avec l'habileté d'un prestidigitateur, le chimiste, qui n'avait rien perdu de son sens de la mise en scène, avança lentement en direction d'un chariot, recouvert d'un drap, qu'il tira vers lui. Il souleva le drap. Deux pots de grès apparurent, très ordinaires, comme en utilisaient les familles pour conserver leurs marinades et leurs herbes salées. Toujours avec lenteur, et en ménageant ses effets, il enleva le bouchon de liège qui fermait le premier pot. Puis il inclina doucement celui-ci au-dessus d'une bouteille transparente, surmontée d'un entonnoir, que Persévérance lui tendait d'une main empressée. Un beau liquide rose à l'odeur fruitée s'échappa du récipient. Lechaunay remplit ainsi une seconde bouteille, puis une troisième et une quatrième qu'il aligna sur la table sans rien dire. Saisissant ensuite un gobelet, il y versa l'équivalent d'un verre à vin qu'il leva à la hauteur de son front.

— *In vino veritas*, proféra-t-il, ceci est la boisson des dieux, l'hydromel des anciens. Puisse-t-il assurer à l'enfant, et à chacun de vous, longue vie, bonheur et prospérité.

Impressionnés par les mots latins, et se croyant en présence d'un rite ancestral oublié de ce côté-ci de l'Atlantique, quelques prisonniers se signèrent tandis que d'autres murmuraient un vague *Amen*. On goûtait l'hydromel avec componction, comme s'il se fût agi d'un élixir sacré. Seul Lechaunay le faisait rouler bruyamment sur sa langue, le remuait sous le palais, l'aspirait et le réaspirait en tordant les lèvres d'une façon jugée inconvenante par les infirmières. Mais sans doute avait-il ses raisons, car il émettait des commentaires sur le vin qu'il qualifiait de «jeune» et «d'obstiné», comme on eût dit d'un enfant, et à propos duquel il déplorait une altération du bouquet imputable à la clarification hâtive à laquelle lui et Persévérance avaient dû se résoudre. Il appuyait sur le fait qu'ils avaient dû abréger le temps de maturation du vin, compromettant par le fait même sa richesse et sa saveur. Et Persévérance renforçait les excuses, mettant au compte de l'ajout de pommettes et de la fermeture de la station de quarantaine la non absolue perfection de l'hydromel.

Le docteur Milroy ne se sentait pas vraiment à la hauteur de ces rituels qui, en ville, donnaient parfois des haut-le-cœur à certaines épouses d'officier pour qui ces techniques de dégustation n'étaient que dégoûtant gargouillage ou offensante beuverie. Il observait Persévérance et Lechaunay, étonné de découvrir en eux une parenté encore jamais perçue. C'était pourtant l'évidence même. Chez les papistes, tout passait par la bouche. Les plaisirs de la bouche – nourritures plantureuses, vins arrogants, discours interminables – étaient aussi obstinément latins que le kilt et le *haggis* étaient écossais. Ces particularismes culturels dont il ne saisissait pas toujours l'essence ou la nécessité – attributs difficiles à saisir parce que se confondant la plupart du temps –, relevaient de traditions admirables. Il attendait donc la suite du discours de Lechaunay, lorsque soudain il entendit qu'on souhaitait lui voir prendre la parole.

Les discours n'étaient pas son fort. Il se borna à souhaiter longue vie au nouveau-né et aux parents ébahis par le chef-d'œuvre bouffi, fleurant le lait tiède, qui représentait à leurs yeux la meilleure raison de vivre qui pût exister. Mais une voix exigeait qu'il continuât. Levant la main, il désigna le chimiste qui ne se fit pas prier pour reprendre la parole. Après s'être éclairci la voix avec quelques gorgées d'hydromel, Lechaunay souligna que la naissance d'un enfant était un miracle de vie que la science expliquait sans pouvoir l'élucider, car l'enfant représentait ce que la nature offre de plus ordinaire et de plus grandiose, de plus attendu et de plus imprévisible, de plus extraordinaire et de plus coutumier. En effet, depuis l'homme des cavernes et les premières ébauches de civilisation, l'enfant demeurait la preuve tangible que la vie ne cesse de croître et de se développer conformément à un ordre inscrit dans la nature elle-même, nature qui par ailleurs se montrait parfois prompte à se corrompre ou à s'altérer. Mais l'enfant et son cri perçant, qui réclamait constamment attention et amour, obligeait chacun à rester vigilant. À elle seule, cette naissance traçait une ligne de conduite permettant d'éviter les erreurs et les compromissions que chacun trouvait sur son chemin, car l'enfant possédait le pouvoir de ramener l'homme à ce qui pouvait le sauver : sa capacité de corriger la nature et de l'épurer de ses maux, afin de construire la cité future, peuplée d'hommes fiers et robustes, où triompheraient la science et le progrès.

Celle qui avait mis au monde le petit corps recroquevillé qui suscitait tant de belles paroles toussa pour rappeler qu'elle était l'auteur du prodige, et souhaitait avoir une place dans la cité promise. En même temps, les pleurs de l'enfant interrompaient le chimiste qui se vit forcé de conclure. Sous les effets de l'hydromel, et de tant de discours, les esprits commençaient à s'échauffer. Pour ramener les choses à la hauteur de l'événement, Blues attaqua une valse lente. Le docteur Milroy alla s'incliner devant l'infirmière en chef, et Lechaunay donna le bras à la marraine – qui le dépassait d'une demi-tête –, confuse de ne pas savoir danser autrement qu'en mettant les pieds là où il exigeait qu'elle les pose.

Tout le monde finit par suivre. Le docteur Milroy, qui voyait pour la première fois Persévérance sans tablier, la conduisit au centre de la piste improvisée. Il se risqua à la faire danser et s'étonna de son aisance. Était-ce la grâce du baptême qui faisait s'écrouler des barrières sociales qu'il n'avait pas su abattre, ou bien était-ce la fermeture proche de la station de quarantaine qui lui rendait une sensibilité perdue ? Il trouvait Persévérance désirable, et il aurait souhaité le lui dire s'il n'avait craint une rebuffade.

Elle-même le regardait comme elle ne l'avait encore jamais regardé. Le front haut, elle ne parlait ni de la température ni de sa cuisine d'herbes. Elle se contenta d'évoquer par quelques mots brefs la beauté de la musique et la splendeur de l'hydromel. Ensuite elle se tut, et son corps parut s'affiner. Sans doute attendait-elle cet instant depuis longtemps, depuis des mois ou des semaines, peut-être même depuis toujours. Le docteur Milroy se retenait de poser son bras sur les épaules légèrement arrondies qui se rapprochaient de lui. Malgré le front têtu de Persévérance, ses joues duveteuses, sa taille épaisse – était-ce l'impudeur de l'âge ? –, il avait envie de cette femme. Elle détourna les yeux, soudain embarrassée. Il ne fit rien pour la retenir, lui-même gêné par cette soudaine proximité.

La voix cassée, une voix que l'hydromel paraissait avoir éraillée, alors qu'elle en avait à peine bu un verre, Persévérance dit, étonnée de sa découverte : «Je ne savais pas que j'aimais danser.» Autour d'eux, la lumière déclinait, devenait une lueur pâle qui lança un ou deux clignotements puis finit par s'éteindre. La lampe à pétrole était vide. Persévérance se tassa un peu contre celui qui lui tenait la main, puis comme si elle venait de risquer la seule audace permise – ou qu'elle eût voulu protéger en elle le bonheur secret de ceux qui aiment aimer –, elle se précipita à l'extérieur dès que quelqu'un fit craquer une allumette pour éclairer la sortie. Le groupe la suivit, et elle continua de les devancer, pressée de retrouver sa maison.

Sous la clarté froide de la lune, l'île enneigée paraissait encore plus blanche que dans l'après-midi. Encore plus retirée de la ligne des eaux qui filait sa trace dans la profondeur de la nuit. Les canons dormaient. Aucune rumeur ne montait du lazaret. Loin derrière les autres, le docteur Milroy marchait dans un total silence, lorsqu'il sentit s'éveiller en lui le souvenir du dernier bal du château. À vrai dire, il s'agissait moins d'un souvenir que de la résurgence d'un désir ancien, cette ardeur ressentie alors qu'il dansait avec lady Lorne et se flattait de l'avoir séduite. Il venait d'éprouver la même chose avec Persévérance – un simple élan du corps, reconnaissait-il après coup, et non l'illusoire conquête d'une femme touchée par la gloire.

Il avait soigné des milliers de corps, et il croyait que les corps n'avaient plus aucun secret pour lui. Or, voilà qu'une évidence nouvelle le saisissait. Au bal du château, lady Lorne s'était reprise, et dans la pharmacie, Persévérance s'était enfuie avant que lui-même ne recule. Le désir aimait tout autant désirer que l'amour aimait aimer.

En entrant chez lui, il crut perdre le mérite de son illumination. Lechaunay avait le sourire que lui-même venait d'avoir. Persévérance, occupée à préparer des infusions au clou de girofle, l'avait également. Et la jeune mère, en train d'allaiter son enfant, l'avait aussi.

La neige fondit en quelques jours. L'île redevint grise, hérissée d'arbres aux branches tordues que le vent tourmentait. Des rafales s'engouffraient dans les battures et balayaient les chemins creusés de fondrières. À certains moments, le docteur Milroy craignait que tout s'effondre : les bâtiments, la tour de garde, le ciel sombre rabattu sur le fleuve agité.

Novembre approchait. Les jours basculaient de plus en plus tôt dans le noir, comme si le monde dût s'achever là, tout à coup, avalé par les ténèbres. Tout cela distillait en lui de sourdes inquiétudes. Et pourtant, la station de quarantaine était sur le point de fermer. Un vapeur venait d'amarrer au quai. Les derniers immigrants partaient pour Montréal.

Au lazaret, un peu plus tôt, tandis qu'on les préparait pour ce départ, des malades s'étaient pressés aux fenêtres pour observer le fleuve, essayant de repérer la direction que prendrait le vaisseau. Au bout de la terre nue, ils n'apercevaient qu'une grande masse houleuse étalée sous un ciel bas, et cette violence des eaux les effrayait. Le grondement des vagues venait à eux, porté par le vent qui faisait frémir la vitre froide contre laquelle ils étaient appuyés. Certains d'entre eux fermaient les yeux et se mettaient à reculer comme pour s'arracher au fleuve qui allait les reprendre. D'autres se figeaient sur place dans un léger tremblement.

Là encore, sur le quai, ils étaient saisis par la même peur et répétaient les mêmes gestes. Mais peut-être n'était-ce pas surtout le vent qui les immobilisait dans un raidissement glacé, leur faisait fermer puis rouvrir les yeux sur la mer houleuse qui éveillait en eux la terreur du voyage. Trouveraient-ils enfin, au bout de ces eaux interminables, des terres où s'établir, un lieu où oublier leurs anciennes misères? Certains hochaient la tête. Le Nouveau Monde mettait tellement de temps à venir qu'ils pensaient être passés à côté, ou ne plus avoir la force de l'attendre. Il fallait les encourager, expliquer que c'était ça l'Amérique : un lieu qui se déplaçait sans cesse au-delà du rêve qui l'avait fait entrevoir.

Le docteur Milroy les voyait s'agiter, et il se demandait combien d'entre eux résisteraient à ce déplacement. Il entendait leurs cris, saisissait l'expression de souffrance et d'angoisse qui marquait les visages. Il avait tout fait pour que ces malades se rétablissent, gardent le désir de bouger, manger, étreindre. Mais il ne pouvait les soutenir plus longtemps ni les accompagner plus loin. Il savait lui-même, pour l'avoir souvent éprouvé : on est toujours seul pour découvrir l'Amérique, toujours seul pour affronter ses peurs, l'inconnu qui nous habite.

Ils prenaient place sur le vapeur, lui adressaient des remerciements. Leurs mains bougeaient, traçaient dans l'air de grands signes d'adieux qui tentaient de créer un pont entre l'île habitée pendant quelques jours et la ville inconnue où ils s'en allaient. Le docteur Milroy regarda le vapeur s'éloigner. Il le vit se balancer au-dessus des vagues, obliquer vers le large, puis rétrécir et devenir un point flottant qui s'engouffrait dans les eaux sombres du fleuve.

Un soleil blême éclairait le quai où persistait la rumeur du départ. Le vent fléchissait. Et en lui quelque chose lâchait, comme s'il venait de perdre quelqu'un qui lui était proche. Il fit un geste de la main en direction du fleuve, puis recula de quelques pas comme eux l'avaient fait un peu plus tôt. Ensuite, il parut hésiter. Ces gens que le fleuve emportait allaient vers des commencements, mais l'Histoire est une horloge qui ne marque pas pour tous la même heure. Pour lui, c'était terminé. La longue quarantaine prenait fin.

Les grelots des voitures reparties vers les hangars tintaient dans l'air glacé. Il se retourna, aperçut le capitaine Clark dont il avait oublié la présence, et une même lueur passa dans leurs yeux. Ni l'un ni l'autre ne manifesterait son émotion, n'évoquerait les difficultés traversées pendant ces deux dernières saisons. Le docteur Milroy savait depuis longtemps que le discours de la mort est tenu par ceux qui la voient à distance. Pour qui la tient dans ses bras, la perçoit comme une composante naturelle du corps, elle se confond au travail de la matière qui se fait et se défait, ignorant les mots qui la nomment, les rites qui l'exorcisent, la poussière qui la recouvre.

Plus loin, derrière eux, Lechaunay a sans doute dit «c'est fini», «ce sont les derniers», ou quelque chose de semblable. Persévérance ajustait le capuchon de sa cape en ravalant ses larmes. Un nuage noir passa devant ses yeux. Elle leva la main pour le chasser, chercha à retracer le sillage brouillé du navire. C'étaient des inconnus qui partaient, non des parents ou des amis, mais elle porta la main à sa poitrine – elle n'aurait pas osé dire le cœur –, comme si on lui en arrachait des lambeaux. Avec eux disparaissaient son été, ses bonheurs de l'île, le sentiment d'être aimée. L'air égaré, elle fixa un instant les rochers battus par les vagues, promena ensuite son regard sur les herbes sèches fouettées par le vent, les champs déserts si souvent parcourus les jours de chaleur, et elle frissonna. Un pressentiment l'avisait qu'elle ne reverrait jamais ces lieux.

Un banc de brume avançait vers le quai. Le docteur Milroy tourna le dos au fleuve et regagna sa voiture. Il alla conduire Persévérance et Lechaunay à sa résidence, car il préférait faire seul sa dernière visite au lazaret. La salle commune avait été nettoyée, mais des relents de chair fiévreuse imprégnaient encore les paillasses dégarnies. Une lumière pâle éclairait la pièce dont il fit deux fois le tour, étonné d'entendre le bruit de ses pas. Des ombres rôdaient entre les lits, et le plancher craquait. Pour se donner l'illusion que quelqu'un d'autre se trouvait là, il toussa à plusieurs reprises, mais le bruit de sa toux lui revint et il éprouva un grand vide.

Il traversa la salle commune en prenant garde de trébucher sur les souricières garnies d'arsenic qui attendaient les rats. Il fixa une dernière fois les lits nus, le plancher inégal, les murs barbouillés de graffiti. Puis il poussa la porte de l'annexe où avaient été transportés les registres des hôpitaux, et il ouvrit le dernier des cahiers lisérés de rouge qui s'étaient ajoutés les uns aux autres au fur et à mesure qu'étaient arrivés les vaisseaux.

En multipliant le nombre de cahiers par le nombre de pages et le nombre de lignes contenues dans chaque page, il atteignait un chiffre exorbitant. Si ses calculs étaient justes, la station de quarantaine avait traité plus de 20 000 malades pendant l'été, et au-delà de cent mille passagers y avaient été examinés. Dénombrer les morts restait plus difficile. Les quelque cinq mille corps enterrés dans les deux cimetières de l'île n'incluaient pas les passagers qui avaient succombé en mer, ni ceux – probablement beaucoup plus nombreux – qui avaient été jetés par-dessus bord avant l'inspection des vaisseaux. À la prochaine saison de navigation, de nouveaux immigrants remonteraient le fleuve, ignorant ce qui tapissait le fond des eaux dans lequel baignait le Nouveau Monde, lieu de rêve et d'oubli où triomphait le désir de l'incessant départ, version moderne du mythe de l'éternel retour.

La loi du nombre était monstrueuse. Morts et vivants s'évanouissaient dans l'alignement rectiligne qui nourrirait plus tard les archives de quelque administration poussiéreuse. Le docteur Milroy recomptait les lignes qui ondulaient sous ses yeux, et cette accumulation de noms et de dates lui donnait le vertige. Il n'y avait plus trace des corps qu'il avait soignés.

Il se mit à lire des noms à haute voix dans l'espoir que quelqu'un réponde à l'appel, mais l'écho de sa voix résonna dans la pièce vide, lui rappelant que ceux qui partent, quelle que soit la destination prise, reviennent rarement – si jamais ils reviennent – tels qu'attendus. D'un geste évasif il essuya son front dégarni, touchant du même coup l'évidence qu'il était aussi mortel qu'eux, aussi contraint par le temps qui pousse les jours sur les jours comme la vague chasse la vague en laissant derrière elle une trace aussitôt effacée. Ce qui fuyait entre les lignes, c'était sa propre vie. Un jour, lui-même serait représenté par une ou deux lignes d'un registre, quelques mots gravés sur une pierre tombale qui afficherait la date de sa naissance et de sa mort comme on indique les bornes d'un territoire à l'étranger qui les franchit.

Le froid était intolérable. Il prit sa plume et tira au bas de la dernière page du dernier registre, datée du 1er novembre 1847, un trait suivi de ses initiales. Il lui semblait que d'autres signatures auraient dû se trouver là. Pour lui, le temps n'était pas ce fil tenu de la main gauche dont la main droite s'empare, mais l'ensemble des fils tendus dans tous les sens par d'innombrables mains, au milieu desquels l'on pointe un doigt inquiet pour dire *aujourd'hui, demain, il était une fois*. Il attendit un instant, puis jeta finalement les cahiers dans la malle de fer qui servirait à les transporter à Québec.

Il sortit, et la porte grinça sur ses gonds lorsqu'il la referma. Ce bruit lui rappela le grincement entendu à la *Villa du désir*, et tous ces autres grincements, lointains, insolites, qui avaient ravi ou effrayé son enfance. C'était hier et avant-hier, le temps passe vite. Il passait, retenant du vacarme de l'existence quelques détails, une forme incertaine, l'expression sonore d'une peine ou d'une joie qui s'atténuerait jusqu'à devenir ce bruit infime à peine capté par l'oreille aussitôt distraite par d'autres bruits.

Le docteur Milroy avait toujours eu l'impression que les souvenirs liés aux lieux qui craquent et aux portes qui grincent résistaient mieux à l'oubli. Tout craquait sur l'île depuis que le froid s'était installé : les bâtiments, le quai, la pierre, les arbres qui se heurtaient. Lorsqu'il eut dépassé le chemin des hôpitaux, un craquement plus net le fit se retourner. Un chêne rouge venait de perdre sa branche maîtresse dont l'extrémité, encore retenue à l'arbre par quelques fibres végétales qui lâcheraient bientôt, touchait le sol. Il se dit alors que si jamais quelqu'un se décidait à écrire l'histoire de l'île, il faudrait évoquer ces grincements et ces craquements des choses, ces bruits discrets et confus qui annoncent l'événement ou le commémorent.

Il atteignit assez rapidement la baie du Choléra où il resta un instant à contempler la vague qui creusait de petits îlots devant ses pieds. Puis il commença à tirer des pierres dans l'eau, d'abord lentement, puis de plus en plus vite, et violemment. Les cercles devinrent de plus en plus rapprochés, et sa colère s'apaisa. Il se frotta les mains, fit ricocher une dernière pierre devant lui avant de contourner la baie où traînaient des épaves, quelques oiseaux morts. Marchant d'un bon pas, il se trouva bientôt face au cimetière. Cordés les uns sur les autres, les morts dormaient. Le froid ne les touchait plus. Ils reposeraient ainsi jusqu'aux grandes marées du printemps qui viendraient en transvaser un certain nombre dans le lit du fleuve tapissé des corps de ceux qui les avaient précédés.

À partir de là, il pouvait même imaginer divers recommencements. Car même si l'île fermait ses portes, ce ne serait jamais fini. La planète avait mal, et elle continuerait de bouger. Un peu plus tard, d'autres masses humaines menacées par la famine, ou massacrées par la guerre, prendraient la route ou la mer, cherchant un point du globe où survivre. Ce serait le printemps, un écran vaporeux couvrirait le fleuve et les saisons se succéderaient vite. On parlerait de siècles plutôt que de mois et d'années. Lui-même ne serait plus là, mais des touristes effectueraient à bord d'un petit train rouge et bleu le parcours qu'il venait d'effectuer, et poseraient leurs yeux là où il posait les siens.

Tout en bavardant, ceux-ci traverseraient l'île d'ouest en est, iraient renifler le vieux lazaret dans l'espoir de découvrir des traces tangibles de ce qui s'était déroulé là-bas. Ignorant que les morts échappent aux parcours linéaires des visites guidées, ils verraient aussi le musée, les deux cimetières, quelques autres sites. Puis ils monteraient prendre l'apéro à la terrasse de l'hôtel de deuxième classe, garnie de quelques jardinières de fleurs, et auraient ce point de vue bouleversant du fleuve.

Sans perdre de temps, ils recommenceraient ensuite à chercher les vestiges des grandes migrations et des grandes épidémies qui avaient bouleversé plus tôt cette petite île des Danaïdes. Car à regarder couler les eaux bleues au bord de l'île ensoleillée, il serait facile de croire que rien ne s'était passé là-bas, que le fleuve coulait ainsi depuis toujours, ne sachant rien d'autre que son mouvement, rien que sa chute et son élan toujours recommencé qui précipiterait chacun dans une fin de siècle un peu terne où tout ce qui avait auparavant soutenu le monde paraîtrait s'écrouler.

Au cimetière de la baie du Choléra, aucune pierre tombale ne proclamait la nécessité de durer. Quelques petites croix de bois, faites de branches grossièrement nouées par une corde, rappelaient la mémoire des disparus. Aucun mausolée n'affichait la fortune des familles, leur descendance, l'orgueil de la lignée. Le dénuement de l'île, les raccourcis brutaux qu'y avait pris l'Histoire empêchaient de trop mentir. Le docteur Milroy se pencha, arracha une poignée de terre gelée qu'il malaxa distraitement au creux de sa main, tandis que ses yeux parcouraient les bosselures du terrain funéraire où traînaient encore les arrosoirs utilisés pour l'épuration au fluide Lechaunay.

Des milliers d'hommes, de femmes et d'enfants se trouvaient là, mais il ne pouvait mettre aucun nom sur les formes anonymes que les gels et dégels aplanissaient déjà. Tous ces morts paraissaient allongés dans le même lit, rivés à la même mort. Ces gens avaient eu un passé, des projets, un visage. Or, ils devenaient déjà ce que lui-même deviendrait un peu plus tard : ces grains de sable qui coulaient entre ses doigts.   .

Le lendemain, au dîner, le docteur Milroy demanderait à Persévérance : « Trouvez-vous que j'ai vieilli ? » C'était la question qu'elle-même se retenait de poser par pudeur, ou par crainte d'une réponse défavorable. Comme chaque fois qu'elle voulait dissimuler une émotion ou se montrer sous son meilleur jour, elle réajusterait son tablier, replacerait les mèches échappées de son chignon, et dirait :

— Pourquoi me demandez-vous une chose pareille ? Vous savez bien qu'on ne voit pas vieillir ceux avec qui l'on vit.

Témoin de la scène, Lechaunay sentirait le besoin de rectifier, après avoir lissé son front tout aussi dégarni que celui du directeur médical :

— Votre question comporte un piège, docteur Milroy. Le changement n'est vérifiable que par la comparaison d'une même chose à deux moments différents de son existence.

Ensuite, tout se précipita. On vida les cuisines et les dortoirs. On remisa les barques, les charrettes, les outils, et l'on procéda à un inventaire rapide de la pharmacie et des hôpitaux. Tous les bâtiments furent désinfectés, et l'on plaça partout des souricières et des cadenas.

Les médecins regagnèrent la ville, à l'exception du docteur Milroy. Le personnel d'entretien, les infirmières et les brancardiers reprirent le chemin du continent. Et les prisonniers, graciés par l'intervention du capitaine Clark et du docteur Milroy, partirent par le même vaisseau que le dernier détachement de soldats. Cinq coups de canon furent tirés du haut de la colline pour souligner l'événement, et Blues joua sur son violon *Malbrough s'en va-t-en guerre*, *La Marseillaise*, *Il était un petit navire*, tout le temps que dura l'embarquement.

L'odeur de poudre, que l'on n'avait pas respirée depuis longtemps, ranima pendant quelques minutes le tumulte de l'été. Mais aucune puanteur n'imprégnait l'air, et aucun trafic n'encombrait les chemins déjà figés dans une torpeur hivernale. L'île redevenait une terre de silence et de vent. Une terre sauvage qui retournait à l'oubli.

À la résidence du docteur Milroy, Persévérance veillait aux préparatifs de dernière heure. Elle avait distribué toutes ses réserves de confitures et de sirops, garni la dépense de gras de lard à l'arsenic, émietté du camphre sur les matelas. Elle avait aussi placé des sachets de fleurs de mélilot dans les placards et les tiroirs pour les préserver des mites, et laissé des bouquets d'herbes aromatiques aux poutres de la cuisine. Elle eut bientôt fini de tout ranger, répartir, mettre dans les bagages empilés près de la porte. Après le vacarme des portes claquées, le bruit des jarres refermées et le grincement des valises faites et refaites, un grand silence remplit la maison. Elle tendit l'oreille. L'écho du vide se répercutait de pièce en pièce. Cet effacement des choses précipitait l'achèvement redouté.

Elle trottina alors vers la table, enleva son tablier, s'assit et tira sa jupe jusqu'à mi-mollet, adoptant la pose de quelqu'un qui pressent la gravité de ce qui va suivre. Une si grande fatigue l'accablait qu'elle ne se croyait plus capable d'aucun effort. Elle se levait malgré tout de temps à autre pour vérifier si tout son avoir se trouvait bien là : les deux valises de cuir noir, la vieille malle remplie du trousseau qui avait jauni au fil des ans, les deux géraniums, la volière que le docteur Milroy lui avait finalement offerte – «Gardez-la, elle vous rappellera l'été passé ici.» Tout était là, mais elle ne s'était jamais sentie aussi dépossédée. Face à la fenêtre d'où elle apercevait un pan de terre grise, des arbres sans couleur, il lui semblait que ses géraniums perdaient leur éclat et que le chant des chardon-nerets devenait triste. Souvent, pendant l'été, alors qu'elle se trouvait seule dans la cuisine à contempler le fleuve lumineux, elle s'était dit : je suis la reine des eaux, c'est trop de beauté pour moi toute seule. Elle faisait alors la somme de tous les regards qui s'étaient posés sur cette étendue pailletée d'or, et elle se sentait solidaire de l'amour universel porté à la beauté du monde. Mais la conscience de cet amour l'avait aussi désertée.

Elle fit quelques pas, déplaça les bagages dont elle resserra les attaches. Puis elle revint s'asseoir.

— Une fois sur la côte, où irez-vous ? demandait le docteur Milroy qui venait d'entrer.

Persévérance haussa les épaules pour signifier qu'elle-même l'ignorait. Si personne de sa famille ou de ses connais-sances ne lui avait fait signe, c'est que personne n'avait de besogne à lui confier et que personne ne comptait sur elle pour remplacer la maîtresse de maison alitée par un accouchement ou la maladie. Il se pouvait aussi que son séjour sur l'île leur ait fait peur. Elle ne savait trop, les événements avaient jusque-là décidé des orientations majeures de sa vie. Elle a toujours vécu dans des maisons étrangères, aimé les enfants des autres. Si bien que là, mis à part ses effets personnels auxquels s'était ajoutée la volière, rien ne lui appartenait. Elle quittait cette maison sans savoir où aller, et le désordre de la pièce, cette dispersion des choses augmentaient en elle le sentiment que tout son univers était en train de s'écrouler.

Le docteur Milroy la voyait placer une main sur sa bouche pour contenir de vieilles douleurs qu'il aurait voulu voir éclater dans une colère féroce, mais elle restait recroquevillée sur sa chaise, engoncée dans sa robe du dimanche qui paraissait maintenant trop grande, inutilement conservée pour les grands jours qui passaient sans modifier sa vie. Pour cacher sa détresse, elle baissa les yeux et se mit à lisser machinalement les plis de sa jupe. Ce geste – né du travail comme tous ses autres gestes – gardait la précision attentive et appliquée que le médecin lui avait vu mettre à cuisiner ses herbes ou à préparer les repas.

Ne sachant que dire, il alla se placer devant la fenêtre où elle s'était tenue plus tôt, et il regarda à son tour la terre nue, les arbres sans couleur, le ciel bas de novembre, essayant d'imaginer ce qu'il éprouverait à son arrivée à Québec s'il devait regagner une maison vide. L'épreuve lui parut si intolérable qu'il se demanda ce qu'il pouvait faire pour l'aider. Devait-il lui offrir de rester chez lui jusqu'à ce qu'elle trouve un travail, ou la proposer comme gouvernante chez un collègue ? Ou ne devait-il pas plutôt essayer de lui obtenir un poste dans un hôpital de Québec, puisque le contact avec les malades lui était familier ? Aucune de ces situations ne paraissait convenir au tempérament indépendant et créateur de cette femme qui aimait prendre des initiatives, administrer elle-même son temps.

Il fixait toujours le paysage découpé par la fenêtre lorsqu'il vit un visage anxieux se réfléchir sur la vitre. Persévérance, qui ne se savait pas observée, paraissait aussi démunie que les orphelins qui avaient défilé sur l'île tout l'été. Ce trait le frappa. Peut-être pourrait-elle s'occuper d'enfants dont les parents avaient été emportés par l'épidémie. Certains n'avaient pas trouvé de famille d'adoption, et un orphelinat venait d'être ouvert pour eux dans l'ex-capitale.

Craignant d'avoir mal compris, ou de s'emballer à propos d'une idée folle, elle releva la tête et articula un faible « Où ça ?» Il ne put décrire le bâtiment qu'il n'avait jamais vu, ni la rue Richelieu qu'il avait parcourue une seule fois. Mais il disait se souvenir d'un beau sapin baumier aperçu non loin de l'emplacement où devait se trouver l'orphelinat, également d'un tilleul et d'une haie de chèvrefeuille dont l'arôme l'avait retenu. Il lui parla aussi de maisons anciennes aux murs couverts de lierre, d'arbres disposés en arc de cathédrale au sommet d'une pente, précisant après coup qu'il ne pouvait néanmoins jurer avoir vu ça là plutôt que sur la rue voisine ou l'une ou l'autre des rues proches.

Elle demandait : « Et les fleurs ?» Il était tenté de nommer les seules fleurs dont le nom aurait pu lui venir spontanément aux lèvres, ces roses, ces œillets ou ces lys qu'il offrait habituellement aux anniversaires. Sa conscience réprouva ce mensonge. Il confessa ne rien connaître aux fleurs, ce qu'elle savait déjà. Mais il pouvait tout de même l'assurer que dans les parterres et sous les fenêtres des maisons de la rue Richelieu, il avait vu des fleurs de toutes les couleurs et de toutes les espèces, des grandes et des petites, des délicates et des robustes, des pâles et des foncées qui dégageaient un parfum semblable à celui qu'exhalaient les fleurs sauvages de l'île pendant l'été.

S'émut-elle de la ruse déployée dans cette description fabriquée ? Ou reconnut-elle dans ce tableau un monde familier qui l'aida à vaincre sa peur ?

— J'irai là-bas, dit-elle. Après tout, des fleurs, ça pousse partout.

Le docteur Milroy et Lechaunay étaient maintenant sur le quai. Le premier fixait les bâtiments de l'île qu'il s'apprêtait à quitter. Le second scrutait le fleuve, passablement surexcité. De Québec, il partirait pour New York où il irait donner des conférences, après avoir confié la vente de son fluide à un pharmacien de l'ex-capitale qui verserait la moitié des profits à l'hôpital de la Marine.

Les bagages avaient été rassemblés près du débarcadère. Les deux hommes cédèrent le pas à Persévérance qui arrivait en relevant le capuchon de sa cape de gros drap. Elle regarda les eaux immenses, et frémit. «Au bout du quai, avait-elle déjà dit, c'est l'endroit où le visage du monde rencontre celui des humains». Elle fit plusieurs fois le tour de ses valises pour s'assurer que rien ne manquait. On venait d'emporter sa volière. On allait prendre ses deux géraniums, lorsqu'elle l'interdit d'un geste autoritaire qui se transforma en mouvement gracieux.

Tout sourire, elle offrit le premier au docteur Milroy, et le second à Lechaunay dont les bras étaient déjà encombrés. Les deux hommes se penchèrent sur les pots de fleurs et en respirèrent le parfum un peu aigre, paraissant chercher comment lui rendre sa politesse. Toujours prompt à réagir, le chimiste déposa par terre la charge transportée et extirpa de sa valise le microscope qu'il caressa légèrement avant de le tendre à Persévérance.

— Tenez, dit-il, ça vous aidera à voir le cœur des choses.

Elle hésitait à le prendre, paraissant douter qu'un objet aussi rare et précieux pût lui être destiné. Mais il marqua son approbation d'un signe de tête, et elle s'abandonna à son plaisir. Tout en pressant le microscope sur son cœur, elle se mit à danser comme une enfant, et eux se disaient : voilà qu'elle est enfin l'enfant qu'elle n'a jamais pu être.

Persévérance vint se placer devant le docteur Milroy, paraissant attendre quelque chose. Il lui avait déjà fait don de la volière, et ses bagages ne contenaient rien qu'il pût offrir. Il fouilla méticuleusement ses poches et trouva heureusement un mouchoir aux pointes repliées en losange, qui venait de la ville, de même qu'une photo de ses enfants où figurait également Agnès Frémont. Elle reçut le cadeau et se dirigea d'un pas allègre vers le débarcadère, suivie de Lechaunay qui paraissait tout aussi heureux qu'elle.

Le docteur Milroy était maintenant seul sur le quai. Il se retourna, regarda l'île une dernière fois. Puis il avança jusqu'à l'extrême bord du quai et se pencha vers les eaux où se réfléchissait un pan de ciel – le même pan de ciel qui s'y mirait cent ans plus tôt, et que retrouveraient les touristes un siècle et demi plus tard lorsqu'on leur permettrait de visiter l'île.

Le visage incliné, il regardait les feuilles mortes et les débris déplacés par le courant, et il se disait : ce fleuve coule sans arrêt depuis des siècles, et le temps coule lui-même comme ce fleuve, emportant avec lui les saisons, les épaves, les vivants qui passent aussi, remplacés par d'autres qui s'empressent d'effacer leurs traces. Aucune tristesse ne le remplissait. Tout cela était inscrit dans l'ordre des choses, conforme à la rigueur des eaux dont les vagues se succédaient, indifférentes au passage de ceux qui en observaient le mouvement.

Bientôt, il n'y eut plus dans son champ de vision qu'une large coulée saupoudrée d'or, où s'engloutissait le ciel. En même temps, un papillon bleu vint se poser sur le pot de géranium qu'il tenait toujours entre ses bras. Croyant rêver, il se frotta les yeux. Il n'avait pas vu de papillons depuis longtemps, et jamais depuis les neiges. Celui-ci l'étonna d'abord, puis il crut le reconnaître. C'était le papillon des Danaïdes qui s'était posé sur la table du déjeuner, au lendemain du jour où Agnès Frémont était débarquée sur l'île avec les enfants.

Il sourit. Il avait toujours cru que la vie dépassait, par ses audaces farfelues ou son implacable cruauté, le plus invraisemblable des romans. Mais voilà que l'histoire allait se terminer sur une image de roman feuilleton.

Il n'y pouvait rien. Son séjour à l'île de Grâce était resté suspendu à une image qui, au fil des mois, s'était à peine altérée. Dans la lumière de l'été – une lumière étincelante dont le rayonnement paraissait venir de plus loin que le temps lui-même –, Darling avançait vers lui, souriante, coiffée d'un chapeau à large bord qui faisait un rond d'ombre sur son visage. Et lui quittait l'île pour aller à sa rencontre, oubliant que pour eux aussi le temps passait.

imprimerie gagné ltée

IMPRIMÉ AU CANADA